문이 열린 감옥

이선비 지음

문이 열린 감옥

발행일   2019년 10월 31일

지은이   이선비
펴낸곳   부킹북스
이메일   leembclove@hanmail.net

ISBN   979-11-967277-8-9

이 책은 저작권법에 의해 보호를 받는 저작물이므로 무단 전재와 복제를 금합니다.
잘못된 도서는 구입한 곳에서 교환해드립니다.

문이 열린 감옥

차
례

1부
춘분	7
아버지와 아들	55
심리상담사	89
예견된 참패	127

2부
구원	169
문이 열린 감옥	209

에필로그
문 밖의 세상	281
글을 마치며	329

1부

"생은 다만 그림자.
실낱 같은 여름 태양 아래
어른거리는 하나의 환영.
그리고 얼마큼의 광기.
그것이 전부.
우리에게 시간은 충분했다.
그러나 우리는 그만큼
살지 않았을 뿐."
〈티벳 사자의 서〉, 파드마 삼바바

춘분

 "이번 정류장은 빛나 마을 3단지, 빛나 초등학교입니다. 이번 정류장은 빛나 마을 3단지, 빛나 초등학교입니다. 이번 정류장에 내리실 승객께서는 하차 벨을 눌러주시기 바랍니다." 곤히 잠들어 있던 선심이 버스 안내 방송에 화들짝 깨어 급하게 벨을 눌렀다. 이른 아침의 주말 광역버스는 버스에서 단잠을 자고 싶어 하는, 아침잠이 덜 깬 승객들에게 넉넉한 휴식처가 아니었다. 늘 막히던 구간이 시원하게 뚫려 출근 시간대인 평일 보다 30분은 일찍 목적지에 도착했기 때문이다.

 "감사합니다." 선심이 홀로 남겨진 버스 기사에게 인사를 건네고 버스에서 내렸다. 선심이 내린 곳은 서울 근교의 신도시였다. 그녀의 딸인 찬미가 이 지역에 살고 있어 몇 번 와보았으나 그녀가 내린 정류장은 한 번도 본 적이 없는 낯선 동네였다. 동네는 안개인지 미세먼지인지 알 수 없는 것에 뒤덮여 있었다. 그나마 가까이 있는 대로변의 주상복합 아파트는 동그란 튜브를 낀 사람의 형상처럼 시꺼먼 구름을 낀 채 아파트의 윗부분만 살짝 드러낼 뿐이었다. 선심은 자신이 자다가 일어나서 눈을 제대로 뜨지 못한 것인지, 아니면 자신의 노안이 심해져서 세상이 뿌옇게 보이는 것인지 알 수 없어 버스에서 내린 자리에서 움직이지 못하고 한동안 눈을 만지작거렸다. 자신이 탄 버스를 보고 시간 맞춰 버스정류장에 나온다고 했던 딸의 모습은 보이지 않았다. 그녀는 아무도 없는 버스 정류장에 앉아 딸을 기다릴 수밖에 없었다. 코와 입으로 더러운 먼지가 들어오는 것을 느낀 그녀는 컥컥거렸다.

'세상이 말세네. 어떻게 날씨가 이럴 수가 있지.' 선심이 혼잣말로 중얼거렸다. 3월의 초입이었는데 날씨는 영하 10도까지 떨어진 상태였다. 추위를 많이 타는 선심이 오들오들 떨고 있을 때 찬미가 신호등을 건너려고 기다리는 게 보였다. 그녀는 딸이 옷을 따뜻하게 입었는지 확인하고 싶어 신호가 바뀌자마자 딸에게 먼저 건너갔다.

"엄마 때문에 삶이 피폐해지고 있잖아. 왜 토요일 아침부터 나오게 만들어. 미세먼지 심해서 외출 자제하라고 몇 번이나 재난 문자가 오는데 굳이 이렇게 와야 됐어?" 딸은 그녀를 보자마자 짜증부터 냈다.

"너 일요일은 더 바쁘잖아, 그나마 토요일이 나을 것 같아서, 이 시간에 와서 봐야 엄마도 다시 가게 가서 장사 준비하지." 선심이 딸의 짜증을 받아주며 다독이듯 말했다.

"그러게 왜 엄마가 아빠를 버려서 아빠를 저 꼴로 만들었어. 엄마가 10년 전에 아빠를 그렇게 떠나지만 않았어도 지금처럼 내 삶이 방해받는 일은 없었을 거 아냐." 선심은 딸의 버릇없는 태도에 울분이 치솟았다. 그러나 딸이 한 말은 틀린 말이 아니었다. 그 말은 그녀를 불편하게 했다.

"엄마가 미안해. 그래도 똑똑한 딸이 같이 봐줘야 아빠가 편하게 일할 수 있는 좋은 곳을 구할 거 아니야, 딸이 조금만 견뎌주면 좋겠어." 평소 부모가 딸의 가치를 알아보지 못한다며 늘 선심에게 화를 내던 찬미를 달래는 데에는 똑똑하다는 말이 가장 효과가 있음을 반복적인 경험을 토대로 깨달은 선심이 말했다. 대학을 핑계로 집을 떠난 찬미는 자신을 포함한 진국과도 10년이 넘는 시간을 교류 없이 살았다. 그러다 몇 해 전 심리학 공부를 시작하면서 자신의 부모를 알아야 할 필요가 있다며 진국과 대화를 나누기 시작했다. 정확하게는 진국이 아프기 시작하면서였다. 진국도 딸과 나누는 대화가 싫지 만은 않은 눈치였고 서로 대화를 나누면서 부녀답게 지내는 모습이 자신과 진국이 함께하는 모습보다 더 가족다워 보였다. 선심은 그들이 구하려는 마트가 딸이 혼자 살고 있는 산정 지역이면 좋겠다고 생각했다. 자기가 살고 있는 지역에서 벗어나지 않겠다는 딸의 고집을 꺾을 수가 없었던 선심은 진국과 딸 그리고 자신이 다시 함께 살 수 있는 방법은 딸에게 맞추는 방법밖에 없다는 것을 받아들여야 했다.

"오늘은 그래도 너희 동네에 있는 곳이니까 금방 보고 너희 집으로 가서 너의 주말을 쉴 수 있잖아. 좋은 마음으로 가보자." 선심은 아직도 중학교 2학년인 것 마냥 철없이 투덜거리는 서른 살이 넘은 딸을 겨우 달랬다.

'엄마는 주말도 없이 일하는데 엄마 생각은 하나도 안 하는구나.'

그들은 산정 신도시 중심가에 위치한 아파트 단지 앞에 도착했다. 진국의 마트 후보지가 아파트 상가에 있었다. 빛나 마을 3단지는 총 8동으로 작은 규모는 아니었고 마트는 상가 1층에 자리해 있었다. 상가는 그녀가 내린 버스정류장과도 가까워 진국이 찬미네 동네에서 출퇴근하기가 좋을 것 같았고, 아파트가 대로변에 있어 아파트 상가치고는 활기가 넘쳤다. 선심이 보기에 위치 조건은 꽤 괜찮은 듯 보였다.

"안녕하세요." 찬미가 엄마를 대하던 태도와는 반대로 인사성 밝게 마트 주인에게 인사했다.

"안녕하세요. 어서 오세요." 마트 주인은 자동응답기의 기계음처럼 감정 없이 대답했다.

"안녕하세요. 아, 근데 가게가 저희가 생각했던 것보다 조금 좁은 편이네요. 보증금 오천만 원, 권리금 삼천만 원, 월세 구십만 원, 물건 값 천만 원이라고 하셨죠?" 선심이 마트에 들어서자마자 작은 탄식을 내뱉었다.

"네. 신문에 적힌 그대로이며 가격 절충은 어렵습니다." 마트 주인은 여전히 자동응답기의 기계음처럼 대답했다. 마트는 10평이 채 안 되는 작은 평수의 가게였다. 평수가 너무 작아 가게 안에 진열된 상품들은 그리 많지 않았다. 그래서 마트라고 하기는 무색할 정도였다. 공간을 많이 차지하는 음료 냉장고는 모두 마트 밖에 있었다. 간판 밑에 설치된 천막이 너무 작아 비가 오거나 눈이 오면 냉장고들을 신경 쓰느라 애 꽤나 먹어야 할 것 같았고, 검은색 냉장고 손잡이에는 먼지가 가득 쌓여 있어 냉장고 문을 열고 싶지도 않을 정도였다. 올해 겨울부터 부동산에 나온 다른 마트를 몇 번 봐 온 선심은 너무 좁은 평수와 밖으로 나와 있는 큰 냉장고들이 마트를 운영하는 데 불편할 수 있다는 점을 한눈에 알아볼 수 있었다. 선심이 느끼기에 마트 주인이 신문에 올려놓은 절충할 수 없는 가격은 터무니없었다. 그럼에도 그녀는 일부러 찾아왔으니 최소한의 관심은 보여야 한다는 생각에 질문을 이었다.

"보통 하루에 얼마 정도의 매출이 올라오나요?"

"이 장부를 보면 아시겠지만 적어도 최소 오십만 원에서 최대 칠십만 원은 올라옵니다."

"이 작은 곳에서 그렇게 큰 매출이 가능한가요?"

"주변에 편의점 하나 없어서 이 3단지 아파트 주민들이 다 여기로 몰릴 수밖에 없어요. 그리고 이 아파트 처음 지을 때 이 상가도 같이 지어졌고, 이곳도 그때 문을 열었습니다. 여전히 여기에 사는 분들은 이 마트만 이용하세요."

"음…… 제가 보기엔 이 물건을 팔아서 그 정도나 나올 것 같지는 않은 걸요. 그리고 권리금이 너무 비싼 거 같아요. 평수에 비해서 말이죠." 선심이 둘러볼 수 있는 동선 조차 없는 작은 가게를 걸으며 조심스레 말했다. 계약을 하지 않을 거면서 마트 주인의 기분을 상하게 하고 싶지는 않았다. 하지만 선심의 의도와는 달리 가게 주인은 이미 기분이 상한 듯 보였다.

"에이 씨, 마음에 안 들면 그냥 가세요. 가시라고요." 감정 없이 대답에 일관하던 가게 주인이 본인도 사람이라는 것을 표현하듯 화가 난 모습으로 모녀를 향해 소리를 질렀다.

"가게 보러 온다는 인간들 마다 하나같이 다 똑같아. 내가 이 자리에서 10년을 있었어. 이 아파트에 처음 입주하던 주민들이 설레는 마음으로 들어올 때 나도 같이 들어와서 애들 자라는 모습, 어른들 나이 드는 모습을 보면서 같은 세월을 보내왔단 말이야. 내가 지킨 이 자리, 내 청춘, 내 노력과 이 세월이 돈 삼천만 원도 안 돼? 모르면 말이나 말 것이지. 하여튼 인간들이란 남의 사정은 어떤지도 모르고 자기 생각만 하고 살지." 혼잣말을 내뱉던 그는 모녀가 서 있는 문 앞자리에 갑자기 소금을 뿌리기 시작했다. 한겨울에 함박눈이 쏟아지는 것을 대비하여 제설작업 장치를 상시 준비해 두는 산동네 마을 주민처럼, 마트 주인도 자기 가게를 우습게 보는 사람들이 올 때마다 행여 부정이라도 탈까 소금을 준비해두는 것 같았다. 예상치 못한 화를 겪은 모녀는 까무러치듯 놀라며 마트 밖으로 뛰쳐나왔다.

"엄마, 가게 보러 다니는 것도 정말 못할 짓이다. 어떻게 가는 곳마다 주인들이 다들 너무 무례하고 못됐어." 찬미가 또 짜증을 내며 말했다.

"다들 사는 게 힘들고 마트 일도 쉽지 않으니까 지쳐서 그렇겠지. 그냥

춘분 | 11

우리랑 인연이 없는 곳이었다고 받아들이자." 이번 가게는 찬미와 선심이 함께 둘러본 6번째 가게였다. 지금까지 본 가게들은 지나치게 비싸거나, 가게가 너무 좁거나, 위치가 애매한 곳에 위치해 있어 누가 봐도 손님이 없을 곳이었다. 가족들이 제일 처음 마트에 관해 얘기할 때 찬미는 진국의 노년을 작은 마트를 운영하며 용돈벌이만 해서 살게 하자는 선심의 의견에 동의하지 않았다. 자신이 아는 아빠는 한 곳에 머물러 있기보다는 어떻게든 움직여야 사는 사람이었기 때문이다. 그러나 그녀가 유일하게 믿고 의지하는 그녀의 오빠이자 진국과 선심의 장남 이 찬은 선심의 의견에 힘을 실어주었다. 찬의 결정이 한 번도 실패로 이어지거나 문제가 된 적은 없었기에 그녀도 오빠의 생각에 따르기로 하고 선심과 함께 가게를 보러 다니는 중이었다.

"지긋지긋해, 정말이지…… 다 엄마 탓이야."

"찬미야, 분명 우리에게 맞는 좋은 가게가 나올 거야. 오늘은 여기서 헤어지자. 그리고 가게가 우리랑 맞지 않아서 네가 사는 동네에서 엄마, 아빠가 같이 살기는 어렵겠다. 그렇게 알고 그냥 너는 지금까지 살던 대로 혼자 사는 게 좋겠다." 선심은 늘 딸에게 내가 힘든 일은 남도 힘든 일이니 남을 먼저 배려하라고 가르쳤으나 이기적으로 자신만 생각하는 철없는 큰딸은 엄마의 가르침을 제대로 익히지 못한 것 같았다. 그녀는 딸이 자라는 동안 너무 오냐오냐하며 키운 것은 아닌가 하여 한숨이 나왔다. 그녀는 진국에게 알맞은 좋은 가게를 찾기만 하면 가족 모두에게 평화가 찾아올 것이라고 생각했다. 좋은 가게만 찾으면 철없는 딸과 함께 다니며 받아야 하는 이 스트레스에서도 벗어날 수 있을 거라고 말이다.

일 년 중 낮과 밤의 길이가 같다는 봄날 중의 봄날 춘분이 찾아왔다. 3월까지 이어진 겨울 한파로 경칩이 지난 후에도 길거리의 사람들은 패딩점퍼를 입고 있었다. 그런데 24절기 중 네 번째 절기인 춘분이 되자마자 한반도의 온도가 올라갔다. 신기하게도 완성된 봄이 찾아온 것 같은 따뜻한 날이었다. 온 세상의 하늘색을 다 가져온 것처럼 하늘에는 하늘색만 존재했다. 거대한 하늘색 도화지는 마치 하늘이 이 날 만큼은 슬픔이나 분노라는 검푸르접접한 색은 없어야 하노라, 명하신 것처럼 깨끗하고 맑았다. 선심은 날씨처럼 한없이 화창하고 화사한 기분이 들었다. 전날 밤 그녀의 아들인 찬에게서 좋은 소식을 전해 들었다. 아들은 어떤 가게를 발견했다고 했는데 그 가게는 선심이 찾던 가게와 딱 맞아떨어졌다. 아들의 말에 따르면 그 가게는 인터넷 중개 사이트에 올라온 따끈따끈한 매물이었다. 보증금과 권리금 그리고 물건 값이 적당했고, 평수는 20평대 후반의 작지 않은 가게라고 했다. 가게 안에는 방이 두 칸이나 있어서 공간을 활용하기가 좋다고도 했다. 위치는 양서동인데 지하철 역에서 10분 거리고 마트가 동네 초입이라 괜찮을 것 같다고 했다. 선심은 스스로 감이 좋다고 믿는 사람이었다. 춘분이었다. 한 해의 농사를 시작한다는 춘분. 매사에 틀린 적이 없었던 아들의 확신에 찬 목소리와 오늘이 춘분이라는 사실, 그리고 이 가게가 7번째 후보지라는 사실에 이미 그곳은 선심의 가게나 마찬가지였다. 찬미도 이번에는 선심에게 자신의 휴식을 방해했다며 짜증내지 않았다. 자신의 오빠를 믿었기 때문이다.

"엄마 오늘은 날씨도 엄청 좋네. 이제 정말 봄이 온 건지 추운 것 같아도 따뜻하다."

"그러게 정말 봄이 온 것 같다. 천천히 걸어가면서 동네 구경도 해보자."

"동네 근처에 양서산 산책로도 있나 봐. 오래된 동네이긴 해도 관리를 잘해서 길거리도 깨끗한 것 같아."

"이 가까운 곳에 작은 공원까지 있어서 더 좋은 것 같네. 찬미야 저 개나리꽃 좀 봐. 색이 정말 곱다."

"왠지 오늘은 예감이 좋네. 이 가게가 꼭 우리한테 맞는 가게여서 아빠가 매일 산책로에 가고, 앞으로 맞이할 봄날마다 저 고운 개나리꽃을 보게 되면 좋겠다."

"그래, 그렇게 될 거야." 선심과 찬미에게는 처음 보는 동네의 봄기운이 예사롭지 않았다. 더 이상 가게를 보러 다니고 싶지 않은 두 모녀의 간절한 마음이 사실은 그들이 살던 동네와 별반 다르지 않은 오래된 동네를 더 아름다워 보이게 했다. 한 해를 꼬박 기다려온 꽃나무의 가지들은 곧 피어오를 꽃봉오리들을 품은 채 아직은 앙상한 그들의 뼈대를 하늘을 향해 쭈욱 뻗어내고 있었다. 그 모습은 마치 이제 준비가 되었다며 하늘에게 보내는 신호처럼 보였다. 눈이 부신 햇살을 정면으로 마주한 선심이 눈도 제대로 뜨지 못한 채 찬미를 향해 웃어 보였다.

—

찬의 얘기처럼 나눔 마트는 동네의 초입에 위치해 있었다. 어차피 계약하지 않을 것을 알고 있다는 듯, 그래서 누군가 가게를 본다며 오는 일이 마치 자신의 일상을 침범하는 불쾌한 일이라는 듯, 사람이 찾아오면 인상을 쓰던 다른 마트 주인들과는 달리 나눔 마트 사장인 전 씨는 두 모녀를 웃으며 환대했다.

"어서 오세요! 이 먼 곳까지 오시느라 고생 많으셨어요." 그는 온장고에 있던 캔 커피 두 개를 꺼내 주었다. 사람을 기분 좋게 해주는 전 씨의 환한 미소가 선심에게는 더 다정하게 다가왔다. 모녀는 환대에 기쁜 마음으로 응하며 가게를 둘러보기 시작했다. 그곳은 작은 동네 가게로 보였으나 음료 판매용 냉장고만 4개가 있었다. 커다란 술 냉장고 1개와 각종 채소와 과일 그리고 냉장 식품을 넣을 수 있는 3층짜리 대형 냉장고도 있었다. 냉장고 맞은편에는 각종 조리 식품들이 제일 왼쪽 선반부터 잘 정리되어 있었고, 그 끝을 지나 다른 편으로 건너가면 20가지도 넘어 보이는 다양한 과자들이 양쪽 진열대에 가득 차 있었다. 과자와 사탕 구역을 지나면 라면과 즉석식품 구역이 있었고 그 옆으로는 생활 용품 구역이 있었다. 진열대는 먼지라고는 찾아볼 수 없을 만큼 깔끔했다. 지금까지 그녀가 봤던 마트들과 달리 새것처럼 윤이 나는 선반이 선심에겐 붉은 실로 엮여있다는 운명의 짝을 첫눈에 알아본 것과 같은 모습으로 보였다. 마트 입구에는 막대 아이스크림과 콘 아이스크림을 구분해서 넣은 커다란 아이스크림 냉동고 2대가 놓여있었다. 그 옆으로는 냉동고기 그리고 냉동생선과 같은 냉동식품을 담을 수 있는 커다란 스탠드 냉장고에 다양한 상품들이 가득 차 있었다. 나눔 마트의 지붕에는 천막이 크게 덮여 있어 비가 오거나 눈이 와도 바깥 냉장고들을 신경 쓸 필요가 없어 보였다. 그때 마침 잠옷 바지를 입고 슬리퍼를 신은 젊은 청년이 모녀의 눈에 들어왔다. 그는 늘 해왔던 일을 하는 것처럼 자연스럽게 밖에 있는 냉동식품 냉장고에서 냉동만두 하나를 꺼냈다. 그리고 옆에 있는 아이스크림 냉장고에서 아이스크림을 한가득 품어 마트 안으로 들어왔다. 마트 사장 전 씨는 어서 와요라거나 안녕하세요라고 하지 않고 "잘 잤어요?" 라고 했는데 한눈에 봐도 그 청년은 이 가게의 단골손님으로 보였다.

"좋은 아침이에요. 사장님." 그는 계산대 위에 밖에서 꺼내 온 상품들을 내려놓았다. 그리고는 다시 늘 해왔던 일을 하는 것처럼 자연스럽게 라면 구역으로 가서 라면 한 봉지를 들었고, 음료 구역으로 가서 이온 음료를 꺼냈다. 과자 구역에서는 과자 4 봉지를 품에 안고 계산대로 왔다. 계산대는 이미 가득 차 있었고 전 씨는 바코드를 찍으며 물건을 봉지에 담느라 여념이 없었다. 매상에는 크게 연연하지 않겠다던 모녀에게 그 모습은 신선한 충격이었다. 선심은 계산을 마친 전 씨에게 동네를 둘러보고 오겠다는 짧은 말을 남긴 뒤 찬미와 함께 가게 밖으로 나왔다.

"엄마, 바로 여기인 것 같아. 우리가 찾던 우리한테 맞는 가게. 가격에 비해 가게가 꽤 근사하네. 그리고 우리가 기대했던 것보다 손님이 많은가 봐. 이른 시간인데도 손님이 와서 물건을 저렇게 많이 사가는 게 신기해!"

"엄마가 생각해도 바로 여기인 것 같아. 그러게 우리 연고랑은 아무 관계도 없는 동네라서 낯설지는 않을까 조금 걱정도 했지만 이 정도면 정말 완벽한 것 같다. 찬이 얘기처럼 아빠가 한 달에 백만 원 정도만 용돈벌이로 벌어도 우리는 감사한 일로 여기자고 했었잖아, 근데 우리가 생각한 것보다 돈을 더 많이 벌게 될 수도 있을 것 같네! 오늘은 시간도 많고 날씨도 좋으니까 동네 구석구석 한 번 걸어보자." 감정을 잘 드러내지 않는 선심이 기분이 좋은 듯 들떠서 말했다.

"엄마, 동네가 생각보다 커. 근데 입구는 마트가 보이던 그 길 하나야. 나머지는 다 골목, 골목이라 차가 다니기에도 어려울 거야. 차가 다니기 어렵다는 건 인터넷 마트 같은 곳에서 배송해서 물건을 시키기가 어렵다는 점이기도 하고, 양서산 산책로가 마트를 지나서 있으니까 산에 오르는 등산객들도 마트를 이용하겠지. 마침 마트 앞에 마을 버스정류장도 있던데, 동네로 올라오는 오르막이 있어서 많은 사람들이 그 마을버스를 탈 거야. 그렇다면 이 동네에 사는 사람들 대부분은 밖으로 나가고 들어올 때 마트를 지나갈 수밖에 없으니까 유동인구가 적은 편은 아닐 거야. 그리고 양서 역에 내려서 확인했을 때는 역 주변으로 할인마트가 1개밖에 없었고, 동네와 지하철역 앞의 할인마트를 거리로 계산해보면 2KM 이상 떨어져 있으니 그 대형마트가 여기에 큰 영향을 줄 것 같지도 않아서 좋은 걸! 게다가 주변에 편의점 같은 것도 하나도 안 보이잖아. 계약해도 괜찮을 것 같아. 엄마!" 교양 과목에서 마케팅 수업을 들었던 찬미가 아는 척하며 하나하나 분석했다. 선심은 그런 찬미의 얘기가 들리지 않았다. 동네를 돌아보니 나눔 마트가 분명 진국과 잘 어울릴 것이라는 확신이 이미 들었다. 선심은 진국에게 죄책감이 있었다. 꼭 좋은 가게를 계약해서 진국이 노후에는 조금이나마 편하게 살 수 있게 해주고 싶었다. 마트가 있는 마을을 다 확인했다고 생각한 모녀는 계약을 결심하고 마트로 발길을 돌렸다.

-

나눔 마트 사장 전 씨가 마트로 다시 돌아온 모녀를 또 환대하며 초콜릿을 하나씩 건넸다. 모녀는 다정한 전 씨를 만난 것이 행운이라고 생각하며 다시 마트 안을 서성였다. 마트 안에는 방이 두 개 있었다. 조리시설이 설치된 방 한 칸에서 된장찌개로 식사를 마친 전 씨 부인이 방 여기저기 흩어져 있는 약봉지를 서둘러 정리하고 있었다.

"어디 몸이 많이 안 좋으신가요?" 찬미가 그 모습을 보고 물었다.

"아, 아무래도 너무 오랫동안 마트에만 있다 보니 건강이 조금 안 좋아지긴 했어요. 남편이랑 제가 교대로 하기는 해도 한 달에 하루밖에 안 쉬고 매일 아침 7시부터 밤 12시까지 마트를 운영한다는 게 쉬운 일은 아니거든요. 저희는 마트 팔고 나면 강원도에 있는 산골로 들어가서 작은 농사나 지으면서 조용하고 건강하게 사는 게 꿈이었어요." 전 씨 부인은 당황한 듯 묻지도 않은 말을 늘어놓았다.

"하긴 여기 마트에 계속 계시느라 어디 다니지도 못하셨겠네요." 찬미는 자신이 상대를 헤아릴 줄 아는 사람이라는 듯 전 씨 부인의 편을 들며 전 씨 부인과 서슴없이 대화를 나누고 있었다. 건성으로 마트를 한 번 더 둘러보던 선심은 전 씨에게 물건 값을 깎아준다면 계약을 하겠다고 말했다. 그 말은 곧 자신의 가게를 처분하고자 하는 자영업자들에게 청신호 그 자체였다. 이미 마음이 넘어온 듯 보이는 만만한 아줌마의 계약 결정을 기다렸던 전 씨는 처음부터 가격을 깎는 상황을 염두에 두고 있었다. 그는 자신이 받고자 했던 금액보다 오백만 원을 더 높여 광고를 냈다.

"얼마나 깎고 싶으세요?" 그는 본심과는 달리 선심에게 곤란한 표정을 지으며 말했다.

"글쎄요. 저희가 이런 마트를 한 번도 안 해봐서 물건 값 개념이 조금 없어도 제가 보기에 이 마트에 있는 물건 모두 해도 천오백만 원은 안 될 것 같으니 양심적으로 생각하셔서 삼백만 원은 깎아주세요." 한 푼이라도 더 챙기고 싶었던 전 씨에게 선심은 너무 쉬운 먹잇감이었다.

"사모님 운이 좋으신 겁니다. 저같이 양심적인 사람이니까 삼백만 원이나 빼드리죠, 물건 얼마 안 되는 것 같아도 컴퓨터에 저장된 물건 품목만 이천 개가 넘습니다. 사모님하고 따님이 좋으신 분 같아서 제가 손해 보면서도 삼백만 원이나 빼드리는 거예요. 잘 결정하셨어요. 저희는 이 마트를

5년이나 해왔는데 돈을 많이 벌기는 벌었는데, 그만큼 생활도 많이 갇히게 돼서 이제 조금은 자유롭게 살고 싶었거든요. 그러면 계약은 오늘 하실 건가요?" 선심이 언급한 양심 같은 것은 최소한만 있으면 된다고 생각했던 전 씨는 공돈 이백만 원이 더 생겼다는 생각에 기뻤으나 기분 좋은 티를 내지 못하고 덤덤하게 말했다.

"세상에 다 만족하는 게 어디 있겠어요. 돈을 많이 벌게 된다면 그만큼 바쁘고 힘들다는 거겠죠. 저희는 큰돈을 벌고 싶어서 마트를 하려는 건 아니에요. 아이 아빠가 뇌경색 진단을 받아서 30년 동안 했던 이삿짐 일을 할 수가 없게 됐는데 그냥 그이 용돈 벌이만 하면 된다고 생각해서 하는 거예요. 오늘 가계약으로 오십만 원 걸고 이틀 후에 다시 와서 계약금 지불하고 잔금 치를 날짜 정하면 좋겠네요." 선심은 전 씨가 말하는 갇히다는 말을 이해할 수 없었지만 전 씨를 이해하는 척하며 자신들의 상황을 설명했다. 그녀는 나눔 마트가 자신들의 가게가 될 것이라고 예상이나 한 듯 미리 준비해 온 오만 원 권 지폐들을 세어 건네며 전 씨에게 영수증을 요청했다.

"정말 잘 생각하셨어요. 여기는 그래도 동네가 강남이라 손님들도 예의 바르고, 친절해요. 사람들 말이 못 사는 동네일수록 사람들이 질이 안 좋다고 그러더라고요. 근데 여기는 안 그래요." 전 씨 부인이 마치 자신이 누리고 있는 것이 특별하다는 듯 뿌듯해하며 말했다.

"잘 사는 사람이라고 친절하고 못 사는 사람이라고 불친절할 것 같진 않네요. 사람 나름이겠죠. 저희는 못 사는 사람들이지만 한 번도 남들한테 예의 없이 굴면서 살아본 적 없었어요." 선심이 무심하게 대꾸했다.

"겪어보면 알게 되실 거예요." 전 씨 부인이 자신의 말에 힘을 실어 말했다. 선심은 개의치 않았다. 그녀는 계약 후 시일 안에 마트를 인수받고자 한다는 의사를 전하고 찬미와 함께 마트 밖으로 나왔다.

"엄마, 이제 됐네! 엄마 말대로 우리한테 잘 맞는 곳이 나타났네. 나는 저 가게가 정말 마음에 들어!"

"나도 그래, 우리 집에도 이제 좋은 일이 생기려나 보다. 이제 잘 될 일만 남았어. 얼른 가서 아빠한테 얘기해야겠어!" 선심은 진국에게 지은 자신의 잘못을 이제는 다 씻어낼 수 있을 거라 생각하며 호탕하게 웃어 보였다. 선심은 낮술을 한 사발 들이켠 사람처럼 어떤 만족감에 취한 듯 보였다. 불그레한 그녀의 얼굴빛이 춘분의 햇살과 만나 올긋볼긋하게 빛나고 있었다.

-

선심은 집에 가기 전 그녀의 삶이 담긴 동네 재래시장에 들렀다. 선심과 진국은 찬을 낳은 후 시내에서 가까운 동네로 이사했다. 선심의 가장 친한 친구인 정애가 먼저 그곳에 자리 잡아 있었다. 대구에는 아무런 연고도 없는 선심이 의지할 수 있는 사람은 열일곱 살 때 방직 공장에서 만나 단짝 친구가 된 정애가 유일했다. 정애는 선심보다 늦게 결혼했어도 그곳에서 나고 자라 동네를 잘 알았고 찬을 낳은 후 이사를 고민하던 선심에게 정애가 먼저 자신의 동네로 이사 올 것을 권유했다. 선심도 의지할 곳이 필요했던 터라 진국과 의논한 후 그곳으로 터전을 옮겼다. 그리고 그들은 20년이 넘게 그 동네를 떠나지 않았다.

선심이 들린 재래시장은 제법 큰 시장이었다. 그곳은 그들이 이사 오기 전부터 상권이 활성화되어 있었다. 도심지에 분리된 캠퍼스를 둔 대학이

시장 옆에 위치해 있어 시장에는 늘 활기가 넘쳤다. 그러나 몇 년 전 미국에서나 볼 법한 창고형 대형 마트가 근처에 입점하면서 시장은 점차 생기를 잃어갔다. 시장을 붐비게 하는 데 일조했던 대학의 캠퍼스가 개발되지 않은 대구 근교로 옮겨간 것도 한몫했다. 재래시장 활성화를 위해서라며 시에서 지어준 시장의 아케이드는 새 것이라는 단어가 무색할 만큼 녹이 슬어 하얀색으로 칠해진 아케이드 기둥의 표면이 벗겨져 있었다. 녹슨 곳들은 피가 튀어 굳은 것처럼 검고 짙은 붉은색을 띠었다. 시장은 인적 드문 뒷골목처럼 어두웠고 음침해져 있었다.

  선심은 시장에 들어서자마자 그녀의 기억에 배어 있는 냄새를 맡고 발길을 멈추었다. 그곳에 들어서면 돼지고기 삶는 냄새가 진동했다. 학생들과 교직원들이 학교 옆에 있는 시장 안에서 끼니를 해결하고는 했던 터라 시장 내에는 식당을 겸하면서 반찬과 국을 따로 파는 곳들이 많았다. 과거의 영광을 잊지 못하는 시장 상인들은 사람들이 떠난 후에도 그 자리에 남아 고기를 삶고 반찬을 만들어내고 있었다. '시장이 예전 같지 않다고는 해도 이 정도일 줄은 몰랐는데……' 시장의 분위기가 달라진 것을 감지한 선심이 혼잣말을 중얼거렸다. 시장 안으로 걸어갈수록 시장은 슬퍼 보였다. 세월이 지나고 시대가 바뀌었으니 그럴 수밖에 없을 거라고 그녀는 생각했다. 중간, 중간 임대라고 적힌 종이를 써 붙여 놓은 빈 가게를 지나갈 때마다 그녀는 촌락마다 사람이 가득하던 자신의 고향 마을을 떠올렸다. 그녀가 태어난 고향은 전라남도 시골 골짜기였다. 그곳은 작은 시골 마을치고 많은 사람들이 모여 살았다. 하지만 산업화가 시작되면서 사람들은 하나둘씩 고향을 떠났고 그녀가 떠나오던 70년대 초반에는 시장의 빈 점포처럼 마을에도 빈 집이 생겨나기 시작했다.

토요일 오후였지만 장을 보기 위해 온 손님은 손가락으로 셀 수 있을 만큼 적었다. 선심은 한 때 손님이 너무 많아 몸을 옆으로 비스듬히 돌려야만 지나갈 수 있었던 북적이던 옛날을 떠올리며 씁쓸함에 잠겼다. 대부분의 상인들은 시장을 끼고 있는 동네의 주민들이었다. 겉보기에는 그저 동네 재래시장과 한 동네로 분리될 수 있었으나, 속을 들여다보면 동네 사람과 시장 상인들이 서로의 가족이거나 친척이었고 그렇지 않더라도 서로에 대해 모두 알고 지냈다. 그도 그럴 것이 동네 사람들이 바깥으로 나가기 위해서는 시장 골목을 지나야 했다. 그 동네와 시장은 작은 운명 공동체였다. 동네 사람들은 정이라는 이름으로 덮어둔 개개인에 대한 사생활 침해와 제값을 받고 사거나 판매하지 못하는 생산 활동과 구매 활동을 감내해야 했다. 운명 공동체라는 이름으로 그들은 그렇게 할 수밖에 없었다.

  진국이 자주 갔다는 국숫집은 시장 중간에 위치해 있었다. 잔치국수는 이천오백 원이었고 손수제비는 삼천 원이었다. 십여 년 전 그녀가 시장을 이용할 때 봤던 가격이 변하지 않은 것을 본 선심은 애잔함에 빠졌다. 자신도 장사를 하고 있어서 알 수밖에 없는 소상공인의 속사정이 그녀에게는 보였다. 저렇게 저렴하게 팔아서 뭐가 남을까 생각하니 서글퍼지기도 했다. 그녀는 자신의 식당이 있는 서울의 시장 골목에는 늘 사람들로 가득 차 있는 것이 생각나 불편한 죄책감마저 들었다. 뉴스에서나 보던 서울 인구 밀집 현상에 그녀도 기여한 것 같았다.

  "아이고 이게 누구고! 찬이 엄마 아이가, 왔나! 오랜만에 왔네! 하도 안 보여서 어디 이사 간 줄 알았는데 아저씨는 계속 지나 다니시대? 그래서 둘이 사정이 있겠구나 싶어서 아저씨한테는 아는 척 안 했다."

  "어머니! 정말 오랜만에 뵈어요. 건강하시죠? 아직도 저를 기억해주시네요."

"찬이 엄마 같은 사람이 세상에 어딨다고 찬이 엄마를 잊어 먹노, 못 봐도 잊을 수가 없지."

"그렇게 봐주셔서 제가 너무 감사해요. 안 그래도 어머니 계신지 보려고 여기까지 들어와 봤어요. 저 오늘 무 하나랑, 파 한 단, 양파 한 망, 청양 고추 이천 원치 주세요. 콩나물도 천 원어치만 주세요."

"자, 봐래이. 제일로 좋은 걸로다가 골랐대이, 파랑 양파는 다 고만고만하고 무는 제일 싱싱하고 큰 걸로 담았다. 고추는 삼천 원어치 담을게. 많이 무라. 콩나물은 너무 많아서 남으면 못 쓰니까 제값어치만 담았다. 깻잎은 안 필요하나? 한 묶음 그냥 줄게 가져다가 먹어라. 옛날에 깻잎 많이 사갔다 아이가, 딸내미랑 남편이 좋아한다고. 내 다 기억난대이. 나이가 들어서 몸은 성한 데 없이 아파와도 아직 정신은 말짱하다."

"어머니, 그러면 제가 깻잎 값도 드릴게요. 그냥은 못 받아요. 이렇게 기억해주시는 것만으로도 감사하고 고추도 이렇게 많이 주셨는데 제가 더 어떻게 받아요."

"이제는 좀 받으면서도 살아라, 아직도 그렇게 남이 잘해주고 싶어 하는 마음을 못 받고 살아 어떡할라 하노." 채소 할머니가 다그치듯 얘기했다.

"그러면 제가 올라가기 전에 한 번 더 들려서 다른 것도 사갈게요. 감사합니다."

"안 와도 된대이. 그냥 아프지 말고 잘 살아라. 오랜만에 봤는데 내가 줄게 없어서 이것밖에 못 줘서 미안타. 그냥 아저씨랑 자식들이랑 다 건강하게 잘 살그래이. 사람들한테 너무 잘하려고 하지 말고, 자기 거는 지켜가면서 그렇게 살아라. 그거면 된다." 할머니는 때 묻은 사람들이 순수한 선심에게 때를 묻히기 위해 나쁜 마음으로 소문을 퍼뜨렸다는 것을 알고 있었다. 선심처럼 순박한 사람이 소문의 제물로 바쳐진 것이 안타깝기만 했다.

"감사합니다. 어머니, 어머니도 건강 잘 챙기세요. 예전부터 시장이 많이 어려워졌다고는 얘기 들었는데 가게들이 많이 비었네요. 요즘에는 정부에서 시장 살리기인가 뭔가 한다고 신경 쓰고 있다고 하더라구요. 재래시장 상품권도 만들고, 시장 상인들도 신용카드 받을 수 있게 카드 수수료는 최소한으로 하는 정책을 시행한다는 것 같았어요. 그러니까 좀 나아질 거예요. 다음에 또 올게요. 아프지 마셔요." 그녀는 채소 가게 할머니의 따뜻함에 시장 때문에 울퉁불퉁해졌던 마음이 조금씩 평평해지는 것을 느꼈다.

"어머, 사장님 아직도 계시네요. 어쩜 하나도 변한 게 없네." 선심은 채소 가게 위쪽 골목에 있는 정육점을 찾았다. 그 정육점은 과일 가게들이 줄줄이 이어진 곳 한가운데에 위치해 있었다. 은은하게 퍼지는 달콤한 과일들의 향기와 정육점 특유의 고기 비린내가 섞인 미묘한 향이 선심의 기억에 배어 있었다. 돼지고기 삶는 냄새와는 또 다른 정서였다. 한 번 배어 몸에 쌓인 냄새는 10년이라는 세월이 지나도 지워지지 않았다.

"아이고야, 사모님 왜 이렇게 오랜만에 오셨어요. 저희 애들 벌써 중학교 들어갔어요. 시간이 얼마나 잘 가는지 모릅니다. 애들 유치원 들어갈 때 오시고 그 뒤로 못 뵈었던 것 같은데요. 그렇지예?" 인기 있는 연속극의 주연 배우를 닮은 잘생긴 정육점 사장이 선심을 반겼다.

"맞아요. 제가 오랫동안 못 오기는 했어요. 사정이 좀 있었거든요. 소고기 국거리 한 근이랑, 삼겹살 한 근 주세요."

"사정없는 사람이 세상에 어딨습니꺼, 못 오면 못 오는 구나하는 기지요. 그래도 오랜만에 뵈니까 너무 반갑네예. 형님은 잘 계시예? 형님이 2년 전에 저희 집 이사해주셨는데 다른 데서 견적 낸 것보다 훨씬 더 싸게 해줬어예. 제가 감사하다는 말씀밖에 못 드려서 마음에 걸렸는데 삼겹살은 서비스 드릴게예. 고기 좋은 겁니대이."

오래된 동네 시장에는 텃세가 있어 젊은 나이의 그가 처음에 정육점을 열었을 때 다른 정육점집에서는 그를 이유 없이 힐난했고 동네 사람들도 그곳에는 가지 않았다. 선심은 유행 따르듯 졸졸 따라가는 사람들과 다르게 그 정육점에 찾아갔고 질이 좋은 고기를 확인한 후에는 그 정육점의 첫 단골이 되었다. 선심이 떠난 후에는 진국이 선심을 대신하여 고기를 사 가고는 했다. 아무도 찾아오지 않는 자신의 가게에 진국이 들려주는 게 고마웠던 그는 말은 없어도 잘 웃어주던 진국과 형님 동생으로 지냈다. 진국은 동네 사람들에게 정육점 사장을 소개해줬다. 정육점 사장은 그렇게 힘겹게 그곳의 텃세를 극복했다. 그에게 선심과 진국 부부는 시장에 터를 잡게 해준 고마운 사람들이었다.

"서비스 안 줘도 돼요. 제가 돈 주고 사 갈게요. 애들 크는데 한 푼이라도 더 벌어서 살림에 보태야죠."

"아닙니더, 사모님 받아주이소. 제가 옛날 생각하면 사모님께 고마운 게 참 많습니더. 근데 형님한테 까지 신세 졌으니까 이 정도는 제가 할 수 있는 겁니더." 정육점 주인은 단호하게 말했다.

"네. 그러면 감사하게 받을게요. 근데 제가 마음이 안 편한데, 그러면 돼지 등심도 썰어서 반 근만 더 주세요. 이거는 값 받으셔야 돼요." 선심도 이번에는 양보하지 않겠다는 투로 단단하게 말했다.

"그럴게예. 고맙습니다. 근데 사모님 형님이 요즘 들어서 약주를 많이 하시는 것 같던데, 무슨 일이 있는지는 몰라도 사모님이 조금 더 신경 써 주이소. 같은 가장으로서 솔직히 좀 안되어 보입디더, 제가 할 말은 아닌 거 아는데예, 그래도 저는 형님이 걱정되니까 부탁 드립니다. 삼겹살 값 빼고 만 오천 원 주시면 됩니더." 그가 고기를 썰어 봉지에 담고 선심에게 건네며 기다렸다는 듯 진국에게 느껴온 동정심을 드러냈다. 선심에게는 쓴소리일 말이었다.

"네. 그러려고 하고 있어요. 신경 써주셔서 감사드려요. 다음에 또 올게요. 사장님 서비스 감사해요. 애들 건강하게 잘 크기를 바랄게요. 한창 자랄 때니까 신경 많이 써주세요. 그 시기 놓치면 나중에 후회해요." 선심은 자신도 알고 있는 그녀의 치부를 들킨 것이 불편해 그의 눈을 마주치지 못했다. 그녀는 자신의 부정적인 감정을 드러내지 않기 위해 억지로 웃음을 지어보였다.

"감사합니다. 사모님도 형님도 건강하이소." 정육점 사장이 시장 쪽을 향해 고기가 진열되어 있는 빨간색 불빛의 냉장고를 정리하며 말했다. 그의 말은 선심이 진국을 떠나오면서부터 만들어진 그녀의 죄책감 응어리에 명중했다.

'나도 내 인생이 있는 걸' 그녀는 쓰린 속을 부여잡고 혼잣말을 내뱉었다.

선심은 검정 봉지를 양 손에 나눠 들고 시장 뒷골목으로 방향을 틀어 생선가게 골목으로 갔다. 저녁이 채 안된 시간이었으나 생선가게가 모여 있는 시장 뒷골목은 조명 불빛이 아니면 사람의 얼굴을 알아볼 수 없을 만큼 어두웠다.

"어? 찬이 엄마! 이게 무슨 일이고, 웬일로 찬이 엄마가 여기에 다 왔노!" 선심이 우유 배달을 할 때 함께 배달을 하며 알게 된 영아 엄마가 놀라며 말했다.

"영아 엄마, 오랜만이네. 요즘 재래시장 어렵다던데 아직도 장사하는 거 보니 대단해."

"요즘 안 어려운 데가 어딨노, 뭘 해도 다 어렵다. 그래도 시장 오던 손님들은 계속 오신다. 동네 사정 다 아는데 서로 돕고 사는 거지. 근데 어쩐 일이고? 찬이 아빠 혼자 놔두고 다른 남자 만나서 서울 가서 산다고 해서 이제 못 보는 줄 알았다." 시장에 떠도는 이야깃거리를 소문으로 만들어서 퍼뜨리기 좋아했던 그녀는 소문의 당사자에게 사실 여부를 천연덕스럽게 물어보는 대범함을 보였다.

"어? 내가 다른 남자 만나서 서울로 올라갔다고 그런 소문이 돌았나 보네. 참 사람들 남 얘기 쉽게 한다. 그지? 영아 엄마도 그걸 믿었나 보네. 마음대로 생각해. 남들이 욕하는 게 내 뱃속에 들어가는 건 아니니까. 나는 신경 안 쓸래. 그나저나 영아는 어떻게 지내? 우리 찬미랑 동갑이지?" 선심은 자기중심이 강한 사람이어서 남 얘기는 크게 귀담아듣지 않았고, 남들이 떠드는 소리에도 크게 개의치 않았다. 그녀는 대수롭지 않은 듯 말했다.

"나는 또 사람들이 다 그 일 있고 난 뒤로 찬이 엄마가 아저씨 버렸다 그러기에, 그런 줄 알았네. 영아 잘 산다. 다음 달에 결혼하는데 남편 될 사람이 7급 공무원이다. 요즘 같은 세상에 공무원만큼 좋은 직업은 없다 아이가, 시댁에도 돈이 좀 있다고 하는 거 같더라." 그녀는 으스대며 자신의 패를 꺼내들었다. 비슷한 또래인 자녀들의 혼사는 부모들이 내세우고 싶은 자랑거리였다.

"잘됐다. 축하해! 영아는 뭐 해?"

"영아는 유아교육과 나와서 유치원 선생님 했는데 애기 낳고 살림하고 싶다고 결혼 준비하면서 유치원은 그만뒀다. 남편 돈 버는데 애 잘 낳아서 키우고 살림하면 되는 거 아이가."

"영아 엄마, 요즘 세상은 안 그래. 여자들도 결혼해서 일하는 게 좋지. 외벌이로 살림하려면 빠듯하기도 하고, 애는 뭐 여자만 키워야 돼? 같이 돈 벌고 같이 키우는 거지."

"서울이야 그렇지 여기는 안 그렇다. 물가도 서울보다 싸고, 집값도 싸다 아이가. 그리고 뭐 영아가 그렇게 하고 싶다는데 하고 싶은 대로 하면 되지, 찬이 엄마가 간섭할 바는 아니잖아? 찬미는 어떻게 지내노?" 그녀는 자신이 간섭하고 있는 남 일은 미처 생각하지 못하고 말했다.

"찬미는 공부해. 결혼은 아직 못했고 작년에 결혼하려고 준비하다가 잘 안 맞는지 헤어지더라고, 아무튼 영아 결혼 축하해!"

"그 나이 돼서도 공부한다고? 그러면 아직 사회생활도 못 해 본 거 아이가? 공부는 누구 돈으로 하는데?"

"사회생활은 당연히 했고, 회사 다니다가 공부하고 싶대서 두 해 전에서야 대학원 들어갔어. 돈은 당연히 우리가 벌어서 내줘야지. 부모 된 도리는 해야 할 거 아냐."

"부모 된 도리는 무슨, 어른되기 전까지 먹여주고 입혀주면 됐지, 나머지는 지들이 알아서 해야지. 무슨 부모라고 평생 자식 먹여 살려야 되나, 그리고 그냥 나이 됐으면 좀 안 맞아도 참고 결혼하면 될 걸. 하나하나 다 따지면 시집도 못 간다." 영아 엄마는 선심에게 훈계하듯 말했다.

"결혼도 그렇고, 자식들 뒷바라지도 그렇고 시대가 달라졌으니까 우리도 맞춰 가는 거지 뭐. 삼치 소금 간 쳐서 두 동강으로 잘라줘."

"아무리 시대가 달라졌다 해도 나이 서른이 넘었는데 아직도 부모가 뒷바라지해주는 건 아니지. 대학원 공부면 앞으로 몇 년은 더 그렇게 해야 될 거 아이가, 아이고 찬이 엄마 무슨 고생이고. 그냥 시집이나 가라고 해라. 찬이는 선생 일 할 만하다나?" 연초록색 빛깔을 띠는 삼치 한 마리를 집은 영아 엄마가 말했다.

"찬이 선생님 된 것도 알아? 원래 자기가 좋아하던 과목이니까 선생님 돼서도 더 즐겁게 하나 보더라고."

"하믄, 이 동네 사람들은 그 집에 밥 수저가 몇 개 있는지도 알 만큼 서로 다 안다 아이가, 근데 찬이는 뭐가 부족해서 아직 장가를 안 가노? 직업 좋지, 얼굴 잘생겼지, 인품도 좋아서 그만하면 된 것 같은데." 직업과 외모 그리고 재산에 따라 등급을 매기는 결혼정보회사처럼 영아 엄마도 선심의 아들을 등급으로 매기 듯 말했다.

"아직 짝을 못 만나서 그래. 때 되면 가겠지. 얼마 주면 되지?" 자신의 아들은 조금 달라서 이 나라에서는 결혼할 수가 없다고 선심은 말할 수 없었다. 특히 소문내기를 좋아하는 영아 엄마에게 말했다가는 순식간에 아들의 삶이 피곤해질 수도 있을 거라고 생각했다.

"4000원 주면 된다. 찬이야 늘 알아서 잘해왔다 아이가. 요즘에도 종종 오는데 인사성도 바르고 착해서 찬이만 보면 기분이 좋아지더라. 아들 하나는 참 잘 키운 거 같네." 영아 엄마는 칭찬인지 아닌지 알 수 없는 말을 비꼬듯 내뱉었다.

"그래. 우리 아들 좋게 봐줘서 고마워. 영아 결혼 다시 한번 축하하고, 영아 엄마 잘 지내, 나중에 또 봐." 그녀는 서둘러 생선가게 밖으로 나왔다.

'인사성이 바르고 착해서 찬이만 보면 기분이 좋아진다고? 내 아들이 다른 걸 알면 당신 같은 사람은 태도가 돌변하겠지. 나이를 먹어도 남 일에 신경 쓰면서 소문 퍼뜨리기나 좋아하는 당신 같은 인간 때문에 내 아들이 이 사회에서 인정받지 못하는 거야.' 선심은 남들이 자신의 기분을 상하게 하더라도 참고 웃으며 넘기면서 살아왔다. 이미 자신들의 생각에 갇혀 남을 쉽게 평가하고 남 험담하기를 좋아하는 사람들과는 대화가 아닌 싸움만 벌어질 것을 알고 있었다. 하지만 선심도 사람인 지라 상대가 자신이나 자신의 가족들을 우습게 보거나 얕잡아 보면 불쾌했다. 한 번씩은 되받아쳐 주리라 마음먹지만 막상 그 자리에서는 아무 말도 못 하고 뒤돌아서서 혼자 열을 삭히고는 했다. 선심은 씩씩거리며 시장 끝자락에 있는 떡집으로 향했다.

-

선심에겐 가족이나 다름없는 경수 할머니가 떡집 안에서 선심을 보자마자 달려 나왔다. 할머니는 선심이 마지막으로 봤던 10년 전보다 허리가 굽고 체구도 줄어 있었다. 선심은 그런 할머니를 보자 울컥해서 눈물이 날 것 같았다. 그런데 할머니 특유의 라면 면발 같은 파마머리를 보니 희미한 웃음이 터져 나왔다. 평소에는 남들과 포옹이라는 것을 하지 않는 선심이 경수 할머니를 보니 자신도 모르게 몸이 움직여서 할머니를 안고 있었다. 할머니의 품 안에서 서러웠던 지난 세월이 떠오른 선심이 웃음을 거두고 훌쩍였다.

"할매, 아직 떡집 하신다고 찬이가 얘기해서 일부러 왔는데 진짜 계시네. 이게 얼마 만이어요. 잘 지내셨어요? 어디 아픈 데는 없으신 거죠? 경수 엄마는 잘 지내요?"

"와 우노, 반가우면 웃어야지. 나는 아픈 데 없다. 옛날부터 건강했다 아이가, 잘 살았나? 세월이 지나도 여전히 예쁘네. 찬이 엄마는 왜 안 늙노, 서울 갔다고 하더만. 서울 가서 좋은 거 먹어갖고 때깔이 더 고와졌나, 참말로 반갑대이. 우째 살았노, 여 앉아봐라. 경수 엄마도 잘 있지. 얘기 좀 하고 가라. 그냥은 못 간다."

"할매도 참 과찬은 예전이나 지금이나 여전하시네요. 할매도 여전히 곱고 아름다우세요. 서울이라고 뭐 다른 거 있어요. 음식은 여기가 더 맛있어요. 그나저나 경수 엄마는 요즘 어디서 일해요?"

"과찬은 무신, 나는 본 그대로만 얘기한다 아이가, 옛날에 우체국에 다녔었다 아이가, 그래서 몇 년 전에 계약직인가 뭔가 하는 걸로 다시 들어가서 우체국에서 우편물 보내는 거 한다."

"정말 잘됐네요. 계속 일하고 싶어 했었잖아요. 결혼하고 자기 일 못하는 거 얼마나 한스러워했어요. 그래도 이제라도 경수 엄마 소원대로 일해서 다행이네요."

"일하고 싶다고 마음대로 할 수 있나, 때가 되고 자리가 있어야 되는 기지. 그래도 다행히도 경수 엄마가 일할 수 있는 자리가 나긴 나더라고, 그나저나 찬이는 왜 결혼 안하노?"

"경수 엄마 행복해하겠네요. 예전부터 집에 있는 거 싫다고 그랬었는데 진짜 잘됐어요. 찬이는 결혼하려면 아직 멀었어요. 아직 좋은 사람을 못 만났어요."

"와? 내가 경수 아내한테 얘기해서 좋은 처자 있는가 알아봐 주까? 경수는 진작 결혼해서 애 낳고 잘 산다 아이가, 찬이나 경수나 같이 컸는데 경수만 결혼하고 애 낳아서 찬이가 부러워하는 것 같아서 걱정이다."

"찬이가 경수를 부러워해요?"

"어, 경수 가족들이랑 찬이는 자주 만나는 것 같더라고, 경수 말이 찬이가 계속 부럽다고 그런다 카는데."

"아무래도 제일 친한 친구가 결혼해서 잘 사니까 당연히 부러운가 보죠. 할매는 이제 걱정할 거 없겠다. 경수 장가 잘 가서 잘 살고 경수 엄마도 일하러 나가고."

"겉으로만 보면 그렇다마는 사람 사는 기 어찌 다 좋을 수가 있겠노, 그나저나 오랜만에 여기는 어쩐 일이고. 니는 잘 지냈나, 찬이 아빠가 최근 들어서는 매일 술에 취해 있던데, 찬이 아빠는 괜찮나? 저번에 그 사건 후로 집이 좀 안 편하제? 찬이한테 니 소식 물어보니까 한 번씩 집에 왔다면서 왜 시장에는 안 들렀노." 선심은 정육점 주인에게 정통으로 맞은 화살을 또 한 번 맞는 것 같은 느낌을 받았다.

"사는 게 바쁘고 힘들어서 그렇죠 할매. 밤에 일 끝내고 내려왔다가 다음 날 일해야 하니까 올라가기 바빴어요."

"뭐하는데 쉬는 날도 없이 일하노. 찬이 아빠가 대단한 회사에 다니는 건 아니어도 돈 열심히 벌어다 줬다 아이가."

"트럭 끌고 다니면서 과일 장사해서 힘들게 빚 다 갚고 겨우 작은 가게 하나 내서 식당 하다 보니까 쉬는 날이 하루도 없어요."

"찬이 아빠랑 옛날에 일해서 번 돈 다 우쨌는데 빚이 생겼노, 옛날에 그 다단계인가 뭔가 하던 게 잘못된 거 아이가!" 경수 할머니가 서슴지 않고 선심이 숨기고 싶어 하던 사실을 들춰내기 위해 물었다.

"음…… 다단계이긴 해도 그 회사는 나쁜 회사는 아니었어요. 근데 거기서 알게 된 동료를 믿고 카드를 빌려줬는데 그 사람이 카드를 계속 쓰고 돈은 하나도 안 갚아서 삼천 만원이 넘는 돈을 제가 떠안게 됐어요. 그 사람은 잠적했고, 경찰서에 신고해도 못 받을 것 같더라고요. 찬이 아빠한테 그것까지 말할 수는 없어서 서울로 돈 벌려고 떠난 거예요. 돈 갚으려고 여기저기 알아보다가 결국에는 사채까지 쓰게 돼서 이자로만 몇 천만 원을 냈네요. 하필이면 그때 찬미가 재수한다고 서울에 올라와서 학원비 내느라 더 힘들었지 뭐예요. 정말 힘들게 번 돈으로 찬미 공부시켰는데 걔는 그런 건 알려나 모르겠어요. 아무튼 계속 그렇게 죽기 살기로 일하다가 3년 전에 겨우 그 많은 빚 다 갚았어요. 개인회생이라는 제도가 있더라구요. 그것도 모르고 살았으면 더 억울할 뻔했는데 그래도 그거라도 해서 돈 다 갚고 나니까 얼마나 좋은지 몰라요. 빚 없이 사는 게 이렇게 마음 편한 일인 줄 몰랐어요." 선심이 애써 괜찮은 척하며 한 번도 밖으로 꺼내 본 적 없는 얘기를 말했다.

"벌어서 쓰기도 힘든 그 큰돈을 쓰지도 못해보고 갚기만 해서 억울해서 우야노, 사채는 이자도 엄청 비싸다 카던데 그걸 다 감당하고, 힘들었겠대이. 고생했다. 참말로 고생했다. 왜 내가 눈물이 날라 하노, 그런 것도 모르고 사람들은 이상한 소문 퍼뜨려서 일을 그 지경까지 만들었으면 그걸로 그치면 될 긴데 참말로…… 기가 차네. 사람들 진짜 못됐다. 그자? 찬이 엄마. 말 안 해도 그간 고생한 걸 다 알겠네. 찬이 아빠도 혼자 힘들어 보이던데, 술 취해 있는 날이 거진 다라 마음이 안 편하더라. 한동안 괜찮아 보였는데 요즘 들어서는 술 취해서 정신도 못 차리고 비틀비틀거리면서 집에 들어가길래 저러다 무슨 일 나는 거 아닌가 싶었다. 찬이 아빠 괜찮나?" 경수 할머니가 선심의 손을 잡고 눈물을 글썽였다.

"안 그래도 탈이 나긴 났어요. 이번 설에 내려와서 보니까 한쪽 몸에 마비가 왔더라구요. 손발, 팔다리는 제대로 움직이지도 못하고 말도 못 하고 금붕어처럼 입만 겨우 뻥긋뻥긋하는 거 보고 저도 쓰러지는 줄 알았어요." 가까운 이웃이 먼 친척보다 낫다는 옛말처럼 오랜만에 느낀 오랜 이웃의 정에 단단히 매여만 있던 선심의 마음도 조금씩 풀어지기 시작했다.

"우아다 그래 됐노, 그래서 병원에 가서 치료는 했나?" 경수 할머니는 20년 동안 지켜봐 온 순수하고 마음씨 곱던 부부의 비극을 들으며 어찌할 바를 모르고 있었다.

"네. 불행 중 다행인 게 찬이 아빠가 원체 건강한 체질이라 집중 치료받고 조금 좋아졌어요. 다리는 약간 절고 말도 좀 어눌하긴 한데 그래도 술 안 마시고 밥 잘 먹고, 약만 잘 챙겨 먹으면 다시 건강한 생활할 수 있대서 이제 제가 옆에서 좀 챙겨주려고요."

"잘 생각했다. 고맙다. 옆집 살면서 내가 한 번씩 반찬은 갖다 주고 그랬는데 그래도 옆에 집사람이 있는 거랑은 천지차이 아이가, 고맙다. 이제라도 다행이다. 이제라도 다행이야. 찬이 아빠 불쌍한 사람 아이가, 니가 더 잘 안다 아이가, 잘해줘라." 마치 자신의 병든 아들을 돌봐준다는 말을 들은 것 마냥 감격해하며 선심의 손을 더 세게 쥐었다.

"불쌍한 사람이죠. 너무 불쌍해서 제가 다 감당할 수가 없었어요. 할매…… 네 이제라도 제가 더 챙겨줄게요."

"하면 니가 일로 다시 내려 올 끼가? 이제 좀 챙겨 줄 끼라매."

"아니요. 제가 데리고 올라가려고 해요. 찬이가 인터넷으로 서울 강남에 있는 작은 마트 하나 봤다고 해서 오늘 찬미랑 보러 갔다 왔는데 찬이 아빠가 혼자서 하기에 괜찮아 보였어요. 이제 이삿짐 일은 못하게 됐고, 몸 아프다고 집에서 놀고먹을 사람도 아니고 해서 가족들끼리 뭐할까 상의해 보다가 작은 마트나 하면서 용돈 벌이라도 하고 좀 편하게 살게 해 주자고 결정했어요."

"마트? 찬이 아빠가 한 번도 안 해 본 일 아이가? 찬이 아빠 성격에는 안 맞을 긴데, 괜히 했다가 스트레스만 받아서 병만 더 커지는 거 아이가, 돈이 문제가 아이고 사업은 하면 안 된다고 옛날부터 니가 걱정했었다 아이가, 사업할 성격이 아니라매. 내가 봐도 그런 것 같은데……" 반세기 하고도 다른 반세기의 절반을 더 살아온 경수 할머니가 자신의 연륜으로 짐작하여 말했다.

"제가 보기에도 사업이 체질은 아닌데 다른 일은 할만한 게 없어요. 딱히 기술이 있는 건 아니니까요. 그렇다고 이제 와서 기술을 배우라고 해도 배울 사람도 아니구요. 다리 절면서 이삿짐을 나를 수도 없는 일이구요. 시골 가서 농사지으라니까 저랑 떨어져 있어야 해서 싫다 그러고, 그러면 뭐 할 수 있는 게 장사밖에 없는데 음식 같은 건 절대로 못할 것 같고 사람들이 자주 왕래하는 마트 정도면 그나마 괜찮겠다 싶었어요. 찬이가 아빠를 계속 지켜봐 왔잖아요. 찬이가 보기에는 아빠가 덜 힘들이면서 할 수 있는 게 그거밖에 없대요."

"그렇네. 듣고 보니까 그거는 그런 것도 같다. 찬이는 평소에 보면 보는 눈이 정확하잖아, 찬이가 말한 거는 틀린 적이 없었으니까 찬이 말 듣는 것도 괜찮겠다." 어렸을 적부터 찬의 비범함을 알아본 경수 할머니가 찬의 의견이라고 하니 바로 수긍했다.

"몇 군데 알아보다 보니까 마트가 저희 생각보다 권리금을 많이 받아요. 큰 빌딩 안에 있는 지하 매점들도 권리금 이천은 줘야 해서 고민이 많았는데 여기는 그래도 권리금은 그렇게 비싼 편이 아니라서 만약에 잘 안되더라도 큰 부담이 없을 것 같아요." 선심은 경수 할머니의 염려를 의식한 듯 말했다.

"마트가 가만 앉아 있는 것 같아 보여도 내 친구 하는 거 보니까 말처럼 쉽지 만은 않은 거 같던데 계약하기 전이면 조금 더 확실하게 알아보고 진행 하그래이." 부부의 나이가 자신이 처음 부부를 만났던 때와 같아졌을 만큼 세월이 지났어도 여전히 경수 할머니에게 진국 부부는 젊은 시절, 그들이 순수해서 늘 당하기만 하고 살던 신혼부부로 보였고 그래서 진심으로 그들을 걱정하고 있었다.

"할매 말 무슨 뜻인지 알아요. 꼭 더 알아보고 계약할게요. 걱정해주셔서 정말 감사드려요. 온 김에 포장된 시루떡 두 팩 사갈게요. 시루떡 있어요?" 자신이 이미 내린 결정을 누군가가 염려하는 것이 신경 쓰였던 선심은 서둘러 자리에서 일어나 경수 할머니에게 이별 인사를 준비하고 있었다.

"벌써 갈라 하나? 온 지 얼마나 됐다고, 떡이야 있지. 더 있다 가그라. 그때 차 부서진 건 오해 다 풀린 거 맞제?" 경수 할머니는 동네에 소동이 일어났던 그때의 궁금증을 해소하고 싶었다.

"네 오해는 다 풀렸어요. 그때 동네 시끄럽게 해서 죄송했어요. 저는 이제 가서 찬이 아빠 저녁 준비해야죠. 찬이는 계속 대구 집에서 지낼 거예요. 찬이 한 번씩 신경 써 주세요." 찬과 찬미가 어렸을 적에 진국과 선심이 하루 종일 일하러 나가면 경수 할머니가 찬과 찬미를 봐주고는 했다. 그 오래전 기억을 떠올려 선심이 말했다.

"아이고야, 누가 누구를 신경 쓰노. 이제는 찬이가 내 돌봐준다 아이가, 걱정 말그라. 그라면 얼른 가봐라. 다음에 또 온네이. 집에 오면 들려서 얼굴 비추고 가래이, 안 그러면 서운하다."

"그럴게요. 할매. 아프지 마시고 이제 걱정할 거 없으시니까 좋은 생각만 하고 지내세요. 건강 꼭 챙기셔요. 다음에 찬이 보러 내려오면 꼭 들릴게요. 이거 받으세요." 선심이 주머니에서 오만 원 권 몇 장을 꺼내 경수 할머니에게 건넸다. "뭐꼬, 이거, 됐다. 안 받는다. 얼른 집어넣어라."

"예전에 저희 찬미 떡 장사한다고 떡 가져갈 때 원가도 안 받고 주셨잖아요. 그때 제값 못 받으신 떡 원가라고 생각해주세요."

"니는 꼭 그렇게 하나하나 다 따져야 되나, 그렇게 따지면 니가 경수 엄마 아플 때 경수 데려다 먹여주고 재워준 건 다 어떻게 계산할 끼고, 됐다 고마." 선심과 경수 할머니는 돈을 서로의 손에 쥐어주며 승강이를 벌였다. 선심은 자신에게 따뜻하게 대해주는 사람들에게는 늘 더 챙겨주려고 애쓰는 사람이었고 경수 할머니 역시 늘 선심이 주는 것보다 더 챙겨주려고 했다.

"이번에는 제 말 들으세요. 할매. 여기 놔두고 갈 거니까 쫓아오지 마시고, 건강하세요!" 그녀는 돈을 할머니 앞 탁자에 올려둔 채로 나왔다. 선심은 양 손 가득 검정 봉지를 든 채 집으로 향했.

—

선심은 진국이 좋아하는 경상도식 붉은 소고기 국을 끓였다. 그녀는 상을 펴기 위해 화장실 뒤편에 있는 베란다로 갔다. 먼지와 거미줄에 가려진 교자상은 자신의 존재를 잃어버린 듯 존재감 없이 숨겨져 있었다. 10년 전 선심과 찬미가 떠난 후에는 거실 한 구석에 자리만 차지하고 있던 4인용 식탁도 함께 치워서 진국과 찬이 사는 그들의 집에는 흔한 식탁마저 없었다. 찬은 늘 밖에서 밥을 먹었고 진국은 거실 바닥에 각종 반찬과 밥과 국이 다 섞인 커다란 그릇을 두고 밥을 먹기 일쑤였다.

"찬이 아빠, 모은 돈 좀 보태줘요. 내가 모아 놓은 돈이랑 합쳐서 오늘 본 마트 인수하게요. 찬이가 인터넷에 올라온 거 보고 알려줘서 찬미랑 다녀왔는데 매물 가격에 비해서 괜찮아요. 가겟세가 조금 비싸긴 해도 그 동네도 강남이니까 그 정도는 줘야 할 것 같기는 했어요. 물건 종류가 생각보다 많았어요. 주차장도 있고 창고도 주차장 옆에 더 있어서 공간 활용하기도 좋을 것 같아요. 동네 입구에 위치해 있는데 동네가 생각보다 커서 장사는 꽤 되나 봐요. 잘하면 우리 생각보다 돈도 더 벌 수 있을 것 같아요." 선심이 자기가 해야 할 일을 잘 해냈다는 기쁜 마음으로 주방에서 바로 요리한 요리들을 상에 놓으며 말했다.

상을 펴서 밥을 먹는 일도, 주방에서 직접 요리한 즉석 반찬을 바로 먹는 일도 혼자 남겨진 진국에게는 가끔씩만 경험할 수 있는 행운이었다. 그에게는 선심이 차려준 저녁 식사가 선물 같았다.

"마트 장사가 잘 되는데 가게 주인이 마트를 왜 내놓겠노?" 들뜬 표정으로 국을 뜨던 진국이 선심의 말꼬리를 잡았다.

"또, 또, 들어보지도 않고 싸우려고 말꼬리나 잡네."

"들어보지도 않고 말하는 게 아니고, 상식적으로 생각을 하고 결정을 해라. 당신이나 찬이 얘기처럼 내가 용돈 벌이만 해도 될 것 같으면 그 가게가 장사가 잘 되든 안 되든 신경 쓸 필요는 없다 아이가. 아니면 하는 김에 돈을 많이 벌 수 있는 곳을 찾든가." 진국은 세상 모든 사람들에게는 친절했지만, 선심에게는 늘 짜증을 내고 화를 냈다. 선심만이 진국의 화와 짜증을 받아주는 사람이었다.

"큰돈은 아니어도 돈도 벌 수 있어요. 장사가 잘 되어 보이더라고, 그리고 내가 당신한테 잘 맞는 가게 알아보려고 주말 아침마다 찬미 투정 들어가면서 가게 보러 다니느라 얼마나 고생했는지 알아요? 거기 당신 아들이 찾은 거야, 찬미도 마케팅 수업에서인지 어디선지 들었는데 위치나 조건이 가격에 비해 괜찮다고 했고, 내가 봐도 괜찮았어요. 내가 식당하고 모은 돈 반 보탤 테니까 당신도 반 보태요. 마트 근처에 집 찾기 전까지는 서울 우리 집에 있다가 마트 근처로 방 구하면 같이 이사 가요." 함께 사는 내내 이어진 진국의 짜증에 질려있던 선심은 그를 떠나기 전 어느 순간부터 그의 말에 대꾸를 하지 않고 혼자 결정해 왔다. 그러나 이번에는 그럴 수 없어서 종국에는 둘 다 감정이 상하게 되는 그와의 대화를 지속하고 있었다.

"찬이가 골랐으면 문제야 있겠냐 만은, 그 동네가 강남이면 집값도 비쌀 거 아이가, 이 나이에 월세는 싫은데 전세금은 얼마나 하는지도 모른다 아이가." 진국에게 가장 중요한 것은 늘 돈이었다.

"월세 살면 어때, 돈 모자라면 월세 사는 거지. 그냥 형편에 맞게 적당한 곳 찾아서 가면 되잖아."

"당신 형님하고 동생이 지금까지 우리가 번 돈 가져다가 쓰고 갚기만 했어도 지금 그 걱정은 안 해도 될 거 아이가, 하여튼 당신 집안이 우리 가정 다 망쳤다."

"갑자기 우리 오빠랑 태규 얘기는 왜 나와요? 그러면 내 가족이 힘들어 하는데 내가 모른 척해요? 그만큼 내가 열심히 일했잖아. 앞으로도 내가 더 열심히 일해서 당신 돈 메꾸면 될 거 아냐."

"언제 다 갚노? 안 갚아도 되니까 일 적게 하고 집에서 살림이나 하면서 내 밥이나 차려주면 될 거 아이가." 진국은 돈을 핑계로 선심에게 자신이 항상 바라오던 것을 표현했다.

"당신이랑 다시 같이 살아도 나는 내 일 할 거니까 그렇게 알아. 식당 이제 조금씩 알려지기 시작했어. 당신도 당신 나름대로 힘들었을 거 알아요. 근데 나도 하루도 쉬는 날 없이 매일 일했어요. 이제야 빚 갚고 이제야 내 노력으로 만든 음식이 인정받게 됐는데 당신이 아프다고 해서 집에서 살림 하기는 싫어요. 내가 매일 나오기 전에 아침은 차려주고 나올게요. 그 이상이나 다른 요구는 안돼요. 방도 따로 써요. 방 두 칸짜리 얻을 거예요." 진국은 선심의 통보에 현미와 흑미가 섞여 보라색 빛깔이 나는 밥을 떠서 입에 넣다가 말고 숟가락을 상 위에 내려놓았다.

"당신은 항상 당신 마음대로다. 그러면 내가 올라가는 의미가 뭐가 있노. 그게 같이 사는 거가? 나는 환자 아이가. 당신은 환자에 대한 배려도 없나?"

"당신은 나를 배려해준 적 있어요? 내가 한다는 건 늘 반대하고 짜증만 냈잖아요. 나를 못 믿어서 동네 창피하게 그런 일까지 만들었으면서, 내가 당신이랑 이혼 안 한 것만 해도 감사한 줄 알아요." 선심도 질 수 없다는 듯 말을 이었다.

"당신이 늘 말도 안 되는 소리를 하니까 그렇지. 밥 그만 먹을 라니까 알아서 치워라 고마. 옛날 얘기는 꺼내지 마라. 당신도 당신 오빠가 여기 와서 살 수 있게 집 얻어주고 반찬 해서 갖다 바치면서 내한테 말도 안 한 거는 부부 사이의 도리도 안 한 거다. 당신도 잘한 거 없다."

"아무리 시장 사람들이랑 믿고 의지하면서 지냈다고 해도 그 사람들은 남이고, 당신하고 나는 부부잖아요. 내가 말하면 화부터 낼 게 뻔하니까 말을 안 했지 괜히 말을 안 했겠어요? 세상 모든 사람들이 나한테 손가락질하고 나를 욕해도 당신은 내 편이어야지. 그렇게 해준다고 결혼할 때 약속했잖아. 됐어. 나도 더 이상 말하기 싫어. 내가 결정한 대로 해요. 안 할 거면 그 몸으로 당신 알아서 살 길 찾아요." 선심은 삐친 어린아이처럼 상 반대편으로 돌아앉은 진국에게 성을 냈다.

'이러는데 내가 어떻게 당신이랑 같이 살 수 있겠어.' 선심은 아직 김이 나는 국그릇을 상에서 들어 싱크대에 쏟아 부었다. 깨소금이 얹어진 따끈따끈한 음식들은 오랜만에 세상 밖으로 나온 교자상 위에서 조금씩 굳어져 가고 있었다. 그녀는 상을 그대로 둔 채 밖으로 나와 자신의 단짝 친구인 정애에게 전화를 걸었다. 정애는 선심의 연락을 기다리고 있었다. 그녀는 선심의 전화를 받자마자 바로 선심의 집 앞으로 데리러 왔다.

"진짜 우리 신랑이랑은 대화가 안 통해."

"심아, 잘 있었나? 더 예뻐졌네. 니는 왜 나이가 안 드노, 신랑은 와." 정애가 선심을 보고 함박웃음을 지었다.

"말도 못 해. 나한테 이제라도 자기 밥이나 차리래. 사람이 나이가 들고 병이 들면 변할 줄도 알아야 하는데 늘 자기만 제일 힘들다고 생각해. 나를 무슨 식모 대하듯 한다니까, 나야 잘 지내고 있었지. 신경 안 쓰고 살던 우리 신랑이 갑자기 반신불구가 되기 전까지는 말야." 선심도 정애를 보니 웃음이 나와서 언제 화가 났었냐는 듯 웃으며 정애에게 말했다.

"오늘도 가던 대로 가자." 정애가 선심의 집 앞에서 차를 돌리며 말했다.

"응. 늘 가던 대로!"

"아저씨도 일반적인 가장 아이가. 우리 신랑도 맨날 밥 타령인데 하물며 니랑 떨어져 지낸 아저씨는 따뜻한 밥 한 그릇이 더 절실하겠지. 아저씨 이제는 그 사람이 너거 큰 오빠인 거 알제?"

"알지. 나는 지금도 그날만 생각하면 속에 천불이 나는 것 같아. 정애야."

"시간이 약이라 해도 아무리 시간이 지나도 약이 될 수 없는 일들이 있지. 이해한다."

"나는 그이가 그렇게 폭력적인 사람인지 모르고 살았어."

"아저씨가 밖에서는 화를 거의 안 낸다 아이가. 그동안 쌓인 게 다 그거 하나로 터졌겠지. 오죽했으면 아저씨가 그랬겠노. 제일 나쁜 거는 그런 거를 소문낸 시장 사람들 아이가. 어떻게 눈에 보이는 것만 보고 소문을 그렇게 퍼뜨려서 한 가정을 파멸로 이끌었는지 모르겠다. 그런 거 보면 사람들이 제일 무섭다 진짜로." 정애의 말에 선심은 그날 일을 떠올렸다. 그날은 선심과 진국뿐만 아니라 20년 가까이를 함께 모여 살던 동네 사람들에게도 충격적인 날이었다. 진국은 운전을 하지 못했다. 그가 젊었던 시절 신호 정지로 대기하고 있을 때 음주 운전 차량이 뒤에서 들이받아 네 명이 겨우 탈 수 있던 티코 자동차가 종잇장 구겨지듯 구겨졌다. 진국은 하늘의 도움으로 크게 다치지는 않았다. 하지만 그 뒤로 운전대를 잡을 수가 없었다. 부부에게는 차가 필요했다. 아이들은 갈수록 몸집이 커졌고 부부는 커져가는 아이들을 데리고 교통편이 편리하지 않은 선심의 고향 전라남도 시골 마을까지 들어가기가 힘에 부쳤다. 명절이면 버스를 타고 진국의 고향에 가는 일도 선심의 고향에 가는 일도 버거웠던 선심이 쥐색 중고 프라이드를 사서 가족을 태우고 다녔다. 낡고 오래되어 폐차장에 있어도 손색이 없는 중고차는 고장이 잦았고 선심을 애먹였다. 진국은 명절 때마다 편도 8시간 넘게 걸리는 길을 선심이 혼자 운전해야 하는 일이 마음에 걸려 비상금을 따로 모았다. 그리고 선심에게 세련되고 멋들어진 하얀색 세단을 선물했다. 그가 그녀를 기쁘게 해줄 수 있는 일은 반짝반짝 빛이 나고 속도 또한 잘 나가는 새 차를 선물하는 것이라고 생각했다. 구두쇠로 소문이 자자한 그는 차를 사기 위해 평소보다 허리띠를 졸라맸다. 집 대출금을 갚을 때 보다 더 많은 일을 해서 돈을 모았다. 온 국민이 금을 모아야만 했던 때에도 팔지 않았던 부부의 예물 모두를 팔아 새 차 구매에 돈을 보탠 그였다. 선심은 진국이 결혼 이후 처음 준 선물을 귀하게 여겼다. 그녀는 매일 차를 닦았다. 기분이 좋은 날이면 진국의 이삿집 사무실 앞에 그를 태우러 가기도 했다. 짜릿함이라거나 흥분이라거나 설렘과 같은 낭만적이고 쾌락에 충만한 단어들은 아이들을 낳은 그들에게는 적용되지 않았다. 집 대출금을 갚느라 하루에 세 가지 일을 하며 살았던 부부의 거리는 삼팔선처럼 눈앞에 보여도 넘을 수 없는 사이가 되어 가고 있었다. 하지만 진국이 사 준 차 덕분에 그들의 관계는 이산가족 상봉을 시작으로 조금씩 개선되어 가는 남북관계처럼 나아지고 있었다. 그러던 찰나에 진국의 귀에 이상한 소문이 들려왔다. 진국과 함께 술을 마시던 시장 상인 말에 의하면 선심이 시장 근처의 골목길에 자주 드나들었는데 키가 크고, 코가 큰 선심 또래의 남자가 골목길 밖으로 나와 선심을 배웅한다고 했다. 가끔씩은 선심이 하얀색 세단을 몰고 와 남자를 태우는 모습을 봤다고도 했다. 진국은 시장 상인이 잘못 본 것일 거라고 생각했으나 선심이 집에 들어오는 시간이 늦어지자 그녀를 의심하기 시작했다. 진국은 선심에게 시장 사람들이 봤다는 그 남자가 누구냐고 물어보지 못하고 혼자 끙끙 앓았다. 거짓말을 하지 않는 선심의 성격을 그는 잘 알고 있었다. 사람들 말처럼 그녀에게 새로운 남자가 생긴 것이라고 그녀가 시인하면 그는 그 절망스러움을 받아들이지 못할 것 같았다. 그는 지난 이 십여 년 동안 선심이 늦게 들어왔던 일들을 떠올리기 시작했다. 선심의 빼어난 미모 때문에 결혼 직전까지 남자문제로 자신을 애태우던 일도 떠올라 그의 머릿속에서 타오르고 있는 불난 의심에 부채질을 했다. 아무도 사실이라고 말하지 않은 일이 그에게는 이미 사실이 되어 있었다.

  그는 자신이 모은 것을 확인하는 낙이 있어 그가 만든 모든 통장은 구멍이 뚫려있어도 보관하고 있었다. 그래서 차를 사기 위해 들었던 적금 통장도 늘 옷 안 주머니에 넣고 다녔다. 그러나 범행을 결심한 그날 이미 제 역할을 다해 명이 다한 그 통장을 그는 문서 세단기 안으로 집어넣어 갈아 없앴다. 그가 없앤 통장은 그 통장이 유일했다. 그리고 그는 밤을 기다렸다. 그날 밤은 어느 때보다 고요했다. 쉭쉭 거리며 땅을 기어가는 바퀴벌레 소리가 들릴 정도로 고요한 밤이었다. 동네 어느 집안의 뻐꾸기가 뻐꾹뻐꾹 하는 소리를 열두 번 냈을 때 진국은 마음먹었던 일을 시작했다. 그는 야구용품점에서 사 온 알루미늄 배트로 세련되고 멋들어진 하얀색 세단을 내리쳤다. 그의 휘두름은 꺼림칙하고 둔탁한 소리를 내며 고요한 밤도 함께 부쉈다. 하얀색 세단은 살려달라는 사람의 비명소리처럼 삑삑 거리며 소란스레 울어댔다. 동네 사람들은 단잠을 깨우는 난동 소리에 하나둘씩 밖으로 나왔다. 동네의 중앙 가로등이 하필이면 고장이 나 있어 차를 부수는 사람이 누구인지 사람들은 알아볼 수 없었다. 그의 짐승 같은 폭력성에 사람들은 경찰서에 신고하기가 겁이 났다. 구경꾼들은 말리지 못하고 불쌍한 차 주인은 누구인지를 쑥덕거리며 차 주변을 에워쌀 따름이었다. 차 주인인 선심이 차의 경보음 소리에 놀라 손전등을 들고 나와 범인을 비추어보니 그의 남편인 진국이었다. 진국은 누군가에게 조종당하는 로봇처럼 무표정한 얼굴로 차를 무자비하게 공격해댔다. 백미러 하나가 참형으로 잘려나가려는 사형수의 목처럼 차 몸뚱이에서 떨어질 듯 말 듯 대롱거렸다. 구경만 하던 사람들을 뚫고 나온 정애 남편이 진국에게 다가가 야구 방망이를 뺏었다. 그는 정애 남편을 보고 정신이 들었는지 한 번 더 내려치려던 동작을 멈추고 야구 방망이를 정애 남편의 손에 쉽게 건네줬다. 정애 남편이 아무 말 없이 진국을 안아주니 그제야 그는 초상 치른 사람처럼 꺼이꺼이 서럽게도 울었다. 선심은 알 수 없는 남편의 행동에 질겁하면서도 시아버지가 돌아가셨을 때도 울지 않았던 진국이 소리 내우는 모습을 보며 그녀 역시 소리 내어 꺼이꺼이 울었다. 진국에게 선심에 대한 소문을 퍼뜨린 시장 상인은 구경거리가 끝난 것에 아쉬워하며 집 안으로 들어갔다. 부부는 아이들의 고향인 그들의 터전에서 또 한 번 소문의 제물이 되어 사람들 입에 오르내리게 되었다. 영문을 알 수 없던 사람들은 착하고 순하기만 했던 진국이 미쳤다고 손가락질 해대기도 했다. 선심은 진국에게도 동네 사람들에게도 질려 있었다. 그녀는 더 이상 그곳에서 숨 쉬고 싶지 않아 그곳을 떠나기로 결심했다.

"그 소문으로는 부족했는지 오늘 영아 엄마는 나한테 우리 남편 버리고 다른 남자랑 같이 서울 가서 산다더니 어떻게 내려왔냐고 묻더라. 남의 일이라고 어떻게 그렇게 쉽게 얘기할까 정애야. 나는 대꾸할 가치가 없다고 생각해서 그냥 마음대로 생각하라고 했어."

"심아, 세상에 별 사람 다 있다 아이가. 그런 사람이 있는 반면에 내처럼 니 운전기사 해주는 나도 있다 아이가. 그나저나 아저씨는 어떻게 하기로

했노? 편찮으셔서 이제는 니가 모시고 올라가서 같이 산다매, 어디가 얼마나 안 좋으신대?"

"뇌경색이래. 나이 60도 안됐는데 벌써 뇌경색이야. 경수 할머니 얘기 들어보니까 거의 매일 취해 있었대. 찬이는 그런 얘기 안 하고 나도 그이랑 통화를 거의 안 하니까 그 정도로 상태가 안 좋은지는 몰랐는데 설에 집에 가니까 온 집안에 술 냄새가 진동을 하고 그이는 누워만 있더라. 그렇게 불쌍한 적이 없었는데 너무 불쌍했어. 이제는 내가 데리고 살아야지. 사실 나는 그이의 집착과 짜증에 정말 지쳐 있었어. 돈벌이를 핑계로 그이를 떠난 건 맞는데 사실 그게 다는 아니었어. 나는 정말 후련했어. 내가 서울에 올라가서 방 구한 첫 날을 잊을 수가 없어. 반지하였는데도 혼자 잠들 수 있다는 사실에 너무 행복하더라. 정애야, 나는 이제 누가 내 몸 만지는 것만 해도 너무 싫어. 그래서 같이 살더라도 방은 따로 쓰자고 했더니 밥 먹다 숟가락을 내려놓더라. 아니 내가 폐경이 다가오는데도 그 짓을 해줘야 돼? 생각만 해도 너무 싫어."

"심아, 남자들은 다 늙어도 숟가락 질 힘만 있으면 그 짓을 생각한다 안 그러나. 니가 이해해라. 아저씨도 10년 동안 혼자서 얼마나 외로웠겠노. 우리 신랑도 아직까지 한 번씩 하자고 조른다. 나도 싫은데 그냥 불쌍해서 눈 감고 받아준다. 내가 안 해주면 엉뚱한 데 가서 나쁜 짓 할까 봐 걱정돼서."

"나는 그이가 어디서 뭘 하든 신경도 안 쓰여. 이제 와서 하는 얘기지만 나는 그 짓이 너무 싫어. 처음에 결혼했을 때부터 싫었어. 애들 낳아야 하니까 마지못해 한 거지. 지금 하라고 하면 목에 칼이 들어와도 안 할 거야."

"니도 한 번 아닌 건 끝까지 아니네. 참말로 고집도 이런 고집이 없다." 정애가 선심을 놀리며 말했다.

"나도 알아. 그래도 아닌 건 아닌 걸 어떡해, 그이랑 나는 모든 게 다 안 맞아. 따로 사는 동안 정말 편했어. 근데 오늘 정육점 사장님이랑 경수 할머니가 남편한테 관심 좀 가져주라고 하는데 꼭 내가 잘못한 걸 들킨 거 같은 마음이 드는 거야. 나도 내 인생이 있는 거고, 그이도 그이 인생이 있는 거니까 애들 다 키웠으면 떨어져 살 수도 있는 거잖아. 그런 불편한 마음 좀 안 생기면 좋겠는데 이상하게 계속 마음이 편하지가 않아. 내가 그이 힘들 때 옆에 있어주지 못하고 무작정 떠난 게 맞긴 하니까."

"아무리 니가 배우자 된 사람이라고 해도 니가 다 책임져야 하는 건 아이다 아이가, 막말로 서로 안 맞아서 이혼하고 인연 끊고 사는 부부들도 얼마나 많은데 니가 떠났다고 죄책감 느낄 필요 뭐 있노, 누가 뭐라든 그냥 신경 쓰지 마라. 부부 일에 이웃이라고 감 놔라 대추 놔라 하면 안 되는 기다."

"그러니까 말이야. 나는 남들이 뭘 한다고 해도 기억도 못하는데 남들은 왜 이렇게 남의 일에 관심이 많은지 모르겠어."

"자, 고마 기분 풀고 좋은 야경이나 보고 바람이나 쐬자." 정애는 선심의 안식처였다. 선심도 정애의 안식처였다. 선심이 정애를 만나면 임 선 심 이름 그 자체가 되었고, 정애가 선심을 만나면 박 정 애 이름 그 자체가 되었다. 그들은 오랫동안 만나지 못해도 늘 서로의 존재를 품고 지냈다. 그러다 한 번씩 만나면 선심의 차로 드라이브를 가거나 정애의 차로 가면서 서로의 삶에 대해 이야기하고는 했다. 정애는 자신이 평생 동안 쏟아온 양말 사업으로 성공한 사업가가 되어 있었다. 벤츠 360을 타고 다니는 그녀는 자신이 타는 차와는 달리 검소하게 살았다.

"그나저나 정애야 축하해. 요즘 사업 잘 된다며, 안 그래도 차 보니까 알겠네. 외제차 몰고 다니니까 좋아? 송 사장님?" 선심이 너스레를 떨었다.

"잘 된다 해도 아직 멀었다. 종호가 이번에 낸 양말 로고가 잘 돼서 이제 좀 알려진 거지. 외제차라고 대단한 거 있겠냐 만은 그래도 도로에서 차들이 알아서 피해 주더라. 예전에 엑센트 탈 때는 아줌마가 운전 이상하게 한다고 욕하는 사람들이 많았는데 이 차 타니까 욕 하는 사람도 없대?!"

"여하튼 사람들 진짜 웃겨. 외제차가 좋긴 좋네!"

"예전에 무시당하던 거 생각하면 외제차가 좋은 것도 같고, 니 서울 가기 전에 우리 사업 망해서 내 백화점에서 청소하던 거 생각해보면 내가 생각해도 내가 노력하긴 했나 보다. 니 앞에서나 이런 말 하지 밖에서는 자랑도 못한다. 니도 이제 식당 좀 알려지고 있다며, 식당 잘된다고 내 모른 척하면 안 된대이." 정애가 익살스럽게 대화를 이어갔다.

-

정공산은 해발 600미터로 경사가 완만한 낮은 산이었다. 시에서 관광을 목적으로 드라이브용 등산로를 만들어 놓은 덕분에 시민들에게 인기가 좋았다. 산 정상에는 작은 정자가 설치되어 있었다. 평심루라고 불리는 정자는 대구에서 유명한 해넘이 명소였다. 해질녘이 되자 황금빛 태양이 드높은 초록색 나무 사이에서 아른아른했다. 그러다 조금씩 신비로운 분홍빛 색채를 띠며 모습을 완연히 드러내더니 어느 순간 불그레한 색을 퍼뜨려 대지를 압도했다. 어둠을 맞이할 준비를 마친 세상은 저마다의 불을 밝혀내고 있었다.

"와, 야경 정말 멋지다. 마음을 평안하게 해주는 곳이라서 평심루라고 한다는데 정말 이름 덕분인지, 올 때마다 마음이 평안해지는 것 같아. 정애야."

"내가 모시고 온 보람이 있어서 나도 좋네. 종호는 올해 가을에 결혼한다. 여자 친구가 다른 도시에 떨어져서 일하고 있는데 둘 다 일을 하고 있으니까 어디서 살아야 할지 고민이 많은 것 같더라. 엄마 된 내 마음 같아서는 당연히 며느리 될 사람이 거기 일 그만두고 여기 와서 살면 좋겠는데, 아들 엄마이기 전에 나도 여자니까, 결혼해도 계속 일하려고 하는 그 친구 마음도 헤아려야지 싶다."

"우와, 우리 정애 멋있는 엄마네! 그래. 세상이 바뀌었는데 우리는 텔레비전에 나오는 그런 막장 드라마 속 시엄마는 되지 말아야지. 그지? 나는 찬이 앞날 생각하면 숨이 턱턱 막혀…… 어쩜 애들은 성인이 됐는데도 이렇게 부모 안에 남아 있을까…… 찬이는 조금 달라 정애야. 찬이는 결혼을 할 수도, 해서도 안 되는 사람이라고 자기 스스로 나한테 그러더라."

"요즘은 결혼 안 해도 잘 사는 사람도 많다 아이가, 근데 찬이가 다르다고? 그래도 나중에 좋은 짝 있으면 만나서 결혼하겠지. 너무 걱정마라 심아."

"고마워. 역시 나는 너 밖에 없다. 정애야. 부럽다. 네 아들 잘 키워서 가족 이루는 걸 보는 것만큼 부모로서 행복한 일이 어딨겠어."

"그거는 그렇지. 이제 내려가자. 아저씨 기다리실라."

"응, 야경 정말 멋있어. 나는 가게 일이 바빠서 이렇게 바람 쐴 수 있는 시간이 없어. 너를 만나야 겨우 누릴 수 있는 호사다 호사. 고마워 정애야."

"나도 니 덕분에 와서 바람 쐬는 거지, 평소에는 잘 오지도 못한다. 나도 고맙대이." 선심과 정애는 그들이 가끔 만나서 함께 하는 짧은 시간이 자신들의 삶에서 누릴 수 있는 소소한 선물이라고 생각했다. 오래전 방직 공장에서 시작된 인연이 지금까지 그녀들을 단단하게 묶어줄 것이라고는 그들도 예상치 못했다.

"정애야, 오늘 춘분인 거 알아? 나 우리 신랑 처음 만난 날이 춘분이었어. 근데 처음 나한테 와서 말 걸면서 한다는 소리가 오늘 농사지으러 안 가냐는 말이었어."

"아저씨 진짜 순수하셨네, 그 모습이 상상이 간다. 웃겨 죽겠다 참말로. 그날이 춘분 아니었으면 우알라 했겠노." 정애가 선심의 얘기에 깔깔거리면서 웃었다.

"아니, 대도시 연못가에서 만나서 그게 할 소리냐고, 내가 정말 너무 어이가 없어서 처음엔 말도 안 나왔다니까, 제정신이 아닌 사람인 줄 알고 자리에서 일어나서 피했잖아. 얼굴도 시커멓지, 떡대는 또 좀 컸어야지." 선심도 배꼽을 잡고 웃으며 말을 이었다.

"그래도 야, 그때 아저씨가 그렇게 말 안 걸었으면 지금 아저씨랑 결혼 안 했을 거 아이가, 춘분이 니한테는 의미가 크겠다이."

"어우 야, 그때 말 안 걸어서 결혼 안 했으면 더 좋았을 것 같아. 내가 그때 피해서 바로 도망쳤어야 하는데, 엄마 없이 자랐다고 해서 불쌍해서 결혼해줬는데 진짜 결혼 잘못했어. 의미 있는 날은 무슨 의미 있는 날이야, 구두쇠에 속 좁고 극단적이고 집착하고 불평만 하는 사람일 줄 알았으면 절대로 결혼 안 했지. 다른 의미가 큰 게 아니라 하면 안 되는 결혼을 하게 만든 날이라 억지로 의미를 부여한다. 내가." 선심이 정애를 보며 아니라는 몸짓을 과장되게 하며 말했다.

"그래도 다 인연이 되니까 아저씨를 만난 거겠지. 아저씨 성실하지, 책임감 강하지, 부지런하지 남들한테는 잘한다 아이가, 그리고 너거 결혼할 때 아저씨 당숙들이 너희 집 전라도라서 반대할 때 아저씨가 니 아니면 결혼 안 한다고 밀어붙였다면서. 그거면 됐지. 그리고 니가 오늘 본 그 가게랑 인연이 있을 라는 갑다. 다른 날도 아니고 오늘 니가 그걸 보고 그 마트를 인수하겠다고 생각한 거 보면 말이다. 다 잘 될 거다 심아." 정애가 선심을 달래며 말을 이었다.

"그래! 위로 참 고맙다. 사실 근데 나도 그렇게 생각하긴 해. 오늘 그 가게를 본 걸 보면 뭔가 인연이 된 거니까 그랬을 거야. 오늘 정말 즐거웠어. 모셔다 주셔서 감사합니다. 송 사장님."

"나도 즐거웠다. 잘 살자. 또 연락해."

"응. 조심히 들어가!"

선심은 정애에게 속에 담아둔 말을 모두 할 수 있어서 다행이라고 생각했다. 선심은 정애가 내려준 자신의 집 앞에서 한 때는 그들에게 꿈의 산실이었던 그 집을 한참 동안 바라보았다. 진국을 처음 만났을 때 진국이 선심에게 소원이 뭐냐고 물었다. 선심은 자신처럼 근성 있고 책임감 강한 사람을 만나 함께 열심히 일한 후 가능한 한 빨리 집을 사는 것이라고 말했다. 이사 갈 걱정 없이 자신이 원하는 곳에 땅을 사고 그곳에 건물을 지어 아이들이 자라는 동안 마음 편하게 사는 것이라고 말했다. 선심의 말에 진국은 자신이 운명의 짝을 만났다는 듯 선심을 쫓아다녔다. 그리고 그들은 결혼한 지 6년 만에 선심의 소원대로 땅을 사고 집을 지어 올렸다. 진국은 선심의 소원이 이루어질 수 있게 하루도 쉬지 않고 일했다. 선심 역시 하루도 쉬지 않고 일했다. 부부는 그렇게 소원을 이루었다.

오지 않을 것 같았던 새로운 천년이 시작되기 전 유행했던 직사각형의 짙은 빨간색 벽돌이 그녀 앞에 마주 서 있었다. 그녀는 1층과 3층에는 세를 주고 2층에 처음 들어오던 때가 생각났다. 우유배달을 하면서 만난 경수 엄마와 같은 땅을 사서 반으로 나눈 후 오른쪽은 경수네 집이 왼쪽은 찬이네 집이 되었다. 그들의 집은 쌍둥이처럼 똑같이 지어졌다. 경수와 찬은 같은 해에 태어나 어린 시절 내내 같이 자랐다. 선심은 아이들을 키우며 열심히 살았던 지난날이 주마등처럼 스쳐 지나가는 것을 느꼈다. 추억은 지나가서 아름답고, 되돌릴 수 없어서 애틋하고, 같을 수가 없어서 소중하다는 누군가의 말이 떠올랐다. 그녀는 이제 지난날을 잊고 새로운 곳에서 새롭게 출발해야 한다는 비장한 마음이 들었다.

　선심은 자신의 결단대로 진국을 데리고 올라갈 작정이었다. 그가 마트를 맡아하면서 그녀의 곁에 있기만 하면 그녀 가슴속에 채워진 진국에 대한 죄책감이 모두 사라질 것이었다. 그리고 부부는 인생 제2 막을 시작할 수 있을 거라고 생각한 그녀는 희망에 부풀었다. 삼십 년 전의 춘분처럼 지금의 춘분도 그녀가 노력하는 것만큼 결실을 가져다줄 것이라는 확신이 들었다. 그녀는 은색 대문을 열고 그녀의 집으로 들어갔다. 진국은 자고 있는 듯 인기척이 없었다. 거실 위에는 그녀가 진국을 위해 차려준 저녁상이 그대로 놓여 있었다. 그녀는 상을 치우지 않은 진국의 게으름에 고개를 절레절레 흔들며 문이 덜 닫힌 아들의 방으로 들어갔다. 좋았던 기분을 망치고 싶지 않았던 그녀는 아들의 책상 의자에 앉아 아들의 흔적을 느끼기 위해 방 이곳저곳을 훑어보았다. 책상 반대편에 있는 침대 옆 벽 쪽에 붙은 굵은 파란색 글씨가 그녀의 눈길을 끌었다.

　'인생은 두더지 게임이다. 하나의 두더지를 보고 힘껏 내리쳐서 두더지를 잡으면 다른 두더지들이 더욱더 빨리 올라와 자기들을 잡아보라며 게

임에 임하는 사람을 약 올린다. 게임은 끝날 듯 끝나지 않고 두더지들은 계속 고개를 내민다. 고로 게임이 끝날 때까지 바짝 긴장한 상태로 두더지를 잡아야 한다.' 선심은 아이들이 어릴 때 하던 게임기 속의 귀여운 두더지들을 떠올리며 아들이 중요하다는 듯 붙여놓은 글귀를 대수롭지 않게 여기고 방 밖으로 나왔다.

아버지와 아들

안개가 세상을 뒤덮은 날이었다. 봄날이었으나 봄날이 아니었다. 온도는 영하 가까이로 떨어졌고, 바람은 세차게 불었다. 꽃샘추위라고 하기는 적절하지 않은 4월 초순이었다. 안개가 너무 짙어 제주행 비행기의 출발 시간이 50분째 지연되고 있었다. 유난히 걱정이 많은 진국은 불안한 듯 손가락을 계속 주무르고 있었다.

"아버지, 괜찮아요. 날씨에 따라 지연되기도 하고, 비행기가 못 뜰 수도 있고 그런 거예요." 찬이 아버지를 다독이며 말했다.

"비행기 못 뜨면 우리가 끊은 비행기 표는 어떻게 되는 기고? 돈은 돌려받을 수 있나? 그러면 제주도에 숙소 예약해 놓은 것은 우에 되고?"

"당연히 돌려받을 수 있고, 숙소도 취소돼요. 걱정 마세요." 예약해 둔 숙소는 환불 불가의 특가 상품이었지만 찬은 진국에게 사실대로 말하지 않았다. 그에게 환불이 안 된다고 얘기하면 비행기를 타지 못한 것에 대한 억울함과 누려보지 못하고 날려 버린 숙소 때문에 혼자서 끙끙대다가 나중에는 자기 자신에게 화를 낼 게 분명했다. 진국은 아들을 어려워해서 아들에게 직접적으로 화를 내거나 짜증을 내지 못했다.

"그러면 다행이고, 가는 날이 장날이라고 너희 엄마랑 결혼하고 나서 갔던 여행 이후에 처음 가는 제주도인데 이렇게 날씨가 안 도와주네."

"제주도 날씨는 맑고 따듯하대요. 여기도 안개가 곧 걷히겠죠. 조금만 기다려 봐요."

 사실 진국은 한껏 들떠 있었다. 아들을 낳고 기른 지 33년 만에 처음으로 아들과 함께 둘이서 여행을 간다는 사실이 믿기지 않았다. 자신이 얻은 병 덕분에 자신보다 무뚝뚝하던 아들이 조금씩 관심을 보여주었고, 진국은 그런 아들의 관심이 고마웠다. 처음으로 가는 어쩌면 마지막일지도 모르는 아들과의 여행이 날씨 때문에 이루어지지 못할까 봐 초조하고 두려웠다.

 "6시 30분, 6시 30분 출발 예정이던 제주행 비행기 탑승을 준비하겠습니다. 기상 악화로 출발이 다소 지연된 점 양해 부탁드립니다." 때마침 그들이 기다리던 반가운 목소리가 안내방송을 통해 흘러나왔다. 7시 20분이 조금 넘은 시간이었다.

 "출발 시간 지연돼서 오늘 한라산 못 올라가는 거 아이가?" 평생 그래왔듯 진국은 일어나지 않을 일을 미리 걱정하기 시작했다.

 "아뇨. 지금 가면 8시 30분 정도 될 건데 9시 30분 전에만 성판악 앞에 도착해도 다녀올 수 있어요." 평소라면 아버지의 지나친 걱정에 말도 섞지 않는 찬이 인내하며 아버지를 달랬다. 부자는 비행기에 탑승했다. 진국은 아이들이 어렸을 적에 기차를 타고 누나가 살고 있는 평택 미군기지에 다녀온 것 말고는 아들과 함께 공공 이동수단을 이용해 본 적이 없다는 사실이 떠올랐다. 그와는 달리 대기업 주재원으로 일해서 가족들과 비행기를 자주 타고 다닌다며 자랑인 듯 아닌 듯 얘기하던 자신의 어릴 적 친구 홍길이도 떠올랐다. 그는 홍길이 부러웠지만 한 번도 내색한 적 없었다. 남을 부러워한다는 사실을 입 밖으로 내뱉는 것만으로도 자신의 삶이 더 비참해지는 것을 알고 있었다. 비행기에 탑승하여 앉아있을 뿐인데 그가 표현할 수 없는 생각과 감정들이 북받쳐 오르는 것이 그에게는 매우 낯선 일이었다. 그는 자신이 왜 신혼여행 이후로 제주도에 한 번 가 본 적이 없는지 생각하며 창밖을 바라보았다. 땅 위의 세상과 하늘 아래의 세상이 거대한 회색 구름을 경계로 나뉜 듯 보였다. 비행기가 높이 떠오를수록 땅 위의 세상은 작아졌고 하늘 아래의 세상은 커졌다. 그는 거무숙숙한 빛깔의 구름 덩어리들을 보며 하늘의 경계에 인간들의 때가 묻어 있다고 생각했다. 자신의 때는 어느 정도 크기의 구름을 차지하고 있는지, 색깔은 얼마나 짙어져 있는지 가늠해 보았다.

"아버지, 주스 드세요." 찬이 기내 서비스로 제공되는 오렌지 주스 한 잔을 건네주었다. 고맙다고 말하려고 하다 이내 말을 멈추었다. 그에게는 그 말 한마디도 어려운 일이었다. 그는 다시 깊은 생각에 잠겼으나 잠시 눈을 감고 하늘 위에 뜬 상태로 구름의 경계를 더 생각할 새도 없이 비행기는 제주 국제공항에 착륙했다. 찬의 얘기처럼 제주는 맑고 포근했다. 방금 전까지는 옆에 있던 구름이 제주에는 한 점도 보이지 않았다. 진국은 날씨의 진귀함을 절감하며 설레는 마음으로 아들을 따라 비행기에서 내렸다. 부자는 따로 짐을 부치지 않아서 빠르게 출국장을 지나 3번 출구로 나왔다. 33년 만에 보는 공항 밖의 야자수 나무가 진국에게 생소함과 신비로움을 전해줬다.

-

"아버지, 택시 타고 가요. 이쪽으로 오세요."
"택시는 무슨 택시고, 바로 가는 버스 없나? 얼마나 급하다고 택시를 타노." 방금 전의 기쁨과 설렘도 잠시 진국은 다시 불평을 시작했다.

"바로 가는 버스 있어도 버스 기다리는 시간이 오래 걸리고, 버스 타면 너무 늦어져요. 그냥 택시 타요. 이러려고 돈 벌지, 안 쓸 거면 뭐하려고 돈 벌어요?" 감정 없이 얘기하던 찬이 짜증 섞인 말투로 말하며 행렬하듯 줄지어 손님들을 기다리고 있던 맨 앞쪽 택시에 올라탔다.

"아버지는 뒤에 타세요. 안녕하세요. 기사님, 성판악 주차장 부탁드립니다." 찬은 택시 기사 옆자리에 앉았다.

"안녕하세요. 아버지와 아들이신가, 부자지간이 한라산 등반하러 가시나 봐요."

"네. 처음으로 아들하고 제주도 와서 등산하러 갑니더."

"좋으시겠어요. 부럽네요. 저는 아들이 둘이나 있는데 둘 다 서울 나가 사느라 명절 때 아니면 보지도 못해요."

"저희는 같이 살아도 이제 처음 여행 온 긴데요. 기사님도 나중에 아드님들이랑 여행 다녀오시면 되지예."

"하하 맞습니다. 저도 나중에 아들 내려오면 같이 한라산에 가보자고 얘기해봐야겠어요."

"꼭 그라이소. 그나저나 제주도에서는 택시 운전할 만하십니까? 제 친구는 서울에서 택시 운전하는데 많이 힘든 것 같아예. 회사에서 사납금을 너무 많이 받는 것 같습니다. 매일 내는 돈은 정해져 있는데 날에 따라 손님이 있을 수도 있고 없을 수도 있으니까 택시 기사들은 하루 종일 운전하고 일해서 회사 좋은 일만 하는 거 아닙니꺼, 참말로 문제입니더." 찬은 평소와는 다른 아버지의 모습이 어색하게 느껴졌다. 자신과는 말을 거의 한마디도 하지 않는 아버지가 밖에서는 친근하게 남의 어려움을 먼저 물어볼 줄 아는 사람이라는 것이 놀라웠다. 그는 내색하지 않고 둘의 대화를 듣고 있었다.

"친구 분도 고생 많으시겠네요. 제주도 똑같죠. 제주라고 다를 게 있겠습니까, 조금이라도 돈을 벌려면 개인택시를 사야 하는데 개인택시가 값이 비싼 것도 비싼 건데, 무사고가 아니면 내주지도 않으니까요. 근데 사장님도 아시겠지만 운전이라는 게 내가 혼자 잘한다고 해서 사고가 안 나는 건 또 아니지 않습니까? 도로 위는 전쟁터나 마찬가지예요. 조금 더 빨리 가겠다고 신호 무시하고 달리는 차들 보면 운전하는 제가 봐도 무섭습니다. 또 신호 대기 상태에서는 어떻고요. 갑자기 어디서 어떤 차가 튀어나와서 박을지 모르는 불안감을 안고 일한다는 게 쉬운 일은 아닙니다. 손님들도 별 사람 다 있어서 하루라도 마음 편하게 운전을 할 수가 없어요." 진국 같은 손님을 기다렸다는 듯 택시 기사는 진국에게 자신의 어려움을 호소하기 시작했다.

"세상에 쉬운 일은 없습니다만, 저는 운전을 업으로 하는 분들 정말 대단하다고 생각합니다. 택시 사납금 문제나 좀 해결 돼서 기사님들 형편이 좀 나아지시면 좋겠습니더."

"사장님 같은 분들이 저희 어려움을 알아주시고 저희가 하는 일에 고마워해 주실 때 보람을 많이 느끼기는 합니다."

"고마 힘내이소. 다들 어렵게 살아간다 아입니꺼." 찬은 남의 얘기를 듣고 공감하며 위로하는 아버지의 모습을 처음 보았다. 아버지가 명절에 친척들과 대화를 나누기는 했어도 늘 다른 얘기는 않고 듣고만 있었던 터라 자신의 아버지가 이렇게 말을 잘하는 사람인 지도, 타인에게 공감하고 타인의 어려움을 헤아릴 줄 아는 마음이 따뜻해 보이는 사람인 지도 몰랐다. 그는 33년 만에 발견한 아버지의 새로운 모습을 보고 자신의 비밀을 아버지에게 말해도 괜찮을 것 같다는 생각이 들었다.

"사장님 말씀이 맞습니다. 아이고, 정말 감사합니다. 사장님 같은 분들만 계시면 돈 적게 벌어도 마음은 행복할 것 같습니다. 아드님하고 좋은 시간 보내시고 건강하세요."

"감사합니다. 여기 이만 원이요. 잔돈은 안 주셔도 되세요." 19600원이 찍힌 계기판을 보고 찬이 돈을 건네며 말했다.

"기사님도 건강하시고 나중에 꼭 서울 사는 아드님이랑 한라산 가이소. 감사합니다."

-

성판악 주차장에서 내린 진국과 찬은 등산을 시작하기 전 화장실 앞으로 갔다. 화장실 앞에는 많은 등산객들이 모여 있었다.

"아버지 먼저 다녀오세요."

"같이 가면 되지. 왜 따로 가노?"

"그냥 따로 가고 싶어서 그래요. 먼저 다녀오세요." 부자는 함께하는 여행이 처음인 것처럼 함께 공용 화장실을 이용해 본 적이 없었다. 찬은 자신이 아버지와 함께 화장실에 들어가는 일은 상상해 본 적도 없었던 터라 별 것 아닌 상황이 우산 없이 길을 걷다 갑자기 소나기가 쏟아져 내리는 것처럼 당황스러웠다.

'하여튼 까다롭고 예민한 놈이네.' 진국이 혼잣말로 말했다.

"아버지, 그냥 오르시면 안 돼요. 준비 운동하셔야 돼요. 다시 이쪽으로 오세요." 볼일을 끝내고 먼저 산행을 시작하려는 진국을 화장실에서 막 나온 찬이 다급하게 불렀다. 진국의 뒤에는 백록담에 가려면 진달래 대피소를 열두 시 삼십 분 이전에는 지나가야 한다는 현수막이 걸려 있었다.

"니가 역사 선생이지 체육 선생이가, 그냥 가도 된다. 무슨 남사스럽게 준비 운동이고, 여기가 히말라야도 아니고, 얼마나 디다고 유난을 떠노."

"아버지, 아버지 환자잖아요. 아직까지 오른쪽 다리는 절고 계시는데 그 상태로 한라산 오르는 것도 무리인데 준비운동도 안 하고 가시면 근육이 놀라서 다리 쥐나요. 여기 왕복으로 18킬로가 넘는 코스예요. 우습게 보지 마세요. 다리 스트레칭 먼저 하세요. 허리랑 목도 돌리세요. 저 보고 따라 하세요." 찬은 진국을 학교 학생들 달래듯 다독이며 준비 운동의 필요성을 강조했다. 등산로 입구에서 스트레칭을 하는 모습이 흔치 않은 풍경은 아니었으나, 부자지간이라고 하기는 서로 닮지 않은 데다가 서로 거리가 멀게 느껴지는 한 늙은 남자와 한 젊은 남자가 학교 운동장에서나 볼 법한 준비운동을 하고 있는 모습은 다소 우스꽝스러웠고 과장되어 보였다.

"부자지간이세요? 보기 좋으시네요." 선심의 또래로 보이는 여성이 둘을 지나가며 말했다. 진국은 부끄러운지 대답하지 않았다.

"아버지, 가방 제가 멜까요?"

"됐다. 내가 메고 가도 된다. 이 가방 무게 얼마나 된다고 니가 드노, 아부지 아직까지 그 정도로 약하지 않으니까 걱정마라." 진국이 메고 있는 가방은 40년이 넘은 배낭이었다. 복고라는 것에나 어울릴 것 같은 촌스러운 청록색과 연꽃에서나 볼법한 자줏빛이 섞여 있었다. 요즘 세상에서는 보기 어려운 개성 있는 가방이었다.

"아버지는 왜 그 가방만 메고 다니세요?"

"아직 튼튼하다 아이가, 내가 가방 메고 다닐 일이 많은 것도 아니고, 이럴 때만 가끔 메는 건데 다른 가방 살 필요 뭐 있노."

"그러면 끈이라도 좀 조절하세요. 너무 짧게 메셔서 고등학교 때 양아치 짓이나 하던 불량배들 같아 보여요."

"니가 좀 해도." 진국이 아들의 관심에 다시 기분이 좋아져 가방을 벗어서 아들에게 건넸다. 가방을 넘겨받은 찬은 긴 머리카락처럼 길게 늘어진 검은색의 가방 실밥을 손으로 당겨 떼어내며 끈을 조절했다.

"다시 메 보세요."

"이제 고등학교 때 양아치 짓이나 하던 불량배 안 같나?" 진국이 아들의 말을 장난스럽게 되받아치며 말했다. 찬은 아버지의 말장난조차 생소해서 지금 자신이 같이 있는 사람이 아버지인지 생판 모르고 살던 남인지 헷갈릴 정도였다. 부자는 몸을 움직였다. 등산로 초입은 동네 뒷산처럼 완만하고 느긋했다. 날씨는 사람 변덕보다 심하다는 한라산 날씨답지 않게 한없이 해맑았다. 산을 오르는 사람들도 표정이 밝았다.

"안녕하세요! 백록담까지 무사 등반해서 백록담에서 만납시다!" 단체관광으로 한라산을 찾은 진국 또래의 사람들이 한 무리 지나갔는데 그중 한 남자가 기분이 좋은지 말을 걸었다.

"예. 그럽시대이!" 진국도 웃으며 대답했다. 자신이 본 적 없는 모습에 여전히 아버지가 낯설기만 한 찬은 아버지와 한참 떨어져 걷고 있었다. 완만하고 느긋한 초입을 지나자 조금은 중후하고 조급한 한라산 중반에 이르고 있었다. 둘은 말없이 걸었다. 원래 남들보다 걸음이 빠른 편인 두 사람은 그들이 밟고 지나가고 있는 모양이 제 각각인 돌이나 옆에 피어나는 이름이 모두 다른 식물들에는 관심을 두지 않고 정상을 생각하며 걷기만 했다. 함께 출발했던 단체관광객들과는 멀어진 지 오래였다. 진국은 몸이 성하지 않은 사람이라고는 할 수 없을 만큼 기력이 좋아서 자세히 보지 않으면 다리를 절고 있다는 사실마저 모를 정도로 정상인처럼 보였다. 이삿짐 일을 30년 동안 하며 자연스레 키워진 전신 근육은 그를 다부진 모습으로 만들었다. 마치 오랜 시간 동안 한 길만 걸어온 장인의 육체나, 농기구를 쥐고 농사를 지어온 농부의 손에 생긴 굳은살처럼 그의 몸에도 연륜만이 만들 수 있는 세월의 흔적이 새겨져 있었다. 진국은 작은 키에 비해 덩치가 좋았다. 그런 진국과는 달리 찬은 뼈대가 얇고 몸이 가늘었다. 엄마를 그대로 닮아 덩치가 큰 편은 아니었지만 키는 적당히 커서 마른 편에 비해 썩 보기가 나쁜 모양은 아니었다.

"내야 원래 일상이 운동이기도 하니까 체력이 좋다 만은, 니는 뭐했는데 이렇게 체력이 좋노?" 진달래 밭 대피소까지 평균 등산 시간인 3시간보다 1시간 일찍 도착한 진국이 찬에게 물었다.

"아버지는 진짜 저한테 관심 없으시네요. 제가 몸 키우려고 운동 많이 한다고 한 번씩 말씀드렸었잖아요. 마라톤, 탁구, 수영, 태권도 안 한 운동이 없어요. 요즘 집중력 높이려고 국궁 시작했다고 얘기했는데 그것도 기억 안 나시죠? 이러니까 아버지랑은 말을 안 하는 거예요." 성가신 듯 찬이 말했다.

"그랬나? 내가 요즘 기억력이 안 좋아져서 그렇다. 니한테 관심이 없는 게 아니고, 대피소에서 좀 쉬었다 가자." 진국은 무안해하며 가방에서 미리 얼려온 얼음물을 꺼내 얼음이 녹는 것을 방지하기 위해 싸놓은 손수건을 벗겼다.

"예. 원래 여기가 쉬어 가라고 만든 곳이에요. 가서 뭐라도 먹고 가야 돼요." 찬은 진달래 밭 대피소 안으로 들어갔다. 대피소 안에는 쉬어가는 의자 말고는 아무것도 보이지 않았다. 꽤 오랜 시간동안 이곳은 한라산을 찾는 등산객들에게 천국의 라면 맛을 경험하게 해주는 특별하고도 소중한 곳이었는데, 매점이 없어져 있었다.

"아, 컵라면 하고 같이 먹으려고 김밥 사온 건데, 매점이 없어졌네요. 분명 제가 작년에 왔을 때는 있었거든요. 그래서 여기서 사람들이 다 컵라면 먹고 도시락 먹으면서 쉬다 가고 그랬는데 무슨 이유 때문인지는 몰라도 철수했나 봐요." 늘 어른보다 더 어른 같았던 아들이 높은 산속에서의 컵라면을 못 먹게 되자 아이처럼 아쉬워하는 모습을 보니 진국은 아들이 어렸을 적만큼이나 귀엽게 느껴졌다.

"물 하고 김밥만 먹어도 되겠네. 무슨 컵라면까지 먹노. 그리고 더 올라가야 하는 거 아이가? 물만 마시고 김밥은 내려올 때 먹자. 그 정도는 참을 수 있제?"

"컵라면 못 먹으면 의미가 없어요. 아버지가 드셔 보셔야 한다 말이에요. 천상의 맛이거든요. 여기서 먹는 건 어디서 돈 주고 사 먹지도 못해요." 서운함과 아쉬움이 쉽게 가라앉지 않은 찬이 투정 부리듯 말했다.

"됐다. 얼른 다시 올라가자."

진달래 밭 대피소에서부터 정상인 백록담까지 가는 길은 경사지고 거칠었다. 스틱 없이도 혼자 잘 오르던 진국이 급경사 앞에서 몸을 사렸다. 정상에 가까워질수록 계단은 가팔라졌다. 4월이지만 아직 녹지 않은 만년설까지 돌계단에 쌓여있어 아이젠을 착용하지 않고 산에 오른 진국에게는 어려운 길이었다. 찬미가 가장 무서워하는 바퀴벌레를 손으로 때려잡고, 수도부터 전기까지 집안의 모든 일을 척척 해내던 아버지가 급경사 앞에서 밧줄을 꽉 쥔 모습을 보자 찬은 애처로운 마음이 들었다.

"아버지, 제 손 잡으세요." 자신도 모르게 아버지를 잡아주기 위해 손을 내민 그가 말했다.

"됐다. 여 튼튼한 밧줄 있네. 이거 잡고 가면 된다. 니도 힘들 건데 줄 잘 잡고 올라 온나." 진국은 자신이 아들의 손을 잡고 오르면 아들한테 무게가 실려 아들이 힘들어질 것을 알고 있었다. 하지만 찬은 그러한 사실을 이해하지 못했다.

"아버지는 제가 잘해드리려고 해도 이렇게 다 거절하시니까 제가 잘해드릴 수가 없잖아요." 오랫동안 쌓아온 사실을 터트리듯 찬이 화를 내며 말했다.

"니 도움 필요 없다. 니 갈 길이나 잘 가면 된다." 자신의 마음을 헤아려 주지 못하는 아들이 서운한 진국도 불쾌한 듯 되받아쳤다. 둘은 다시 말이 없어졌다. 진국이 평소 관심 가졌던 고지대 식물들이 진국의 시야 앞에 펼쳐져 있었다. 그는 그런 사실조차 알아차리지 못하고 밧줄을 잡고 정상을 향해 오르기에 여념 없었다. 말의 시야를 가린 눈가리개를 착용한 듯 앞만 보고 산을 오른 부자는 3대가 덕을 쌓아야 볼 수 있다는 맑은 백록담 앞에 겨우 도착했다. 인간의 삶을 밝을 때와 어두울 때로 나눠주는 해는 어느새 하늘의 중천을 지나고 있었다. 정상에 도착한 다른 등산객들은 백록담 해발이 적힌 비석 앞에 길게 줄 지어 서 있었다. 줄 지어 선 수많은 사람들은 '인증'이라는 것을 갈망하여 신선들이 백록주를 마시고 놀았다는 전설의 백록담 앞에서 사진 찍기만 기다릴 뿐이었다. 부자는 총 둘레 약 1.7km, 동서 길이 600m, 남북 길이 400m인 타원형 화구. 백록담 앞으로 갔다.

"아버지, 이쪽으로 와보세요. 찬미가 여기에 올라와서 맑은 백록담 보면 앞에 가서 소원 빌라고 했어요."

"가는 무슨 서양 학문을 공부한다는 아가 맨날 미신 같은 소원 빌기만 하라 하노." 진국은 또 불평했다.

"아버지, 서양 학문 공부하는 거랑 소원 비는 거랑 무슨 상관인데요. 그리고 미신도 아니죠. 사람들의 바람이고 지혜죠." 서귀포 바다가 보이는 방향에 자리를 잡은 찬이 두 손을 공손하게 모은 채 소원 빌 준비를 마치며 말했다. 백록담은 까만색 분화구에 녹지 않은 하얀 눈들이 붙어 있어 점박이 무늬가 박힌 것처럼 보였다. 물은 모두 말라 있었고 곳곳에 자라난 갈색의 이름 모를 풀들이 백록담 안에 다른 생명도 살고 있음을 증명할 뿐이었다. 백록담 뒤로는 끝이 보이지 않는 제주 앞바다가 펼쳐져 있었다. 진국은 가족들이 제2의 인생을 살아보라며 정해준 마트가 잘 되기를 빌었다. 그리고 아들에게는 한 번도 말한 적 없지만 자랑스럽고 대견한 아들이 좋은 여자를 만나 결혼하기를 빌었다. 그리고 딸에게도 한 번도 말한 적 없지만 딸이 하고 있는 공부가 잘 돼서 아들이 사는 삶처럼 부모와는 다른 삶을 살게 되기를 빌었다.

"할부지 평생소원이 백록담 와보는 거였는데, 그래도 내가 한 번 와봤으니 소원 대신 이뤄준 셈이다. 고맙다. 아들." 소원을 빌면서 마음이 충만해진 진국이 새삼스러운 말을 꺼냈다.

"요즘은 다들 장수하던데 할아버지도 조금만 더 오래 사셨으면 백록담은 못 오셔도 제주도는 와보실 수 있을 뻔했네요." 고마움을 표현해 준 아버지에게 놀란 찬이 당황하며 대답했다.

"그렇제, 나는 다시 태어나고 그런 거 안 믿는다 만은, 할부지는 꼭 다음에 다시 태어나셔서 이 좋아진 세상을 누려보셨으면 좋겠다. 내 나라가 내 나라가 아닐 때 태어나서 징용 끌려갔다가 겨우 탈출해서 집에 돌아오셨다. 나라 되찾았다고 좋아할 새도 없이 나라 나뉘고, 전쟁 터졌는데 낳은 자식들은 많지, 그 식솔들 다 먹여 살린다고 고생 많이 하셨다. 할머니가 아부지 낳다가 돌아가셨다고 말한 적 있나?"

"할아버지 세대 분들이 고생 많이 하셨죠. 우리 세대가 힘들다고 해도 그때만큼 힘들지는 않을 거예요. 아뇨, 그냥 아버지가 할머니 없이 자란 건 알았어도 그런 줄은 몰랐어요. 아버지가 얘기한 적이 없으니까요." 엄마라는 단어만 들어도 가슴이 북받치던 진국은 아들 앞에서 약한 모습을 보이기가 싫어 한 번도 엄마에 관한 얘기를 한 적이 없었다.

"니는 인마, 복 받은 줄 알아라. 나는 엄마 얼굴을 사진으로만 보고 자랐다. 엄마한테 잘해라. 이제 그만 가자." 진국이 발걸음을 옮기며 말을 돌렸다. 생각지도 않았던 아버지의 이야기에 마음이 무거워진 찬은 자신의 비밀을 어떻게 말해야 할지 고민이 커졌다. 부자는 각자 다른 이유로 마음이 무거워졌다. 그들의 마음과는 달리 내려가는 길에 펼쳐진 광경은 황홀했다. 오는 길에는 보지 못했던 작은 뭉게구름들이 두 사람의 눈앞에 두둥실 떠다녔다. 평생 동안 한 번도 해발 1000미터 이상의 산을 올라본 적 없던 진국에게는 처음 보는 그림 같은 광경이 마냥 신기하기만 했다.

"구름이 내 눈앞에 있는 거 맞제? 여기가 그만큼 높은 거가, 아니면 구름이 낮은 하늘에도 뜨는 거가?"

"구름이라는 게 고도가 높은 곳에서 생성되는 거기 때문에 여기가 그만큼 높다는 거죠."

"날씨는 이렇게 맑아서 푸르기만 한데, 저 하얀색 솜사탕 같은 것들이 여기저기 떠다니니까 아부지 어렸을 적에 습관처럼 하늘 보면서 구름 세어 보던 일이 생각나네."

"아버지, 추억에 잠기시는 건 좋은데 내려갈 때는 더 위험하니까 이제 내려가는 길만 보세요." 찬이 좀처럼 들어볼 수 없는 진국의 감성을 끊어 냈다. 부자의 거리는 처음 오를 때와 별반 다를 바 없이 멀고도 험했다.

-

진달래 밭 대피소와 백록담 구간은 올라가는 것보다 내려가는 길이 더 어려웠다. 본의 아니게 아버지의 말을 끊어야 했던 찬은 감정을 끊은 게 미안해져 내려가기 전 아버지의 가방을 벗겨 자신이 메었다.

"가방 없으면 조금 더 수월하게 내려가실 수 있을 거예요. 끈 꽉 잡고 한 발, 한 발 내딛으세요. 빨리 갈 생각하지 마시고요."

"누가 선생 아니랄까 봐 참 가르치는 거 좋아하네. 걱정마라. 내가 이것도 못 가겠냐." 아들이 자신에게 신경 써 주는 마음이 좋으면서도 좋다고 표현할 수 없었던 진국은 애써 마음을 숨기며 투덜거렸다.

한라산을 한 달에 한 번씩 오른다는 한 등산객도, 찬의 또래로 보이는 건장한 청년도, 엄마, 아빠 손을 잡고 겨우 산에 오른 듯 보이는 초등학생도 모두 눈이 덮인 돌길 위에서는 신호대기 중인 자동차들처럼 멈춰서 있듯 했다. 어떤 삶을 살아왔건, 무엇을 가졌건 상관없이 산은 인간에게 공평했다. 지렁이가 메마른 아스팔트 바닥을 오랫동안 힘겹게 기어 축축한 흙 속을 찾아가듯, 줄을 잡고 내려오는 사람들도 겨우 조금씩 움직여 줄 없이도 갈 수 있는 안전구간에 도달했다.

"아빠, 무릎 괜찮으세요?" 이삿짐 일을 그만두면서 한 달 넘게 안 쓰던 무릎을 쓰는 아버지가 걱정됐던 찬이 물었다.

"뭐, 겨우 이거 갖고 그라노. 걱정 마라. 괜찮다." 진국은 백록담에서부터 오른쪽 종아리에 쥐가 나 다리가 아렸음에도 고통을 감내하며 대피소가 나오기 만을 기다리고 있었다.

"아빠, 이제 다 왔어요. 대피소 가서 점심 먹고 좀 쉬다 가요." 찬이 상기된 음성으로 말했다. 난코스를 무사히 통과했다는 기쁨에 도취된 등산객들이 이미 대피소를 가득 메우고 있었다. 찬은 먼저 가서 두 사람이 앉을 수 있는 자리에 가방을 먼저 올려놓고 아버지를 불렀다.

"아빠, 제가 자리 잡았어요. 이쪽으로 오세요." 진국이 다리를 절뚝이면서 대피소 안으로 들어섰다.

"여기 앉으세요. 물부터 드시고 다리 펴보세요." 아버지의 다리가 불편해 보였던 찬은 쥐가 난 것을 알고 있었다. 그는 자신은 쉬지도 않고 아버지의 오른쪽 다리를 마사지하기 시작했다.

"엄청 효자시네. 효자야. 아버지 다리 아프실까 봐 주물러드리는 거예요?" 옆 좌석에 앉은 중년 남성이 말을 걸었다.

"예. 저희 아버지 다리가 조금 불편하셔서요." 손아귀 힘이 좋은 찬이 아버지의 종아리를 계속 풀어주며 대답했다.

"선생님, 좋으시겠어요. 이런 효자 아들을 다 두고, 못 걸으시면 업고도 가겠네!" 옆 좌석 남자가 진국을 보며 말을 이었다.

"벌써 아들한테 업히면 안 되지예. 됐다. 고마해라."

"왜요? 보기 좋은데요. 부럽습니다. 요즘 누가 아버지랑 아들이 같이 등산을 오겠어요, 자식들 키워놓으면 자기 살 길 바쁘다고 부모는 거들떠도 안 보는 세상 아닙니까." 그가 계속 말을 이었다.

"저도 아들이랑 처음으로 같이 온 기라요. 사실 한라산 자체가 처음이기도 하고요. 아들도 바쁘고, 저도 먹고살기 바빠서 자식들하고 같이 다녀보지를 못 했네예."

"아이고, 그런 거면 더 좋은 거지요. 이제라도 오실 수 있는 게 어디에요. 앞으로 이제 계속 다니시면 되죠. 새벽에 집에서 싸온 주먹밥인데 이거 좀 나눠 드릴게요. 효자 아드님이랑 같이 드세요." 옆 좌석 남자는 마음이 좋은 사람 같았다. 한눈에 봐도 정성 들여 만든 게 분명한 소고기 주먹밥을 선뜻 부자에게 건넸다.

"저희는 직접 만든 건 아닌데, 그래도 저희 동네에 새벽 4시면 문 여는 김밥 도매하는 집이 있는데 거기서 샀습니다. 이게 마약 김밥인가 뭔가라 하면서 갑자기 유명해지대예, 이거 한 줄 다 드이소." 진국은 찬이 태어나기도 전부터 있었던 동네 김밥집의 김밥을 건넸다. 마사지를 마친 찬도 진국 옆에 앉아 같이 주먹밥과 김밥을 먹었다.

"선생님은 어디서 오셨습니꺼?" 진국이 모르는 사람과의 대화가 능숙한 듯 대화를 시작했다.

"저는 서울에서 왔어요. 선생님은 어디 경상도 분이신가 봐요?"

"예. 저는 대구서 왔습니다. 사투리가 티가 나지예, 여기는 몇 번 와 보셨어예?"

"저는 해마다 두 번씩은 와요. 봄이랑 가을에요. 제가 산을 좋아해서 전국에 명산을 다 다녀봤는데 한라산만큼 속이 다 뚫리는 곳이 없더라고요. 근데 정말 운이 좋으시네요. 저는 여기 이렇게 왔어도 오늘처럼 날씨가 맑은 날은 처음 봤어요. 처음 오신 날이 이렇게 화창한 날이라니 분명 복 있는 분이신가 봐요."

"선생님도 복 있는 분이시니까 이런 날 여기에 오셨겠죠." 옆에서 듣고 있던 찬이 한마디를 거들었다.

"하하, 그렇게 얘기해주니 감사하네요."

"저희 아들이 직업이 선생이라 그런가 말을 참 잘합니다. 예쁘게 잘합니더." 진국이 갑자기 팔푼이 같이 아들 자랑을 시작했다.

"선생님이군요. 어떤 과목인지 물어봐도 될까요?" 그가 진국의 말을 받아주며 물었다.

"국사 선생님이에요." 찬이 웃고 있는 진국을 보며 대답했다.

"요즘 임용고시 합격하기가 하늘에 별 따기라던데 그 어려운 걸 해내셨네요. 국사를 가르치고 있다니 책임감도 클 것 같고요."

"제가 원래 역사학과가 가고 싶었는데 집이 좀 가난해서 대학을 못 가기는 했거든예, 아들한테 제가 역사학과 가고 싶었다고 말한 적도 없는데 아들이 그 과에 들어가서 국사를 가르치는 거 보면 피는 못 속이는 것 같습니더." 진국이 아들 대신 대답하며 자랑을 이었다.

"대신 아드님이 들어갔네요. 선생님 일은 어떤가요? 주변 얘기 들어보니 선생님들도 어려움이 많다고 하던데."

"아무래도 국사 과목이다 보니 제가 조금 어려운 부분들이 있긴 한 것 같아요. 국사가 역사적 사실이라고는 해도 인간의 주관적 해석이 개입되지 않을 수는 없어서 최대한 객관적으로 역사를 설명하기 위해 노력하고는 있어요. 정치적인 부분도 배제할 수는 없어서 아이들에게 어떻게 해야 바르고 정확한 사실을 가르칠 수 있을지 늘 연구하고 고민하고 있기는 해요. 그리고 요즘은 제가 자라던 때와는 달리 학부모님들의 간섭이 조금 심해진 편이라 가르치는 것에만 집중하는 것이 아니라 아이들에게 더 많이 맞추려고 노력해야 하는 점도 조금 어려운 부분인 것 같기는 해요." 찬은 자신들에게 친절을 베풀어주는 남자에게 최대한 성의를 보이며 대답했다.

"제 친구 아들도 선생님인데 요즘은 남자 선생님이 별로 없어서 그것도 좀 불편하다고 하기는 하더라고요."

"맞습니다. 요즘에는 남자 선생님이 별로 없다고 들었습니다."

"제가 선택한 직업에 성비 불균형이 벌어지고 있기는 하지만 남자들이 그동안 더 많은 곳에서 자리를 차지해왔던 것을 생각해보면 지금의 불균형을 불평할 수는 없는 것 같아요."

"네. 그것도 맞아요. 사실 저는 전력회사에 다니는데 저희 팀에 여자 직원은 거의 없거든요. 사무직인데도 남자를 더 많이 채용하긴 하더라고요. 여성들이라고 저희 일을 못하는 건 아닌데 여전히 성비 불균형이긴 합니다. 하하, 역시 선생님이어서 그런지 하나의 측면만 보는 게 아니라 다양한 측면을 보네요."

"하믄예. 어렸을 때부터 생각이 깊어서 주변에서 뭘 해도 하겠다고 늘 칭찬받고 자랐습니다. 제 아들을 만나는 학생들은 행운인 거라고 저는 생각합니다. 전력 회사에 다니시면 공기업에 다니시겠네예." 진국은 친구들에게도 하지 않던 아들 자랑을 모르는 사람 앞에서 자꾸 떠들어대며 상대방의 의사와 상관없이 계속 대화를 이어갔다. 찬은 아버지를 보면서 그가 자신의 진짜 모습을 알아도 다른 사람들에게 당당하게 자신을 자랑할 수 있을지 의문이 들어 다른 말을 하려다가 말을 떼지 않았다.

"멋지긴요. 어떤 회사든 일하는 건 다 비슷한 걸요. 저 때는 운이 좋아서 잘 들어왔는데 지금은 저희 회사에 들어오려는 청년들을 보면 한 번씩 안타까워지기도 합니다. 영어는 기본이고 정작 일하면서 필요하지도 않은 많은 언어들과 자격증들을 따기 위해서 얼마나 많은 돈과 시간을 쏟아내고 있는가 싶어서요. 저희 회사가 그렇게 많은 돈을 벌 수 있는 곳도 아닌데 경쟁률은 너무 치열합니다. 저희 딸이 대학을 졸업하고 취업 전선에 뛰어든 지 한 해가 넘었는데 아직도 취직을 못했습니다. 하하. 살기는 갈수록 각박해지고 젊은이들이 일할 수 있는 회사 문턱은 갈수록 좁아지고 여러 가지로 큰일이 아닌가 싶습니다."

"네. 사실 저 때만 해도 지금 보다는 낫기는 했었어요. 그래서 제 친구들도 다른 공인 시험에 합격하거나, 회사에 들어가기는 했는데 제 동생은 아직도 공부하고 있어요. 갈수록 취업난이 심각해지는 것 같아서 걱정이에요. 그런데 비단 우리나라 만의 문제는 아닌 것 같더라고요. 지금이 유난히 인구 분포에 따른 취업의 어려움이나 경제적 어려움이 큰 시기니까요. 역사를 봐도 살기 조금 더 나은 시대가 있고 살기 조금 더 힘든 시대가 있으니까 모두가 위기인 이 시기를 지나면 조금 더 나아질 거라고 생각해요. 그렇게라도 생각해야 지금 제가 가르치는 아이들이 저보다 나은 시기를 맞이해서 잘 살아가게 될 거라고 믿을 수 있게 돼요." 어느새 찬도 시대상에 안타까움을 느끼는 마음 좋은 옆좌석 남자에게 자신이 담고 있는 마음을 표현하고 있었다.

"그럼요. 나아질 겁니다. 하하, 등산의 매력은 이렇게 모르는 사람과도 좋은 대화를 나눌 수 있다는 것 아닌가 싶습니다. 대화 나눠서 정말 즐거웠습니다. 저는 이만 하산하겠습니다. 그럼 몸 잘 챙기시고 두 분 다 조심히 내려가세요!"

"예. 대화 감사했습니더, 따님 꼭 좋은 회사에 취업하기를 바랄게예. 주먹밥도 감사합니더. 조심히 내려가이소."

"조심히 내려가세요. 감사합니다." 마지막으로 찬이 인사를 했다. 길 위에서 마주쳐서 대화가 이어지는 사람들은 강한 인상을 남겼다. 옆좌석 남자는 자신이 먹은 쓰레기를 챙긴 후 자리를 떠났다.

"내 살면서 복 있다는 얘기는 처음 들어봤다." 진국이 남은 주먹밥을 씹으며 무성의하게 말했다.

"이제라도 복이 아버지한테 찾아오려나 보죠." 찬이 남은 김밥을 씹으며 무성의하게 대꾸했다. 대피소에서 충분한 휴식을 취한 부자는 본격적인 하산을 시작했다.

-

해발 1200m라고 적힌 팻말 옆에 당당하게 우뚝 선 순한 보랏빛의 한라부추가 급히 내려가는 진국의 시선을 붙잡았다.

"저거 한라부추라는 꽃이다. 찬아. 이 꽃 아나?"

"아버지, 이 꽃은 어떻게 아셨어요?" 꽃 이름을 얘기하는 아버지가 찬에게 또 한 번의 새로움을 선사했다.

"니한테 말을 안 해서 그렇지, 일 없는 날은 중앙 도서관 가서 책도 읽고, 사전 같은 것도 찾아보고 그랬다." 자라면서 자신이 본 아버지의 모습은 술에 취해 비틀거리며 집으로 들어오거나, 누워서 텔레비전을 보는 모습밖에 없었기에 찬은 당혹스럽게 느껴졌다.

"도서관에는 언제부터 가셨어요?"

"니 군대 갔을 때. 찬미도 서울 올라갔지, 너희 엄마도 서울 올라갔지, 집이 텅 비니까 우울해질라 하대. 술만 마시는 것도 지겨워서 도서관에 가봤는데 재밌는 게 많더라고."

"10년도 더 됐네요. 지금도 계속 가세요?"

"당연하지. 아부지 맨날 사무실에서 화투나 치는 줄 알았제, 나도 옛날에는 다 꿈이 있었다."

"아버지가 도서관 다니셨다는 건 좀 놀랍기는 하네요." 알 수 없는 뿌듯함과 안도감에 휩싸인 찬이 말했다. 그가 진국과의 한라산 등반을 결심한 건 동생인 찬미의 간곡한 부탁 때문이었다. 부자지간인 그들은 같은 집에 살았어도 가족도 남도 아니었다. 군대에서 제대한 후 엄마와 동생이 떠난 집에서, 사이가 데면데면했던 아버지와 같이 사는 일이 찬에게는 그의 삶을 괴롭히는 스트레스 덩어리 중 하나였다. 그는 몇 번이나 집에서 나와 자신만의 공간을 만들고 싶어 했다. 그러나 그때마다 찬미가 사정했다. 그들은 서로에게 무관심해서 서로가 무엇을 좋아하고 즐겨 먹는지도 몰랐다. 한 번씩 집에 있는 시간이 겹쳐 어쩔 수 없이 함께 식사를 해야 할 때는 텔레비전을 켜 놓은 채 말없이 밥만 먹었다. 진국이 어느 순간부터 매일 술에 취해 들어오자 찬은 아버지를 투명인간 취급했다. 그리고 집에 들어가지 않기 위해 밖에서 할 수 있는 일들을 계속 찾거나, 자원해서 연장 근무를 신청했다. 그들은 그들끼리도 가족도 남도 아니라고 느꼈다. 그 상황을 잘 알고 있던 찬미가 진국이 병에 걸리자 아빠가 서울에 올라오기 전까지 만이라도 이전과는 다르게 잘 챙겨주라며 호소했다. 이제 서울로 올라가서 마트를 시작하게 되면 둘 사이가 가까워질 수 있을 계기는 전혀 없을 것 같다며 찬을 설득했다. 동생의 말을 이해한 찬은 크게 마음먹고 날을 잡았는데, 그가 새로 알게 된 아버지는 자신이 전혀 알지 못했던 모습이었다. 그는 오늘 만이 자신의 비밀을 얘기할 수 있는 유일한 시간일 거라고 생각했다. 다시 말이 없어진 둘은 서로의 상념에 빠진 채 무작정 걷기만 했다. 그들은 올라갈 때와 같이 여기저기 쌓여 있는 돌탑이나, 서로 다른 곳을 보며 우뚝 서 있는 나무를 보지 못했다. 등산을 시작한 지 8시간 30분 만에 출발지점으로 돌아온 그들은 쉬지도 않고 바로 주차되어 있는 택시에 탑승했다.

"안녕하세요. 기사님, 올레시장 부탁드릴게요." 찬이 예의 바르게 말했다.

"안녕하세요. 고생 많으십니다." 긴 등산에 지친 진국이 짧은 인사말만 남긴 채 불그스름한 바깥 풍경을 바라보았다. 제주의 수평선에 걸터앉은 해가 뉘엿뉘엿 넘어가고 있었다. 침묵의 택시는 좁은 이차선 도로인 5.16 도로를 빠르게 달려 30분도 채 안되어 목적지에 도착했다.

"감사합니다. 잔돈은 안 주셔도 돼요. 조심히 가세요." 찬이 이만 원을 건네며 말했다. 택시에서 내린 그들은 올레시장에서 3분 거리에 있는 호텔에 들어가 체크인을 했다. 배정된 방은 바다가 보이는 트윈 베드룸이었다.

"여기 얼마 주고 했노? 니랑, 내랑 둘인데 그냥 여관방 가서 자면 될 걸 뭐하려고 호텔을 잡았노?" 진국은 또 불평부터 했다.

"아버지, 지금은 여행 비수기라 호텔이나 여관이나 별 차이 없어요. 제가 돈 벌잖아요. 제 돈으로 낸 거니까 그냥 편하게 쉴 생각만 하세요."

"니 돈이라도, 돈 모아서 장가갈 생각 해야지. 막 쓰면 되나, 아껴야 된다."

"그렇게 아끼고 살아서 아버지는 만족하세요?" 갑작스레 펀치를 날린 아들의 공격에 진국은 말을 멈추고 짐을 풀었다.

"짐 대충 정리하고 나가서 밥 먹어요. 밥값은 신경 쓰지 마세요. 할 얘기 있어요. 밥 먹을 때 얘기할게요." 호텔은 서귀포 항 앞에 위치해 있어서 방 안에서 보는 바다 풍경이 좋기로 소문난 곳이었다. 세차게 몰아치는 파도 소리가 방안의 정적을 깨웠다. 찬은 인공적으로 만들어진 방 안의 환한 조명 속에서 세상을 집어삼킬 듯 다가오는 잿빛 파도를 보았다. 밤이라 더 거무끄름해 보인다고 그는 생각했다.

―

사람들이 북적이는 큰 도로로 나온 부자는 보통은 할 것 같아 보이는 커다란 식당에 들어가 자리를 잡았다.

"흑돼지 삼겹살 3인분 하고요. 한라산 한 병 주세요."

"웬일로 소주를 다 마실라고?"

"한 병 정도는 저도 먹을 수 있어요. 평소에는 안 먹으려고 자제하는 거고요. 그리고 한라산은 여기서만 먹을 수 있으니까요." 실리를 중시하는 찬은 늘 그 상황에서 할 수 있는 최선의 것들을 찾아서 하고는 했다.

각종 밑반찬들이 나오고 고기가 불판 위에 올려졌다. 찬이 손수 집게를 들었다.

"제가 구워서 잘라 드릴게요." 아들의 호의에 기분이 좋아진 진국이 찬의 소주잔에 한라산을 가득 따랐다.

"아들이 커서 고기 구워주는 거 보니 기분이 묘하네. 세월이 흐르긴 흘렀는가 보다. 니 기억 나나? 니들 부처님 오신 날 행렬하는 날만 되면 돼지갈비 먹으러 가자고 하도 졸라서 매년 돼지갈비 먹으러 갔었다 아이가. 고기는 항상 너희 엄마가 구웠지. 내가 하면 다 태우니까."

"네. 기억나요.. 아버지 고기 드시고 나면 항상 비빔냉면도 드셨잖아요. 찬미는 뜨거운 된장찌개 막 퍼먹고 항상 엄마는 탄 고기 잘라서 먹었잖아요. 그때 엄마도 좀 주지, 왜 엄마는 탄 고기 먹게 했어요?"

"내가 그랬다고? 내가 일부러 그러는 게 어딨노, 너희 엄마가 그걸 먹은 거지."

"그러면 아버지가 엄마가 잘라 놓은 고기 집어다가 엄마 그릇에 놔줄 수도 있잖아요." 찬은 가슴속 깊이 묻어두었던 아버지에 대한 원망스러움을 각 티슈에서 휴지 뽑 듯 꺼내기 시작했다.

"야, 아부지 하루 종일 땀 뻘뻘 흘리면서 이삿짐 나르고 와서 배고파 죽겠는데 엄마 챙길 새가 어딨노, 엄마 그때는 일요일은 일이 일찍 끝났다 아이가. 나는 평일, 주말 가릴 것 없이 일했는데 그게 뭐 그렇게 잘못한 거라고 내한테 뭐라 하노."

"뭐라 하는 게 아니고요. 그냥 생각나서 그런 거예요. 아버지가 먼저 물어봤잖아요. 생각나냐고, 다 생각나요. 생각이 왜 안 나겠어요. 매년이라고는 해도 제가 4학년 된 이후로는 외식한 적 없었잖아요."

"너희들이 친구들하고 놀러 다닌다고 집에 안 들어왔잖아." 지나간 시간만이 허락해주는 '이제는 말할 수 있다'의 순간이었다. 말꼬 트기를 기다렸다는 듯 침묵으로 지내던 부자가 말하기에 바빠 익은 고기에도 젓가락을 대지 않았다.

"그리고 아버지 어쩌다 그런 구두쇠가 되셨어요? 그렇게 아껴서 돈 모아봐야 얼마나 모은다고요. 그냥 가족들 하루하루 잘 먹으면 그게 잘 사는 거죠. 저희 소풍 때 엄마가 얼마나 힘겹게 치킨 시켜줬는지 아세요? 찬미는 운동회 제일 싫어했어요. 다른 가족들은 다 치킨 한 마리에 과일이랑 김밥을 한가득 가져오는데 엄마는 딱 김밥 두 줄이랑 치킨 반마리만 가져와서요. 경수 집이랑 저희 집은 맨날 붙어 앉았는데 우리는 경수 집에 나눠 줄 음식이 없었어요. 엄마가 많이 못 가져오니까 늘 눈치 보면서 경수 집 다른 반찬 얻어먹고 그랬어요. 그리고 우리는 한 번도 가족들끼리 다른 도시로 여행 가 본 적은 없잖아요. 저는 솔직히 친구들 다른 건 안 부러웠는데 아버지가 운전해서 동해 바다니, 부산이니 가족들끼리 여행 가는 건 좀 부러웠어요. 아버지는 운전도 못해서 엄마가 저희 태워서 데리고 다녔잖아요." 찬은 따지려는 의도는 없다는 듯 우스운 얘기를 섞어가며 자기 속에 있던 배설물을 뱉어냈다. 노릇노릇해진 삼겹살이 조금씩 숯덩이처럼 변해 가고 있었다.

"경수 집은 원래 우리 집 보다 잘 살았다 아이가, 경수 엄마도 좋은 마음으로 나눠줬겠지. 그리고 우리가 여행을 우에 가노, 하루하루 먹고살기도 바쁜데, 니가 친구들 부러워했던 마음은 이해한다마는 아부지도 힘들었다. 니 너희 부모가 왜 구두쇠로 살았는지, 진짜 알고 싶나?" 무거운 얘기가 시작될 것이라는 경고라도 알리듯 진국이 소주잔에 채워진 소주를 들이키며 낮은 목소리로 물었다.

"당연하죠." 찬도 마음의 준비를 한다는 듯 소주잔의 소주를 한 번에 들이켰다.

"너희 엄마나 아부지나 돈 버느라 정신없어서 니들한테 신경 못 쓴 게 잘못이긴 하다만 너희들 어릴 때 너희들이 벌인 일들 때문에 부모가 그렇게 구두쇠로 살아야 했다. 니 10살 때 재덕이 자전거에 태우고 가다가 사고 난 거 기억나지?"

"그날은 저도 못 잊죠."

"그러면 재덕이가 할머니 손에서 어렵게 자란 것도 아나?"

"재덕이가 말은 안 했어도 다른 친구한테 얼핏 들은 거는 같아요."

"재덕이 그때 얼마나 다쳤는지 아나?"

"네. 근데 엄마 말로는 머리만 조금 다쳤지, 크게 다친 건 아니어서 괜찮다고 그랬는데요."

"조금 다친 게 아니었다. 팔, 다리 다 부러지고 얼굴은 알아볼 수도 없었다. 내부 출혈도 심했고 머리를 많이 다쳤다. 불행 중 다행으로 뇌사는 아닌데 폐쇄성 두부 외상이라고 하던가, 수술하고도 한참 동안 의식이 없었다. 니 다리 수술하고 일반 병실에 있을 때 재덕이는 중환자실에 있었다. 의사 말이 죽는다 해도 놀랄 일도 아니라고 그러더라. 그때는 니를 혼낼 정신도 없어서 혼내지도 못했는데, 누가 10살짜리가 성인용 자전거 타고 6차선 도로를 다니라 하대? 겁도 없이. 목격자가 그러는데 너희들 완전 튕겨 나갔다고 하더라. 둘 다 안 죽은 게 기적인 거다. 아나?" 진국과 선심은 아이들이 조금 크자 잠자는 시간만 빼고는 늘 일을 했다. 연탄을 피우는 단칸방이 아닌 자신들만의 보금자리를 갖는 게 소원이었던 부부는 하루에 3가지 일을 하며 돈을 모았다. 쉬지 않고 일한 덕분에 평수는 작아도 새로 지어 올린 그들만의 집을 가질 수 있었다. 그러나 빚이 없던 그들에게 새로 지은 집은 빚 그 자체였다. 소원을 이루어 좋아할 새도 없이 부부는 다시 일만 했다. 그래서 아이들을 돌볼 여유가 없었다. 찬과 찬미는 부모님 없이 지내는 일이 아무렇지 않다는 듯 잘 자랐다. 부부의 눈에는 잘 자라 주는 것 같아 보였다. 찬은 부모님을 대신해 늘 찬미를 데리고 다녀야 했다. 그때 그에게는 같이 어울리는 동네 친구들이 있었는데 그들이 찬미를 귀찮아했다. 특히 재덕이가 그랬다. 그 사고가 있던 그날은 찬미를 떼어놓는 데 성공해 신이 난 찬과 재덕이 무리해서 집에서 차로 20분이 넘게 걸리는 시내 하천까지 간 날이었다. 가을의 높고 청명한 하늘은 아이들도 춤추게 했다. 세상은 평온했다. 길거리마다 익어가는 붉은 단풍과 노란 은행은 덜 익은 연녹색 잎들과 색의 조화를 이루어 가늘거렸다. 사람들은 모두 기분이 좋아 보였다. 날씨와 풍경이 주는 선물에 만족해하는 것처럼 보였다. 차들마저 평화로워 보이던 6차선 내리막 도로에서 갑자기 끼이익 하는 소리와 함께 농구공 튀듯 한 아이가 솟구쳐 올랐다. 아이는 몸통이 작고 가벼워 더 높이 튀었다. 그리고 아무런 안전장치가 없는 시커먼 아스팔트 바닥에 그대로 고꾸라졌다. 맑고 투명하던 세상에 아이 몸통에서 터져 나온 뜨거운 피가 흩뿌려졌다. 아이가 타고 있던 자전거와 자전거를 운전하던 아이도 길 한 복판에 쓰러졌다. 가파른 내리막을 달리던 승용차 운전자가 잠시 한 눈을 팔면서 앞에 가고 있던 자전거를 뒤에서 들이받은 것이었다. 운전자가 저지른 순식간의 실수와 겁 없이 6차선 도로 위에서 자전거를 타던 아이가 만들어낸 참혹한 사고였다. 도로가에 있던 회색 빛 건물은 황금색 햇살을 받아 주황빛을 띠며 반짝이고 있었고, 별일 없는 하루를 보내던 그 주변의 사람들은 황금색 햇살을 받은 유혈이 낭자한 도로 위에서 시간이 정지한 듯 꼼짝하지 못하고 있었다.

"그래서 재덕이 어떻게 됐어요?" 그 사고는 찬에게도 아픈 기억이었다. 평생 친구를 다치게 했다는 죄책감을 마음에 안고서도 밖으로 내색 한 번 하지 않고 살아왔던 찬이었다.

"니는 핸들을 꽉 붙잡고 있었고 차가 뒤에서 박았으니까 덜 다친 건데, 재덕이는 뒤에서 니만 붙잡고 있었으니 오죽했겠나. 만약에 니가 뒤에 탔었으면 니도 지금 어떻게 되어 있을지 모른다. 니 퇴원하고 나서도 재덕이 퇴원할 때까지 엄마랑 내가 가서 병실 지키고 그랬는데 의사 말이 깨어나도 사고 후유증이 심해서 자라면서 기능 장애 같은 게 오거나 정신적인 질환이 올 수도 있다고 하더라. 재덕이 할머니는 재덕이 하나 보고 살았는데 내 아들이 낸 사고 때문에 남의 귀한 자식 평생 불구 돼서 살까 봐 우리도 무서웠다. 우리는 그때 보험도 없어서 고모한테 돈 빌려서 재덕이 할머니가 작은 빌라 한 채 살 수 있게 해드렸다. 보상금으로. 다행히도 운전자가 든 보험이 있어서 그 돈으로 재덕이 병원비랑 니 병원비 처리했다. 빌린 돈 갚아야지, 집 대출금 갚아야지. 너희는 계속 커가지. 어떻게 안 아끼고 살 수 있겠노." 상상하지도 못했던 베일에 싸인 진실을 들춰낸 찬은 눈에서 떨어지는 액체가 얼굴을 적시고 있는 것을 느끼면서도 닦을 수 없었다.

"왜 이제 얘기하셨어요? 재덕이는 지금 어떻게 지내요? 재덕이가 이사 간 게 아니고 아빠랑 엄마가 그 돈으로 다른 동네로 이사 가라고 보내신 거네요?" 살면서 눈물을 보인 적 없는 찬이 몸통을 들썩이며 흐느꼈다.

"흥분하지 마라. 재덕이도 사람인데 니랑 같이 있다가 사고가 나서 그 고생을 했는데 니가 다시 보고 싶겠나? 골목 하나 지나면 재덕이 집인데, 우리도 재덕이 볼 면목이 없었고, 재덕이 할머니 볼 면목도 없었다. 엄마랑 내가 그때 니 때문에 얼마나 마음고생했는지 아나? 집 지은 지는 3년밖에 안 됐는데, 우리가 이사 갈 수도 없는 노릇 아이가. 그러니까 우리가 부탁했지. 그 돈이면 작은 빌라는 살 수 있으니까 그걸로 집 사서 편하게 사시라고. 언젠가는 니한테도 말해 줄 생각이었다. 니가 다 커서 이 얘기를 듣고도 괜찮아질 수 있을 때, 아니면 니가 자식을 낳아서 자식을 키우면서 부모 마음을 이해할 때쯤에 말이다. 그 뒤로는 우리도 재덕이 할머니랑 연락을 안 해서 소식은 전혀 모른다. 술 한 잔 따라도." 찬은 손을 벌벌 떨었고, 눈물을 멈추지 못했다. 평소 자신의 감정을 드러내지 않는 냉철하고 이성적인 찬이 보여주는 인간적인 너무나 인간적인 모습이었다. 불판의 불을 줄일 새도 없이 심각한 대화가 이어졌다. 어두운 회색 돌로 된 불판 위에는 새까맣게 탄 고기들이 여기저기 늘어져 있었다. 불판과 고기의 경계를 구분할 수 없을 때 식당 직원이 그들의 테이블에 왔다.

"불판 다 태우셨네요. 이게 돌 판이라 웬만하면 안 타는데 고기 아직 남았으니까 불판 바꿔 드릴게요." 직원이 심각한 분위기를 애써 모른 척하며 가스 불을 끄고 말했다.

"고기 더 드실 거예요?" 찬이 고개를 절레절레 흔들면서 물었다.

"아니, 그만 먹을란다. 소주나 한 잔 더 따라도." 찬은 비어 있는 술잔에 술을 가득 따랐다. 얼었던 술잔이 녹으면서 수증기가 물방울이 되어 술잔 바깥으로 한 방울씩 떨어지고 있었다. 찬은 한 방울씩 떨어지는 물방울이 서글퍼보였다. 직원이 다시 다가와 새 불판으로 교체하면서 접시에 남은 고기를 올렸다.

"살다 보면 내 의도랑 상관없이 이런 일 저런 일 다 겪는다. 아무리 주의하고 신경 써도 벌어질 일은 벌어진다. 찬아, 나는 니가 어른이 되어준 게 참 고맙다. 내가 한 번도 말하지 못했는데, 나는 늘 니가 대견했고 지금도 그렇다. 부모 짐 덜어주려고 국립대만 지원해준 것도 고맙고, 사범대에 들어가서 선생이 되어 준 것도 고맙다. 그때 그 일 말고는 한 번도 우리 애 먹인 적 없이 잘 자라줬다 아이가, 니가 그때 그런 일을 겪어서 다른 사고 없이, 다른 문제 없이 지금까지 잘 살았다고 생각해라. 사람은 누구나 시련을 겪는다 아이가, 니도 알 거다. 돈 갚느라 고생하긴 했어도 니가 잘 자라서 잘 살고 있는 게 어디고. 니는 내가 매일 술에 취했다고 나를 싫어했제, 근데 일 끝내고 마시는 그 술이 내한테는 보약이었다. 가족을 먹여 살려야 한다는 그 무거운 짐을 지고 있는 나를 버틸 수 있게 해주는 보약 말이다. 그만 울고, 내가 고기 구워줄 테니까 고기 좀 더 먹고 아까 할라고 하던 말해봐라." 진국이 속에 있는 마음을 어렵게 꺼내 말했다. 부부는 아들이 겪은 사고를 떠올리고 싶지 않아도, 빌린 보상금을 갚느라 쉴 새 없이 일을 했던 터라 그 일을 잊을 수가 없었다. 아들은 그 뒤로 부부의 속을 썩이는 일이 없었다. 모험심이 강하고 리더십이 강했던 아들은 그 사고 이후 밖으로 나가거나, 동네 친구들과 어울려 놀지 않았다. 그리고 중학교에 들어가면서는 말도 거의 하지 않았다. 그들이 말수가 없는 아이를 보고도 다른 조치를 취할 수 없었던 이유는 그냥 아이가 사춘기를 겪는다고 생각했기 때문이다. 하지만 고등학교에 가서도 아들은 말을 거의 하지 않았다. 용돈을 달라거나 학원에 보내달라고 말한 적도 없었다. 아들은 환영 같았다. 부부는 같은 집에서 살던 아들의 얼굴을 봤던 날이 많지 않았다. 인생을 결정한다는 대학 수학 능력 시험을 치기 전에도 그는 별 다른 변화가 없었다. 시험이 끝난 다음 해 봄에 아들이 지역의 국립대에 합격했다고 통보했다. 전액 장학금을 받게 돼서 등록금을 내 줄 필요가 없다고도 말했다. 어떤 기쁨도 환희도 없이 아들은 대학교에 들어갔다. 다행히도 대학에 들어간 이후에는 교내 동아리 활동을 하면서 친구들과 어울렸다. 아들은 그 사고가 있기 전처럼 활발한 야외활동을 이어나가기 시작했다. 그래서 그 사고가 네가 아는 사실보다 훨씬 더 큰 사고였고, 네 친구가 얼마나 많이 다쳤고, 그래서 부모 된 입장에서는 빚을 내서라도 보상금을 마련해줄 수밖에 없었노라고 진국은 말할 수 없었다.

　예상치 못한 이야기에 찬은 순간 자신이 눈먼 자가 된 것처럼 자신이 앉아 있는 곳과 주변 그리고 진국이 하나도 보이지 않았다. 눈이 먼다면 세상이 모두 뿌옇게만 보일 것이라고 그는 생각했다.

　"손님. 저 쪽에서 한라산 한 병 갖다 주라고 하셨는데요." 직원은 부자와 세 테이블 정도 떨어진 곳에 앉아 일행과 고기를 먹고 있는 외국인을 가리키며 말했다. 찬은 직원이 가리킨 곳을 쳐다보았다. 진국과 찬이 식당으로 오던 길에 만난 길 잃은 독일 청년이 찬을 향해 손을 흔들고 있었다.

그제야 그는 고깃집이 얼마나 북적이는지 알게 되었다.

"당케 쉔, 당케 쉔" 찬이 눈물을 닦고 자리에서 일어나 독일인에게 다가가 고개를 숙이고 인사했다.

"안녕하세요! 아까 슈테판한테 얘기 들었는데 올레시장 근처에서 저를 만나기로 한 호텔로 찾아오는 길을 못 찾아서 엄청 헤맸다고 하더라고요. 근데 친절한 한국사람이 저 만나기로 한 곳까지 직접 데려다줬다고 이 친구가 계속 고마워했어요. 여기 왔는데 마침 저기 보이는 것 같다고 그러기에, 인사하러 가자고 했는데 분위기가 좀 심각해 보여서 그냥 저희끼리 먹고 있었어요. 슈테판한테 한국에서는 이렇게 고마울 때 고마움을 표현하는 것도 예의라고, 저희가 한라산 한 병 보내드리자고 했더니 흔쾌히 자신이 그 술값 내겠다고 하더라고요. 그래서 보내드렸죠. 이렇게 찾아와서 인사해주시지 않아도 되는데 정말 친절한 분이시네요." 독일 청년의 친구로 보이는 듯한 젊은 남자가 일어나 찬을 반겼다. 진국은 그 모습을 흐뭇하게 지켜보았다.

"저도 종종 외국으로 여행 가면 길을 잃어버릴 때가 많은데 제가 만난 분들도 다 저한테 그렇게 친절을 베풀어 주시더라고요. 그러니까 저도 당연히 그렇게 해야 한다고 생각한 건데 이렇게 다시 만나서 보답까지 받을지는 몰랐어요. 또 그럴 만한 일도 아니긴 하죠. 친구가 제주도에 여행 오셨나 보네요." 찬은 자신이 진국에게 들었던 충격적인 이야기를 잠시 지워버린 듯 아무렇지 않게 대화를 이어나갔다.

"네. 제가 독일에서 유학할 때 만난 친구인데 요즘 한국 여행이 독일에 조금 알려졌는지 오고 싶다고 해서 여기 제주까지 왔더라고요."

"오자 마자 이 맛있는 흑돼지를 드시고, 친구 좋으시겠네요. 그럼 보내주신 술은 잘 마시겠습니다. 친구분과 좋은 시간 보내세요. 땡큐 포 유어 컨시더레이션. 엔조이 유어 밀" 찬은 그들에게 허리 숙여 인사한 후 다시 자리로 돌아왔다. 진국과 대화를 나누는 동안 보지 못했던 수많은 사람들이 보였다. 빈자리 없이 가득 메워진 공간, 그리고 살아있는 와글와글 소리가 찬의 정신을 번뜩 들게 했다.

"아까 우리가 바다 앞에 있는 호텔까지 데려다준 그 친구네 그자?"

"네. 맞아요."

"나는 암만 니가 남자라 해도 세상이 흉흉한데 처음 보는 사람을 어디 데려다준다 해서 좀 걱정했다 아이가, 근데 그렇게 하길 잘한 거 같네. 잘 했다. 아부지가 모처럼 기분이 좋네. 우리 아들이 너무 자랑스러워서." 진국은 술에 힘을 빌려 자랑스럽다는 말을 꺼냈다. 취중진담이라는 노래 가사처럼 가슴 절절한 사랑을 고백하듯 그는 조심스레 말했다. 그리고 술이 깨고 이 자리가 아니면 다시는 하지 않을 말처럼 어설프게 말했다. 말에도 힘이 있어서 진국이 말한 그 단어는 몇십 년을 숙성한 전통 장처럼 깊고 진했으며 고소하기도 했다. 진국은 한 번도 그 말을 들은 적도 해 본 적도 없었다. 그에게 그 단어는 때가 되어서야 꺼낼 수 있는 장독 깊이 묻어둔 장이나 마찬가지였다. 하지만 찬은 그의 고백을 받아들일 수가 없었다. 그는 자신의 아버지를 한 번도 자랑스러워해 본 적이 없었다. 학창 시절 반 친구들이 자신의 아빠를 존경한다며 자랑할 때마다 찬은 그들을 부러워했다. 찬에게 아버지란 늘 나이스 운동화나 어디다스 운동화 같은 시장에서 파는 싸구러 운동화를 구겨 신고 다니고, 사동차를 운전하지 못해 자전거를 타는 땀 냄새나는 아저씨일 뿐이었다. 전기세와 가스비가 아까워

늘 전등과 보일러를 끄라고 잔소리하던 구두쇠 아저씨일 뿐이었다. 자식들의 생일이 언제인지도 모르는, 자식들에게 용돈을 준 적이 없는 모질고 독한 아비일 뿐이었다. 그는 자신이 복이 없어 진국 같은 아버지를 둔 것이라 여기며 자신의 삶을 원망하기도 했었다.

"아까 전에 뭐 할 말 있다고 하디만 얘기나 해 봐라." 자신이 힘들게 한 고백에 아무런 대꾸도 없는 아들을 보며 무안해진 진국이 빈 잔에 소주를 따르며 말했다.

"아…… 만난 지 2년 조금 넘은 친구가 있는데 그 친구 부모님이 캐나다에 계셔서 그곳에 가서 결혼을 해야 할 수도 있을 것 같아요. 물론 거기서 결혼하게 되면 거기로 이민 갈 생각이고요." 한참 뜸을 들인 후 조금은 진정된 찬이 말했다.

"캐나다? 왜 거기까지 가야 되노? 결혼은 대구에서 해야지. 아부지 친구들이 편하게 올 거 아이가, 언제 소개해줄래, 결혼할 생각이면 한 번 데리고 온나." 기다렸던 아들의 결혼 소식에 기쁨을 감추지 못한 진국이 들떠 목소리를 높였다.

"아직 소개할 단계는 아닌 것 같아요. 조금 더 만나 보려고요. 그냥 제가 만나는 사람 있다고 아버지한테는 말씀 안 드린 것 같아서 말씀드려봤어요. 엄마한테는 얘기했어요. 캐나다 이민은 조금 먼 얘기고 그렇게 될지 안 될지도 모르는 거니까 신경 쓰지 마세요."

"뭐하는 사람인데? 같은 대구에 사는 거는 맞제? 동은 어디에 사노? 나이는?" 진국도 여느 부모와 다름없이 자식의 예비 배우자에 관해서는 어떤 사람인지가 아닌 뭐하는 사람인지부터 물었다.

"성인들 대상으로 영어 가르쳐요. 동네는 그냥 가까운 데 있어요. 나이는 저랑 동갑이에요."

"한시름 놓았네. 오늘 같이 여기 오기를 잘했네. 여기 안 왔으면 니가 내한테 그런 말도 안 했을 거 아이가, 나는 그런 것도 모르고 어디서 참한 아가씨를 소개해줘야 하나 고민만 하고 있었다. 찬미한테 고마워해야 하나? 아니면 내가 병에 걸려서 서울로 올라가는 게 다행인 건가, 아무튼 기분 좋네. 우리 아들이 결혼을 생각하는 사람이 있다는 게, 나도 손주 볼 수 있겠네. 아부지 평생 꿈이대이." 평소 진국은 기분이 좋다는 말을 거의 하지 않았다. 기분이 나빠도 나쁘다고 말하지 않았다. 그는 최대한 자신의 감정을 드러내지 않는 것이 예의라고 배우고 살아왔다. 그러나 그 순간만큼은 자신이 할 수 있는 가장 큰 기쁨을 표현하고 있었다.

"아버지가 기뻐하시니까 저도 좋네요……" 그러나 그의 말과는 달리 찬은 아버지의 기분을 맞춰줄 수 없었다.

'아버지 죄송해요. 너무 죄송해요. 아버지의 자랑스러운 아들은 이 나라에서 결혼할 수도, 부모가 될 수도 없어요. 재덕이랑 같이 있고 있어서 찬미를 버리고 도망친 적도 많았어요. 재덕이는 저한테 그냥 친구가 아니었어요. 그는 제가 태어나서 처음으로 무언가를 같이 하고 싶게 만드는 친구였어요. 같이 있으면 저를 웃게 해주는 유일한 사람이었어요. 제가 지금 만나는 사람도 재덕이 같은 사람이에요. 저 때문에 재덕이도 다쳤고 아버지도 어려워진 건데 제가 앞으로 그걸 다 어떻게 감당하고 살죠?'

그는 지금까지 느껴보지 못한 모멸감에 아무 말도 하지 못했다. 호텔방에서 보았던 세상을 집어삼킬 듯 다가오는 잿빛 파도가 자신에게 다가오는 것 같았다. 밤이리 더 기무끄름했던 파도가 서내한 해일이 되어 순식간에 그의 삶을 덮쳤다. 그는 그대로 소멸되어 갔다.

심리상담사

찬미네 집으로 가는 길에 있는 4차선 도로는 드라마에서 자주 볼 수 있는 곳이었다. 그곳은 도로가 시작되는 곳부터 도로가 끝나는 곳까지 벚꽃나무가 1미터 간격으로 심어져 있었다. 꽃이 만개하는 4월이 되면 벚꽃 구경을 위해 여의도에 있는 윤중로에 갈 필요가 없었다.

동네는 도로를 중간에 두고 하나의 동이 두 형태의 동네로 나뉘어 있었다. 도시의 중심에 있는 구릉지 산 바로 밑에 형성된 오른쪽 동네는 서양식으로 된 2층 집들이 즐비해 있었고, 집 사이의 간격이 넓어서 누가 봐도 부자들이 사는 동네임을 알 수 있을 정도였다. 실제로 그 동네에는 퇴직한 고위 공직자, 교수, 정치인들이 많이 살고 있었다. 텔레비전에 출연하는 방송인들도 그들끼리의 마을을 만들어 살고 있었다. 찬미가 사는 왼쪽 동네는 3층짜리 연립 주택이 모여 있는 평범한 동네였으나, 고도 제한으로 높은 빌딩을 지을 수 없어서 빌딩과 아파트 그리고 주택이 섞인 일반적인 도시의 동네와는 다른 느낌을 주었다. 게다가 500미터 간격으로 커다란 공원이 조성되어 있어서 유럽의 작은 도시 마을처럼 보이기도 했다. 찬미는 아무 연고도 없는 그 동네에서 10년을 살았다. 서울에 살고 있는 선심과 함께 살면 월세가 나가지 않을 거라고 진국이 오랫동안 설득했다. 그럼에도 그녀는 하루를 살더라도 자신이 원하는 곳에서 원하는 대로 살겠다며 부모의 말을 듣지 않았다. 덕분에 선심과 진국은 다 큰 딸의 방 보증금을 마련하기 위해 늘 돈을 모아야만 했다. 겨우 몇 백만 원을 모아 통장정리를 하고 나면 잉크가 마르기도 전에 얼굴 한 번 본 적 없는 사람에게 피와 땀인 돈을 송금해야 했다. 찬미는 공부를 썩 잘하는 편이 아니었는데 공부를 잘하지 못하는 것에 대한 열등감이 컸다. 그녀는 추가 합격으로 겨우 들어간 지방 국립대에 입학하자마자 학교를 그만두고 서울에 있는 학교에 가고 싶다며 노량진으로 떠났다. 그러나 그녀는 재수에 실패했고 그 후, 지금 사는 동네에 터를 잡았다. 찬미가 고향집을 떠난 지 10년 만에 진국은 딸의 집에 가 보기 위해 그녀의 집으로 찾아가고 있었다.

"여보세요. 아빠? 어디쯤 지나고 있어?" 진국이 병에 걸린 이후로는 진국을 보호해야 할 어린아이처럼 대하는 찬미가 그에게 전화를 걸어 물었다.

"공원 길 같은 데 지나고 있는데 옆에 고등학교인가 학교 하나 있는 거 같네."

"그러면 거의 다 와간다. 내가 얘기한 대로 지하철역에서 마을버스 타고 왔어? 아니면 지도 보고 걸어왔어?"

"환승된다고 해서 마을버스 탔다. 금방 오더라. 여기서 이제 그냥 길 따라 쭉 가면 되는 거 아니가?"

"맞다. 그 공원 같은 거 두 개 더 지나야 한다. 계속 직진하다 보면 빨래방이라는 거 있는데 그 바로 옆집 2층이야. 비밀번호는 문자로 보내 놨으니까 문자 확인하고 집에 들어가서 도착하면 우리 빠이 안아주고 나한테 전화해줘." 찬미는 주말마다 자신이 사는 지역에 있는 유기 동물 보호소로 봉사활동 을 다녔다. 어느 날 그녀는 자신을 데려가 달라며 꼬리를 흔드는 개들과는 달리 철장 구석에 가만히 엎드려 있던 검정개를 보았다. 생을 유지하려는 본능에 투철하지 않던, 종을 알 수 없는 검은색 작은 개는 너무 말라 가죽인지 뼈인지 구분할 수 없는 작은 몸뚱이를 가지고 있었다. 그녀는 그 개를 보자마자 입양을 결심했다. 찬미는 개를 데려온 후 매일 그녀가 사는 동네의 구릉지 산으로 산책을 다녔다. 그리고 개에게 매일 보양이 될 만한 식사를 챙겨주자 보기 좋게 살과 근육이 붙었다. 그녀는 돈이 필요해서 진국에게 찾아갈 때마다 빠이라고 부르는 개를 함께 데리고 갔다. 그녀는 진국의 정서적 안정에 그 개가 도움이 될 거라며 진국에게 억지로 안겨주고는 했다. 찬미가 어린 시절 용돈이 필요할 때마다 몇 개 되지도 않는 진국의 흰머리를 뽑는 대신 진국에게 돈을 타가던 것과 다를 바가 없었다.

"알았다. 집에 들어가서 빠이 안아주고 전화할게." 진국은 마지못해 대답하고 전화를 끊었다. 진국이 뇌경색으로 병원에 있을 때 바쁜 선심을 대신해 찬미가 진국의 보호자 노릇을 했다. 덕분에 남보다 먼 사이였던 부녀는 겨울 내 꽁꽁 얼어있던 한강 물이 봄이 되어 녹은 것처럼 자연스레 가까워져 있었다. 부녀가 조금씩 친해진 이후로 찬미는 자신의 동네를 자랑해왔다. 그녀 말처럼 공원길은 누군가가 정성 들여 잘 가꾸어 놓은 커다란 정원 같았다. 곳곳마다 다른 소재와 다른 디자인으로 만들어진 의자가 놓여 있었다. 공원 한 편에는 반려동물들이 뛰어놀 수 있는 반려동물 놀이터가 만들어져 있었다. 진국은 이삿짐 일을 하며 전국 방방곡곡을 다녀봤지만 찬미가 사는 동네처럼 잘 관리된 동네를 본 적이 없었다. 같은 대한민국 안이 분명하나 대한민국이 아닌 것 같은 느낌에 진국은 몇 번이나 길을 걷다 발걸음을 멈추고 주변을 둘러보았다. 공원길을 끼고 지어진 상가주택들의 1층은 대부분 커피라고 적혀 있거나 브런치라고 적혀 있는 카페였다. 커피집 바로 옆에 커피집이 있기도 했고, 커피집 맞은편이 커피집이기도 했다. 찬미 말로는 조용했던 동네가 갑자기 에스엔에스에 알려지기 시작하면서 젊은 사람들이 들어왔고, 창업을 선택한 또래의 젊은이들이 다른 지역보다 상대적으로 가겟세가 저렴한 이곳에서 장사를 시작한다고 했다. 하지만 진국이 보기에 상권은 죽은 상권 같았다. 아기자기하거나 화려하게 꾸며진 많은 상점들을 무색하게 할 정도로 길에는 사람이 없었다. 평일 오후라고는 해도 손님이 없어 쓸쓸하게 보이는 텅 빈 상점들은 잘 가꾼 공원길과는 다른 기운을 풍겼다. 앞으로 자신이 운영해야 하는 자신의 마트도 저렇게 쓸쓸해 보이면 어떻게 해야 할지에 대한 고민이 깊어진 진국은 어느새 찬미의 집에 도착했다. 핸드폰으로 전화를 거는 것밖에 할 수 없던 진국은 아들이 가르쳐 준 방법대로 편지봉투가 그려진 버튼을 눌렀다. 찬미가 보낸 비밀번호가 보였다. 문이 열리자마자 빠이라고 부르는 개가 튀어나왔다.

"그래도 할부지를 안 까먹고 알아보네? 오야. 오야. 일로 온나. 아아줄게." 몸통이 사람의 팔꿈치 길이도 안 되는 작은 개는 꼬리가 떨어질 듯 흔들며 거실 바닥에 앉은 진국의 품으로 달려들었다. 품에 안긴 개를 보고 잠시 미소 짓던 진국은 오래전에 겪었던 일이 생각나 갑자기 개를 내려놓고 딸이 사는 집을 구경하기 시작했다. 아무것도 알 리 없는 개는 진국이 가는 곳마다 따라다니며 안아 달라고 낑낑거렸다.

"싫어. 인마. 안 안아줄 거야. 내가 니랑 비슷한 놈 때문에 어떤 일이 있었는지 알아? 절로 가, 니 집에 가." 개는 그의 말을 알아들은 듯 바짝 섰던 귀가 축 늘어졌다. 장난감을 빼앗긴 어린 아기처럼 풀이 숙은 개는 찬미가 자는 침대 위로 올라가 몸을 웅크리고 있었다. 진국은 그런 개의 행동이 불쌍해 보였으나 그 옆으로 가기는 싫어서 옆에 있는 또 다른 방으로 갔다.

특별 전시 박물관에서나 볼 법한, 거대한 액자를 걸어둔 듯 보이는 커다란 창이 진국의 눈길을 사로잡았다. 하늘에 뜬 해의 빛이 창으로 쏟아져 내렸다. 다른 집들 사이에 끼어 있어 한낮에도 어두운 진국의 집에서는 상상할 수 없는 빛이었다. 눈부시게 빛나는 그 방에는 찬미가 공부를 하기 위해 놓아둔 긴 책상과 한 벽면을 가득 채운 책들 밖에 없었다. 진국의 피와 땀으로 얻은 그 집은 찬미가 매일매일 행복하게 살고 있다며 좋아하는 집이었다. 그는 자신이 일을 하며 흔히 봐왔던 방과는 다른 방을 보며 딸이 왜 비싼 돈을 내고 이곳에서 살고자 하는지 조금은 이해가 되었다. 거실에 있는 창문도 책상이 있는 방처럼 커다란 창문이 한 벽면을 다 차지하고 있었다. 창문의 방향은 동남향이었다. 찬미네 집으로 올 때 지나온 시의 중심에 위치한 구릉지 산이 희미하게 보였고, 잘 정리된 정원 같은 공원도 보였다.

낙화의 때가 되어 병아리 털에 묻은 검정 때 마냥 누리끼리해진 백합꽃들이 봄바람을 따라 살랑이며 춤을 추고 있었다. 진국이 본 창밖의 모습은 자연의 생생함을 그대로 전해준다는 초고성능 텔레비전 광고처럼 보였다. 창 앞에는 베란다 공간이 따로 마련되어 있었다. 베란다 크기만큼이나 커다란 빨래 건조대는 혼자 사는 사람이 쓰기에 지나치게 커 보였다. 평소 늘 큰 게 좋다고 말했던 딸의 말이 떠오른 진국은 대수롭지 않게 여겼다. 거실과 분리된 주방에는 새것처럼 보이는 하얀색 싱크대와 손님이 필요 없어 버린다고 하자, 딸에게 주겠다며 선심이 얻어온 양문형 냉장고가 있었다. 20평은 넘어 보이는 큰 집이었다. 학창 시절 내내 혼자서 넓은 집에서 살고 싶다고 노래를 부르던 찬미는 자신이 말하던 대로 혼자서 넓은 집에 살고 있었다. 서울에 사는 선심의 집은 방 한 칸이 전부인 원룸이었고 진국과 찬이 살고 있는 대구 집도 그리 큰 평수는 아니었다. 집을 둘러본 진국은 딸의 책상 의자에 앉아 모서리에 흠집이 난 오래된 폴더 폰을 열어 통화 버튼을 눌렀다.

"여보세요? 아부지다. 집에 도착했다."

"집에서 애기랑 놀면서 조금만 쉬고 있어. 나 한 30분 후에 도착하는데 이따 같이 저녁 먹으러 나가자."

"알았다. 나는 신경 쓰지 말고 조심히 온나." 전화를 끊은 그는 책상 책꽂이에 꽂혀 있는 상장 같아 보이는 것들을 열어 보았다. 노량진에서 공부했음에도 재수에 실패한 찬미는 그 후에 신용카드 콜센터에 파견 계약직으로 들어갔다고 했다.

"우수상. 귀하는 회사의 모범이 되어 맡은 직무를 성실히 수행하였으므로 이 상을 수여합니다. 2011년 11월 22일 카드 센터장." 진국이 상장을 소리 내어 읽었다. 찬미와 대구 집에서 함께 살 때도 딸의 방에 한 번도 들어가 본 적이 없던 진국은 기분이 이상해졌다.

"세월이 지나서 이게 되는 긴지, 원래 이러는 게 맞는 긴지, 아직도 알 수가 없네." 그는 방 밖으로 나와 주방에 있는 양문형 냉장고를 열었다. 냉장고 안에는 뜯지도 않은 각종 냉장 식품들이 가득했고, 세계 맥주 박람회 행사장을 연상시킬 만큼 다양한 세계 맥주도 가득했다.

"야는 참말로 큰일이네. 돈도 못 버는 기, 무슨 욕심은 이렇게 많아서 음식을 이렇게 가득 채워 놓았노." 진국은 자신의 돈이 낭비되고 있다는 생각에 혀를 차면서 파란색 캔 맥주 하나를 꺼내 들었다. 담당 의사는 진국에게 절대로 술을 마시면 안 된다고 신신당부했으나 진국은 하루에 맥주 한 캔, 막걸리 한 병 정도는 괜찮다고 스스로를 진단했다. 선심의 식당에서 점심을 챙겨 먹었으니 빈속에 마시는 술이 아니라며 스스로를 합리화하던 진국은 냉장고 문을 닫고 다시 방으로 들어갔다. 회색의 4단짜리 책장은 5줄로 이어져 있었는데, 얼핏 보기에도 몇 백 권은 되어 보였다. 가장 윗줄은 역사 서적들만 꽂혀 있었고, 두 번째 줄은 철학이나 심리학 같은 인문학 서적들이, 그리고 세 번째 줄은 국내 문학, 아랫줄은 국외 문학으로 꽤 세분화된 상태로 정리되어 있었다. 자기 방이 갖고 싶다며 떼를 쓰던 딸 때문에 자신들이 살던 집을 놔둔 채 동네의 방 3칸짜리 다른 빌라로 이사를 갔던 때가 떠올랐다. 고등학생이 된 찬미가 자기 방이 없는 사람은 반에서 자신밖에 없다며 힘들게 일하고 들어온 부모를 들볶아 무리해서 간 이사였다. 막상 이사를 가서 자기 방을 얻은 딸은 기뻐하기는커녕 자기 방은 무서워서 잠을 잘 수 없다며 철없이 부부 사이에 끼어 자고는 했다. 딸을 위해 만들어준 방은 문을 열어서는 안 되는 비밀스러운 쓰레기장처럼 형체를 알아볼 수 없는 잡동사니와 먼지만 쌓여 있었다. 그랬던 딸에게서 지금과 같이 정리정돈을 하는 모습은 기대하면 안 되는 것이었다. 진국에게 딸은 그때의 철없는 모습 그 상태로 멈추어 있었다. 어느새 불쑥 커버린 딸의 잘 정리된 방을 보고 있으니 자신이 딸에 대해 아는 것이 별로 없다는 사실을 알게 되었다. 그도 그럴 것이 딸은 집을 떠난 후 집에 거의 오지 않았다. 낯선 딸과 낯선 집이 진국은 마음에 들지 않았다. 분명 잘 살고 있는 것처럼 보여서 다행이라는 생각이 들면서도 이토록 오랫동안 자신과 왕래하지 않고 지내다 돈이 필요할 때만 한 번씩 자신을 찾아오던 딸이 갑자기 얄밉게 느껴졌다.

"지 생각밖에 안 하지, 아부지야 어떻게 되든 말든." 맥주 캔을 따서 벌컥벌컥 들이켠 그는 개가 자리를 차지하고 있는 침실로 이동했다.

"야, 니는 팔자도 좋다. 맨날 천날 여 누워만 있을 거 아이가, 할부지는 평생 일만 했는데 얻은 건 병뿐이다. 아나?"

"근데 이제 보니 눈이 우리 깡이랑 똑같이 생겼네." 애먼 개에게 화풀이를 하던 진국이 갑자기 맥주 캔을 내려놓고 개의 눈을 바라보기 시작했다.

현관에서 도어록이 열리는 소리가 들렸다.

"아빠? 내 왔다. 오, 그래도 우리 애기랑 놀아주고 있었네. 근데 술은 왜 잡수셨어?" 급히 방으로 들어와 재킷을 벗던 찬미가 침대 옆 서랍 위에 올려진 맥주를 보고 얘기했다.

"니는 야, 돈도 못 버는 기, 무슨 냉장고를 저렇게 가득 채워 놨노? 누구 닮아서 그렇게 욕심만 많노, 그리고 혼자 사는 아가 침대는 왜 저렇게 큰 거를 들여놨노?" 그는 자신의 잘못이 드러나자 도리어 상대의 잘못을 지적해 자기 잘못은 감추려는 듯 찬미를 몰아세웠다.

"돈을 왜 못 버노, 그래도 연구비 조금 나온다. 내 먹고살 만큼은 버니까 걱정 마라. 아빠 술 먹으면 안 된다니까 진짜 말 안 듣네."

"그라면 그건 다행이고, 이 정도는 괜찮다. 엄마 가게에서 점심 먹고 왔고 약도 챙겨 먹었다."

"그제 온 거제? 엄마 차에 짐 싣고 왔어?"

"짐이라 할 만한 것도 없다. 옷 몇 벌만 챙겨 왔다. 약이랑."

"안 올라온다고 그렇게 고집을 부렸으면서 그래도 오긴 왔네." 찬미가 아빠를 놀리며 말했다.

"니는 아빠 놀리는 게 재밌제."

"당연하지, 그 맛에 살지. 무슨 맛에 사노. 그나저나 어제 마트는 가봤나?"

"엄마랑 어제 그 동네에 살 집 계약했다. 마트 둘러보고 바로 옆에 있는 부동산 가서 빈 집 있으면 보여 달라고 하니까, 5분 거리에 있는 집 보여주더라."

"오자마자 살 집을 계약했다고? 그 집이 어떤 집인지 알아보지도 않고? 아빠, 엄마 물 너무 빠르게 드는 거 아이가? 엄마는 다 너무 급하다. 엄마가 하자고 해서 했지?"

"당장 다음 주부터 마트 시작해야 하는데 오늘이 목요일 아니가, 그러면 바로 계약하는 게 맞긴 맞지."

"그건 그렇네. 그러면 마트 시작하기 전날에는 엄마 짐 이사해야 하는 거 아냐?"

"어. 그날은 니도 와서 짐 옮겨야지. 다행히도 엄마 지금 사는 집 나가는 계약 날짜랑 얼추 맞다 하더라."

"진짜? 뭔가 일이 잘 풀리려나 보네. 다행이다. 내 그날 약속 있는데 아빠가 오라고 하면 가야지."

"당연히 니가 와서 도와야지. 마트 시작하는 날도 니 수업 끝나자마자 와야 한다."

"일단 알았다. 이걸로 옷 갈아입어, 내가 오는 길에 하나 사 왔다. 저녁 먹으러 가자."

"옷 많은데 옷을 뭐 할라고 사, 그리고 저녁 먹는데 옷을 왜 갈아입노?"

"좋은 데 갈 거다. 아빠가 만나야 할 사람이 있다." 기다렸던 일에 기분이 좋아진 찬미가 말했다.

"아부지가 만나야 할 사람이 누군데? 사귀는 사람이가?" 찬미가 사 온 옷은 평소 진국이 입을 일 없는 비싼 브랜드 옷이었다. 로고만 박혔을 뿐 옷은 다 똑같다고 생각한 진국은 자신의 생일이나 어버이 날 때 자식들에게 비싼 옷은 사지 못 하게 했다. 하지만 이번에는 군말 없이 티셔츠를 갈아입었다. 찬미와 사이가 가까워진 후로는 딸의 말에 귀 기울여 딸의 요구를 들어주는 것이 자신에게 좋다는 사실을 알게 되었다.

"아니, 사귀는 사람은 아닌데 가서 보면 안다. 엄마 왕자님, 엄마 갔다 올게. 금방 올 거야. 사랑해." 찬미는 집을 나서기 전 자신에게 자식과 다를 바 없는 개를 안고 말했다. 애교와는 거리가 먼 딸이 자신이 키우는 개에게는 앙증맞은 목소리로 애교를 부리고 있는 모습이 진국에게는 흥미로운 풍경이었다. 진국은 알파벳 대문자가 크게 적힌 회색 티셔츠 위에 아들이 사 준 남색 환절기용 점퍼를 입었다. 바지는 선심이 사 준 검은색 면바지였다. 그는 단 한 번도 자신이 직접 옷을 산 적이 없었다. 자기가 입을 옷을 선심이 사주는 일은 그에게 아침이면 해가 뜨고 밤이면 해가 지는 자연의 섭리처럼 당연한 일이었다. 찬과 찬미가 돈을 벌기 시작하면서 그의 생일이나 어버이날이 되면 선물로 옷을 사기는 했지만, 자신의 취향을 알 리 없는 자식들이 사주는 옷은 거의 옷장에 그대로 넣어둔 채 입지 않았다. 찬미는 빨간색의 허리 라인이 들어간 원피스를 입고 펄이 들어간 남색 하이힐을 신었다. 진국의 몸을 그대로 닮은 찬미는 골격이 크고 어깨가 넓은 편이어서 그녀를 모르는 사람들은 그녀에게 운동을 하느냐고 묻기도 했다. 그녀는 수능 시험을 치기 전까지 88 사이즈를 입었다. 그러나 서울로 올라온 후로는 식단 조절과 운동으로 사이즈 줄이기에 성공했다. 사회가 만들어 놓은 미의 기준에 적응해 살지 않겠다며 겉모습 관리를 거부하던 그녀도 어느 순간부터는 자신의 미를 가꾸는 데 여념이 없었다. 결국 그녀도 사회가 만들어 놓은 미의 기준에 순응해야 하는 어쩔 수 없는 인간이었던 것이다. 취업이나 연애의 치열한 전쟁터에서 살아남기 위해서는 한낱 인간의 가치관이니 신념이니 하는 것이 하등 도움이 안 된다는 것을 그녀도 여기저기서 부딪히고, 얻어맞으면서 깨닫게 된 것이었다.

-

차려입은 부녀는 버스를 타기 위해 밖으로 나왔다.
"아빠, 근데 여기 내가 생각할 때는 좀 걱정된다. 이 도시 자체가 베드타운이고, 이 동네에 뭐 특별한 게 있는 게 아닌데 이 동네에 계속 저런 커피집이 들어온다. 봐라, 지금 저녁 다 되어 가는데도 사람 없다 아이가, 요즘에는 회사에서 일하면서 스트레스를 받는 사람들이 너무 많아서 회사 그만두고 창업하는 젊은 사람들이 많던데, 막상 창업한다 해도 1년도 안 돼서 문 닫는 경우가 허다하다고 하더라."
"안 그래도 뉴스 보니까 그렇다고 하대, 좀 잘 된다 싶으면 바로 주인들이 세 올리거나, 자기들이 차지하려고 쫓아 보낸다고 하던데 안 되면 안 돼서 문제고 잘 되면 잘 돼서 문제니 큰일이다."
"왜, 잘 사는 사람들은 더 잘 살던데, 분명 시대가 바뀌고 있는 것 같은데 빈부격차는 더 커지는 것 같다. 이상하다 진짜. 우리도 잘 사는 날이 올까 아빠?"
"잘 사는 게 부자가 되는 걸 뜻하는 건 아니니까, 우리도 잘 살게 되겠지. 사고 없이 건강하게만 살아도 되는 기다."
"오, 아빠 웬일? 아빠 같지 않은데!"

"이게 또 아부지 놀려 먹네." 그도 딸의 장난이 싫지 않은지 미소를 머금었다. 버스정류장 앞에는 진국이 오면서 봤던 벚꽃나무들이 서 있었다. 거리는 이미 어스름해져서 지나가는 사람들의 얼굴이 가면을 쓴 것처럼 선명하지 않게 보였다. 정류장 뒤편 카페의 불빛이 닿은 만개한 벚꽃들은 짙은 보라색을 뽐냈다. 흔히 본 적 없던 보라색의 벚꽃들이 진국에게 묘한 안정감을 심어주었다. 딸이 사는 곳은 그녀의 말처럼 하루하루를 행복하게 살 수 있는 곳인 듯했다. 마트를 시작하기 전에 와보기를 잘했다는 생각이 들어 진국도 기분이 좋아졌다. 떨어질 때를 아는 벚꽃 잎이 떨어지면서 진국의 가슴팍에 내려앉았다.

"오, 아빠 좋은 일 있으려나 보다. 아빠 그 꽃잎 버리지 말고 주머니에 넣어둬. 부적처럼." 딸의 말을 들은 그는 새끼손가락의 손톱 같은 벚꽃 잎을 조심스레 쥐어 주머니에 넣었다.

"아빠, 버스 왔다. 내가 두 명 찍을게." 평소에는 늘 자전거를 타고 자신의 일터인 이삿짐센터 사무실까지 이동하던 진국에게는 교통카드가 필요하지 않았다. 대부분의 사람들이 가지고 있는 스마트폰도, 교통카드도 진국은 갖고 있지 않았다. 그에게는 사회를 살아가는 데 필요한 물질적인 것들이 크게 필요하지 않았다.

"버스 요금 얼마고?"

"2500원"

"무슨 버스가 그래 비싸노, 그러면 니는 매일 왕복 5000원씩 내고 다니는 거네." 진국이 버스에 몸을 싣자마자 돈에 대해 말했다.

"그래 봤자 서울에서 월세 내고 사는 것보단 싸게 먹히거든, 그리고 광역 버스라서 빨리 가고 편하게 다니잖아. 1200원짜리 간선 버스도 있긴 있어."

"그러면 그거 타고 다니면 될 걸, 아부지는 얼마나 힘들게 돈 버는데 니는 진짜 돈 귀한 줄을 모르네." 그가 짙은 보라색 벚꽃을 보며 느꼈던 묘한 안정감은 딸이 매일 지출하는 왕복 버스비 5000원에 묻혀 버렸다. 평소 그는 매일 집을 왔다 갔다 하며 끼니를 챙겨 먹었던 터라 돈 쓸 일이 없었다. 그런 그에게는 딸의 소비가 불편할 따름이었다.

버스는 빠르게 달려 30분도 안 돼서 서울의 서대문에 도착했다. 버스에서 내린 부녀는 정류장에서 조금 떨어진 고급 레스토랑의 문 앞에 섰다. 레스토랑으로 들어가는 현관은 벨을 눌러야 입장이 가능했다. 문 앞에는 예약제라고 적힌 작은 푯말이 걸려 있었다. 찬미는 문 앞에서 벨을 누르고 예약자 이름을 대었다.

"여기 너무 비싼 데 아이가?" 진국이 근심이 가득한 얼굴로 물었다.

"괜찮다. 아빠, 오늘 내랑 친하게 지내는 교수님 만나는데 교수님이 우리한테 맛있는 거 사주고 싶다고 일부러 여기로 예약하셨다." 부녀는 가게 안으로 들어섰다.

"교수님? 웬 교수님?"

"우리 학교 객원 교수님이시기도 한데, 작년 가을에 학회에 갔다가 우리 교수님한테 소개받았다. 여기 서대문에서 심리상담 센터도 운영하신다."

"근데 그분이 니한테 맛있는 거를 왜 사주고 싶어 하시노? 그리고 나는 왜 같이 만나노?" 의심 많은 진국이 찝찝한 듯 물었다.

"내가 예전에 논문 쓸 때 이 교수님한테 도움도 많이 받았고, 내 진로나 인생 상담도 이 교수님이 많이 해주셔서 내가 밥 몇 번 샀었는데, 돈 없는 대학원생한테 밥 얻어먹었다고 나중에 맛있는 거 사준다 하더라고, 마침 교수님 오늘 저녁에 시간 괜찮다 하고 아빠도 내한테 온다고 해서 그러면 아빠랑 같이 봐도 되냐고 물어봤지. 흔쾌히 괜찮다고 하셨어."

"그냥 니만 얻어먹으면 될 걸, 나는 뭐하려고 데리고 오노? 교수님 돈 많이 쓰셔야 된다 아이가." 선심과 진국, 극과 극인 부부에게 공통점이 있다면 남에게 얻어먹지 않고, 남에게 폐 끼치지 않는다는 것이었다. 진국은 친구들이 사주는 밥과 술도 거절할 때가 많아 안면도 없는 사람에게 비싸 보이는 저녁을 대접받아야 하는 일이 편치 않았다.

"아빠, 교수님 돈 엄청 잘 버신다. 아까 우리가 말한 잘 사는 사람은 더 잘 살고 있다는 그런 사람이다. 걱정마라, 교수님! 안녕하세요." 때마침 교수로 불리는 사람이 도착해서 자리에 앉았다.

"안녕하세요. 처음 뵙겠습니다. 윤 수철이라고 합니다." 나이는 진국보다 10살 정도 어려 보이는 교수가 손을 내밀며 악수를 청했다. 얼굴이 작고 이목구비가 뚜렷해 얼핏 보면 서양 사람처럼 보였다. 머리는 갈색에 흰머리가 조금씩 더해진 연갈색이었다. 키는 180이 넘어 보였고, 조금 마른 편이었다. 그는 베이지색 트렌치코트를 입었는데 영화에서 자주 보던 중년 배우처럼 보였다. 진국은 그에게서 중후한 멋을 느꼈다.

"안녕하세요. 처음 뵙네예. 찬미 아버집니다. 반갑습니더." 진국이 일어나 교수와 악수를 나눴다.

"앉으시죠. 아버님. 찬미한테 얘기 많이 들었습니다. 언제 한 번 뵙고 싶다고 생각했는데 이렇게 자리가 생겨 뵐 수 있어 기쁩니다."

"저를요? 찬미가 제 욕을 얼마나 했길래 저를 보고 싶다고 생각하셨을까예." 진국이 어색한 농담을 던졌다.

"욕이라니요. 칭찬이 자자했는걸요. 찬미를 보면서 부모님이 잘 키웠다고 생각했는데 훌륭한 부모님과 함께 식사할 수 있어서 영광입니다." 교수는 겉치레 이상의 과찬을 했다.

"교수님, 무슨 영광이에요. 저희가 영광이죠. 하여튼 늘 너무 겸손하세요." 옆에 앉은 찬미가 교수의 팔을 살짝 건드리며 말했다.

"여기는 안심 스테이크가 맛있는데 스테이크 괜찮으시면 그걸로 제가 주문해도 될까요?" 교수가 정중하게 물었다.

"하믄요. 하믄요. 뭐든 잘 먹습니더. 아무거나 시켜주이소."

"너도 괜찮지?" 교수가 찬미에게 다정하게 물었다.

"네. 저야 다 잘 먹는 거 아시잖아요." 벨을 누르자 회색 정장을 차려입은 직원이 주문서를 들고 다가왔다.

"안심 스테이크 3개랑 오늘의 와인 한 병 부탁드립니다."

"고기 굽기는 어떻게 해드릴까요?" 직원이 물었다.

"미디엄으로 주세요."

"식전 빵 먼저 준비해 드리겠습니다." 직원은 자신의 역할에 충실히 임하고 자리를 떠났다.

"찬미 잘 챙겨주고 있다는 말 들었습니더. 감사 인사를 드리려면 제가 사야 하는데 어째 상황이 바뀐 것 같네예."

"아닙니다. 제가 찬미 덕에 도움을 받은 게 더 많은 걸요. 찬미가 나이는 아직 어린 편이어도 사고가 깊고 세상을 보는 통찰력이 남달라서 저에게도 좋은 영향을 많이 줍니다."

"교수님은 늘 좋은 말만 해주세요. 과찬이세요."

"제 딸을 그렇게 좋게 봐주셔서 감사합니다. 근데 혹시 실례지만 교수님은 혼혈이십니꺼? 제 조카가 교수님하고 조금 닮았거든예." 진국은 막내 누나의 아들을 떠올리며 물었다.

"네. 아버지는 스위스 분이고 어머니가 한국 분입니다."

"어쩐지, 외모가 이국적이라고 생각했습니더. 근데 이름은 한국 이름이시네예?"

"네. 아버지가 사업차 한국에 오셨다가 어머님을 만나시고는 한국에 눌러앉으셨어요. 성은 어머니 성이고 이름도 어머니가 지었습니다. 그리고 저도 계속 한국에서 자라기도 했고요."

"교수님 아버님, 정말 멋진 분이셔요. 아빠." 진국과 단 둘이 있을 때는 사투리를 쓰고 반말을 하던 찬미가 표준어와 존대어를 사용하며 눈치 없이 말을 했다.

"니가 교수님 아버님을 우에 아노?" 진국이 의심하는 투로 물었다.

"아, 제가 말씀드리겠습니다. 찬미와 제가 가정환경에 관해 얘기하면서 저희 아버님 얘기를 많이 해주었습니다. 상담 심리에서는 어린 시절의 기억이나 가정환경이 중요한 부분입니다. 그래서 저도 아버님 얘기를 찬미에게 많이 들었던 거고요."

"여기 식전 빵과 와인 놓아 드리겠습니다." 직원은 와인의 값이 비싼 것을 몸소 증명하듯 와인 병을 금덩어리처럼 들었다. 그는 하얀색 장갑을 낀 손으로 조심스레 테이블에 내려놓았다. 와인 한 병과 와인 잔 3개 그리고 곡물로 만들어진 네모난 식전 빵이 테이블 위에 차려졌다.

"아버님 혹시 와인 한 잔 어떠세요? 찬미 말로는 몸이 편찮으셔서 음주는 좋지 않다고 하던데."

"아프기는예, 다 나았습니더. 담당 의사 선생님도 저처럼 회복 빠른 사람이 없다고 놀라던데예, 와인 한 잔 정도야 괜찮지예." 그는 찬미의 집에서 자신이 마셨던 맥주는 까맣게 잊고 당당하게 얘기했다.

"아빠, 딱 한 잔만 드세요." 찬미가 입술을 꽉 깨물고 힘을 주어 얘기했다.

"제가 한 잔 드릴게요. 아버님 이삿짐 일을 오래 하셨다고 들었는데, 하신지 얼마나 되었습니까?" 교수가 깨지기 쉬운 와인 잔을 다루듯 살포시 진국에게 질문을 시작했다. 찬미는 조용히 빵을 뜯어먹었다.

"올해로 딱 30년 됐습니다."

"정말 오래 하셨네요. 이사 박사님으로 제가 칭송해 드리고 싶습니다. 한 곳에서 계속 계셨습니까?"

"네, 운이 좋았는지 아닌지 몰라도 한 곳에 계속 있었네예. 박사는 무신예." 진국이 손사래를 쳤다.

"저는 어떤 일이건 한 직종에서 오래 일하신 분들은 모두 전문가이자 박사라고 생각합니다. 청소 일을 30년 하신 분들은 청소 박사님, 운전을 30년 하신 분들은 운전 박사님이죠. 아버님도 이사 박사, 이사 전문가세요. 그럼 그 일은 처음에 어떻게 하게 되셨어요?" 교수의 직업 특성이 드러나고 있었다.

"처음에 결혼할 때는 사료공장에 다녔는데 일에 비해 돈을 너무 안 주길래 누나한테 돈을 못 벌어서 답답하다 했더니 매형이 이삿짐을 소개해 줬습니다. 일은 힘들어도 돈은 벌 수 있을 거라고, 그래서 시작하게 됐지예. 뭐 특별한 계기가 있었던 건 아닙니더."

"그래도 적성에 맞는지 그만두지 않으셨네요. 찬미 말로는 쉬는 날이 거의 없었다고 하던데."

"적성에 맞고 말고는 생각할 겨를이 없었습니다. 원체 가난하기도 했고 집사람도 가난하게 자라서 집을 가지고 싶어 했거든예. 그래서 그냥 일만 했지예. 아, 그럼 교수님은 왜 심리 상담이라는 직업을 하시게 되셨습니꺼?"

"아, 그게…… 어머니가 우울증에 걸려 힘들어 했습니다. 어렸을 적부터 어머님이 우울해하는 모습을 많이 봐서 저라도 어머님의 마음을 풀어드리고 싶었어요." 예상치 못했던 부메랑에 놀란 교수가 마지못해 대답했다.

"식사 준비해 드리겠습니다." 직원이 레스토랑에서만 쓸 것 같은 바퀴 달린 이동 테이블에 스테이크를 가져와 세 사람의 앞자리에 내려놓고 자리를 떠났다. 무늬 없는 하얀색 접시 위에는 손바닥 크기만 한 하트 모양의 연 붉은색 고기 두 점과 초록색의 아스파라거스, 반으로 잘린 연두색의 아보카도 그리고 채 썰린 노란색, 빨간색 파프리카가 함께 꾸며져 나왔다. 식사는 조화로운 색채를 띠었다. 음식은 입으로만 먹는 것이 아니라 눈으로도 먹는다는 텔레비전에서 본 어떤 음식 평론가의 말이 진국의 머릿속에 맴돌았다.

"아빠, 제가 고기 썰어 드릴게요. 줘 봐요."

"야는 내가 무슨 고기도 못 쓰는 줄 아나, 저번에 영일이가 결혼하기 전에 혼자 있는 자기 삼촌 챙겨준다고 불러줘서 이런 레스토랑 가봤다. 고기는 나도 썰 수 있거든." 진국이 으쓱거리며 말했다. 무거워지려던 분위기가 맛있는 냄새를 가득 머금은 스테이크 덕분에 화기애애해져 가고 있었다.

"자, 식사도 나왔는데 한 잔 하실까요. 건배사는 제가 하겠습니다. 잔 들어 주세요." 교수가 연회장에 온 듯한 말투로 건배사를 제안했다.

"좋아요.. 교수님이 건배사 해주세요.. 아빠 잔 들어봐요."

"아버님의 첫 사업 성공을 위하여 라고 하면 위하여, 따라 하면 되세요.

자. 아버님의 첫 사업 성공을 위하여!"

"위하여!"

"위하여!" 타이밍을 놓친 진국이 뒤늦게 말했다.

"일단 식사하시죠." 교수가 능숙하게 고기를 썰며 말했다. 그런 그를 바라보며 찬미가 흐뭇해하고 있었다.

"교수님, 근데 제가 사업하는 건 어떻게 아시고 건배사를 그렇게 합니꺼?" 진국이 다시 교수를 의심하며 물었다.

"아, 그게 찬미에게 얘기를 많이 들었습니다. 이번에 몸이 좀 편찮아지셔서 마트를 하게 될 거라고요. 그리고 서울로 올라올 거라고요. 아버님 첫 사업이라는 얘기도 들었습니다." 교수가 멋쩍어하며 말했다.

"아무튼 감사합니다. 근데 혹시 저희 찬미도 교수님처럼 교수될 가능성이 있겠습니꺼?"

"그럼요. 찬미는 저보다 더 훌륭한 심리학 교수가 될 겁니다. 아버님, 보통 서울에 있는 대학을 졸업해도 저희 학교 대학원에 들어오기는 어려운 일인데 찬미는 서울에 있는 대학을 졸업한 것도 아닌데 한 번에 대학원에 합격했잖습니까, 정말 똑똑한 친구에요. 아, 혹시 찬미가 말씀드렸나요? 찬미 담당 교수가 제 친구입니다."

"아까 잠깐 비슷한 얘기를 듣기는 했습니다. 똑똑하긴예, 그런 애면 수능시험으로 지 가고 싶은 학교 갔겠지예. 고등학생 때 공부를 얼마나 안 했는지, 맨날 아프다고 집에 누워만 있었으예. 진짜 아팠는지 공부하기 싫어서 꾀병 부린 건지 아직도 몰라예." 진국이 딸을 곁눈질로 바라보며 비웃듯 얘기했다.

"아마 꾀병은 아니었을 것 같습니다. 아버님. 제가 찬미를 전부 다 아는 건 아니지만요. 찬미는 조금 다른 성장기를 보내온 것 같아요. 그래서 남들보다 조금 늦게 서야 자신이 진정으로 원하는 것을 찾은 것 같습니다. 그리고 그게 찬미가 앞으로 갈 길에 크게 문제가 되지는 않습니다." 부모인 진국보다 자신이 찬미를 더 잘 안다는 듯 교수가 얘기했다. 스테이크를 대충 먹던 찬미가 화장실에 다녀오겠다고 자리에서 일어섰다. 테이블이 몇 개 되지 않는 레스토랑 안에는 다른 손님들이 없어 그들의 대화가 이어지지 않을 때는 어색한 공기가 실내를 지배했다. 찬미는 그 어색한 공기를 만들어내고 싶지 않아 최대한 자리를 비우지 않으려고 하였으나 급히 마신 와인 탓에 화장실로 움직여야 했다.

"아, 그렇습니꺼? 저한테는 지 얘기를 거의 한 적이 없어서예. 그래도 교수님한테는 얘기를 좀 했는가 보네예." 진국이 나이프와 포크를 반대로 쥔 채 어설프게 고기를 썰면서 말했다.

"찬미 말로는 어머님, 아버님이 많이 바쁘셔서 집에서 같이 보낸 시간이 거의 없었다고 하던데 많이 바쁘셨습니까?" 어쩔 수 없이 치부를 들춰내야 한다는 듯 교수가 물었다.

"아까 말씀드린 것처럼 많이 바빴지예. 저는 쉬는 날도 없이 일만 했습니더. 집 대출금에, 갚아야 할 보상금에 생각지도 못하게 빚이 생기더라고예. 저도 처음부터 일반 회사에 들어갔으면 이것보다는 나았을 긴데, 군대 갔다 오고 나서 방황을 좀 해서 남들보다 늦게 사회생활을 시작했으예. 이삿짐은 주말이 더 바쁜데 저한테 주말이 어딨겠습니꺼, 돈 벌어야 돼서 저희 사무실에서 일 없는 날은 다른 사무실 찾아가서 일 했는데예."

"아버님도 고생 정말 많이 하셨겠네요. 찬미는 부모님의 부재로 인해 자신에게 애정결핍이 생겼다고 생각하고 있어요. 그래서 성인이 될 때까지는 부모님이 자신의 친부모가 아니라고 생각했대요." 교수가 허용 가능한 선을 넘으며 말했다.

"저희가 친부모가 아니라고 생각했다고예?" 진국이 뒤통수를 한 대 맞은 표정으로 교수를 쳐다보며 물었다.

"네. 초등학교 때는 반 친구들 생일이 되면 부모님들이 와서 햄버거를 돌리거나 빵을 돌렸는데, 자기 부모님은 한 번도 해준 적이 없었다고 하더라고요. 뭐가 제일 부러웠냐고 물어보니 생일 파티를 위해서 집을 꾸며 놓고 친구들을 초대하는 애들이 제일 부러웠대요."

"저희는 그럴 여유가 없었습니다. 그때는 교수님도 아시다시피 IMF가 터져서 잘 살던 사람들도 다 쓰러져 갔는데예. 살아남으려면 일 해야 했지예. 그리고 형편대로 살아야지예. 저도 자랄 때 생일이라고 집에서 따로 생일을 챙겨주거나 한 적은 없었습니다. 결혼하면서 집사람이 미역국이나 끓여준 게 전부였지예." 진국이 교수에게 뜻하지 않은 변명을 하고 있었다.

"분명 부모님은 부모님대로의 사정이 있을 거라고 저도 생각했습니다."

"그래서 지금도 저희가 친부모가 아니라고 생각한다 합니꺼?" 진국은 남은 고기 한 점을 썰지 못하고 포크와 나이프를 내려놓았다.

"아닙니다. 찬미는 속이 정말 깊은 친구입니다. 자기가 나이 들어 사회생활을 해보니 그동안 부모님이 얼마나 힘들었을지 이해가 된다고 하더라고요. 지금은 하루도 안 쉬고 일해 온 부모님이 성실함과 책임감의 표본이라고 정말 자랑스럽게 생각합니다."

"제 욕하고 계셨죠?" 화장실에서 돌아온 찬미가 농담을 던졌다.

"응. 어떻게 알았어? 그렇게 눈치가 빠르면 더 욕할 수 있게 조금 더 천천히 오지 그랬어?" 교수가 웃으며 농담을 되받아쳤다. 그들은 일반적으로 보이는 교수와 제자 사이는 아니었다.

"근데 실례지만 박사님은 결혼하셨지예?" 둘 사이의 분위기가 이상한 것을 감지한 진국이 매섭게 물었다.

"결혼은 했었습니다만, 이혼한 지 3년 정도 되었습니다." 교수는 아직 준비되지 않은 마음을 끄집어내듯 어색하게 대답했다.

"아, 요즘에는 이혼이 흉도 아이더라고예. 저도 몇 번이나 집사람이랑 이혼할까 싶었는데 애들 결혼식 생각해서 참고 있었습니더." 금세 긴장을 푼 진국이 안도하며 말했다. 둘 사이가 사제지간 이상이라고 의심하던 그는 딸이 가정이 있는 사람과 어울린다고 했다면 그 자리를 박차고 나올 생각이었다. 그는 사실 교수의 결혼 여부와 상관없이 조금 불쾌했다. 딸보다 20살은 많아 보이는 남자와 딸이 어떤 관계로 맺어져 있다는 생각은 상상할 수 없는 일이었다.

"아빠, 제가 왜 갑자기 사이버 대학이라도 졸업해서 대학원에 가겠다고 했는지 얘기한 적 없죠?" 화제를 바꾸기 위해 찬미가 끼어들었다.

"얘기한 적 없지. 뭐 새삼스럽나, 아부지한테는 니가 뭐 한다고 얘기한 적이 없다 아이가. 니가 돈 필요할 때만 와서 돈 달라고만 하지." 대화 주제를 급하게 바꾼 딸이 미심쩍게 느껴졌던 진국이 퉁명스럽게 대답했다.

"세상이 참 치사했어요. 아빠, 제가 고등학교 졸업밖에 못 했다고 어디 문제가 있거나, 모자란 건 아닌데 중소기업이나 대기업 계약직이라도 무조건 4년제는 졸업해야 입사 지원 가능하게 되어 있지 뭐예요. 물론 공부를 많이 한 사람들이 돈을 더 많이 받고 더 좋은 회사에서 일해야 하는 게 당연한 일이기는 해도, 아예 지원조차 못하게 하는 건 너무하지 않아요? 자격을 박탈하는 거잖아요. 고졸이라도 인성 좋고 똑똑한 사람일 수도 있는 거잖아요. 그리고 제가 들어간 곳은 다 파견직이었는데요. 파견회사에서 수수료라고 하면서 돈 엄청 떼 가요. 아까웠어요. 또 계약직이랑 정규직은 원래 같은 공간에서 일하면 안 된다고 일하는 자리도 따로 둬요. 지금이 무슨 조선시대 계급 사회도 아니고 너무 하지 않아요? 무시하는 건 또 말도 못 해요. 자기가 정규직이라고 계약직 직원들을 무슨 부하처럼 생각해요. 나이도 저보다 어린애들이요." 교수 앞이라 찬미가 더 억울하다는 듯 호소했다.

"니는 바보가, 그걸 이제 알았나. 원래 세상은 그렇게 냉정한 기다. 살아남으려면 뭐든지 자기 것이 있어야 되는 기다. 계급이고 계층이고 그런 거 나누는 거 좋아하는 게 인간 본성이라서 아무리 사회가 좋아진다고 해도 그 성질은 안 없어 질기다." 진국이 아직도 세상을 덜 배운 듯 보이는 딸에게 말했다.

"하하, 아버님이 잘 알고 계시네요. 맞습니다. 원래 인간은 구분 짓기를 좋아합니다. 그리고 자기가 더 낫다는 우월감을 느끼기 위해 목적을 만들고 달성하고자 합니다. 학계 연구 결과에 따르면 80%가 넘는 사람들이 자신은 남들보다 더 똑똑하다고 생각하고 남들보다 더 특별하다고 생각하며 산다네요. 찬미가 너무 순수해서 인간의 추악한 본성은 모르고 살았던 거 아닌가 싶습니다. 자신은 그렇게 살지 않으니까요. 저는 한 번씩 찬미의 순수함에 경도될 때가 있을 정도입니다." 교수가 진국의 말에 동조하면서 찬미를 치켜세웠다.

"순수하긴요. 얼마나 욕심이 많은데예, 잘 봐주셔서 감사합니다만, 성질도 못 될 때는 엄청 못 됐습니다." 진국이 겸손의 선을 넘으며 딸을 낮췄다.

"식사 마치셨으면 자리 정리해 드리고 디저트 준비해 드려도 될까요?" 시간이 지나자 테이블 주변을 맴돌던 직원이 다가와서 물었다.

"네. 아버님 괜찮으시죠?" 교수는 진국에게 물어본 후에 찬미를 한 번 보더니 다 먹었냐는 눈짓을 보냈다.

"네, 진작 다 먹었으예."

"치워주셔도 될 것 같습니다."

"레몬그라스 차와 생강차 그리고 커피와 오렌지 주스가 준비되어 있습니다. 어떤 걸로 드릴까요?"

"저는 생강 차 주이소."

"저는 레몬그라스 차로 주세요. 너는?" 교수가 찬미를 보며 다정하게 물었다.

"저도 레몬그라스 차로 할게요."

"우리 딸내미가 차도 마시는지 몰랐네. 어릴 때는 맨날 콜라 사달라고 조르던 게."

"저도 최근까지 콜라 좋아했어요. 아버님 콜라가 중독성이 있어서 한 번 맛 들이면 계속 마시게 돼요." 함께 있는 시간이 지날수록 교수가 찬미에 대한 애정을 숨기지 못하고 비 오는 날 장독 열 듯 찬미를 감싸고 있었다.

-

"아버님 모시고 먼저 나가 있을래?" 교수가 계산서를 들고 찬미에게 말했다.

"네, 레스토랑 앞에 있을게요."

"교수님 참 멋진 분인 것 같네. 근데 니한테 너무 잘해주는 거 아니가? 아부지가 보기에는 다른 마음 있는 거 같은데······"

"아빠 말처럼 멋진 분이니까 잘해주는 거지, 다른 마음은 무슨. 교수님은 고결한 사람이야."

"교수님 감사합니다. 잘 먹었습니더." 계산을 마치고 나오는 교수를 보고 진국이 고개 숙여 인사했다. 그가 나오자 레스토랑 세움 간판의 불이 꺼졌다. 학생들이 주로 이용하는 식당이 모여 있는 곳이다 보니 주변에 불이 켜진 식당이 없어 그들이 선 곳 주변이 유난히 더 어두워보였다.

"아닙니다. 아버님, 이렇게 뵐 수 있어서 제가 더 감사합니다. 혹시 저 괜찮으시면 제가 찬미 집까지 모셔다 드려도 될까요? 오늘 찬미네 집에서 주무신다고 들어서요."

"예? 그렇게 해주시면 저희야 편하긴 한데, 아까 와인 드셨는데 괜찮겠습니꺼?" 진국이 얼떨떨한 표정을 감추지 못하고 물었다.

"아, 제가 그렇게 해드리고 싶습니다. 당연히 대리운전 부를 겁니다. 저는 법과 질서를 준수합니다. 하하." 교수가 능글맞게 대꾸했다.

찬미는 가만히 서서 교수를 바라보았다.

"기사님 저 윤 수철입니다. 저 지금 플래닛 앞에 있는데 혹시 주변에 계시면 지금 산정동 갈 수 있을까요?" 교수가 한두 번 해 본 일이 아니라는 듯 대리기사에게 전화를 걸어 찬미가 사는 동네를 말했다. 5분이 조금 지나자 대리운전기사가 도착했다. 교수는 차 키를 넘겨줬다. 기사는 주차장에서 하얀색 링컨 컨티넨탈을 운전해서 레스토랑 앞에 선 그들에게 왔다.

"아빠, 이쪽으로 타세요." 차가 세 사람 앞에 서자 찬미가 익숙하게 뒷좌석 문을 열었다. 교수는 앞자리에 앉았다.

"찬미야, 네가 주소 알려드릴래?" 뒤늦게 서야 눈치를 보기 시작한 그가 애써 모르는 척하며 찬미에게 바턴을 넘겼다.

"네. 기사님, 산정 고등학교 지나서 바로 있는 공원 앞에 내려주시면 되세요." 도로를 가득 메운 차들이 있기는 했냐는 듯 퇴근 시간이 지난 도로는 한적했다. 진국은 처음 타보는 외제차가 신기하여 내부를 훑어보다 헤벌쭉 거리며 혼자 웃고 있는 딸의 모습을 보았다. 딸은 핸드폰을 보고 있었다. 뒷좌석 왼쪽에 앉은 진국이 보기에 교수도 핸드폰을 보고 있는 것처럼 보였다. 30분은 족히 걸리는 거리를 15분도 안되어 도착했다. 시간은 9시 30분이 넘어가고 있었다.

"기사님 여기 주차해주시면 되세요." 교수가 찬미 집 근처에 있는 공원 앞을 가리키며 말했다. 그는 바로 지갑에서 삼만 원을 꺼내 기사에게 건넸다.

"어? 교수님 다시 안 돌아가십니꺼?"

"교수님, 많이 피곤하지 않으면 저희 아빠랑 저랑 같이 애기 산책하고 가지 않으실래요?" 교수가 진국의 말에 답하기도 전에 찬미가 끼어들어 말했다.

"어, 그래. 그럼 나는 여기 공원 벤치에 앉아 있을게. 애기 데리고 옷 갈아입고 내려와. 아버님도 괜찮으면 같이 가시죠?"

"예? 아, 예. 저도 같이 내려오겠습니더." 누가 손님이고 누가 가족인지 알 수 없는 주객전도 느낌이 꼴불견이었다.

찬미가 서둘러 옷을 갈아입고 애기라고 부르는 개를 데리고 먼저 내려왔다.

"아빠, 제가 매일 이 시간쯤 되면 애기 데리고 산책 가는 동네 산이 있어요. 여기 이 공원 두 개 지나서 신호등 건너면 연예인이 많이 사는 동네예요. 예전에 노벨 평화상 받은 대통령님도 사셨던 멋진 동네가 나와요. 그 동네에 산 입구가 있어요. 산 정상 찍고 다시 집까지 왕복 한 시간 거리니까 아빠도 같이 가요."

"평소 같았으면 아부지 잠들 시간이다. 니는 이렇게 늦은 시간에 겁도 없이 혼자서 산으로 산책을 다녔다는 기가." 진국은 교수도 함께 산책을 간다는 사실이 반갑지 않았지만 입 밖으로 그 감정을 표현할 수는 없는 노릇이었다. 그는 윤 교수를 만나면서부터 느꼈던 불편한 예감에 찝찝해져 더 이상 입을 열지 않았다. 세 사람은 가로등이 없어 어두운 공원길을 오로지 별 빛에만 의지한 채 말없이 걸었다.

"손녀야, 손녀야, 왜 오늘은 그냥 가. 들리지도 않고! 할미 서운하게, 얼른 와. 이거, 이거 먹고 가!" 모두 다른 속내를 숨긴 세 사람의 어색한 침묵을 깬 것은 공원 입구에서 붕어빵을 파는 할머니의 우렁찬 목소리였다.

"할머니! 오늘은 더 늦게까지 계셨네요. 보통 9시에는 집에 가셨잖아요." 찬미가 할머니를 보자 개를 품에 안은 상태로 할머니에게 다가갔다.

"응, 오늘은 평소보다 좀 많이 남았는데 아까워서 못 가고 있었어. 아직 따뜻한데 그냥 줄 테니까 가져가서 교수님이랑 같이 먹어. 우리 빠이 안녕, 엄마 품이 제일 좋아 그지? 응? 못 보던 아저씨도 계시네." 붕어빵 할머니가 교수에게 이쪽으로 오라는 손짓을 하며 붕어빵을 챙겼다.

"아니, 어머님 제가 당연히 돈 드려야죠. 20개는 넘어 보이는데 오늘은 3000원 받으셔야 돼요. 저희 더 주려고 돈 덜 받지 마시고요." 교수가 처음 온 곳은 아니라는 듯 말했다.

"우리 예쁜 손녀한테는 그냥 다 줘도 안 아까워. 얼마나 착한지 몰라 우리 손녀는, 얼른 그거 하나 집어 먹어 잉? 맛있져, 맛있응게. 얼른 집어 먹어." 붕어빵 할머니가 찬미를 친손녀 대하듯 살갑게 말을 이었다.

"할머니! 저희 아빠예요." 찬미가 진국을 소개하자 진국이 고개로 인사했다.

"어어, 그래. 그래. 아빠도 어여 와. 여기로 와, 여기로. 여기가 환해서 더 밝잖아, 무슨 죄진 것들처럼 고개를 푹 수그리고 다녀. 여기 와서 거기 그 국물도 떠먹어. 이거 옥수수도 가져가." 붕어빵 할머니는 하나 남은 식은 옥수수를 검정 봉지에 이미 담고 있었다.

"어머님, 제가 옥수수 값도 드릴게요. 늘 이렇게 더 주기만 하셔서 뭐가 남아 장사하세요." 붕어빵 할머니는 365일 내내 8개 천원인 미니 붕어빵을 팔았다. 10년이 넘게 한 자리를 지켰고, 한 번도 가격을 올린 적이 없었다. 40도 가까이 올라가는 한 여름에 아무도 붕어빵을 거들떠보지 않을 때도 할머니는 늘 자리를 지키며 붕어빵을 팔았다. 어떤 손님이 오든 손녀, 손자처럼 다정하게 대하며 미니 붕어빵 하나를 덤으로 더 넣어줬다. 금칠이 된 앞니를 활짝 보여주며 자신에게 찾아오는 모든 손님들을 반기는 할머니를 보며 찬미는 따뜻한 인간애를 느꼈고 생의 희망을 보았다. 각자 무거운 자신의 삶을 이고 있느라 남에게 베풀기는커녕 도리어 빼앗아 살기만 하는 인간 세계에서 상처를 많이 받은 찬미에게 할머니는 인간이 아니라 천사 그 자체였다.

"아니야. 돈 안 줘도 돼. 그걸로 우리 손녀 맛있는 거 사주는 데 보태기나 해. 떨이야 떨이, 손녀가 나 준다고 가져다준 음식 값만 해도 십만 원은 넘을 거여. 매일 같이 떡이니, 주스니 그런 거를 사 갖고 와서 내가 배고플 새도 없이 해 주구, 겨울에 해 일찍 떨어지면 여기가 얼마나 어두운지 교수도 봤자녀, 춥고 어두워서 사람들 다 들어갈 때 우리 손녀는 내 옆에서 내 말동무해 줬자녀. 우리 손녀는 천사야 천사." 할머니가 가판대에서 나와 찬미에게 안긴 개를 쓰다듬으며 말했다.

  말없이 가만히 지켜보던 진국은 기분이 묘했다. 교수에게 들은 딸의 칭찬과 할머니에게 들은 딸의 칭찬이 그에게는 와 닿지 않았다. 그에게 찬미는 자신이 원하는 것을 해주지 않는다며 11살 때 집을 나가 며칠 내내 부모의 애를 먹이고, 질 나쁜 동네 아이들과 어울리며 사고만 치고 다니는 악동이었기 때문이다. 학창 시절에는 공부를 제대로 하지 않아 특수교육 반에서 보충 수업을 들어야 한다는 담임 선생님의 통보로 부모를 걱정하게 해 놓고 나이가 들어서야 공부를 하겠다고 조르는 이상한 딸이었기 때문이며, 스스로 가고 싶어 떠난 호주에서 청소 노동자가 되어 일을 할 때는 자기의 삶이 매일 닦고 닦아도 다음 날이면 쌓여 있는 먼지처럼 끝없는 불행 속에 있다며 왜 자기를 낳아 고통스러운 삶을 살게 하느냐고 따지던 딸이었기 때문이다. 아빠에게는 돈이 필요할 때만 전화를 걸어 안부를 묻거나 찾아와서 저녁을 차려주던 이기적인 딸이었기 때문이다. 하지만 그런 진국의 기억과는 다르게 찬미는 엄마인 선심을 닮아 자신에게 하나를 주는 사람을 보면 세 개는 돌려주고 살았다. 그녀는 돈을 벌면 모두 자신보다 어려운 사람들에게 기부하거나, 사주었고 남들에게 얻어먹을 수는 없다며 자신보다 나이가 많은 사람들에게도 밥이나 술을 사고는 했다. 교수는 모래알 속의 진주 같은 그녀의 선한 모습을 알아보았다. 아빠인 진국과 남인 다른 사람들이 보는 찬미의 모습은 냉탕과 온탕인 듯했다.

  "할머니가 저의 천사예요. 할머니 항상 건강 먼저 챙기셔야 해요. 비 오거나 미세 먼지 심한 날은 그냥 들어가서 쉬셔야 해요. 아셨죠? 오늘은 저희 이거 돈 드리고 가져갈게요. 마침 세 명이라 한 사람당 8마리씩 먹으면 식후 디저트로 딱 좋을 것 같아요. 내일도 올게요. 얼른 들어가세요." 그녀가 진심을 다해 말했다.

"어머님, 조심히 들어가시고 다음에 또 들릴 수 있을 때 들려 보겠습니다." 옥수수가 담긴 검정 봉지를 건네받은 교수가 말을 이었다.

"잉, 서운하게 다음에 들릴 수 있을 때 들리는 게 어딨져, 내일도 손녀랑 같이 와. 교수도 잘 들어가구우, 우리 손녀 아빠도 잘 들어가슈." 붕어빵 할머니는 어딘지 알아들을 수 없는 지역의 방언과 애교를 섞어가며 그들에게 인사했다. 할머니가 교수를 대하는 태도에 진국은 자신의 의심이 타당한 것이며 어쩌면 사실일지도 모른다는 생각에 심기는 더욱 불편해졌다. 세 사람은 팥이 가득 차 있는 미니 붕어빵을 하나씩 집어 먹으며 말없이 걸었다.

"애기 산책한다고 데리고 나와 놓고는 왜 안고만 있노?" 정적을 깨고 진국이 말을 걸었다.

"아, 아직 얘가 좋아하는 구간이 안 나왔어요. 여기 산 위로 올라갈 건데, 산에서 내려오는 길만 걸어요."

"그 녀석 정말 별난 녀석이야."

"교수님도 야를 아시나 보네예." 진국이 다시 필요한 정보를 캐내겠다는 의지로 물었다.

"당연히 알고 있죠. 찬미한테 얼마나 소중한 존재인데요. 찬미한테는 자식이나 다름없다고 얘기 많이 들었습니다. 찬미가 의지를 많이 하는 것 같아요." 진국의 질문에 뼈가 있음을 느낀 교수가 말을 짜 맞추어 했다. 어느새 시 중심의 구릉지 산에 도착한 그들은 천천히 정상에 다가가고 있었다. 늦은 시간에도 불구하고 운동하러 온 사람들이 제법 보였다. 붕어빵 할머니가 있던 가로등 하나 없는 공원 입구와 달리 산으로 올라가는 길에는 가로등이 좁은 간격으로 설치되어 있어 도시의 변화가만큼이나 환했다. 산을 주로 이용하는 주민들이 시에서 가장 세금을 많이 내는 가장 비싼 동네에 사는 사람들이었던 터라 산은 그 어떤 작은 동네 공원보다 잘 가꾸어져 있었다.

"아빠, 우리 옛날에 깡이 기억나요?"

"그놈 아를 어떻게 잊노."

"깡이 지금 잘 살고 있을까?" 찬미가 갑자기 침울한 투로 말했다.

"찬미한테는 그 강아지에 대한 죄책감이 마음 깊이 남아 있는 것 같습니다. 아버님."

"아, 교수님도 얘기 들으셨나 보네예." 깡이라는 강아지는 시츄 종으로 찬미가 많이 아팠을 때 선심이 사준 강아지였다. 고등학교 때 왕따를 당했던 찬미는 고3 때부터 등교를 거부하며 자퇴를 하고 싶다고 선심을 졸랐다. 결석 일수가 잦아지자 담임 선생님이던 문 선생님이 선심에게 딸이 원하는 것이 있다면 그것을 들어주고 등교는 시키는 게 좋을 것 같다고 권유했다. 고등학교를 졸업하지 못하면 사회생활을 하기는 어려울 거라며 현실을 직시해야 한다고 말했다. 당시 찬미가 원하는 것은 강아지 한 마리뿐이었다. 선심은 강아지를 데리고 와도 빈집에서 혼자 지내야 한다며 한사코 반대했음에도 찬미는 강아지를 사주지 않으면 집 밖으로 나가지 않겠다고 엄마를 협박했다. 자식을 이기지 못한 선심은 찬미가 인터넷에서 보고 찾은 가정 분양 강아지 한 마리를 입양했고 태어난 지 50일밖에 안 되어 깡깡 거리는 강아지에게 깡이라는 이름을 붙여주었다. 깡이가 집에 오자 집안 분위기는 한층 밝아졌다. 찬미는 학교에 나가기 시작했다. 그녀는 정규 수업이 끝나면 집에 오기 바빴다. 인터넷을 뒤져 강아지 입양 후 해야 할 일들을 찾아서 하기 시작하면서 찬미의 삶에도 생기가 돌았다. 친구가 없던 찬미에게는 깡이가 유일한 친구였다. 그 생명체는 가족 모두를 웃게 했다. 선심이 식당 일을 마치고 밤 12시가 넘어 집에 올 때면 찬미가 골목길 앞까지 나가서 깡이를 내려주고는 했는데 멀리서도 선심을 알아보고는 그녀에게 달려가 안기고는 했다. 진국이 새벽에 일을 나갈 때는 유일하게 깡이만 일어나 진국을 문 앞까지 배웅해주었다. 사랑스럽고 똑똑한 생명체였다. 안타깝게도 진국네 가족들에게 겨우 찾아온 그 행복은 오래가지 못했다. 찬미는 대학을 중퇴한 후 강아지를 두고 노량진 고시원으로 떠났고, 선심도 돈을 벌어야 한다며 서울로 떠나 버렸다. 그리고 얼마 후 찬이 군에 입대했다. 강아지와 혼자 집에 남겨진 진국이 처음에는 찬미의 당부로 깡이를 돌봤으나 그 사건이 터지자 진국은 그 생명체를 마주할 수 없게 되었다.

"아무래도 찬미나 아버님께는 꽤 중요한 사건이었던 것 같아서요. 실례가 안 된다면 제가 여쭤보고 싶습니다. 그때 앞집에 사는 남학생이 정확히 아버님께 뭐라고 했던 건가요?" 교수가 다시 내담자를 대하듯 물었. 이사철이 되면 대부분의 일은 새벽 일찍 시작되었다. 진국은 매일 새벽 5시에 집을 나서고는 했는데 처음에는 짖지 않던 깡이가 진국이 집을 오랫동안 비우게 되자 진국이 일을 나가고 나면 동네가 떠나갈 정도로 크게 짖어댔다. 분리 불안이라고 불리는 것과 비슷했다. 어느 날 골목길 바깥의 다세대 주택에 살던 한 학생이 진국의 집 대문에 포스트잇을 붙여놓았다. '청록색 대문이 있는 다세대주택 1층에 살고 있는 고3 입니다. 그쪽 집에서 들리는 개 짖는 소리에 새벽 일찍 잠이 깨고 있습니다. 한 사람 인생 망칠 생각이 아니라면 개를 버리든가, 이사를 가든가 해주세요.' 분노가 가득 담긴 메시지였다. 포스트잇을 보고 놀란 진국은 서울에 있는 찬미에게 전화를 걸어 그날 바로 내려올 것을 명했다. 소식에 놀란 찬미는 바로 고향집으로 내려왔다. 처음에는 좋게 얘기해 볼 생각이었다. 일을 마치고 돌아온 진국과 찬미는 사과하기 위해 주스를 한 박스 사들고 고3 학생이 살고 있다는 집으로 찾아가 문을 두드렸다. 문을 열고 나온 남학생은 갑자기 상스러운 욕을 퍼붓기 시작했다. 수능 시험이 150일 정도밖에 남지 않아서 예민해져 있는데 개새끼가 짖어서 잠을 제대로 잘 수 없다며 자신의 인생을 망치게 생겼고, 자기 인생은 누가 책임지느냐고 진국과 찬미에게 따졌다. 처음에는 찬미가 계속 죄송하다고 했다. 그러나 찬미에게 무슨 년이라느니, 관리하지 못할 거면 데리고 오면 안 됐다느니 따지는 모습을 보고 화가 난 진국이 어린놈이 버르장머리가 없다고 말했다. 그 순간 눈동자가 뒤집힌 고3이 진국의 목을 졸랐다.

"내가 당신 같이 추레한 노동자 꼴로 살기 싫어서 공부하려는 거야 인간 말종 새끼야. 그러대요." 진국이 10년 전의 수치를 떠올리며 무덤덤하게 말했다.

"그때 찬미는 어떻게 대응했다 그랬지?" 객관성을 잃지 않으려는 상담사의 자세로 교수가 대화를 이었다.

"저는 그때 놀라서 울기만 했어요. 핸드폰을 집에 두고 나와서 경찰서에 신고하지도 못했어요. 저도 정신이 나가서 온갖 욕을 다하면서 아빠 목에서 손 떼라고 그랬죠. 지나가는 사람들한테 도와달라고 소리쳤는데 다들 구경하느라 바빠서 도와주지 않았어요." 찬미도 무덤덤하게 대답했다.

"아버님은 그때 일이 가끔 생각나십니까?"

"평소에는 잊고 살다가 개만 보면 생각이 나긴 합니다. 새파랗게 어린애한테 목이 졸려 죽을 뻔했는데 어떻게 잊혀지겠습니꺼, 그놈아 아귀힘이 장난이 아니었어예. 20년을 산 고향 같은 동네에서 그런 망신을 당했는데, 아픈 것도 아픈 건데, 참말로 부끄럽고 수치스러웠습니다. 오늘도 딸네 집에 가서 이 개를 보니까 그때 생각이 나대요."

"아버님은 그때 일을 다른 누구에게 털어놓거나, 글로 쓴 적 있으십니까?"

"누구한테 말한 적도 없고 글로 쓴 적도 없어예. 남자가 무슨 그런 걸 얘기하고 다닙니꺼, 자랑도 아닌데……"

"그 뒤에는 어떻게 되었습니까?"

"그 학생 누나가 소리 듣고 나와서 그 학생 말렸어요. 그래도 그 누나는 착한 사람이었어요. 부모 없이 자기들끼리 살아서 자기 동생이 뭘 모른다고, 자기가 교육을 못 시켰다고, 잘못했다고, 제발 신고하지 말아 달라고 사정, 사정을 하길래 그냥 그렇게 지나갔어요." 찬미가 끼어들어 말했다.

"아버님이 혹시 약주를 즐겨하신 데에는 그때의 기억 탓도 있는 건 아닙니까?"

"아무래도 그 영향도 있겠지요. 그 뒤로는 가만히 있다가도 화가 나고, 서글프기도 하고 그랬습니다. 제가 어린놈한테 당하기만 한 것도 억울하고예, 저도 같이 목을 졸랐어야 하나 하는 후회도 됩니다. 니 인마, 엄마 애먹이지 마라." 진국이 찬미가 안고 있던 개를 쓰다듬으며 말했다.

"깡이도 우리 애 먹인 거 아니다. 우리가 걔를 못 지켜준 거다." 찬미가 눈물을 글썽이며 말했다.

"내가 괜한 질문을 한 건가? 미안해, 찬미야. 그래도 나는 아버님이 그 사고를 상기해서 나한테 말을 해주시면 좋겠다고 생각했어. 그러면 적어도 내가 아버님 마음속에 쌓여 있는 수많은 스트레스들 중 하나는 씻어 드리는 거니까." 교수가 찬미의 눈치를 봤다.

"전혀 그렇지 않아요. 제가 생각해도 아빠가 그때의 일을 밖으로 빼내야 하는 게 맞는 것 같아요. 안 그러면 속에서 곪아서 다른 더 큰 병이 될 거예요." 정상을 찍은 세 사람은 방향을 틀어 왔던 방향으로 다시 내려갔다. 찬미는 허리끈을 한 개를 산 정상에서부터 내려주었다. 그녀는 개를 안고 있느라 오랫동안 포갰던 두 팔을 펼치고 어깨를 돌리며 몸을 움직여댔다. 개는 어느새 꼬리를 살랑살랑 흔들며 곳곳마다 자신의 영역을 표시하고 있었다.

"그럼 그 뒤로 그 깡이라는 강아지는 어떻게 됐다고 그랬지?"

"저희 엄마가 어딘가로 보냈다고 했어요. 저는 고시원에 살고 있었고, 엄마도 반지하에 있는 작은 방 하나를 얻었던 상태여서 깡이를 키울 여건이 안됐거든요. 엄마 말로는 좋은 곳에 보냈다고 했는데 지금도 어디로 보냈는지 말을 안 해주세요. 아마 저한테는 그 아이가 평생 동안의 마음의 짐일 거예요." 찬미가 멀리서 보이는 도시의 불빛을 보며 말했다. 올라오는 길에는 볼 수 없었던 산자들의 아우성 같은 불빛이 밤의 세상을 밝히고 있었다.

"너무 무겁게 생각하지 마, 찬미야. 그래도 너는 그때의 죄책감을 건강하게 승화해서 다시는 땅 냄새를 맡아보지 못했을 수도 있는 네 빠이를 구했잖아!" 교수가 습관적으로 찬미의 어깨를 다독이다 놀라 팔을 거두었다.

"그래도 교수님 덕분에 제가 남들한테 말도 못 하고 살아온 속 얘기를 다 해보네예. 그때 그 사건 말고도 이상하게 안 좋은 일이 많았거든예. 그 이후로는 정말 너무 힘들었습니더, 안 그래도 빈집인데 깡이 마저 없으니까 저를 반겨주는 존재가 하나도 없더라고예. 집에 들어갈 의미를 못 찾아서 타고 다니는 자전거로 집에 들어가기 전에 동네만 뺑뺑 돌고는 했었습니더. 목 졸리고 나서는 악몽도 자주 꿨고예."

"정말 많이 힘드셨을 것 같습니다. 찬미한테 듣기로 아버님 어린 시절부터 꿈이 문학도라고 들었는데, 제가 좋아하는 밀란 쿤데라라는 소설가가 그렇게 말하더라고요. 소설은 인간의 삶을 인간의 망각으로부터 보호하기 위한 장치라고요. 그는 인간의 삶을 기록하는 것이 곧 소설이라며 기록하는 문학을 예찬했습니다. 나중에 마트 하면서 시간 날 때 짬짬이 아버님 이야기를 글로 써보시면 어떨까 감히 권해 드리고 싶습니다. 심리 상담사를 찾지 않아도 자신이 살면서 겪었던 많은 일이나 생각을 적어 보다 보면 고통스럽거나 불편한 기억도 나중에는 다 긍정적인 감정으로 승화되기도 하더라고요.. 이 직업을 업으로 삼으면서 저도 많이 힘들었습니다. 저를 찾아오는 분들은 정말 절벽 끝에 매달린 분들이 대부분입니다. 살고 싶어서 찾아오는 거죠. 그분들의 어려움을 저는 아무런 내색도 하지 않고 다 들어야만 하는 게 쉬운 일은 아니었습니다. 제가 그분들보다 잘나서 이 일을 하는 것도 아니라고 생각하고요. 저도 저만의 아픔이 있었습니다. 저는 앞으로라도 아버님이 살면서 쌓아온 마음의 응어리들을 조금씩 풀어가면 좋겠습니다." 교수가 진국에게 진심으로 말했다. 진국은 아무도 해준 적 없었던 진심 어린 조언에 불편했던 마음이 조금씩 편안해지는 것 같았다. 사람들이 비싼 돈을 내면서 심리 상담사를 찾아가서 자신의 이야기를 하는 게 이해되지 않았던 진국도 그런 사람들을 조금은 이해할 수 있을 것 같았다. 딸이 갑자기 심리학을 전공하고 싶다며 대학원 등록금을 받으러 왔을 때만 해도 그는 돈도 안 되는 공부를 하려고 한다며 딸을 나무랐다. 하지만 지금 다시 보니 딸이 선택한 학과도 괜찮을 것 같다는 안도감이 들었다.

-

밤하늘은 저명한 화가가 그려놓은 수채화처럼 아름다웠다. 멀리 보이는 북한산 꼭대기는 짙은 회색빛을 띠었고 바로 위의 하늘은 연한 파란색을 띠었다. 하늘이 높아질수록 색은 진하고 두꺼운 남색 빛을 띠어 점층적으로 보였다. 금빛, 은빛의 별까지 반짝이니 밤하늘의 색이 단조롭지 않고 화려했다. 개는 자연의 냄새에 취한 듯 촉촉한 코를 킁킁거리며 신나게 뛰었다. 진국은 오늘 자신에게 일어난 모든 일들이 현실로 다가오지 않았다. 햇빛을 가득 품은 딸 집의 커다란 창과, 교수와의 저녁 식사, 가판대의 붕어빵 할머니가 말한 딸에 대한 칭찬, 그리고 늦은 밤의 등산과 떠오르는 기억들을 거스르고, 감춰두었던 그의 상처를 남에게 말하는 일까지. 찬미가 부적이라 생각하라던 새끼손톱 크기의 짙은 보라색 벚꽃 잎을 진국이 만지작거렸다. 그는 자신이 병에 걸려 의식을 잃고 잠시 다른 세계로 건너왔다는 생각이 들었다. 그에게 펼쳐졌던 일들은 낯선 나라에서 일어나고 있는 또 하나의 삶일 뿐이고, 자신은 잠시 그곳에 있는 다른 진국이 되어 단 하루만 남의 삶을 체험해 보고 있는 중인 것 같았다. 산허리에 낮게 걸쳐있는 찬란하고 광기 어린 오렌지 빛 보름달이 진국을 허황되고 신비로운 몽환의 세계로 안내하고 있었다.

예견된 참패

마트 인수를 하루 앞둔 그날은 오래 가뭄 끝에 시원한 단비가 내린 날이었다. 이삿날 비가 오면 잘 산다는 덕담이 있기는 했지만 이사 일을 본업으로 삼아해 온 진국에게도 비 오는 날의 이사는 보통 일이 아니었다. 대게 비가 많이 오면 이사를 신청한 사람들이 먼저 일을 취소하거나, 비가 그칠 때까지 기다리기도 했으나 그 시간에 맞춰 이사를 하지 않으면 안 되는 사람들에게는 비가 이삿날 고려 요소가 아니었다. 그저 이삿짐 직원들의 몫일뿐이었다. 비가 오면 본의 아니게 포장이사를 해야 했다. 무거운 짐을 나르다가 비에 젖은 신발이 미끄러져 넘어지는 경우도 있었다. 그렇게 되면 짐을 옮긴 사람이 물건 값은 물건 값대로 보상하고 자신의 몸은 자신의 몸대로 다치는 불상사를 겪어야 했다. 그것뿐만 아니라 만약 포장이 개미 오줌만큼이라도 덜 씌워져 젖으면 안 되는 고가의 가구나, 가전제품 혹은 책이 젖게 되면 이삿짐센터의 기술이 부족하다며 사람들이 다른 곳에 소문을 내기도 했다. 진국은 비가 와서 고생하던 때를 떠올리며 선심의 짐을 옮기고 있었다.

선심이 혼자 지내던 집에서 가져온 짐은 단출했다. 운이 좋아 저렴하게 산 40인치 평면 중고 텔레비전과 137리터인 작은 중고 냉장고 그리고 오래된 중고 드럼 세탁기가 가전의 전부였다. 150cm가 조금 넘어 보이는 이단짜리 옷장과 넓적한 오단짜리 수납장 그리고 낡아 녹슨 가스레인지가 선심의 검소하고 고단한 서울 생활을 증명하고 있었다. 1톤짜리 용달차 한 대를 불러준 선심이 이사는 전적으로 진국과 찬미에게 맡겼다. 부부가 살기로 한 집은 가파른 오르막 사이에 있는 좁은 골목길 중간 집이어서 이삿짐 차를 대기가 어려웠다. 이런 일을 숱하게 경험해 본 진국에게는 큰 문제가 아니었다. 그는 용달 기사에게 적절한 주차 위치를 알려주었다. 문제는 세차게 쏟아지는 빗방울이었다. 빌린 용달차를 하루 종일 기다리게 하게 할 수는 없는 노릇이어서 진국은 이삿짐 위에 커다란 방수 비닐을 두 번씩 덧씌웠다. 그리고 용달 기사와 함께 가전제품의 끝을 들고 최대한 조심스럽고 빠르게 짐을 좁은 현관문 안으로 밀어 넣었다. 뇌경색 때문에 오른쪽 손과 다리가 성치 않다고는 해도 30년 동안 쌓아온 진국만의 이사 기술은 녹슬지 않았다.

찬미는 아빠가 일하는 모습을 처음 보았는데 짐의 순서를 정해놓고 각각의 짐에 맞는 방식으로 짐을 이고 있는 모습이 전문가다워 보였다. 그녀가 이삿짐 일을 무시했던 건 아니었다. 그저 그 일도 체계가 있고 전문성이 필요하다는 사실을 몰랐을 뿐이다. 그녀는 이제야 알게 된 스스로가 조금은 부끄럽게 느껴졌다. 엄마의 초라한 짐과 아빠의 고된 노동현장은 평소 부모님에게 관심 갖지 않았던 그녀를 일깨웠다.

"아빠, 이런 건 다 내가 혼자 들어볼게." 미안해진 그녀가 비를 맞으며 혼자 들기에는 무거운 짐들을 이고 있었다.

"놔둬라, 다친다. 놔둬, 아부지가 할게. 이따 짐 다 내리면 들어가서 방이나 한 번 닦아라." 진국이 딸이 다칠까 염려하며 말했다.

같은 시간 선심은 집을 얻어준 부동산에서 잔금을 치르고 있었다.

"근데, 여기 재개발 구역인 건 알고 오신 거죠? 2년 뒤에는 나가주셔야 돼요." 투기로 유명해진 서울 근교의 신도시에서 살고 있다는 집주인이 네 번째 손가락에 낀 커다란 다이아몬드 반지를 만지작거리며 퉁명스레 말했다. 계약서가 놓인 갈색 테이블 위에는 집주인이 자랑처럼 꺼내 놓은 삼각형 모양의 수입 자동차 열쇠가 올려져 있었다.

"네? 재개발 구역이요? 처음 듣는 얘기예요. 재개발 구역이라뇨?" 웬만한 일에는 눈도 끔쩍하지 않는 선심이 놀라 물었다.

"아, 모르셨나 보구나. 여기 재개발 정비 구역으로 지정된 지 좀 됐어요. 그래서 저희 여기 집 산거예요. 저희 같이 나라 밥 먹고 사는 사람들이 돈 벌려면 이렇게라도 노력해야 이 정도 살죠. 그런 이유가 아니면 저희가 왜 이 더럽고 누추한 동네에 집을 샀겠어요." 선심보다 10살은 어려 보이는 집주인은 기름을 바른 듯 반질거리는 긴 머리를 뒤로 넘기며 말했다. 나이를 가늠케 하는 선심의 자연스러운 목주름과 달리 집주인의 목에서 주름이란 것은 찾아볼 수 없었다.

"아, 예…… 인수하는 마트 사장이 얘기를 안 해줬어요." 선심의 목소리에 힘이 빠졌다. 재개발 정비 구역이라는 단어의 힘이 너무 강해 집주인이 말한 더럽고 누추하다는 단어는 그녀의 귀에 들어오지 않았다.

"마트 2년 하시고 돈 많이 모아서 다른 곳으로 가시면 되죠. 무슨 걱정이에요." 집주인은 자기 일이 아니기에 할 수 있는 책임도 없고 의미도 없는 말을 아무렇게나 내뱉고 있었다. 쏟아지는 빗소리가 부동산 안까지 잠식했다. 자신이 생각지도 못한 불행의 씨앗을 심은 채 억지로 흙을 덮어버린 것 같은 선심은 말없이 잔금을 치르고 사인을 했다. 선심은 부동산에서 나와 바로 마트로 갔다. 마음 같아서는 재개발 구역 확정을 숨긴 마트 사장에게 물을 한 바가지 붓고 싶었으나 참고 다음 날 정중하게 물어보기로 마음먹었다. 비가 많이 왔지만 일요일 오후에는 집에서 쉬고 싶어 멀리 나가지 않으려는 손님들이 마트를 계속해서 방문했다. 마트에 손님이 많은 것을 다시 확인한 그녀는 집주인의 말처럼 2년 동안 돈을 벌어 다른 곳으로 옮기거나 다른 일을 시작해도 괜찮을 것이라고 생각했다. 선심은 따지려던 마음을 고쳐먹고 한창 짐을 내리고 있을 자신의 새집으로 발걸음을 옮겼다.

-

진국과 용달 기사는 짐을 모두 다 내린 상태였다. 찬미는 화장실 청소를 마친 후 방 3칸과 좁은 거실 겸 주방을 걸레로 닦고 있었다.

"엄마, 근데 여기 얼마랬지?" 찬미가 문에 들어서는 선심을 보고 물었다.

"보증금 오천에 월세 사십"

"아무리 서울이라고 해도 너무 비싼 것 같다. 무슨 이런 집이 그만큼이나 받노." 보증금으로 낸 돈과 가게 인수에 들어간 돈은 진국이 혼자 있는 지난 10년 동안 자녀들이 결혼할 때 보태려고 안 쓰고 힘겹게 모은 돈이었다. 이삿짐이 없는 날에는 공사장에서 벽돌을 나르며 모은 소중한 돈이었다.

"맞다. 월 사십은 너무 비싼 거 같다. 그렇게 일을 했는데 이 나이 돼서도 월세를 사네."

"찬이 아빠, 내가 우리도 서울로 올라와서 집 사자고 했었잖아. 그때 대구 말고 서울에 집 한 채 샀으면 지금보다는 나은 곳에 있었겠다." 선심은 가족들에게 이 동네가 재개발 정비 구역으로 지정된 곳인데 자기가 그것도 확인하지 않고 계약을 해 버렸다고 말할 수가 없었다.

　그들의 집은 101호라고 적힌 1층이었다. 하지만 계단을 세 칸 내려가야 해서 주소 상으로는 반지층이었다. 집 뒤는 바로 산자락과 맞물려 있어 벌레가 많았다. 오래된 싱크대 밑에는 살아 숨 쉬는 듯한 촘촘한 거미줄이 쳐져 있었고 바닥에는 죽은 벌레들의 시체가 한가득 쌓여 있었다. 생존해 있는 다른 벌레들의 눈에는 흡사 전쟁이 끝난 후 아무렇게나 쌓여 있는 전우의 시체들을 보는 것과 다를 바 없을 것이었다. 이사를 들어오기 전 선심이 집의 도배와 장판을 부탁했는데 집주인은 아직 쓸 만하다며 도배와 장판 작업을 해주지 않았다. 집주인이 쓸 만하다고 말한 거실의 하얀색 벽지에는 여름철 모기가 자신의 임무를 끝냈으나 살아남지 못하고 장렬하게 전사한 핏자국이 몇 곳에나 묻어 있었다. 가스레인지가 있던 자리로 추정되는 한쪽 벽 끝에는 누런 색깔을 띤 기름이 사방으로 튀어 있어 얼핏 보면 더러움을 주제로 한 예술작품이 전시되어 있는 것처럼 보이기도 했다. 화장실에 있는 변기는 한 중앙에 금이 가 있어 곧 깨질 것 같았다. 그러나 집주인은 깨지면 교체해주겠고 말했다. 꼭 누군가가 희생되어야 변화니 개혁이니 하는 소리를 떠들어대는 무능한 행정 시스템 같았다. 화장실 바닥과 벽에 붙은 오래된 타일은 진국과 선심 부부가 25년 전 집을 지었을 때 넣었던 것보다 더 오래된 타일이었다. 독한 청소 세제를 아무리 쏟아 부어도 묵은 때가 지지 않았다.

　"근데 해도 해도 너무 하네. 내가 그냥 참고 살아야지 했는데 그래도 이사 온 날인데 이건 정말 아닌 것 같다. 찬미야, 이 근처에 도배지 파는 곳

어디 있는지 인터넷으로 찾아봐." 평소 화를 내지 않는 선심이 날이 선 목소리로 말했다.

"엄마가 도배하게?"

"응. 도배 얼마나 한다고 엄마가 하고 말래." 선심은 대구에서 꽤 이름 난 전문 도배장이였다. 진국이 낮에 이삿짐 일을 하러 나가면 선심은 도배 일을 하러 다녔다.

"찬미야, 엄마, 아빠가 집주인일 때도 이렇게 악덕했었어? 우리는 그래도 낡고 오래되어 보이면 우리가 다 알아서 해줬잖아, 1층에 수도 고치는 비용만 수백만 원이 들었는데 그래도 우리는 다 해줬는데 참 있는 사람들일수록 더 하다는 말이 틀린 말이 아니었어." 매사에 긍정적이어서 남을 흉보는 일이 없는 선심이 딸에게 하소연했다.

"그러게 이렇게 해도 안 드는 산동네 반지하 집에 월세를 그만큼이나 받으면서 하는 김에 다 해주면 될 걸, 저 좁은 공간 벽지 바르고 장판 가는 거 얼마나 한다고 저렇게 더러운 걸 괜찮다고 놔둘까, 진짜 너무 하는 아줌마네. 분명 다른 사람들한테도 이렇게 악덕하게 굴면서 살았을 거야."

"잘 사는 사람들은 그러니까 잘 사는 기다. 그런 것까지 아끼니까, 이사 하면서 보면 별사람 다 있다. 아파트 60평짜리로 이사하는 사람들도 이사 비용 한 푼이라도 아끼려고 얼마나 깎는지 모른다." 옆에 있던 진국도 거들었다. 제 개성이 너무 강해 쉽게 융화되지 않는 가족들이 공통의 적을 두고는 똘똘 뭉쳐 있었다.

"그리고 엄마, 아빠 쉬지도 않고 일만 했는데 서울에서는 전셋집 하나 못 얻는다는 게 너무 서글프다." 찬미가 자신이 닦아 놓은 안방에 드러누워 말했다.

"으이구, 니한테 들어간 돈만 아니면 전세 얻었지 싶다. 서글프긴 무슨."

"어, 인정해. 미안. 근데 우리 세대는 어쩔 수 없다. 우리는 아무리 노력해도 부모님보다 못 사는 1세대라잖아. 우리나라만 그런 게 아니라 유럽이나 미국도 다 그렇다. 그래서 캥거루 가족이라 그런다. 그러니까 아빠도 시대를 이해해야지." 한마디도 지지 않는 찬미가 방에서 구르며 가벼운 말대답을 했다. 아무리 나이가 들어도 부모 앞에서는 어린아이처럼 구는 게 자식의 본모습이었다.

"아부지도 안다. 내가 그래서 돈 달라는 대로 다 줬다 아이가. 나중에 다 갚아라." 진국이 딸의 어리광을 보고 웃으며 말했다.

"갚기는 무슨, 좋은 사람이랑 결혼해서 잘 살면 되지." 선심이 끼어들었다.

"결혼은 무슨, 결혼 안 한다. 나는 신혼여행 대신 엄마, 아빠랑 캥거루 여행 갈꼬야, 엄마, 아빠 돈으로" 찬미가 혀 짧은 소리로 말했다.

"철없는 소리 하고 자빠졌네." 진국이 옆에서 헛웃음 쳤다.

"요즘에는 가족 여행 다들 쉽게 가잖아, 우리도 가족 여행 가자. 나랑 오빠야는 자라면서 한 번도 가족 여행 가 본 적 없다 아이가. 우리도 저기 에메랄드 빛 나는 태국이나 필리핀 섬에 가자. 하와이는 바라지도 않는다."

"먹고살기 바쁜데 가족 여행이 다 뭐야, 그리고 아빠는 물 무서워해서 바다에는 못 가. 진도에 있는 엄마 고모 집 갈 때 배 타고 들어가야 하니까 아빠는 맨날 외할머니 집에서 잠만 자고 그랬잖아."

"어? 아빠 물 무서워해? 나 왜 30년 만에 처음 알았어?"

"니가 내한테 관심이 없으니까 그렇지. 으이구, 자식 키워 놓으면 뭐하노. 지 아부지를 이렇게 모르는데." 진국은 답답하다는 듯 말했으나 모처럼 시작된 가족들 간의 대화에 기분이 좋아진 듯했다.

"아빠 근데 왜 물 무서워해? 옛날에 물에 빠진 적 있어? 개에 물리면 개 무서워하는 것처럼 그런 거 아냐?"

"어릴 때 동네 우물에서 물 푸다가 우물에 빠지고, 미꾸라지 잡으려고 개천에 갔다가 둑이 무너져서 물에 빠지고, 중학교 때 선배가 낙동강에 끌고 가서 빠뜨렸대." 선심이 자신의 이야기를 하듯 말했다.

"오, 엄마 생각보다 아빠에 대해서 많이 아네. 부부는 부부구먼. 자 그렇습니다. 환갑을 넘긴 이 진국 씨는 물을 무서워하여 바다에 가지 못 한다고 합니다. 이 진국 씨 또 무서운 것은 무엇입니까?" 찬미가 갑자기 사건 현장에 나와 있는 기자로 변신하여 자신의 옷을 정리하고 있는 진국에게 다가가 손으로 쥔 투명 마이크를 건네며 말했다.

"진짜, 내 딸인데도 한 번씩 보면 이상하다. 누구 닮아서 저렇게 괴상한지 모르겠다."

"대답을 회피한다는 것은 분명 또 무서워하는 것이 있는데 말하기 두려워하는 무의식의 표출입니다. 자. 대답해 주시죠. 이 진국 씨."

"해줘, 좀." 거실에서 지켜보던 선심이 웃으며 말했다.

"아아, 내일 태어나서 처음으로 장사라는 것을 해 보는데 마트에 대해 아는 것이 별로 없고 오래 살던 동네가 아닌 낯선 동네에서 살고 낯선 동네에서 사업을 하는 것이 조금 무서운 것 같습니다." 진국이 딸의 장난을 받아주며 말했다.

"이상, 무서워하는 것이 있는 이 진국 씨와의 인터뷰였습니다." 찬미가 실제 카메라 앞에 선 것처럼 진지한 표정을 지어 보였다. 그 모습을 지켜보던 선심은 가족이라는 것에 대해 생각했다. 그녀는 한동안 사는 것이

궁상맞고 절박하여 가족을 외면한 채 살았다. 그들끼리는 서로가 무엇을 좋아하고 싫어하는지 알지 못했다. 신경 쓸 겨를이 없다는 핑계로 일만 했다. 그러나 가족은 서로에 대해 알고 이해해야 했다. 그녀는 이미 너무 늦은 것 같았으나 이제라도 자신의 가족들을 더 품어야겠다는 생각이 들었다.

"니는 무서워하는 게 없어갖고 그때 그 도둑한테 돈 가져가라고 다 알려줬나 지금 생각해도 기가 차네. 찬이 엄마 그때 그 돈 얼마였노?" 속마음을 얘기한 것이 부끄러워진 진국이 화제를 찬미의 어린 시절 이야기로 바꿨다.

"삼백, 20년 전이니까 지금 가치로 치면 오백만 원도 넘겠다." 벌레들의 시체를 쓰레받기에 담고 있던 선심이 대답했다.

"니나 찬이나 어떻게 그렇게 멍청해갖고 놀이터에서 처음 만난 사람들을 집에 데려 오노. 그것도 이해가 안 되는데 돈 어딨냐고 물으니까 니가 저 장롱 안에 이불 밑에 있어요. 그랬다면서, 니 그 돈 엄마 우유 배달하고 나서 우유 값 수금한 돈이었는데 새벽마다 너희 놔두고 나가서 얼마나 힘들게 일해서 모은 돈인데 어, 그거를 도둑놈 손에 쥐어주는 바보 천치가 어딨노. 세상에." 진국이 오래전 기억을 꺼냈다. 웃으며 얘기했지만 막상 떠올리고 보니 웃을 수만은 없는 기억이었다.

부모가 없는 것처럼 자란 남매는 20년 전 어느 겨울날 놀이터에서 만난 20대 청년 두 명을 집으로 데려왔다. 20대 청년 두 명은 찬과 찬미가 날씨가 추워도 매일 놀이터에 나오는 것을 보고 접근하였다. 그들은 아이들의 부모가 늘 집에 없다는 사실을 알아냈다. 그리고 아이들에게 집 구경을 시켜달라고 요구했다. 아이들은 의심이라는 단어를 알지도 못하던 때라 그들에게 아무런 경계심도 품지 않았다. 집으로 들어온 그들은 들어오자마자 아이들에게 부모님이 돈을 어디에 숨겨두는지 물었다. 찬과 찬미는 동시에 장롱 안을 가리켜 돈이 있는 곳을 알려주었다. 그들은 돈과 함께 아이들의 집에 있던 텔레비전과 밑에 있던 비디오 플레이어를 함께 가져갔다. 경찰서에서 만난 그들은 아이들이 가져가라고 알려줬으므로 훔친 것이 아니라고 말했다. 경찰도 그런 경우는 처음이라며 진국과 선심에게 20대 청년들을 선처해주라고 말했다.

"자식들 키우다 보면 그런 일도 있고 저런 일도 있지 뭐, 옛날 일 생각해서 뭐해." 선심은 벽면에 붙어 있어 창 밖에는 회색빛 시멘트 밖에 보이지 않는 작은 방에 들어가 창문을 닫았다. 방이 습기로 가득해 창문을 열어 두었더니 빗물이 방에 웅덩이를 만들 것처럼 깊이 차오르고 있었다.

"그래. 어릴 땐데 우리가 뭘 알겠노. 막말로 돈만 가져가서 다행이지. 우리가 유괴되거나 나쁜 짓 당했으면 어쩔 뻔했노." 찬미가 무구하다는 투로 얘기했다.

"으이구, 엄마나 니나 똑같다. 맨날천날 사람한테 당해서 있는 거는 다 뺏기고 그래 놓고 그걸로 그쳐서 다행이라 그러고, 애초부터 그런 일을 당하지를 말아야지. 바보들아."

"알고 당하는 사람이 세상에 어딨어. 됐어. 옛날 얘기해서 뭐해. 이제 안 당하면 되지. 그리고 당신도 금전적으로 당한 게 아니어서 그렇지 늘 당하고만 살았잖아. 나도 다 알거든. 이제라도 우리 좀 덜 당하고 살자." 선심은 이 동네가 재개발 정비 구역이라는 사실을 아무도 얘기해주지 않은 것에 대해 계속 생각했다.

"그래도 딸 덕분에 금방 끝냈다! 고마워 우리 딸!"

"내가 한 게 뭐가 있다고, 엄마가 워낙 기술이 좋으니까 금방 끝난 거지. 벽지만 바뀌어도 이렇게 집이 달라지는데, 정말 도배하길 잘했다 엄마. 아무리 엄마랑 아빠가 집 인테리어나 구조에는 신경 안 쓴다고 해도 그래도, 이사 첫날이고 새로 시작하는 날이기도 한데 이렇게 깔끔한 곳에 있으면 보기도 좋고 기분도 좋잖아." 엄마에게 늘 심술만 부리던 나이 든 딸이 갑자기 철이 든 듯 엄마에게 다정한 말을 건넸다.

"그러게 도배 풀 냄새가 조금 나긴 해도 벽지 하나 바꿨다고 집이 달라 보이긴 한다. 이거 보니까 엄마가 처음 도배해준 집이 생각나네. 그 아줌마, 엄마 또래였는데, 집이 완전히 지하여서 햇빛이 하나도 안 들어왔거든, 근데 도배 하나 했다고 집이 환해졌다면서 하얀색 새 벽지가 해 들어오는 기분을 준다고 그러더라. 그 말 듣고 엄마는 세상을 다 가진 기분이었어. 그때는 엄마가 초보고 여자라 인건비도 다른 사람들보다 쌌으니까 엄마보다 어렵게 사는 사람들이 나한테 일을 부탁하고는 했어. 엄마가 인건비 시세의 반 가격에 해줬거든, 내가 생각하기에는 그렇게 하면 나도 일을 더 많이 할 수 있어서 일에 더 능숙해질 거고, 어렵게 사는 사람들도 나한테 맡겨서 원래 낼 돈 보다 아끼면 서로 좋은 일이라고 생각했어." 젊은 날의 선심은 새벽에는 우유 배달을 낮에는 도배 일을 밤에는 화장품 판매를 하며 살았다. 그녀는 하얀색 도배지에 자신이 잊고 살던 생을 그려내고 있었다.

"우리 엄마 멋진 사람이었네. 근데 아빠 잘 해낼 수 있으려나? 아빠는 새로운 걸 받아들이는데 좀 오랜 시간이 필요하다고 엄마가 종종 얘기했었잖아." 찬미가 잘린 여분의 도배지들을 주웠다.

"안 그래도 엄마도 좀 걱정이긴 해. 한 번씩 대구 집에 가서 아빠 방에 들어가 보면 숨이 막히더라. 찬이 군대 가서 아빠 혼자 집에 살 때는 집이 사람 사는 집이 아니었어. 빨래도 안 하는지 옷에서는 썩은 내가 진동을 하고 냉장고는 텅 비어 있고, 거실에는 소주병이 가득 쌓여 있는데 나 같으면 그렇게 산더미처럼 쌓인 쓰레기가 보기가 싫어서라도 치웠을 텐데 아빠는 그걸 그냥 두더라. 화장실은 또 어떻고, 청소라는 걸 하고 사는 사람이 아니니까 오줌 지린내는 말도 못 했지. 정말, 새로운 것만 못 받아들이는 게 아니라 자기가 가지고 있는 것도 관리라는 걸 못하는 사람이야. 아빠는, 그래도 자기가 맡아서 하는 일에 대한 책임감은 어떤 누구보다 강하니까 맡아서 하다 보면 잘하게 될 거야. 공과 사는 확실한 사람이니까, 너무 걱정하지 말자."

"맞아, 아빠 아까 이삿짐 나르는 거 보니까 완전히 전문가더라. 그래도 아빠가 이삿짐으로 오빠랑 나 먹여 살렸는데 마트 일 그거 하나 못 할까. 나도 걱정 안 할래."

도배를 마치고 짐 정리를 끝낸 부부는 선심의 요구대로 각자의 방으로 들어갔다. 선심은 자신이 고른 왼쪽 방에 누워 생각에 잠겼다. 일이 바빠 잠시 누워 다른 생각을 할 새도 없이 잠에 들고는 했던 그녀가 모두 네모난 곳에 누워 희망을 품고 있었다. 진국과 처음 결혼해 얻었던 오각형의 삐뚤어진 반지하 방에 비하면 그녀가 지금 누운 곳은 반듯한 곳이었다. 여전히 반지하이긴 해도 대한민국 사람 모두가 노래를 부르는 강남이고, 마트도 작은 곳이긴 하지만 마을 입구다. 선심은 부동산에서 집주인에게 들은 말이 계속 마음에 남았지만 그저 다 잘 될 것이라고 스스로에게 되뇌고 있었다. 자신도 진국도 자신들만의 가게를 가지게 됐으니 지금까지의 삶보다는 나을 거라고 그렇게 되어야만 한다고 그녀는 불경 외듯 외웠다. 그녀의 방은 거실 바로 옆에 위치해 있어 도배 풀 냄새가 퍼져왔다. 아침부터 내리던 비는 그동안 참아왔던 것을 모두 쏟아내 듯 그치지 않고 있었다.

날이 밝자, 봄비는 전국을 적셔 미세먼지와 황사로 뿌옇던 세상을 개운하게 해 주었다. 부부는 약속한 정오가 되자 이제 자신들의 새 터전이 될 마트로 갔다.

"안녕하세요. 이렇게 아름다운 사모님이랑 같이 사시는 분은 어떤 분일까 궁금했는데 사장님도 훤칠하시네요." 마트 사장 전 씨가 능글맞게 말했다.

"예. 감사합니더."

"안녕하세요. 사모님, 오늘 저희가 인수인계 제대로 해 드리고 포스기 만지는 거랑 바코드 찍는 거 다 알려 드릴게요. 여기 물건 품목마다 들어오는 거래처가 꽤 많은데 이것도 하나, 하나 알려 드릴게요." 한 달 사이에 많이 야윈 전 씨 부인이 선심을 보며 말했다.

"네. 저희가 마트는 처음이라 아무것도 모르니까 잘 알려주세요. 근데 사모님 많이 야위셨네요. 몸이 더 안 좋아지셨나 봐요."

"여기 공기가 안 좋아서 그런지 더 안 좋아지긴 했어요. 이제 사장님, 사모님한테 넘겨 드리고 공기 좋은 시골로 들어가면 좀 좋아지겠죠." 전 씨 부인이 애써 웃음 지어 보였다.

"일단 잔금부터 받아도 될까요?" 전 씨가 말했다.

"저번에 드린 돈 빼고 나머지만 더 드리면 되죠? 보증금은 이따 집주인하고 해결하구요." 인터넷 은행으로 이체를 하거나, 휴대폰으로 이체하는 방법을 모르는 선심이 마트 안쪽에 있는 방으로 들어가 백만 원짜리 수표를 세었다.

"근데 사장님 여기 재개발 구역인 거 왜 얘기 안 해주셨어요? 잔금 드리기 전에는 얘기하실 줄 알고 기다렸는데 끝까지 얘기 안 하시네요." 선심이 공격 지점을 정확하게 보고 조준했다.

"네? 그게 사실은 저희가 여기서 5년을 했는데 들어오기 전부터 돌던 루머예요. 루머. 다 믿으실 필요 없어요." 만만하게 봤던 초식동물의 뿔에 찔린 듯 당황한 그가 말을 지어내며 말했다.

"아무리 루머라고 해도 저희 집주인이 이유 없이 이 동네에 집을 샀을 리는 없겠죠. 저희를 속이신 거나 마찬가지니까 권리금 깎아주세요. 재개발 구역이라고 미리 얘기해주셨으면 저희도 여기 안 들어오죠. 저희만 손해 보는 거잖아요. 제가 여기저기 자문을 구해봤는데 계약 전에 상대에게 알려야 할 사실을 알리지 않은 경우는 사기죄가 될 수도 있다고 했어요." 선심이 확실히 하기 위해 칼을 빼들었다.

"사모님, 아무리 그래도 잔금 치르러 와서 그건 너무 하신 거 아닙니까?" 전 씨가 역공에 당황하며 사정했다.

"아뇨, 사장님이 저희한테 너무하셨죠. 저희 먼저 낸 그 돈 못 받아도 괜찮아요. 안 깎아주시면 저희도 잔금 못 드려요. 저도 살 만큼 산 사람이에요. 이렇게 정직하지 못한 분한테 사업 넘겨받을 수는 없으니까 사장님이 결정하세요. 제가 몰랐으면 그냥 모르고 계약할 뻔했네요?" 자주 사기를 당했던 그녀는 자신의 뒤통수를 치고 자신의 피를 빨아먹는 족속들에게는 친절할 필요도 배려할 필요도 없다는 세상의 가르침을 비싼 값에 배웠다.

"네…… 그러면 그렇게 하지요. 계약서에 적힌 금액은 제가 수정하겠습니다."

안의 사정을 모르는 전 씨 부인과 진국은 인수인계에 한창이었다.

당당하게 승리를 거뒀다고 생각한 선심은 기쁜 표정을 숨긴 채 계약을 마치고 밖으로 나왔다. 그녀는 손님이 거의 없다는 월요일 낮이 계약일이라는 사실이 다행으로 여겨졌다. 인수인계를 다른 일에 방해받지 않고 할 수 있었기 때문이다. 자신이 원하는 대로 돈도 깎았으니 시작이 더 이상 좋을 수가 없다고 생각했다. 실수로 첫 단추를 잘못 끼운 것 같았으나 그녀 스스로가 바로 고쳐 끼워 놓았다고 생각했다.

"어차피 내일까지는 전 사장님이랑 사모님이 계속 같이 봐주기로 하셔서 시간이 조금 있으니까, 점심이라도 먹고 할까요? 점심은 저희가 살게요." 좋은 일이 생기면 늘 한 턱 내던 그녀가 말했다.

"그러면 저희가 감사하게 먹을게요. 오랜만에 저는 중식이 먹고 싶은데 중식 괜찮으세요?" 전 씨 부인이 다정하게 물었다.

"안녕하세요. 전산 담당자입니다." 30대 초반으로 보이는 젊은 남자가 자신을 전산 담당자라고 소개하며 마트 안으로 들어왔다.

"전산 담당자요? 뭐 전산에 문제라도 있나요?" 예상하지 못했던 손님에 선심이 당황했다.

"그런 건 아닙니다. 사업자가 자동으로 바뀌는 게 아닌 건 사모님도 아실 거고요. 전 사장님이 오전에 사업자등록 폐업신고를 하고 오셨다고 들었어요. 이제 사모님이 사업자 등록하고 오시면 카드결제 전산 시스템에 사업자 이름이랑 사업자번호가 바뀌어서 등록될 거예요. 작업은 금방 끝나니까 아직 사업자등록 신고 안 하셨으면 앞에 있는 세무서에 가서 하고 오세요." 전산 담당자가 친절하게 설명했다.

"예. 그런 거면 다행이네요. 저희 지금 식사하려고 하는데 담당자님 식사 안 하셨으면 저희랑 같이 식사하세요."

"네, 저도 아직 식사 전이라 그러면 같이 밥 먹겠습니다."

"배달이요! 짜장면 2개, 짬뽕 1개, 볶음밥 2개 맞으시죠? 어디에 놔 드릴까요?" 중식 배달부가 음식 놓을 곳을 찾지 못해 마트 안에서 서성였다.

"여기 자리가 좀 애매해요. 일단 여기 방 안에 놔주세요." 전 씨 부인이 방문을 활짝 열었다.

다섯 사람이 앉기에는 좁은 마트 방 안에서 낯선 사람들의 낯선 점심식사가 시작되었다. 전 씨는 자신이 불쾌하니 건드리지 말라는 듯 인상을 쓰고 서비스로 온 양파에 식초를 가득 부어 한 입 가져다 물었다. 전 씨 부인은 평소 양파를 즐겨 먹지 않는 전 씨를 보고 그의 눈치를 보느라 밥숟가락을 입에 가져다 대는 듯 마는 듯했다. 자신의 몸이 아픈데도 남편 눈치만 보고 있는 전 씨 부인을 보며 선심은 구슬픈 동정심이 들어 짬뽕 면발을 끊어내지 못하고 입으로 밀어 넣기만 했다. 불편한 자리임을 직감한 담당자는 아무 말도 하지 않고 볶음밥만 급히 먹었다. 생애 자신의 첫 가게를 가지게 된 진국은 여전히 들뜨고 긴장된 마음에 자극적인 자장면의 맛을 느끼지 못했다.

"뭐 이렇게 맛이 없어 먹을 게 못 되네." 전 씨가 먹던 자장면을 내려놓았다. 전 씨의 말 한마디에 나머지 네 사람도 자신이 먹던 것을 내려놓았다. 그들은 본능적으로 밥을 먹을 때가 아니라는 것을 알아차리고 하나 둘씩 밖으로 나갔다. 전 씨 부인과 선심은 '집사람'이어서 남은 그릇들을 정리했다. 젊은 남자인 전산 담당자마저 자신이 먹은 것을 스스로 치우는 습관은 없었다.

"저는 세무서에 다녀올게요." 선심이 남은 이들에게 말했다.

─

전산 담당자가 포스기 겸용으로 쓰고 있는 계산대의 컴퓨터를 만지려고 하자 전 씨가 말렸다.

"잠깐만요. 제가 아직 컴퓨터에 저장해 둔 걸 다 정리를 못해서요." 전 씨가 전산 담당자를 옆으로 밀고 컴퓨터를 만지기 시작했다.

"사장님 뭐하시는 건데요. 아, 씨 갑자기 컴퓨터 프로그램이랑 안에 있는 파일을 다 삭제하면 어떻게 해요. 저한테 물어보셔야죠." 담당자가 전 씨를 어린 학생 대하듯 다그쳤다.

"와 그라는데예? 무슨 일입니꺼?" 소란스러움을 옆에서 지켜보던 진국이 상황 파악이 안 되어 물었다.

"제가 컴퓨터에 쓸데없이 저장해 둔 게 너무 많은데 정리를 다 할 수가 없어서요. 어차피 제가 지우든 말든 상관없는 거 아닌가요?" 전 씨가 자신은 몰라서 한 일이라는 듯 뻔뻔하게 얘기했다.

"사장님 진짜 모르고 그러신 거예요? 여기 저장된 프로그램 안에 마트 바코드 품목 다 저장되어 있잖아요. 이거 2800개예요. 바코드만요. 다 날아갔어요. 이제 아무것도 못 찍어요. 아니 사장님 어쩌려고 저한테 물어보지도 않고 그러셨어요? 진짜 모르고 그러신 거 맞아요?" 10분이면 끝날 일이 12시간도 넘는 대 작업으로 바뀐 것에 분노한 담당자가 전 씨를 추궁했다.

"예? 바코드가 다 날아갔다고예? 그러면 여기 물건을 못 찍는다는 말입니꺼?" 그제야 상황 파악을 한 진국이 물었다.

"네. 지금 여기 마트 안에 있는 물건 중에 찍히는 거 아무것도 없어요. 이 바코드 기계가 컴퓨터랑 연동이 되어 있어서 이 기계를 물건 바코드에 갖다 되어야지 가격이 찍히고 카드 계산을 할 수 있는데 이 기계를 사용하지 못하면 신용카드는 받을 수가 없어요. 그리고 가격을 알 수도 없고요. 전 사장님이 다 외우고 계실 것 같지도 않네요. 아, 정말 큰일이에요." 담당자가 자기가 화를 당한 것처럼 걱정했다.

"그러면 저희 오늘 장사는 우짭니까? 오늘 사업 첫날인데예." 진국이 말을 잇지 못하고 망연자실했다.

"걱정 마세요. 사장님. 저희가 오늘 계속 옆에 있어 드릴게요. 웬만한 물건은 제가 다 알고 있으니까 손님 오시면 가격 알려드리고 계산 도와드릴게요." 전 씨보다는 그나마 양심적인 전 씨 부인이 진국을 달랬다. 그녀는 자신의 남편이 일부러 그랬을 것이라고는 생각도 못하는 듯 보였다.

"고맙습니더."

"당연한 거죠. 사모님, 그렇게 하는 게 도리죠. 이거 다시 복원하려면 12시간은 걸릴 거예요. 운 좋으면 오늘만 수기로 장사하고 내일부터는 바코드 찍을 수 있겠네요." 지켜보던 담당자가 진국의 편을 들며 말했다.

"우리가 왜 계속 같이 있어드려, 우리도 저녁에는 올라가야지. 대충 알려만 드리고 저녁에는 올라가자." 전 씨가 심술 난 얼굴로 부인에게 눈치를 보냈다.

"조금이라도 빨리 할 수 있게 제가 해드릴게요." 담당자는 보물처럼 지니고 다니는 USB를 컴퓨터에 연결했다. 컴퓨터를 사용해 본 일도, 사용할 필요도 없었던 진국에게는 순식간에 벌어진 일들이 큰 사고처럼 느껴졌다. 선심마저 없이 혼자서 겪은 그 상황이 그에게는 놀이동산에서 놀고 있던 자신이 엄마를 잃어버려 처음 와 보는 곳 한 복판에서 울고 있는 아이가 된 것 같은 기분이 들었다. 진국은 누군가로부터 예상치 못했던 공격을 당하거나, 불미스러운 일을 접하게 되면 말을 하지 않았다. 12시간이라고는 하나 본격적으로 시작해 보기도 전에 자신이 하려는 일에 문제가 생겼다. 그것은 곧 사업 실패로 이어질 수도 있다는 불안감이 그를 강타했다. 그는 실제로 얼굴을 가격 당한 사람처럼 얼빠진 모습으로 가게 밖으로 나와 마트 맞은편에 있는 건물 입구에 주저앉았다. 진국의 마음과 달리 하늘은 얄미울 만큼 푸르렀다. 그는 하늘을 올려다보았다. 자신만 세상 밖으로 꺼내 놓은 채 먼저 떠난 어머니가 갑자기 원망스럽게 느껴졌다. 그는 태어나 한 번도 어머니를 불러보지 못한 자신의 삶이 불쌍했다.

"엄마, 엄마" 진국이 솜사탕 같은 뭉게구름이 떠있는 세상 너머의 저세상을 향해 조용히 엄마를 불러 보았다. 아무런 응답이 없었다.

-

"여보, 거기서 뭐해?" 때마침 세무서에서 사업자등록 신고를 마치고 돌아온 선심이 진국을 불렀다.

"뭐, 좀 일이 생겼다고 그러네. 기가 차서 화도 안 난다."

"왜 무슨 일?"

"들어가 봐라."

"무슨 일이 생겼나요?" 선심이 마트 문을 열고 마트 안에 있는 세 사람에게 물었다.

"아, 전 사장님이 갑자기 컴퓨터를 만져야 한다면서 만지더니 컴퓨터에 저장되어 있던 품목 바코드 리스트가 다 날아갔습니다."

"그게 날아가면 어떻게 되는 건데요?" 진국과 마찬가지로 컴퓨터에 관해서나 마트에 관해서는 아무것도 모르는 선심이 순수한 눈빛으로 물었다.

"이 바코드 기계를 상품마다 있는 바코드에 갖다 대면 가격이 찍히고 그걸 손님들이 카드나 현금으로 계산을 하는 건데, 지금 다 맞춰놓은 상품 바코드가 컴퓨터에 하나도 남아 있는 게 없어서 손님이 와서 물건을 가져와도 가격을 모르거나, 카드 계산은 할 수가 없는 상태입니다." 담당자가 설명했다.

"그러면 어떻게 해야 돼요? 해결 방법은 있는 거예요?" 그녀는 호랑이 굴에 들어가도 정신만 차리면 살아 나온다는 어른들의 속담을 믿었다. 자신의 삶은 늘 그래 왔기에 이번에도 해결 방법이 있을 거라 믿고 침착하게 물었다.

"다행히도 제가 항상 가지고 다니는 파일들이 있기는 한데, 워낙 양이 많다 보니 운 좋으면 오늘 밤에야 완전히 정상적으로 기계를 사용하실 수 있을 것 같습니다."

"저희 오늘 장사 첫날인데……" 틀린 적이 없어 무서운 여자의 직감은 이 불행이 보복이라는 사실을 바로 알 수 있게 했다.

"저희가 도와드릴 거니까 너무 걱정 마세요. 기다리는 동안 제가 금방 외우실 수 있는 물건들 가격부터 알려 드릴게요. 밖에 계신 사장님도 들으시라고 안으로 불러주세요." 옆에 있던 전 씨 부인이 여전히 아무것도 모른 채 다정하게 말했다.

"지금 상태로는 그럼 카드결제 손님이 오면 그 손님은 놓치는 거네요?"

"여기는 그래도 사람들이 좋은 편이어서 동네 장사라고 현금 많이 주세요." 전 씨 부인이 선심을 달래듯 말을 이었다. 문제의 시발점인 전 씨는 자기와는 아무런 관계가 없다는 듯, 남의 집 불구경하듯 멀찌감치 서서 지켜보고 있었다.

"네. 알려주세요. 찬이 아빠, 들어오세요. 가격 듣고 물건 외워야 돼요. 가만히 앉아만 있다고 해결될 일은 아니니까 할 수 있는 건 뭐라도 해봐요. 장사 첫날부터 장사 망칠 수는 없잖아요." 선심의 부름에 진국이 가게 안으로 들어왔다.

"가게에서 제일 잘 팔리는 건 1.5리터짜리 콜라예요. 2600원이에요. 같은 크기의 사이다는 2700원이구요. 그다음으로 잘 나가는 건 여기 있는 두부예요. 이 봉지 두부가 맛있다고 동네 분들이 모두 인정해주셔서 1900원으로 다른 두부보다 비싼 편이긴 해도 들어오기 바쁘게 팔려요. 그다음으로 잘 나가는 건 우유 1000ml에요. 가격은 2600원이구요. 남는 건 없는데 그래도 우유는 일주일에 세 번 꽉 채워서 들어오고, 주말 되면 없어서 못 팔아요. 그리고 소주 가격은 1400원이구요. 밖에 있는 아이스크림 바 가격은 700원이고 콘 종류는 다 1000원이에요. 그다음으로 잘 나가는 게 계란인데, 이 계란은 저희가 영등포에서 직접 떼 오는 건데 유기농이라 알도 크고 맛도 좋아요. 한 판에 5000원이에요. 이 동네 사람들은 이 계란 맛이 다른 곳에서 싸게 파는 작은 계란이랑 다른 걸 알아서 이 계란만 사요. 자부심 가지고 파셔도 돼요. 계란을 포함한 모든 거래처는 저희가 다시 한번 더 알려 드릴게요. 그래도 저희가 양심적인 사람들이라서 오시기 전에 물건 다 가득 채워 놓은 거예요." 전 씨 부인이 하나하나 설명하며 자신은 좋은 사람임을 피력했다.

"찬이 아빠, 잘 들었지? 잘 기억해둬."

"어서 와요." 학교 수업을 마친 중학생들 4명이 마트 안으로 몰려들었다. 넓지 않은 가게에 9명이 있으니 번잡했다.

"사장님이 손님 받으세요." 전 씨 부인이 진국을 계산대 안으로 밀어 넣었다.

"안녕하세요. 어서 오세요." 찬미가 거울보고 웃으며 하루에 100번씩 연습하라고 했던 '안녕하세요. 어서 오세요.'를 처음 내뱉은 진국이었다. 그들은 콜라 한 캔과 콘 아이스크림 하나, 과자 하나, 그리고 이온 음료를 계산대 위에 올려놓았다.

"콜라 1000원, 아이스크림 1000원, 과자 1400원, 이온 음료 1600원." 옆에서 전 씨 부인이 가격을 불렀다.

"오천 원." 머리가 좋아 숫자 계산이 빠른 진국이 가격을 듣자마자 암산해서 말했다. 한 학생이 진국에게 카드가 아닌 지폐를 건넸다.

"봉지 필요하니?" 전 씨 부인이 물었다.

"아니요. 안녕히 계세요." 아이들은 각자 자기가 먹을 것을 챙긴 후 밖으로 빠져나갔다.

"찬이 엄마, 찬미한테 전화 좀 해도."

"찬미 지금 학교에 있을 건데······." 딸을 방해하고 싶지 않았던 선심이 망설였다.

"첫 장사부터 말아먹게 생겼는데 학교 수업이 뭐가 중요하노, 빨리 전화해서 오라 해라."

–

전산 담당자는 다른 거래처에 일이 있어 다녀온다고 자리를 비웠다. 마트에는 다시 넷만 남아 있었다.

"여보, 마트 계약서 다 작성했으면 건물 주인 불러서 우리 보증금 마무리하고 이 분들도 건물 주인이랑 하는 계약하실 수 있게 해 드리자."

"내가 3층 가서 할머니 모시고 올게" 전 씨가 마트 문을 열고 나가 건물에 있는 3층으로 올라갔다.

"준비 다 됐어요? 기다렸어요." 정수리를 한껏 부풀어 올려 머리가 부해 보이는 건물 주인이 오래된 3층 건물과 어울리지 않는 화려한 고딕 양식의 현관문을 열고 나와 전 씨와 함께 마트로 내려왔다.

"어머, 새로 온 분들인 가봐. 반가워요. 내가 더 살았으니까 말은 놓을게요. 괜찮나요? 호호, 어제 주사를 맞아서 크게 웃으면 안 되거든요." 집주인은 자신의 건물 1층에 내려오면서도 한껏 치장한 모습이었다. H라고 크게 적힌 명품 가방을 생명줄 쥐듯 소중하게 품은 그녀는 텔레비전에 출연하는 노년의 여성 배우들이 많이 입는 촘촘히 주름 잡힌 하얀색 원피스를 입고 있었다.

"안녕하세요. 잘 부탁드릴게요. 근데 사모님 세를 너무 비싸게 받으시는 거 아니에요?" 자신은 잃을 게 없는 막다른 길에 서 있다 생각한 그녀가 용기 내어 말을 꺼냈다.

"비싸긴, 이 동네 시세를 몰라서 그래. 여기 사람 아니지? 여기 강남이야. 그 가격을 받아야 나도 먹고살지 이 사람아. 그리고 여기 장사가 다른

데 보다 잘 되는 편이라서 월세 내고도 충분히 벌만큼 벌어."

"너무 비싸요. 월세 내려주세요." 선심은 자신이 늘 바보 같이 당하고만 살았던 일들을 떠올렸다. 그녀는 다른 사람들과의 관계에서 상대를 불편하게 하는 것이 스스로를 더 힘들게 한다고 생각하여 늘 자신이 당하는 쪽을 선택했다. 주변 사람들은 그녀를 바보라고 불렀지만 그녀는 그쪽이 더 마음 편했다. 그러나 이번에도 그러기에는 자신이 진국에게 가진 죄책감의 무게가 너무 컸다. 월세 부담을 줄여 진국의 첫 사업에 도움이 되고 싶었다. 주인 또한 계약을 하면서 재개발 구역에 대한 언급은 하지 않는 것에 화가 났다.

"세를 내려주면 나는 어떻게 하라는 거야, 그렇게 안 보이는데 사모님이 욕심이 많네."

"여기 재개발 구역인 거 왜 얘기 안 하셨어요? 계약서 쓰는 동안이라도 말하실까 봐 기다렸는데 끝까지 말 안 하셨잖아요. 저희가 미리 알아보지 못한 건 잘못인데, 그래도 살고 계신 분들이 계약 전에 미리 얘기해줘야 하는 건 당연한 거 아닌가요? 이거 사기 계약 아니에요? 제가 그냥 가만히 있을 줄 아세요? 계약 성사시키려고 일부러 숨기신 거잖아요." 선심이 전 씨에게 따질 때 보다 더 소리를 높였다.

"알았어. 알았어. 증말 어쩜 그렇게 사람이 욕심이 많아, 그 돈 아낀다고 뭐 대단한 부자나 되는 줄 알아? 하여튼 없는 사람들은 천박할 정도로 이기적이야. 나 같은 사람이나 되니까 깎아주는 거야. 계약서 쓸 때부터 이렇게 당돌하게 나오는 세입자는 내가 살다 살다 처음 보네. 목소리를 그렇게 높인다고 뭐 다 원하는 대로 되는 줄 알아." 주인은 자신이 평생 살아오면서 불리한 상황에 처할 때마다 힘없는 사람들에게 소리치던 사실을 까맣게 잊고 있는 듯했다. 대한민국에서는 목소리 큰 사람이 이긴다는 사실을 스스로도 알고 있을 터였다.

"다행히도 말은 통하는 분이네요. 그럼 다시 계약서 작성해주시죠." 그녀는 욕심 많은 사람이라는 집주인의 말에 억울했지만 변명할 가치가 없다고 생각했다. 그녀 스스로는 세상에 떳떳했고 그녀가 늘 다른 사람을 먼저 배려하거나 양보하면서 살아왔다는 기록 그 사실 하나는 하늘에 있는 신이 다 알아줄 것이라고 생각했다.

"자. 여기 있어. 고친 계약서. 뭐든 가게에 문제가 생기거나, 필요한 거 있으면 말해. 내가 다 고쳐는 줄게." 주인은 선심을 노려보다 갑자기 무엇인가 생각이 났는지 태도를 바꿨다. 선심은 자신을 속여 자신을 잡아먹으려던 하이에나 같은 인간들에게 맞서서 가족들을 위기에서 구해낸 일이 뿌듯했다. 하지만 자신이 하이에나의 먹이가 되지 않는 바람에 하이에나가 배고파질 것까지 걱정이 되기도 했다. 그녀는 전 사장에게서 돈을 깎았던 때와는 달리 기분이 좋지 않았다. 분명 자신들도 살아야 했기에 내린 당찬 결정이었다. 그럼에도 그 후에 겪은 마트 전산 일이 마음에 걸렸다. 마트 사장과 건물 주인이 그녀에게 재개발 구역 확정에 대해 말하지 않은 것은 분명 그들이 먼저 그녀를 공격한 것이었다. 그녀의 가족들이 언제 쫓겨날지 모르는 곳에서 불안에 떨며 영업하지 않을 권리, 그러니까 안정된 상태로 영업할 권리를 침해한 것이었다. 그녀는 자신의 행위가 정당방위일 뿐이며 그들이 먼저 그녀를 건드리지 않았다면 일이 이 지경까지 오지도 않았을 거라며 합리화했다. 하지만 마음은 금지된 것을 행한 것처럼 무겁고 불편했다. 그녀는 그저 늘 그랬듯 눈 뜨고 코 베여도 아무 말 않고 그런 일은 생긴 적도 없었다는 듯 지나갔어야 하는 건 아니었는지 고민하다 자신의 그런 천성이 업인지 복인지 알 수 없어 한숨만 내쉬었다.

-

그들이 보증금을 건네고 계약을 마치고 나오자 서둘러 온 찬미가 전 씨 부인에게 사정 얘기를 자세히 들은 후 물건 값을 듣고 종이에 기록하고 있었다.

"엄마, 일단 어떤 게 팔릴지도 모르고 이 분들이 계속 옆에 계셔주실 수 있는 것도 아니니까 인기품목이라고 하는 건 다 적으려고 해."

"그래, 딸이 아빠 좀 잘 도와줘. 다 하면 돼. 안 되는 일은 없어." 진국은 자기 일처럼 꼼꼼하게 처리하는 믿음직스러운 딸을 보며 조금 안도하기 시작했다. 시간이 5시가 넘어가자 집으로 귀가하는 손님들이 하나둘씩 들어왔다. 대부분의 손님들이 카드를 내밀어서 결제를 할 수 없는 상황이 이어졌다. 물건을 가져왔다가 사가지 못한 손님들이 진국 부부와 전 씨 부부에게 짜증을 냈다. 손님들은 계속 들어왔다. 전 씨 부인도 기억이 안 나는 상품의 가격이 있어 현금을 내려는 사람에게도 물건을 못 파는 상황이 벌어졌다. 괜찮을 거라 생각하여 대강 덮어두었던 상처 부위가 곪아 터지듯 상황은 갈수록 악화되었다.

"아무래도 이렇게는 장사를 할 수가 없을 것 같습니다. 제가 일부러 그런 건 아닌데 저 때문에 파일이 삭제된 건 사실이니까 제가 저녁 매출을 대충 감안해서 30만 원은 보상해 드리겠습니다. 오늘 장사는 포기하시는 게 나을 것 같습니다." 전 씨가 진국 부부에게 철수를 통보했다. 선심은 오늘을 위해 자신의 가게를 다른 사람에게 10만 원이나 되는 일당을 지불하고 맡기고 왔기에 허탈함을 이루 말할 수 없었다. 하지만 자신이 무작정 돈을 깎은 것 때문에 일이 이렇게 된 것이라는 낌새를 느껴 다짜고짜 따지고 들 수도 없었다. 그 과정을 알지 못하는 진국은 어안이 벙벙했고, 전 씨의 통보를 받아들일 수밖에 없었다. 전산 담당자에게는 전 씨가 전화를 한다고 했다.

"찬이 아빠, 먼저 올라가요. 나는 찬미랑 저녁거리 좀 사서 올라갈게요." 선심은 어깨가 무거워진 남편을 혼자 집으로 돌려보냈다.

"찬미야, 엄마가 어떻게 했어야 됐을까?"

"왜, 엄마 무슨 일인데?"

"어제 집 잔금 치르려고 부동산 가서 집주인 만났는데 여기가 재개발 정비 구역으로 지정됐다고 하는 거야."

"재개발 정비 구역? 그런 얘기 없었잖아."

"만약에 재개발 구역인 걸 알았으면 우리가 안 왔을까? 너도 같이 다녀봐서 알잖아, 여기가 그나마 제일 괜찮은 가격이고 위치였잖아."

"알았으면 우리가 조금 더 고민은 했을 거 같아. 우리가 조금은 알아봤어야 하는 거 아닌가 하는 생각이 들어도 이미 엎질러진 걸." 순간 선심은 잘 알아보고 하라며 걱정해주던 경수 할머니의 말이 떠올랐지만 이제 와서 자신도 잘못이 있다는 걸 시인하고 싶지 않았다.

"그렇지? 근데 아빠한테는 말해야 하나?" 고민하던 선심이 말했다.

"아냐, 아빠 여기 재개발 구역이라는 거 알면 난리부터 칠 게 분명해. 그러니까 아직은 말하지 말아. 오늘 아빠 표정 보니까 진짜 화나 보이던데, 오늘 같은 날은 더 말하면 안 돼." 찬미가 당부했다. 장보는 일을 마치고 돌아온 모녀가 저녁을 준비했다.

"아빠, 아무리 장사 첫날이어도 이럴 수도 있는 거지. 그냥 액땜했다고 생각하자. 덕분에 우리 셋이 또 저녁 먹잖아." 찬미가 진국을 위로했지만 진국의 머릿속은 첫 단추가 잘못 끼어졌다는 불안감으로 가득 차 딸의 위로가 들어오지 않았다.

-

다음 날 부부는 이른 아침부터 자신들이 인수한 마트로 향했다. 지불해야 할 잔금을 모두 내어 주었음에도 열쇠는 전 씨가 가져간 것이 아침부터 진국을 더 언짢게 만들었다. 먼저 도착한 진국 부부가 셔터가 내려져 굳게 닫힌 나눔 마트 앞을 서성였다.

"일찍 나오셨네요." 아무 일도 없었다는 듯 전 씨가 부부에게 인사를 했다.

"자물쇠 열고 들어오시면 제일 먼저 컴퓨터부터 켜시면 되세요. 어제 켜놓고 가서 오늘은 따로 켤 필요는 없겠네요. 가게 전등은 총 8개인데 스위치는 두 방 앞에 각각 하나씩 있으니까 불 켜시고, 술 냉장고부터 해서 왼쪽으로 돌면서 냉장고들 전원 다 켜시면 돼요. 보시는 대로 안에 있는 냉장고는 총 7개입니다. 그리고 물건은 저희가 나름대로 잘 구분해서 정리해 둔 거니까 물건 자리 기억해두셨다가 이대로 채워 두기만 하면 됩니다. 여기 안 쓰는 방은 저희가 물건 넣는 창고로 이용하고 있으니까 필요한 물건은 여기 창고에서 꺼내서 넣으시고요. 바코드만 찍히면 가격은 다 나오니까 걱정 마세요. 저희는 영등포에 물건 떼러 가는 김에 채소 시장이랑 청과 시장에 가서 채소랑 과일도 가져와서 팔았어요. 그리고 모든 상품이 업체에서 배송받는 것 보다 영등포 도매시장에 가서 구매하시는 게 더 저렴하니까 조금 번거롭더라도 영등포 이용하세요." 간밤에 마음에 어떤 변화가 있었는지 알 수 없는 전 씨가 다소 친절해진 어투로 선심에게도 말하지 않았던 마트 운영 팁을 세세하게 설명했다.

"지금은 너무 이른 시간이어서 전산 담당자가 못 오니까 제가 대충 볼게요." 전 씨가 계산대 앞에 놓인 찹쌀떡 하나를 들고서는 바코드 기계를 바코드에 갖다 대자 빨간색 레이저 불빛이 나오면서 띠 하는 소리가 났다.

"되네요. 우리 사장님이 이 바코드를 찍어보지는 않았을 것 같으니 아무 물건이나 갖다가 바코드 찍는 연습이라도 하세요." 전 씨가 진국을 보며 어린아이 가르치듯 얘기했다. 진국은 라면 구역 옆에 있는 즉석조리식품 구역에서 참치 하나를 가져와 바코드 찍는 연습을 했다. 그는 오른쪽 손이 아직 굳어 있어 왼손으로 물건을 잡고 오른손에 바코드 기계를 갖다 대야 했다. 물건이 작은 상품들은 바코드 크기도 작아서 찍기가 여간 불편한 게 아니었다.

"안녕하세요." 출근 중인 직장인이 정장 차림으로 캔 커피 하나를 꺼내 계산대 앞으로 들고 왔다.

"어? 사장님 이제 바뀌시나 봐요."

"네. 안녕하세요. 제가 이제 새로 하게 됐습니다, 잘 부탁 드립니더." 진국은 자신의 손님에게 잘 보이고 싶어 어색한 웃음을 지어 보이며 대답했다. 그가 캔 커피의 바코드를 찍어보기 위해 바코드 기계를 상품 바코드에 갖다 대었으나 생각처럼 잘 찍히지 않았다.

"사장님, 제가 출근길이어서 조금 급한데 빨리 해주시면 안 될까요?"

"예…… 제가 처음 만져봐서 잠깐 만예." 진국이 긴장하기 시작했다. 그는 손을 바꿔 보기도 하고 커피를 돌려보기도 하면서 이래저래 움직여 보았다. 그러나 찍히지 않았다. 보다 못한 전 씨가 진국의 손에서 바코드 기계를 뺏어서 가격을 찍었다.

"1100원입니다." 당황한 진국을 앞에 두고 말했다.

"역시 사장님, 그냥 사장님이 계속하시면 안 돼요? 여기요. 1100원 안녕히 계세요." 손님이 아무 생각 없이 말을 내뱉고 자리를 떴다. 옆에서 그 모습을 지켜보던 선심은 진국이 가야 할 여정이 비바람을 뚫고 흑해를 지나가는 것 같은 깜깜하고 거친 길일 것이 느껴졌다. 그녀는 미약한 안쓰러움과 미진한 두려움에 사로잡혔.

"저희가 아직 아침을 안 먹고 나와서요. 원래는 가게에 와서 방에서 차려 먹었는데 이제 그럴 수는 없으니까 집에 가서 밥 좀 먹고 오겠습니다. 바코드 연습 좀 많이 하셔야겠네요. 이게 그렇게 어려운 일은 아닌데, 사장님 손이 그러셔서 더 서투시네요." 무시와 위로의 경계선에 있는 애매한 말을 마친 전 씨와 가만히 지켜보기만 하던 전 씨 부인은 자리를 떠났다. 진국은 깊은 한숨을 내쉬었다.

"찬이 아빠, 처음인데 손도 불편한 사람이 하려면 어려울 수도 있지. 천천히 연습해 봐요. 나는 오후에는 식당에 가봐야 하니까 손님 없을 때 물건 뭐 있는 지도 보고 바코드 찍으면서 가격도 좀 외워 봐요. 전 사장 말처럼 물건은 영등포에서 가져오는 게 더 낫다고 하면 내가 물건 사 오면 돼요. 나는 물건 명세서 보면서 물건 가격 좀 확인해 봐야겠다." 나이보다 일찍 원시가 찾아온 선심이 가방에서 안경을 꺼내 끼고는 전 씨가 보라며 두고 간 물건 명세서의 원가와 품목을 확인하고 있었다. 진국은 아무 말도 하지 않고 계속 물건을 꺼내 바코드를 찾아보고, 바코드를 찍어보며 가격을 확인했다. 그러나 처음 잡아보는 낯선 기계는 병으로 고장 난 오른손을 놀리듯 자기 마음대로 움직였다.

9시가 넘어가자 전산 담당자가 도착했다. 전산 담당자는 진국에게 간단한 인사를 건넨 후 컴퓨터를 확인하고 사업자등록 교체 작업을 시작했다. 작업에는 10분밖에 걸리지 않았다. 빨리 처리될 수 있는 작업이 그의 첫 장사를 허탕 치게 한 것 때문에 진국은 계속 기분이 좋지 않았다.

 "사장님, 제가 말씀 안 드리려고 했는데 전 사장님은 그렇게 좋은 사람은 아니었어요. 왜인지는 몰라도 이거 일부러 삭제하신 거예요. 이 컴퓨터 관리를 계속 제가 했는데 특별히 지울 것도 없어요. 사적인 거나 뭐 자료 같은 걸 쓸 수 있는 컴퓨터 사양도 안 되고요. 키보드 자체가 워낙 오래되어서 자판이 잘 눌러지지도 않는데 자기가 이 컴퓨터로 만들어 보관할 게 뭐가 있겠어요. 저도 사장님이 갑자기 그러실 줄은 몰랐어요." 담당자가 진국에게 전 씨를 고자질했다. "일부러 그랬다고예? 굳이 왜 그러셨겠습니꺼, 실수일 겁니더." 진국은 사람을 잘 믿지 않았다. 그렇다고 해서 사람을 의심하지도 않았다. 모든 사람은 자기의 사정이 있다고 생각했다. 그래서 그는 다른 사람이 자신에게 나쁜 짓을 해도 겉으로는 크게 비난하거나 화를 내지 못했다. 한 평생 남들 눈치를 보느라 싫은 소리는 못하고 살아온 그 특유의 어쭙잖은 우유부단함 때문이었다.

 "실수일 수가 없다니까요. 새 사장님 진짜 순진하시네. 아무튼 저는 이만 가보겠습니다." 담당자가 머리를 긁적였다.

 "고생 많으셨습니다. 그래도 이제라도 다른 문제 없이 잘 처리돼서 다행이라예." 진국은 음료 냉장고에서 비타민 음료 하나를 꺼내서 담당자에게 주었다.

 "감사합니다. 혹시 카드 기기나 컴퓨터에 문제 생기면 언제든 전화 주세요. 제 전화번호는 바로 그 컴퓨터 모니터에 붙여져 있어요."

"그럴게요. 감사합니대이." 진국은 다시 연습을 시작했다. 11시가 넘어서야 전 씨가 마트에 다시 왔다. 그러다 한 시간도 안 돼서 자신은 볼 일이 있다며 다시 나갔다. 정오가 지나자 선심도 가게에 가야 한다며 진국을 남겨두고 마트를 나섰다. 진국은 바코드 찍기에 몰두하느라 점심도 건너 띄었다. 오후 3시가 지나자 어제 왔던 중학생들이 들렀다. 진국은 다소 긴장했지만 스스로 마음을 다 잡고 똑바로 서 있었다.

"안녕하세요. 어, 어제 봤던 아저씨네. 이제 완전히 새로 들어오셨나 봐요."

"네, 반갑습니대이." 진국은 중학생들에게도 존대어를 썼다. 그들은 라면 두 봉지와 과자 한 봉지 그리고 우유 하나를 올려놓았다. 연습을 한다고 해도 그들이 가져온 물건은 아직 찍어본 적 없는 물건이어서 바코드 위치가 보이지 않았다. 학생들은 자기들끼리 얘기를 나누며 기다렸다. 진국에게는 그들끼리 나누는 대화가 자신을 덜 긴장하게 해주는 안정제 같았다. 과자와 우유는 겨우 찾아내 가격을 찍었으나 라면 두 개는 어떻게 처리해야 할지 몰랐다. 같은 물건은 한 번만 찍고 포스기 숫자판에서 수량을 누른 후 확인 버튼을 누르면 된다고 아무도 얘기해주지 않았다. 라면 가격을 찍은 진국은 라면 두 개를 더한 가격과 나머지 상품의 가격을 암산했다.

"4200원입니다."

"봉지에 좀 넣어주세요." 학생 한 명이 돈을 주며 말했다. 전 사장 부부가 분명히 인수인계를 한다고 했으나 아무도 진국에게 어떤 봉지에 어떤 물건을 담아야 하는지 알려주지 않았다. 진국은 당황스러웠다. 계산대 옆 벽면에는 8개의 고리가 있었고 그 고리에는 비슷해 보여도 모두 다른 크기와 재질의 검정 비닐봉지가 걸려 있었다. 마음이 급해진 진국은 아무거나 잡아당긴 후 손가락에 침을 묻혀 봉지를 열고 물건을 담았다. 바코드를 찍는 것만큼이나 물건 담는 일이 쉽지 않게 느껴졌다.

"여기 있습니다. 잔돈 800원 하고예. 안녕히 가세요." 어설프게 물건을 담은 진국이 학생들에게 봉지와 잔돈을 건넸다.

"여보세요? 아빠다. 오늘도 어제처럼 마트에 좀 와줘야겠다." 답답함을 느낀 진국이 딸을 호출했다. 찬미는 오자마자 눈에 보이는 모든 물건의 가격을 찍어보기 시작했다.

"니는 왜 그렇게 쉽게 하노?"

"아빠, 나 예전에 서점에서 아르바이트했다 아이가. 책 정리하면서 계산도 같이 해서 바코드 많이 찍어봤지."

"그러면 그냥 이거 니가 하면 되겠네." 진국이 일을 능숙하게 해내는 딸을 보며 농담을 던졌다.

"어. 나중에 내 공부하기 싫어지면 대학원 그만두고 아빠 가게 뺏어서 할게." 찬미도 농담을 되받아쳤다. 딸이 오자 진국은 답답했던 기분이 조금 나아지는 것 같았다.

―

5시가 지나자 퇴근하는 직장인들이 마트에 들어왔다. 오후에 다시 오겠다던 전 씨는 오지 않았다.

"안녕하세요. 어? 사장님 바뀌셨어요?"

"예. 안녕하세요. 어제부터 제가 새로 왔습니다. 잘 부탁드립니대이." 40대 후반으로 보이는 남자 손님이 소주 4병을 들고 계산대에 왔다. 진국이 소주병을 불편하게 잡았다. 바코드를 찾기 위해서였다. 손님이 보기에 바코드도 찍지 못하는 진국이 아슬아슬해 보였다. 바코드를 겨우 찍은 후에는 계산을 해야 했는데 포스에는 소주 한 병 가격인 1400원만 찍혀 있었다. 손님은 카드를 건넸다. 카드를 결제하는 방법은 전산 담당자가 알려주었으나 4병 가격을 찍는 방법을 몰랐던 진국이 당황하여 땀을 뻘뻘 흘렸다.

"아빠, 내가 소주 세 번 더 찍었어요. 제가 결제할 테니까 아빠는 담아주세요." 찬미가 빠르게 끼어들었다.

"죄송합니다. 저희 아빠가 마트를 처음 하셔서요." 그녀가 손님에게 웃으며 양해를 구했다. 손님은 괜찮다며 기다려주었다. 하지만 진국이 어느 봉지에 술을 담아야 할지 몰라 작고 얇은 봉지를 꺼내서 담기 시작하자 손님의 표정이 굳어갔다.

"아니, 아저씨. 처음이셔서 서툰 건 이해하겠는데 여기 담으시면 제가 들고 가다가 소주 다 깨져요. 이런 건 누가 가르쳐주지도 않았어요? 모르시면 배우든가, 연습을 하든가 하셔야지. 이래서 장사하겠습니까?" 손님은 어설프고 어색한 진국을 얕잡아 보고 숨겨둔 이빨을 드러내 자비 없이 깨물었다.

"죄송합니다. 제가 다시 담아드릴게요.. 아빠 잠깐만." 찬미는 뒤에서 봉지를 만져본 후 굵게 느껴지는 커다란 봉지를 꺼내서 다시 담았다.

"죄송합니다. 오늘이 처음이셔서 그런 거니까 이해해주세요. 안녕히 가세요." 진국은 또 깊은 한숨을 쉬었다. 선심의 말처럼 손님은 많은 편이었다. 퇴근 시간이 되자 낮에는 한산하던 길이 북적이기 시작했고 마트에 들어오는 손님들도 많아졌다. 손님이 한 사람뿐일 때는 진국이 계산을 했고 사람이 여러 명 들어오면 찬미가 계산을 했다. 찬미는 계산이 빠른 편이었고 포스를 능숙하게 다룰 줄 알았다.

"안녕하세요. 어? 사장님 또 바뀌셨나 봐요?"

"안녕하십니꺼, 근데 또요?"

"네. 저번 사장님도 1년 조금 넘게 하셨나? 그랬는데 또 바뀌셨네요."

"1년 조금 넘었다고요? 5년이 아니고예?" 진국이 믿을 수 없다는 듯 되물었다.

"에이, 제가 여기서 나고 자라서 이 동네 잘 알아요. 그 파마한 남자 사장님 말고 그전에 하던 할머니 사장님이 5년 하셨죠." 전 사장은 이곳에서 5년이나 있었다고 말했고 선심은 그 말을 진국에게 전했다. 손님 얘기를 들으니 전산 담당자가 한 말이 머릿속을 스쳐갔다.

"저는 몰랐습니다."

"어머, 제가 괜히 얘기했나 봐요." 손님은 자신이 사려고 했던 상품을 가지러 가게 뒤편으로 사라졌다. 그리고 다른 손님이 들어와서 김 한 봉지와 맥주 한 캔을 계산대 앞에 올려뒀다. 찬미는 화장실에 간 상태였다. 손님과 간단한 인사를 건넨 진국이 김을 찍기 위해 바코드를 찾아보았으나 아무리 찾아봐도 바코드가 보이지 않았다. 마음이 급해진 진국이 맥주를 먼저 찍고 김은 1500원이라며 대충 가격을 불러댔다. 손님이 지갑에서 현금을 꺼냈기 때문이다. 그리고 또 아무런 봉지나 꺼내서 물건을 담은 후 겨우 손님에게 줬다.

"사장님 이거 계산이요." 진국에게 전 씨의 거짓말을 밝힌 여자 손님이 맥주 6개가 든 팩 맥주를 가져왔다. 그는 6개가 함께 들어 있는 팩 맥주는 본 적이 없어서 어떻게 잡아야 할지, 바코드가 어디 있는지를 알 수 없었다.

"이거 뒤집어 보시면 밑에 바코드 있어요."

"예. 감사합니대이. 첨이라서예." 진국은 겨우 바코드를 찍고 아무 봉지나 꺼내서 손에 침을 묻혀 벌린 뒤 맥주는 뒤집어 넣었다. 마음이 급한 그가 할 수 있는 최선이었다.

"아빠, 맥주를 뒤집어서 넣으면 어떻게 해요." 화장실에서 돌아온 찬미가 그 광경을 보고 재빨리 뛰어와 맥주를 원상태로 다시 담았다.

"죄송합니다. 카드 결제세요?"

"네. 카드요." 찬미는 손님이 준 카드를 받아 결제를 마친 후 카드와 영수증을 함께 줬다.

"영수증은 버려주세요. 근데 사장님 좀 걱정되네요. 잘하실 수 있을 지요."

"걱정해주셔서 감사합니다. 안녕히 가세요. - 걱정은 무슨 걱정, 당연히 잘할 수 있지. 그지 아빠?" 손님이 한 말을 이어받은 찬미가 진국을 보며 물었다.

"몰라, 벌써부터 지친다."

"저, 조금 전에 김 사간 사람인데요. 이 김 날짜가 지났네요?" 조금 전의 손님이 들어와 말했다.

"예? 제가 한 번 볼게요." 찬미가 김의 날짜를 확인해 보았다. 2개월이나 지나 있었다. 김을 잡는 손잡이에 날짜가 작게 찍혀 있어 자세히 보지 않으면 보이지 않았다.

"죄송합니다. 바로 환불해 드릴게요. 저희도 확인을 못 했어요. 정말 죄송합니다. 아빠, 아까 이거 얼마 받았어?"

"1500원. 여기 내드릴게요. 정말 죄송합니다." 진국도 고개 숙여 사과했다. 손님이 불쾌한 표정을 지으며 마트를 나갔다.

"안 되겠다. 내가 김 쪽에 가서 유통기한 한 번 보고 올게." 찬미가 몸을 움직였다. 김은 마트 제일 끝 편 선반에 있었는데 종류가 꽤 많았다. 그녀가 하나하나 살펴보니 유통기한이 훨씬 지난 상품이나 곧 다가오는 상품이 많았다. 찬미는 이미 지칠 대로 지쳐 있는 아빠에게 물건의 유통기한이 지났거나, 곧 다가와서 판매할 수 없는 것들이 많다고 말할 수 없었다. 손님들은 계속 들어왔다. 진국은 손님들이 가져오는 물건의 바코드를 바로 찾지 못해 계산하는 시간이 오래 걸렸다. 카드 결제인 손님들은 더 오래 걸렸고 봉지에 넣는 것마다 크기와 용도가 맞지 않아 손님들이 계속 불평을 했다. 계산 줄이 길게 밀리자 찬미가 계산대로 와서 계산을 시작했다.

"할아버지가 일을 처음 해보시는 것 같은데 그냥 따님이 하지 그러세요. 어떻게 물건 하나 계산 못해서 사람들을 이렇게 줄을 서게 만듭니까? 나이 드셨으면 집에서 쉴 것이지 왜 나와서 이렇게 남들한테 피해를 주는지 참." 제일 끝에 있던 손님이 계산중인 찬미를 향해 말했다.

"4400원입니다. 감사합니다. 죄송합니다. 안녕히 가세요. 손님, 죄송하지만 할아버지가 아니라 저희 아버지세요. 오늘이 처음이셔서 그러니까 양해 좀 부탁드릴게요." 다른 손님의 계산을 마치며 인사를 하던 찬미가 이제 환갑인 자신의 아빠를 할아버지라 부르는 손님에게 화가 났다. 그렇게 속이 좁아서 이 세상을 어떻게 살아가느냐고 말하려다 아빠를 생각해서 참고 돌려서 말했다. 옆에서 다 듣고 있던 진국도 화가 났다. 하지만 자신이 못하는 것이 사실이므로 아무 말도 할 수 없었다. 어느새 밤 10시가 지나가고 있었다. 아침 8시에 나와 점심과 저녁을 먹지 못한 진국에게 찬미가 마트에서 파는 빵 하나를 건넸다. 진국은 먹지 않았다. 진국은 말을 하지 않았다. 그러다 갑자기 마트 밖으로 나갔다.

　사실 그 모습은 이미 예견된 참패였다. 변화를 좋아하지 않는 진국은 한 곳에 머무르기를 선호했고 한 직장에서 30년간 일을 했다. 누군가는 진국의 일을 일용직이라 불렀고, 또 다른 누군가는 무직이라 했다. 하지만 진국은 이사 업계에서 실력 좋고 인성 좋은 이 반장으로 통했다. 어디서든 일손이 부족한 날이면 소망 익스프레스의 이 반장에게 전화를 걸었다. 이 반장이 다른 일을 하고 있어서 불러주는 곳에 갈 수 없을 땐 자기 이름을 걸고 믿을 수 있는 사람을 추천해 보내기도 했다. 그랬던 그가 살면서 생각해 보지도 못한 장사를 그것도 마트라는 곳을 쉽게 해낼 수 있을 리는 만무했다. 진국을 모르는 낯선 사람들은 진국을 무시했다. 건강했던 그의 오른손이 마비가 덜 풀려 정상인처럼 손을 쉽게 쥐고 펼 수 없다는 사실도 그를 고통스럽게 했다. 가족들은 진국을 과대평가했다. 아니 마트를 과소평가했다. 몸이 불편해도 물건을 계산하고 파는 일은 수월하게 할 수 있을 거라 생각했다. 그들은 마트를 시작하기 전 마트에 관해 따로 알아보지 않았으며 무엇을 준비하고, 어떻게 접근해야 하는지에 대해서도 고민하지 않았다. 그저 가만히 앉아 가격을 확인하고 돈을 받으면 된다고만 생각했던 것이다. 물건의 유통기한이나, 진열 상태, 혹은 물건의 신제품과 거래처 사람들과의 밀고 당기기와 같은 일들은 상상도 하지 않았다. 다른 직업을 우습게 보고 쉽게 접근한 대가는 한 여름에 불어 닥친 태풍처럼 강했다. 자기가 생각한 대로 일을 추진 해야 하는 선심의 탓도 있었다. 진국과는 함께 의논하지 않고 찬미와 둘이 마트에 콩깍지가 씌어 좋은 점만 보고 결정했기 때문에 콩깍지가 벗겨진 후의 현실이 더 처참할 수밖에 없었다.

"엄마? 언제 와? 큰일 났네. 손님이 김 하나가 유통기한이 지났다고 가져왔는데 가서 보니까 유통기한이 이미 지났거나 다 되어 가는 물건들이 수두룩해. 왜 그런 거 있잖아. 바퀴벌레 한 마리가 보이면 그 집 안에는 이미 바퀴벌레로 가득 차 있다는 거, 그런 느낌이야."

"일단 들어가서 얘기하자. 아빠도 알아?"

"아니, 말할 새도 없이 바빴고, 말할 수가 없었어. 아빠 엄청 우울해 보이던데, 아빠는 아빠대로 걱정이야. 아빠 이 일 못할 것 같은데 우리 어떻게 해?"

"너무 걱정하지 말고 닥치는 대로 하나씩 해결해 보자. 처음이니까 아빠가 힘들어하는 건 당연한 거야. 엄마 좀 늦는데 네가 아빠 잘 달래 드려."

"응, 나도 내일 학교 가야 해서 오전에는 같이 못 있는데 걱정이다. 정말……"

"괜찮아, 잘 될 거야. 그렇게 믿어야 한다." 선심이 애써 딸을 위로했다.

"알았어. 일단 끊을게." 갑자기 불안해진 찬미가 전화를 끊고 가게 밖으로 나가서 아빠를 찾았다. 그러나 그는 보이지 않았다. 그녀의 마음과는 다르게 하늘을 수놓은 수많은 별들은 얄미울 만큼 아름다웠고, 불 꺼진 방의 야광 스티커처럼 유난히 더 반짝거렸다.

"아빠, 아빠?" 찬미가 불안해진 마음에 울먹이며 아빠를 불렀다. 밤이 늦어지자 동네에 흐르던 생기는 사라져 있었다. 그녀가 신고 온 구두 소리가 울렸다. 또각또각 거리는 소리가 사람들의 휴식을 방해하는 소음이 되어 조용한 동네를 깨웠다. 아빠를 애타게 부르는 찬미 목소리가 산 메아리 퍼지듯 퍼져 나갔다.

"아빠, 아빠?"

2부

고독은 일곱 겹이나 싸여 있다.
어떤 것도 뚫을 수 없다.
사람들 친한 친구들이 있는 곳으로 가 본다.
그러나 더 많은 고립감이 있을 뿐이다.
어느 누구도 따뜻한 눈으로 반겨주지 않는다.
기껏해야 일종의 반역이 있을 뿐이다.
나는 그러한 반역을 정도에 있어서 차이는 있지만
나에게 가까운 모든 사람들로부터 받았다.
갑자기 다른 사람에게서 거리감을
느끼게 하는 것보다 심하게 사람을
상하게 하는 것은 없다.
〈선악을 넘어서〉, 프리드리히 니체

구원

바야흐로 초록의 세상이 도래했다. 불과 며칠 전만 해도 싱그러운 꽃향기를 내뿜으며 형형색색 자신들의 아름다움을 자랑하던 꽃나무들이 어느새 초록이 되었다. 5월이 되자 양서산을 찾는 등산객들이 많아졌다. 산은 진국이 운영하는 마트 동네를 끼고 있었다. 아침잠이 없는 진국은 7시면 문을 열었다. 양서동 진입로를 이용하는 등산객들은 진국의 마트에 들러 간식을 사서 가고는 했다. 그리고 등산객 손님들이 지나가고 나면 동네는 퇴근 시간까지 텅 비어 있었다. 마트에도 손님이 오지 않아 전 사장은 문을 닫고 다른 볼일을 보고 왔다. 그와는 달리 진국은 잠시도 가게를 비우지 않았다.

"안녕하세요. 밑에 있는 교회에서 왔어요. 마트 새로 인수하셨다고 들어서 인사드리려고 들렸어요. 정 영숙 권사라고 합니다." 조막만 한 얼굴에 백설기처럼 하얀 피부를 뽐낸 정 권사가 웃으며 들어와 낭랑한 목소리로 인사했다. 중천에 뜬 해가 그녀를 비추었다.

"아, 예. 안녕하세요." 손님인 줄 알고 반갑게 맞이하려던 진국이 미소를 거두었다. 정 권사가 들어올 때 비친 해가 진국의 눈시울을 찌푸리게 만들었다.

"낮에는 동네가 정말 한산하죠? 이거 저희 교회 다른 권사님 집에서 만든 떡인데 하나 잡숴 보세요." 정 권사가 환하게 웃으며 진한 녹색의 쑥떡

한 팩을 계산대 위에 올렸다.

"아닙니더, 안 주셔도 됩니더." 진국이 정 권사의 목적을 한눈에 알아보고 떡을 거절했다.

"아이, 그러지 마시고 그냥 드셔주세요. 우리 예전에 이사하고 하면 떡 돌려서 먹고 그랬잖아요. 그냥 그런 동네 사람 성의라고 생각해주시면 좋겠어요. 그럼 또 올게요. 다음에는 물건 좀 살게요. 안녕히 계세요." 그녀는 받는 사람의 거절이 익숙한 일인 양 무안해하지도 않고 다음에 다시 오겠다는 말을 하고 나갔다. 진국은 계산대 위에 있는 떡을 안 쓰는 선반 한편에 밀어 넣고 보고 있던 텔레비전 채널을 돌렸다.

"사장님~~, 사장니이이이임." 문 앞에서 애교 섞인 여자의 목소리가 들렸다. 진국은 고개를 숙이고 한숨을 쉬었다.

"나온다고 하던 할아버지 돈이 아직 안 나왔어요. 오늘 외상 한 번만 더 할게요. 네?" 정환 할머니라고 불리는 사람이었다. 진국보다 10살은 더 많아 보이는 할머니는 진국에게 애교를 부리며 노상 외상을 해갔다. 전 씨는 자신의 애교를 좋아했다며 진국에게도 목소리 톤을 높여 애교를 부렸다. 진국의 삶에는 애교라고 불리는 것이 존재해 본 적이 없어서 할머니의 과한 애교가 부담스럽고 불편했다.

"준다고 하시는데 믿고 기다려야지 제가 별 수가 있겠습니꺼, 필요하신 거 가져오이소." 진국은 싫은 소리를 못하는 사람이어서 할머니의 요구를 거절할 수가 없었다. 할머니는 진국의 말이 떨어지기 무섭게 마트 이곳저곳으로 자리를 옮기면서 물건들을 한 움큼 안고 진국이 서 있는 계산대로 왔다.

"참치 큰 거 2700원, 라면 멀티 팩 4000원, 초콜릿 케이크 과자 4200

원, 도시락 김 묶음 세트 3500원, 맛살 1700원, 이온 음료 1.5리터 2700원이네요. 총 18.800원입니다." 바코드 기계에 조금 익숙해진 진국이 가격을 찍고 말했다.

"어머, 이만 원도 안 되네. 그럼 잠깐만요." 잔여 액이 남으면 사용할 수 없는 기프트카드를 사용하듯 그녀는 금액을 맞추려고 했다. 그리고 문 밖에 있는 아이스크림 구역으로 가서 냉장고 위에 올려진 바구니에 아이스크림을 한가득 담기 시작했다. 진국은 가게 안 유리문으로 그 모습을 보고는 그저 한숨만 내쉬었다.

"이것도 같이 해주세요. 사장니임."

"총 16개네요. 11200원 더해서 삼만 원입니다." 팥으로 만들어진 아이스크림 10개와 멜론 맛이 나는 아이스크림 6개였다. 첫날의 악몽이 있은 후 찬미가 포스기 사용하는 법을 어디선가 배워 와서 진국에게 하나, 하나 가르쳤다. 진국이 헷갈려할 때마다 찬미가 옆에서 될 때까지 하게 했다. 어린 시절 찬미가 두 발 자전거를 탈 수 있게 자전거 뒤를 잡아주던 아빠의 역할이 바뀌어 딸이 아빠의 뒤를 잡아주고 있었다. 같은 물건은 한 번만 찍은 후 수량을 입력하면 되었다. 그 쉬운 방법을 터득한 진국은 이제 물건을 많이 찍는 것을 겁내지 않았다.

"사장님, 나 한 손으로 다 못 들고 가니까 봉지 세 개에 나눠서 담아줘요. 튼튼한 봉지루다가 주면 더 좋겠어." 그녀가 말하는 튼튼한 봉지는 술이나 무거운 액체류를 담을 때만 쓰라고 선심이 알려주었다. 튼튼한 봉지는 값이 비쌌다. 아이스크림이나 과자, 식품을 담는 얇은 봉지가 따로 있었으나 할머니는 늘 물건의 양과 맞지 않는 크고 튼튼한 봉지를 요구했다. 그녀는 진국의 마트에서 가져간 검정 봉지를 깨끗하고 반듯하게 펼쳐 모아 윗동네에 있는 반찬 가게에 팔았다.

"역시 사장님은 사람이 정말 좋으셔. 고마워요. 사장님 돈 나오면 꼭 갚을게!" 할머니는 진국이 쓴소리를 못하는 것을 알고 이용하기 시작했다. 그녀의 말처럼 전 씨도 외상을 해주긴 했다. 그러나 전 씨는 할머니의 외상이 잦아질 때마다 더 이상은 안 된다며 거절할 줄도 알았고, 돈을 늦게 줄 때마다 할머니를 재촉하기도 했다.

"예전 외상값이랑 다 합하면 지금까지 186,400원이네예." 정환 할머니 외상 수첩이라고 적힌 수첩을 꺼내 든 진국이 할머니가 산 품목들을 하나, 하나 옮겨 적으며 계산기를 두드리고 말했다.

"알았어요. 줄 거야, 줄게. 사장님도 애들 키워봐서 알거야, 애들이 어릴 때 좀 많이 먹어야지. 고마워. 그럼 또 봐요." 원하는 것을 얻어낸 할머니가 양손에 검정 봉지를 나눠 들고 가게 밖으로 나갔다.

할머니는 마트 사장이 바뀌었다는 동네 사람들의 얘기를 들었다. 사람들 말에 의하면 나눔 마트를 인수한 이 씨는 손이 성하지 않아 물건을 제대로 계산하지 못했고 말투가 조금 어눌할 때도 있다고 했다. 자세히는 몰라도 뇌 관련 질환을 앓고 있어서 그런지 한 번씩 정신이 약간 왔다 갔다 하는 것 같다고 했다. 마트 전 주인인 전 씨가 다른 사업에 돈을 댔다가 손실로 큰 빚을 졌는데 그 충격으로 전 씨 부인이 병을 얻었다. 전 씨는 빚을 갚기 위해서 마트를 급 처분했다. 재개발 정비 구역으로 확정되어 가게가 안 나갈 줄 알았는데 그 사실을 모르는 이 씨가 마트를 인수했다. 근데 마트를 인수하고 보니 이 씨가 인수한 금액은 너무 큰돈이어서 사기를 당한 것이나 마찬가지였다. 그건 이 씨가 약간 모자란 사람이라서 그렇게 당하게 됐다는 소문이 동네에 자자했다. 건조한 산에 옮겨 붙은 산불처럼 소문은 동네에 빠르게 퍼져갔고 정환 할머니에게도 전해졌다. 기초생활 수급자로 정부의 지원을 받아 생활하는 정환 할머니는 며느리가 버리고 간 두 손자를 키우고 있었다. 그녀는 손자들이 배곯아 죽게 생겼다며 동네에 있는 다른 식당이나 반찬 가게에서도 외상을 해가고는 했다. 동네 사람들이 할머니에게 그냥 외상을 해주었던 이유는 정환이라는 초등학생이 자신이 원하는 것을 할머니가 들어주지 않으면 길거리에서 상스러운 욕을 퍼부으며 울부짖었기 때문이다. 할머니는 이제 갓 초등학생이 된 손자를 제어하지 못했다. 그런 할머니의 사정을 아는 주민들이 할머니에게는 친절하게 대했다. 할머니는 진국이 마트를 인수한 지 일주일 정도 되었을 때 마트에 들러 자신의 어려운 사정을 이야기했다. 전 사장은 계속 외상을 해주었으니 진국도 당연히 해줘야 한다고 통보했다. 마트에 적응하지 못하고 있던 진국에게 할머니의 당연한 외상 얘기는 당황스러움을 넘어섰으나 거절할 방도가 없었다. 진국은 정환 할머니 외상 수첩이라고 적힌 기다란 갈색 수첩을 계산대 밑 서랍에 넣었다. 마트를 한 지 벌써 한 달이 되어가고 있었다.

-

"안녕하세요. 쓰레기봉투 왔습니다." 진국 또래로 보이는 건장한 남성 두 명이 검은색 봉고 차에서 내려 가게로 들어왔다.

"안녕하십니꺼." 진국도 계산대 밖으로 나와 그들을 맞이했다.

"오늘 주문하신 것 보여드릴게요. 금액 확인하시고 사인 부탁드립니다." 그들은 일주일에 두 번씩 와서 매번 진국이 주문한 것을 확인하고 사인을 받아갔다.

"네, 여기 20만 원입니다."

"저 혹시 여기에 이름하고 전화번호를 적어주실 수 있을까요? 회비는 저희가 내 드릴 거고, 기본 정보만 적어주시면 음식물 종량제 쓰레기봉투 2리터 스무 묶음이랑 일반 종량제 10리터 스무 묶음을 그냥 드리겠습니다." 남자 중 한 명이 갑자기 진국에게 정당 가입 신청서라는 이름이 적힌 하얀색 종이를 주었다.

"적는 건 어려운 게 아닌데요. 우리 딸한테 한 번 물어봐야 할 것 같습니다. 딸이 정치적인 사안에 조금 민감해서예, 제가 말도 없이 가입했다 하면 안 좋아할 것 같습니다." 진국이 정중하게 거절했다.

"따님도 이해하실 겁니다. 저희가 이렇게 봉투도 그냥 드리지 않습니까, 지금 바로 못해주셔도 되니까 따님에게 잘 얘기해 보세요. 그러면 다음 주에 와서 가져가겠습니다. 상세한 정보가 필요한 게 아니라 그냥 기본 정보만 기입하시면 되니까 꼭 작성해서 주세요." 남자는 진국의 눈을 매섭게 쳐다보며 그에게 정당 가입 신청서를 꼭 받아가겠다는 강한 의지를 내비치었다. 진국에게 정당 가입 신청서를 건넨 남자는 드라마나 영화에서 쉽게 볼 수 있는 어떤 조직의 일원처럼 보였다. 일자로 뻗은 넓은 어깨와 살과 근육이 적당히 뒤섞인 두껍고 단단한 상체는 그가 늘 팔에 끼고 다니는 아동용 히프 색 같은 갈색 일수가방을 더 작아 보이게 만들었다.

"잘 알겠습니다. 안녕히 가이소." 그들은 진국에게 반갑지 않은 거래처였다. 쓰레기봉투는 판매가 아니라 교환이나 마찬가지였다. 봉투 하나에 20원이 남는 꼴이었는데 손님들은 카드로 결제할 때가 많아 카드 수수료가 빠지고 나면 손해 보는 장사였다. 쓰레기봉투 회사는 구청 소속의 하청업체였다. 쓰레기봉투만 판매하는 것이 아니라 오래된 가구나, 가전도 그 회사가 수거했다. 진국이 사는 동네는 다른 지역보다 쓰레기봉투 값이 비쌌다. 손님들은 진국에게 쓰레기봉투가 왜 이렇게 비싸냐며 따져 묻기도 했다. 그때마다 진국은 억울했다. 쓰레기봉투 값을 주고 나니 그의 수중에 있던 만 원짜리 지폐가 순식간에 사라지고 없었다. 그는 돈을 모아 두었던 계산대 밑 서랍을 서글프게 바라보았다.

"벌기 바쁘게 돈이 나가는 구만."

"무슨 혼잣말을 그렇게 해?" 학교 수업이 일찍 끝난 찬미가 마트에 왔다. 기계에 익숙한 찬미는 마트에 필요한 존재였다.

"쓰레기봉투 값이 제일 많이 나간다 아이가, 일주일에 두 번씩 오니까 돈 벌어서 주기 바쁘다. 겨우 돈이 좀 들어온다 싶으면 쓰레기봉투 값으로 다 나가서 늘 이렇게 돈 모으는 서랍이 텅 빈다." 진국이 딸에게 하소연했다.

"다른 곳도 그렇겠지. 장사하는 분들한테 물건 값은 어쩔 수 없는 거잖아. 뭐 어쩔 수 없다. 아빠, 근데 저거 뭐야? 웬 정당 가입 신청서야?" 찬미가 계산대 위에 올려진 종이를 보고 물었다.

"몰라, 이거 가입하면 쓰레기봉투 몇 묶음을 그냥 준다고 해서 가입할까 싶은데 일단은 니한테 물어보고 적어준다 그랬다."

"이거 불법 아닌가? 무슨 당인지는 제일 밑에 조그맣게 적어놨네. 왜 당 이름이 부끄러운가 봐? 어지간히 사람도 없나 보다. 아빠한테까지 가입 신청서를 주고 가는 거 보면. 이 인간들이 사람이 우습나, 쓰레기봉투 몇 묶음으로 사람을 회유하려고 그러네. 진짜, 감히 사람을 뭘로 보고." 그녀는 불 쇼를 구경하다 불이 튀어 데인 사람처럼 종이를 살펴보다 소리를 높이며 길길이 날뛰기 시작했다.

"뭐, 그래도 쓰레기봉투 준다고 하는데 적어 볼까?" 진국이 공짜로 얻을 쓰레기봉투가 탐이 났는지 딸을 떠보았다.

"아니, 그 사람한테 당장 전화 걸어라."

"와, 전화 걸어서 뭐라고 말하려고……" 마트를 시작하면서 화가 많아진 딸이 무슨 짓을 할지 몰라 걱정됐던 진국이 조심스레 물었다.

"일단 전화 걸어줘." 마트 안을 서성이며 방방거리던 그녀 주변으로 무거운 분위기가 퍼졌다. 건드리지 말아야 할 임금의 역린을 건드린 사람을 처단하기 전처럼, 차가운 긴장감이 그녀를 감쌌다. 진국이 마지못해 폴더폰을 열어 통화목록에 있는 쓰레기봉투 회사 버튼을 눌렀다. 그는 돌아올 수 없는 강을 건너듯 힘겹게 전화기를 찬미에게 넘겨주었다.

"여보세요? 여기 나눔 마트인데요. 안녕하세요. 네. 고생 많으십니다. 다름이 아니고요. 저희 아빠한테 정당 가입 신청서를 주고 가셨네요? 이거 불법 아니에요? 쓰레기봉투 그냥 준다고 하셨다면서요. 아니, 사장님. 요즘 시대가 무슨 시대인데 정당 가입하면 물품을 제공해요? 다른 사람들한테도 그랬어요? 아니면 저희 아빠가 말을 어눌하게 하니까 만만해서 그러신 거예요? 이거 제가 신고해도 되는 거죠? 사장님이 그 정당이랑 무슨 연이 있으신지는 몰라도 그 정당이 부끄러웠나 봐요. 그래서 저희 아빠한테 무슨 당인지는 말도 안 하고 정당 이름은 종이 제일 밑에 눈 나쁜 사람은 알아보기도 힘들 만큼 작게 적어두신 거예요? 저희 집안에서는 절대로 그런 정당하고 인연 맺을 일 없어요. 다시는 저희 아빠한테 정당 가입이니 뭐니 얘기하지 마세요. 제가 없을 때 한 번만 더 그런 얘기 꺼내면 신고하는 걸로 끝내지 않겠습니다. 요즘 인터넷 얼마나 무서운지 아시죠? 제가 이거 찍어서 인터넷에 올리면 어떻게 되는지 직접 보여드릴 거예요. 다시 한번 경고하는데요. 저희 아빠한테 그 정당 가입이니 뭐니 찍소리도 하지 마세요. 아셨죠? 그럼 오늘도 행복한 하루 보내세요." 흥분한 상태에 있던 찬미가 자신이 해야 할 말을 모두 마치고 전화를 끊었다.

"뭐, 그렇게까지 얘기할 필요가 있나? 니는 성질이 왜 이렇게 나빠졌노?" 진국이 딸을 이해할 수 없다는 듯 말했다.

"마트 시작하면서 성질이 드러워졌다. 왜, 이런 인간들한테는 잘해 줄 필요가 없다. 아빠를 우습게 봤으니까 겨우 쓰레기봉투 몇 묶음으로 꼬셔서 정당 같지도 않은 정당에 가입하라고 하는 거잖아. 사람을 뭘로 보고 저런 곳에 가입하라고, 진짜 생각할수록 열 받네." 찬미가 화를 삭이지 못하고 말했다.

"진정해라, 고마. 니가 하고 싶은 말 다 했으면 됐다. 알아들었겠지."

그녀가 올 때마다 손님이나 거래처 사람들과 말다툼이 생겨서 진국은 걱정거리가 늘어났다. 좋은 게 좋은 거라고 그냥 다 참고 넘어가는 진국과는 달리 찬미는 손님이 돈을 던지거나, 진국을 만만하게 보고 반말을 하면 불 같이 화를 내고는 했다. 거래처 사람들이 약속 시간을 지키지 않거나, 진국에게 물건을 강매하는 경우에도 찬미는 거래처 사람들과 싸우고는 했다. 그래서 찬미와 마찰이 생긴 손님이나 거래처 사람들은 찬미가 없는 오전 시간에만 들렸다. 진국은 딸을 보면 볼수록 딸에 대해 알 수가 없었다. 분명 윤 교수와 함께 있을 때 봤던 딸의 모습은 따뜻하고 마음이 깊은 성숙한 딸이었는데 마트에서 보는 딸은 성질을 주체하지 못해 늘 갈등과 분란만 일으키는 사고뭉치 딸이었다. 장사를 할 때는 아무리 기분이 나빠져도 손님에게 맞춰주는 것이라는 걸, 한 번도 장사를 해 보지 않은 진국조차 알고 있는 사실이었다. 그러고 보니 그는 딸에게 인생을 가르쳐 준 적이 없다는 사실을 깨달았다. 딸이 자라나는 동안 한 번도 하면 안 되는 것에 대해 말하거나, 해야 하는 것에 대해 말한 적이 없었던 것이다.

'우리 딸내미 성질 머리가 더러운 건지, 세상이 더러운 건지 알 수가 없네.'

-

"안녕하세요. 사장님" 조막만 한 얼굴에 백설기처럼 하얀 피부를 뽐낸 정 권사가 웃으며 들어와 낭랑한 목소리로 인사했다. 그녀는 나흘 동안 정오에 맞춰 진국을 찾아왔다.

"또 오셨네예. 죄송한데, 저는 교회 안 다닙니다. 집사람이랑 딸이 절에 다니고, 저희 본가 친척들도 다 절에 다니셔서 저는 교회 안 갑니다. 바쁘신데 저희 가게는 안 오셔도 괜찮습니다." 평소 다른 말은 하지 않던 진국이 계속 떡을 챙겨 찾아오는 정 권사에게 말했다.

"교회에 오시는 분들 중에 절에 다니다가 오신 분들도 많으세요. 떡은 드시고 계신 거죠? 이 쑥떡 정말 맛있고 특별한 거니까 꼭 드세요."

"예. 덕분에 점심으로 잘 먹고 있습니다."

"그나저나 사장님은 원래 이런 마트 일을 하셨어요?" 평소에는 떡만 주고 가던 정 권사가 계산대 앞에 있는 간이 의자에 진국의 허락을 구하지 않고 앉았다.

"아뇨, 처음입니다." 진국이 무성의하게 대답했다.

"그럼 원래 서울에 사셨어요?"

"아뇨, 대구서 살다가 왔습니다."

"집이 대구시군요. 그럼 이 동네까지는 어떻게 오게 되셨어요?" 정 권사가 오늘은 그냥 가지 않겠다는 의지를 보이며 진국을 취조하듯 질문 공세를 시작했다.

"제가 원래 다른 일을 좀 오래 했는데 올 겨울에 몸이 좀 안 좋아져서 그 일을 할 수가 없게 돼서 가족들이 제가 할 만한 일을 찾아주다 보니 여기까지 오게 됐습니다."

"이제 몸은 좀 괜찮아지셨어요?"

"아직 완전히 다 나은 건 아닌데 생활하는 데는 큰 지장 없습니더. 손이 조금 불편한 거 빼고는예."

"어느 손이 불편하세요? 제가 한 번 봐도 될까요?" 그녀는 진국의 양 손을 잡았다. 당황한 진국이 황급히 손을 뺐다.

"오른손이 아직 마비가 덜 풀렸습니더. 오늘은 바로 안 가셔도 됩니꺼?" 진국이 간접적으로 가게에서 나가주길 바란다는 의사를 표현했다.

"아뇨, 오늘은 우리 사장님이랑 얘기를 좀 하고 가려고 해요. 저도 교회에 다니기 전까지는 사장님처럼 말이 없고 어두워 보였어요. 제 남편은 5년 전에 췌장암 말기로 먼저 떠났어요. 암이 걸렸다는 진단을 받자마자 수술을 했는데 이미 다른 곳까지 너무 전이되어 있어서 손 쓸 도리가 없다고 했어요. 그렇게 갑자기 떠났어요. 남편이 가고 저는 삶의 의욕을 잃어버렸어요. 남편과 그렇게 사이가 좋은 건 아니었는데 남편을 닮은 자식들을 볼 때마다 그이 생각이 많이 나고 제가 잘해주지 못한 것만 생각나서 많이 힘들었어요. 저는 집 밖으로 나오지도 않고 그냥 집에만 있었어요. 사람들하고 대화 나누기도 싫고 그냥 밖에 나가는 것 자체가 싫어졌어요. 결혼 후에는 가정주부로만 살아서 특별한 기술이 있거나 모아둔 돈이 많은 것도 아닌데 아이들은 이제 어떻게 혼자 키워야 하나, 나는 어떻게 살아야 하나 하는 생각이 제 앞을 가렸어요. 극단적인 생각까지도 하게 되더라고요. 잘 모르긴 해도 우울증 같은 게 왔던 거 아닌가 싶어요. 근데 그때 저랑 친하게 지내던 떡집 사장님이 저한테 자기만 믿고 따라오라면서 교회에 데리고 가더라고요. 사는 것도 죽는 것도 아니었던 시기라 그냥 생각 없이 따라갔어요. 근데 교회 예배당에 들어서서 한 중앙에 계신 예수님을 보자마자 갑자기 눈물이 쏟아지면서 제가 구원받았다는 느낌이 들었어요. 그냥 정말 십자가에 매달린 예수님을 봤을 뿐이었는데 그랬어요. 그 교회에 있는 어떤 누구도 저에게 말을 걸지 않았어요. 그냥 갑자기 일어난 일이었어요. 그리고 정신이 번쩍 들었어요. 앞으로는 저처럼 마음이 힘든 사람들을 예수님 앞으로 데리고 오자. 그렇게 사람들을 구원받게 해주자. 그게 내가 앞으로 해야 할 일이구나. 먼저 떠난 남편이 저에게 보내준 선물이구나 하고 생각했죠. 제가 보기에는 사장님도 아픔이 많으셨을 것 같은데 저를 믿고 그냥 교회에 한 번 와보시는 건 어떠세요? 가게 때문에 평일 저녁 예배에 못 오시면 일요일 새벽 예배에 오셔도 돼요." 정 권사는 사람들을 설득하기 위해 장황한 설명을 늘어놓는 설교자들처럼 진국을 설득하기 위해 장황한 마음을 그에게 꺼내 보였다. 그녀 스스로는 어두운 진국을 밝은 곳으로 데려가야 한다는 어떤 의무감이 들었는지도 모를 일이었다.

"아, 예…… 저한테 얘기해주셔서 감사합니다. 근데 저는 사람도 안 믿고 신도 안 믿습니다. 교회에 가더라도 아무 의미가 없을 깁니다." 정 권사에게 진국은 호락호락한 사람이 아니었다. 표정이 없는 그는 말도 없었고, 움직이지도 않았다. 그냥 인사치레로 최소한의 예의만 갖추며 정 권사를 대할 뿐이었다. 하지만 그녀는 포기를 몰랐다. 어렵게 얻어낸 것일수록 달콤하다는 세상의 진리를 이미 배운 덕분이었다.

"우리 사장님 상처가 많아서 그러신가 봐요. 교회에 오시면 사람도 믿고 신도 믿게 되실 거예요. 부모님은 살아 계세요?"

"아뇨, 오래전에 돌아가셨습니다."

"혹시 부모님이 어린 시절에 돌아가셨나요? 불신이 강한 분들을 보면 부모님이 어린 시절에 돌아가신 분들이 많으신 것 같았어요. 아무래도 부모님 보호 없이 사회에서 많이 데이다 보니까 그러신 것 같아요."

"네…… 어머니는 저를 낳다가 돌아가셨고, 아버지는 그래도 제가 결혼하고 아들 낳는 것까지는 보고 가셨습니다." 표정 없던 진국의 눈시울이 갑자기 붉어졌다.

"어머니가 많이 그리우시겠네요. 교회에 오셔서 어머니가 천국에서 쉬실 수 있게 어머니를 위해 기도하세요." 정 권사가 진국의 손을 잡으며 말했다. 선심과 부부 관계를 끊은 지 10년이 넘은 진국에게 다른 여자의 손이 포개지는 것은 처음 가보는 나라에서나 느낄 법한 설레면서도 불편한 낯섦이었다. 진국이 긴장했다.

"생각 좀 해보겠습니다. 제가 점심을 먹어야 할 것 같아서 오늘은 그냥 가주시면 좋겠습니다."

"네. 하나님의 은총이 사장님께 함께 하기를 바랄게요. 또 올게요. 그래도 이렇게 대화 나누니까 참 좋죠? 점심 맛있게 드세요." 그녀는 진국에게 환한 웃음을 지어 보였다. 그러나 그는 그녀의 환한 웃음을 애써 외면해야 했다. 그 웃음을 그대로 받아들였다가는 그에게 거대한 시련이 찾아올 수 있다는 것 정도는 그도 예상할 수 있었다.

"나무아미타불 관세음보살." 정 권사가 나간 후 중복을 입은 한 남자가 가게 안으로 들어왔다.

"시주 좀 해주시면 복 받으실 겁니다."

"예? 시주예? 얼마를 드려야 할지 모르겠네예." 진국은 거절하지 못하고 잠시 고심하다 천 원짜리 지폐 한 장을 꺼냈다. 하루에 천 원도 쓰지 않는 진국에게 천 원은 누군가의 만 원이었다.

"하하하하, 동네 사람들 소문처럼 사장님이 정말 착하네요. 시주하라는 얘기는 농담입니다. 물건 사러 왔습니다." 중으로 보이는 남자가 기괴하게 웃으며 술 냉장고에서 맥주 6개가 든 모음 팩 3개를 계산대로 가져왔다.

"아직 잠깐만요." 그 뒤로 그는 건어물 구역에 있는 오징어 두 마리를 챙겼다. 옆에 있는 즉석식품 구역에서는 골뱅이 캔 하나를 가지고 와서 계산대에 올렸다.

"제가 어제 돈을 좀 벌었는데, 밤새도록 청담동 클럽에서 아가씨들 데리고 놀만큼 벌었습니다. 사장님도 그런 데 가서 좀 놀아보셨습니까? 제 또래로 보이시는데, 원하면 제가 나중에 데리고 가 드릴 수도 있습니다." 남자가 기분이 좋은지 묻지 않은 얘기를 시작했다. 그는 먼저 물지 않으면 물리게 되어 서열 싸움에서 패배하는 동물의 왕국에 있는 것처럼 먼저 힘을 과시했다.

"스님처럼 보여서 스님이신 줄 알았는데 스님이 아이세예?" 진국이 계산을 멈추고 놀란 표정으로 물었다.

"스님은 무슨요, 자고로 남자는 고기를 먹고 여자를 만나면서 본능에 충실해서 살아야 됩니다. 저는 그냥 머리 밀고 중복 입고 다니면서 돈 좀 구걸하러 다니지요. 대한민국에 불교 신자가 사십 퍼센트가 넘는다는 건 얼마나 다행스러운 일인지 모릅니다. 집에 우환이 있을 수도 있다고 얘기하거나 어두운 기운이 느껴진다는 말 한 마디면 다들 아무 일 없게 기도 해 달라고 돈을 잘 쥐어줘서 수입이 꽤 짭짤합니다. 인간 본성만 건성으로 배워둬도 돈 벌기는 식은 죽 먹기입니다. 이 얼마나 다양한 직업 세계입니까? 하하하하. 사장님도 돈 벌어서 청담동 가고 싶으시면 저처럼 중노릇 해보세요. 제가 잘 가르쳐 드리겠습니다. 모두 얼마입니까?"

"54000원입니더."

"여기, 잔돈은 그냥 적어 놓으세요. 제가 돈이 있을 때는 이렇게 돈을 내는데, 없는 날은 외상을 좀 할 겁니다." 남자는 육만 원을 건네면서 아무렇지 않게 외상 얘기를 꺼냈다.

"외상 예?" 진국이 어이가 없어서 물었다.

"사장님, 내가 이렇게 많이 팔아주잖아. 수입이 없는 날은 사장님이 외상도 좀 해주고 그래야지. 그게 사람 사는 정 아닌가?" 남자는 외상이라는 단어로 표정이 굳은 진국을 이해할 수 없다는 듯 말했다.

"아, 예…… 일단 그렇게 알겠습니더."

"그리고 사장님이 너무 순진하네, 잘 모르시는 것 같아서 내가 알려 드릴게. 절에서 수행한다는 중놈들도 다 여자 끼고 술 마시고 놀아요. 다들 나처럼 머리 민 진짜인 척하는 가짜 중놈들이지. 나는 그래도 최소한의 양심은 있어서 잘 살아 보이는 사람들한테만 가서 구걸합니다. 그리고 그 중놈들은 자기들끼리 얼마나 치고받고 싸우는데, 저는 그래도 싸움은 안 합니다. 저 정도면 가짜 중이어도 좋은 놈이죠." 스님이 아니냐는 진국의 질문이 거슬렸던 남자가 구구절절 자신을 포장하고 있었다.

"조폭 스님이라고 하면서 스님들이 외제차 타고 다니고 술집에 드나든다는 뉴스는 본 것 같습니다. 예. 뭐 세상이 다 그렇지예." 진국은 남자에게 맞춰주기 위해 일부러 공감하는 척했다.

"그럼, 그럼. 우리 사장님이 참 좋은 사람이구만. 앞으로 친하게 지내자고. 응? 이 동네는 내가 잘 알아. 어려운 거 있으면 나한테 얘기해요. 다음에 봅시다!" 그는 어리숙해 보이는 진국이 마음에 든다는 듯 살갑게 대했다. 반면 진국은 가짜 중의 방문이 황당했다. 가짜 인생을 살면서 사람들을 속여 유흥을 즐기는 가짜 중이 당황스러웠다. 그리고 정환 할머니처럼 외상을 아무렇지 않게 하는 사람이라는 것이 이해가 되지 않았다. 자신은 돈이 없으면 물건을 사지 않을 것이기 때문이다. 자신뿐만 아니라 응당 사람이라면 모두 그래야 한다고 생각했다. 마트를 인수한 지 얼마 되지 않았는데 외상을 너무 쉽게 언급하는 사람들을 생각하니 그는 가슴이 턱 막히기 시작했다. 그는 이삿짐 일을 하면서 다양한 사람들을 겪었다고 생각했다. 또한 별일이 많아도 사람 사는 세상이니 그럴 수 있다고 넘겨왔다. 그러나 지금 같은 세상에 그것도 강남이라는 동네에서 사람들에게 외상을 해줘야 한다는 건 생각해 본 적도 없는 일이었다. 남의 물건을 훔치지 말라는 몇 천 년 전의 규율처럼 돈이 없으면 물건을 사지 않는 게 현재의 규율이나 마찬가지였고 그것은 곧 조상들이 살면서 다져온 보편 중의 보편이라고 그는 생각했다. 이 소식을 들으면 가만히 있지 않을 딸이 눈에 훤해 딸에게는 말하지 말아야겠다고 생각했다.

-

"안녕하세요. 사장님, 이발하셨네요? 훤칠해 보이세요." 다음 날 정오가 되자마자 정 권사가 찾아왔다. 그녀는 일터에 출근하는 사람처럼 매일 제 시간에 찾아왔다. 가게를 환하게 비추는 강렬한 해와 함께 왔다. 매일 가지고 오던 떡도 빼놓지 않았다.

"오늘은 저 물건 좀 사갈 거예요. 밖에 있는 사과 얼마예요?"

"예. 안녕하세요. 사과 5000원 입니다. 집사람이 영등포 근처에서 장사를 하다 보니 청과시장에 매일 갑니더. 그래서 과일하고 채소는 정말로 싱싱한 걸로 가져와서 맛은 확실히 있을 깁니다." 진국이 평소에는 하지 않던 말을 했다. 선심은 자기에게 어떤 관심도 두지 않아 하얀 눈사람에게 전염된 사람처럼 그의 머리카락이 새하얘진 것도 몰라보았다. 하지만 정 권사는 선심과 달리 작은 변화마저 알아봐 주었다. 그는 그녀가 조금은 편해진 눈치였다.

"아, 사모님이 계시구나. 저는 왜 당연히 혼자 계시다고 생각했는지 모르겠어요."

"오랫동안 떨어져 살다가 제가 아프면서 최근에서야 같이 살게 됐습니더. 그동안은 계속 혼자 있었지예."

"그럼 혼자서는 얼마나 계셨어요?" 정 권사는 지정석에 앉듯 계산대 앞 간이 의자에 앉았다.

"한 10년은 넘은 것 같습니다."

"혼자서 많이 외로웠겠어요. 실례가 안 된다면 왜 떨어져 지내게 되셨는지 여쭤 봐도 될까요?"

"집사람이 갑자기 서울에 올라가서 돈을 벌어야겠다고 떠났습니다."

"사장님은 그냥 보내주셨어요? 제가 끼어들 문제는 아니지만 그렇게 떨어지면 자연스럽게 별거하게 되는 거잖아요." "제가 말린다고 말릴 수 있는 것도 아니라서예. 원체 독립심이 강하고 고집도 센 사람이어서 자기가 뭔가 하겠다고 결정한 일에 대해서는 아무도 못 말립니다."

"그럼 자녀분들은 어떻게 되세요?"

"33살 먹은 아들놈 하나랑 31살 먹은 딸이 있습니다. 딸은 저녁 되면 한 번씩 여기에 옵니더."

"자녀분들이 다 컸네요. 사장님이 젊어 보이셔서 그렇게 큰 자녀분들이 있을 거라고는 생각지도 못 했어요. 그럼 떨어져 계시는 기간 동안 사모님이랑 왕래는 하셨어요?"

"과찬이십니다. 손님들은 저를 할아버지라고 불러예. 집사람이 일 년에 몇 번씩 내려와서 반찬 몇 개 만들어 줬습니다."

"일 년에 몇 번은 너무 하네요. 아무리 사모님이 돈을 벌기 위해서라고 해도, 혼자 있는 남편을 챙겨줘야 하는데, 그죠? 저는 챙겨줄 남편이 없어서 허전한데……" 정 권사가 선심을 낮추어 진국을 챙기려고 애썼다.

"예. 사실 집사람한테 좀 서운하긴 하지예, 저는 그냥 집사람이 차려주는 밥 한 그릇 먹는 게 소원이었는데 한 번씩은 제가 무슨 죄를 지었길래 이렇게 살아야 하나 싶기도 합니다. 서울에 올라오면 따뜻한 밥 먹을 수 있을 줄 알았는데 집사람은 자기 장사하느라 바빠서 저한테는 신경도 안 씁니다." 진국이 자신을 지키기 위해 굳게 닫아 놓았던 마음의 문을 열기 시작했다.

"하루 종일 여기 계시는 것 같은데 그럼 식사는 어떻게 챙겨 드세요?"

"저 안에 방이 있는데 방 안에 가스레인지, 냉장고, 밥솥 같은 살림살이가 있어서 집사람이 갖다 주는 국이랑 반찬으로 대충 떼웁니다."

"아유, 우리 사장님 제가 따듯한 밥 해드리고 싶네요. 아니면 나가서 따듯한 설렁탕이라도 한 그릇 사드리고 싶은데 마트를 비우지도 못하시니 제가 아쉬울 따름이에요."

"아니라요. 말씀만이라도 감사합니더."

"오늘은 제가 다른 약속이 있어서 이제 일어나 봐야 할 것 같아요. 사장님, 사과 계산해 주세요." 평소에는 30분이 넘게 앉아있던 정 권사가 평소와 달리 일찍 일어났다.

"5000원입니더. 안녕히 가이소." 진국은 내심 아쉬웠다.

"사장님, 제가 주말에는 활동을 안 해서 다음 주 월요일이나 되어야 올 것 같아요. 혹시 기다리실까 봐요. 혹시 주말에 시간 되시면 일요일 새벽 예배 오세요." 정 권사가 진국이 힘겹게 열어 놓은 마음을 쏜살 같이 알아차렸다.

"예. 뭐 편하실 때 오시면 되지예. 교회에 가는 거는 생각해 보겠습니더." 진국의 말이 끝나기 무섭게 정 권사가 사과 한 봉지를 들고 문 밖으로 나갔다. 그는 자신도 모르게 정 권사가 앉아 있던 간이 의자를 바라보고 있었다.

"아빠, 뭐해?" 금요일이라 수업이 일찍 끝난 찬미가 마트에 도착해 진국을 불렀다.

"어? 어? 이렇게 빨리 웬일이고, 그냥 손님 없으니 멍 때리는 거지." 그가 잠시나마 느끼려던 정 권사의 흔적이 연기처럼 사라졌다.

"오, 웬 떡이야? 쑥떡 맛있겠는데? 내가 먹는다! 저녁에 교수님이랑 쑥떡 쑥떡 하면서 먹어야지." 찬미는 더 이상 윤 교수와의 관계를 숨기지 않겠다는 듯 당당하게 윤 교수 얘기를 꺼냈다. 그럴 때마다 진국은 못 들은 척했다.

"아부지 점심이다. 돌리도." 먹을 것에 욕심을 내 본 적이 없는 진국이 정 권사가 준 떡에는 애착을 가졌다.

"어? 이삐 이상한데, 이거 누가 줬어?" 눈치 빠른 찬미가 평소와 다른

구원 | 187

진국을 채근했다.

"그냥 교회 다니라고 거기 다니는 사람들이 동네 돌면서 준다."

"그럼 내가 먹어도 되네. 아빠 쑥떡 안 좋아하잖아. 왜 평소랑 다르게 내 안 줘?"

"니는 어릴 때부터 아부지 것만 보면 뺏어먹는 못된 심보가 있네. 안 먹는다고 하다가도 내가 라면 끓이면 다 뺏어먹고, 비빔밥도 다 뺏어 먹드만. 어? 이제는 점심 먹을 라는 떡도 뺏어 먹을라고."

"그 교회 오라고 하시는 분이 여자분이셔?"

"아줌마다. 엄마보다 더 나이 든 아줌마!" 진국이 자신이 받아들이지 못한 치부를 들키고 싶지 않아 둘러댔다.

"엄마보다 나이가 많든 적든, 아줌마든 아니든 그건 중요한 게 아니지. 아빠 다른 사람은 속여도 딸은 못 속인다."

"속이기는 뭘 속여, 니는 좀 뭐든지 니 마음대로 생각해서 결론 내는 짓 좀 고만해라. 사람 피곤하게 하네. 참말로. 낮잠 잘 시간이니까 방에 들어갈란다. 니가 여서 계속 마트 봐라."

"아빠, 나는 다 이해한다. 괜찮다. 아빠가 어떤 생각을 하든, 어떤 마음을 가졌든 이해하니까 내한테는 숨길 생각 마래이." 진국은 딸의 말을 믿을 수가 없었다. 그가 생각하기에 그녀는 윤 교수와의 관계를 허락받기 위해 자신을 이해하는 척하는 것으로만 느껴졌다.

–

"사장님, 어서 오세요. 사장님이 와주신다고 하셔서 정말 기뻤어요. 차린 건 없어도 맛있게 드세요." 원목 소재로 만들어진 4인용 식탁 위에는 김이 모락모락 나는 하얀 쌀밥과 큰 형수가 만들어주던 것과 비슷한 진한 된장찌개, 그리고 진국이 가장 좋아하는 소 불고기와 도루묵 무침, 갓김치가 반찬으로 정갈하게 놓여 있었다.

"진짜로 차려 주셨네예. 참말로 감사합니다. 잘 먹겠습니다. 이게 꿈인지 생시인지 모르겠네예. 정말 기쁩니다. 감사합니다." 진국이 불편한 오른손을 떨며 숟가락을 쥐어 국그릇에 가져다 댔다.

"저기요, 저기요. 오늘 장사 안 하세요? 아무도 안 계세요?" 찬의 또래로 보이는 남성이 마트 안으로 들어와 계속 사람을 찾았다.

"예! 나갑니더. 죄송합니더." 잠에서 깬 진국이 급히 방에서 나왔다.

"아니, 장사하는 사람이 이렇게 가게 놔두고 자도 되는 거예요? 돈 너무 쉽게 버는 거 아닙니까?"

"죄송합니다. 죄송합니다. 손님이 오신 줄도 모르고 제가 너무 깊게 잠들었네예. 정말로 죄송합니다." 진국이 연신 머리 숙여 사과했다. 밖은 어둑해진 상태였다. 계산대 위에는 윤 교수를 만나야 해서 먼저 간다는 딸의 메모가 적혀 있었다. 아무리 깨워도 일어나지 않고, 손님도 없어서 괜찮을 거라는 말도 함께 적혀 있었다.

"제가 술을 좀 많이 사가야 할 것 같은데 저 동네 위니까 사장님도 좀 들어주셨으면 좋겠네요." 젊은 남성이 퉁명스럽게 말했다.

"제가 지금 시간에는 가게를 비울 수가 없는데, 그리고 원래 술은 배달하면 안 되는 거라고 알고 있습니다. 거리가 어느 정도 되세예?"

"지금까지 주무셨던 거 아니세요? 제가 불러서 깨신 거잖아요. 제가 안 깨웠으면 그냥 가게 비우시는 거나 마찬가지 아니에요? 별로 멀지도 않아요. 장사하실 거면 그냥 들어주시면 되지. 무슨 핑계가 그렇게 많으세요." 젊은 손님은 분풀이할 대상이 필요한 것처럼 진국에게 자신의 화를 표출했다.

"예. 그렇게 하겠습니다. 저 바구니에서 필요하신 거 갖고 오시면 제가 계산하고 들어 드리겠습니다." 젊은 남자가 술 냉장고 옆에서 분홍색 술 바구니를 들고 소주 10병과 맥주 7병을 꺼내 계산대로 가지고 왔다.

"안녕하세요." 금요일 저녁만 되면 오는 중년 여성이 들어와 맥주 모음 팩을 가져온 후 젊은 남성 뒤로 섰다. 좁은 계산대 위에 올려진 17병의 술과 뒤에 다른 손님이 기다리고 있다는 사실이 진국을 긴장하게 만들었다. 그는 천천히 튼튼한 봉지를 뜯었다. 그는 손가락에 침을 묻혀 봉지 5개를 열었다. 손에 침을 묻혀 봉지를 열어주면 손님들이 좋아하지 않으니 꼭 계산대 옆에 올려둔 물티슈로 손가락이 젖게 한 다음 봉지를 열라던 딸의 조언을 잊어버린 상태였다. 진국은 소주 하나를 찍은 후 수량을 입력했고, 맥주 또한 하나만 찍은 뒤 수량을 입력했다. 문제는 담는 일이었다. 오른손이 여전히 불편한 진국에게 술 17병을 봉지에 빠르게 나눠 담는 일은 이삿짐 일을 할 때 혼자서 세탁기를 등에 짊어지고 가는 것만큼이나 긴장되는 일이었다.

"아, 씨 진짜 손 병신이 제대로 담지도 못하네." 젊은 손님이 진국에게 모욕감을 줄 수 있는 단어를 내뱉었다. 아들 뻘인 손님의 무례한 태도에 그는 순간 처참해졌다. 그러나 뒤에서 기다리는 다른 손님을 생각해 감정을 드러내지 않았다. 어서 그 불편한 순간에서 벗어나기 만을 바랐다. 그러나 손이 마음대로 움직여지지 않아 담는 일은 더뎌지기만 했다. 보다 못한 중년 여성이 젊은 남성 앞으로 와 진국을 도왔다.

"제가 같이 하니까 더 빠르죠?"

"감사합니더. 참말로 감사합니더. 제가 얼른 계산해 드릴게예. 감사합니대이." 그 순간 진국은 정 권사가 말한 구원이라는 단어가 떠올랐다. 중년 여성의 발 빠른 도움이 아니었다면 성격이 사나워 보이는 젊은 남성에게 어떤 모욕적인 말을 더 들어야 했을지 상상조차 되지 않았다.

"그리고 제가 끼어들 일은 아닌 것 같은데요. 몸이 불편한 사람한테 병신이라는 말을 하면서 스스로가 얼마나 추한 인간인지를 자랑하고 싶었어요? 지금 당장 그쪽이 건강한 것 같아도 사람 일은 한 치 앞을 모르는 거라 그쪽도 언제 어디가 불편해질지 모르는 거잖아요. 사장님한테 말이 심했어요. 하나님은 다 지켜보고 계실 텐데 부끄럽지도 않으세요?" 중년 여성이 자신보다 키가 큰 젊은 남성을 올려다보며 진국이 해야 할 말을 대신 했다.

"씨." 젊은 남성은 혼자 욕지거리를 내뱉으며 마트를 나갔다.

"죄송해요. 제가 괜히 사장님 편들어드리려다 손님 놓친 거 아닌가 모르겠어요"

"아입니더, 저도 저런 사람한테는 물건 안 팔고 싶습니더. 감사합니대이." 진국은 사과하는 중년 여성을 보며 정 권사를 떠올렸다. 하나님을 언급하는 것을 보니 그녀도 교회에 다니는 사람 같았다. 계산을 마친 중년 여성이 밖으로 나갔다.

"씨, 저런 놈 때문에 윤기 나는 밥 한 숟갈을 못 떴네."

–

진국은 자정이 지나도 들어오지 않는 선심을 하염없이 기다렸다. 몸에 마비가 오기 시작했을 때 그는 몸에 이상이 있다는 사실을 알았다. 하지만 사는 게 지칠 대로 지친 그에게 몸이 망가지는 것은 아무 상관도 없었다. 찬미가 그 모습을 보고 병원에 가자며 사정했을 때도 진국은 듣지 않았다. 딸이 그에게 원하는 게 있다면 뭐든 말해보라고 하자 진국은 선심과 같이 사는 것이라고 말했다. 오로지 그것뿐이라고 했다. 그 자리에서 딸은 자신의 엄마에게 아빠와 같이 살 것을 명령하듯 말했고 약속을 받아냈다. 진국이 소원한 대로 선심과 같이 살고 있기는 해도 그에게는 같이 사는 게 아니었다. 진국은 마트 일이 자신과 맞지 않아도 선심과 함께 있으면 참아낼 수 있을 거라고 믿었으나 선심은 그의 곁에 없었다. 자신의 작은 변화를 알아봐 주고 자신의 마음을 위로해주던 정 권사가 생각났다.

일요일 새벽이 되자 진국은 새벽 예배에 가서 정 권사를 보고 와야겠다고 생각했다.

"찬이 아빠, 어디 가? 새벽부터." 옆방에서 자던 선심이 진국이 씻는 소리에 거실로 나와 물었다.

"교회에서 새벽 예배가 있다고 해서 한 번 가볼라고……" 진국이 당황하며 대답했다.

"교회? 웬 교회야, 안 돼요. 나는 교회가 싫어. 당신이 뭘 하고 살든 내가 신경 쓸 자격이 없는 건 알아. 근데 교회는 안 돼요. 일어난 김에 아침밥이나 차려 줄 테니까 밥 먹고 가게나 가요." 선심이 한 번 안 된다고 말하는 것은 재고의 여지가 없다는 것을 알고 있는 진국은 다른 얘기를 하지 않았다.

-

정 권사가 말한 교회는 금싸라기라고 불리는 강남땅 한가운데에 자리

잡고 있었다. 교회 맞은편에는 조선시대 대군의 묘가 위치해 있었다. 교회는 아파트 대단지처럼 구역 별로 건물을 지어 두었다. 하늘에 닿을 듯 높이 올린 중앙 교회의 건물은 대군의 묘를 내려다보고 있는 것처럼 보였다.

"어머, 사장님. 안녕하세요." 예배를 마치고 나온 정 권사가 진국을 보고 놀라 인사했다.

"예. 안녕하십니꺼, 한 번 와 봤습니다. 근데 예배당 문이 닫혀 있어서 열고 들어가지는 못하고 그냥 여기 앉아 있었습니다." 선심의 말을 듣지 않고 교회에 찾아간 진국이 예배당 바깥을 서성이다 예배가 끝나고 나온 정 권사를 보고 말했다.

"아쉽네요. 그래도 오셨는데 예배당 안에 들어가 보시지 그러세요."

"아닙니더, 다음에 다시 와 보지예."

"그래요. 아, 제가 말씀드린 떡 집 하신다는 권사님이세요."

"안녕하세요. 처음 뵙겠습니다. 정 권사 말로는 저희 집에서 만든 떡을 아주 맛있게 드셔주신다고 하던데, 잘 드셔주셔서 감사합니다." 떡집 권사가 진국에게 먼저 인사했다.

"예. 맛있게 잘 먹고 있습니다. 늘 감사합니더. 이 진국입니다." 진국은 정 권사에게 떡의 맛에 대해 한 번도 얘기한 적 없었다. 그러나 둘 사이의 두터운 정에 때를 입히고 싶지 않아 거짓말로 둘러댔다.

"저희가 새벽 예배 끝나면 여기 옆에 있는 24시간 설렁탕 집에 가서 아침을 같이 먹거든요. 혹시 사장님 식사 안 하셨으면 저희랑 같이 식사하실래요?" 정 권사가 옆에 있던 떡집 권사 팔에 팔짱을 끼며 말했다.

"아직 식사 전이기는 합니더, 그러면 저도 같이 가겠습니다." 선심이 차려준 아침밥을 먹은 진국이 말했다.

5월 중순이었음에도 새벽에는 여전히 선선한 냉기가 남아 있었다. 교회 옆에 있는 설렁탕집은 새벽 예배를 마치고 나온 사람들로 붐볐다.

"5.18 민주화운동 희생자 명예를 훼손한 혐의로 기소된 전 대통령이 건강상의 이유로 광주까지 갈 수 없다며 이번 재판에도 불출석 의사를 밝혔습니다." 식당 텔레비전에서 아침 뉴스를 담당하는 아나운서의 침착한 목소리가 뉴스 속보로 흘러나왔다.

"제가 저럴 줄 알았어요. 어떤 핑계를 대서든 재판에는 출석을 안 하려고 하겠죠. 사람이 어떻게 저럴 수가 있죠?" 진국을 만난 뒤 인사 말고는 다른 말이 없던 떡집 권사가 설렁탕을 수저로 퍼다 말고 말했다.

"에휴, 우리 권사님 또 생각나시나 보다. 권사님 불편하시면 제가 사장님한테 텔레비전 채널 다른 데로 돌려 달라고 할까요?" 정 권사가 떡집 권사를 달랬다.

"아니에요. 뭐라고 하는지 봐야겠어요." 그녀가 분에 찬 어조로 소리를 높였다.

"혹시 직접적인 연관이 있으셨습니꺼?" 진국이 조심스레 물었다.

"우리 권사님 동생분이 도청 앞에서 군이 쏜 총에 맞았어요." 정 권사가 떡집 권사의 눈치를 보며 입을 열었다.

"아…… 희생자 가족 분이네예…… 죄송합니더……" 진국이 갑자기 긴 탄식을 내뱉으며 두 사람에게 고개 숙여 사과했다.

"사장님이 죄송하실 일이 뭐가 있으세요." 떡집 권사가 무표정으로 물었다.

"아…… 그게 사실은…… 제가 군에 있을 때였는데 제가 있던 부대도 광주로 가야 하는 상황이었습니다." 진국이 뜻밖의 말을 어렵게 꺼냈다.

"네? 그럼 사장님도 그 자리에 계셨어요?" 정 권사가 더 놀라워하며 말을 이었다.

"아…… 아닙니더. 그거는 아닙니더. 저희 부대는 연천에 있어서 그때 정확히 어떤 일이 일어났는지도 모르고 있었습니다."

"근데 왜 사장님이 죄송하세요?" 떡집 권사가 다시 물었다.

"다만 원래는 저희 부대도 그때 광주로 파견되었어야 했었습니다. 근데 저희 부대에서 총기 사고가 있어서 사고 조사 때문에 저희 옆에 있던 부대가 갔습니다. 저도 제대하고 나서야 뉴스 보고 그때 가야 한다고 했던 곳이 광주였다는 것을 알았습니다. 한 번씩 그런 생각이 들더라고예. 부끄러운 얘기일 수도 있지만 그때 일어난 부대 내 총기 사고가 저를 살렸구나. 하고예, 아마 그때 저희 부대가 광주로 갔었다면 저는 그 기억 때문에 멀쩡히 살아있지 못했을 것 같습니다. 아무튼 죄송합니다. 그래서 그런지 저도 뉴스 보면 마음이 더 숙연해집니더." 진국은 40년 가까이 가슴에 깊이 묻어둔 자신의 짐 덩어리를 꺼냈다. 진국의 말을 들은 떡집 권사는 말을 잇지 못했다. 검은색 뚝배기에 담긴 하얀색 설렁탕 국물 위에는 피부 각질 같은 기름덩어리가 조금씩 만들어지고 있었다. 세 사람 모두 설렁탕이 나온 그대로 그 순간에 멈춰있는 듯했다. 떡집 권사는 서러움이 치밀어오르는지 꺽꺽거리며 울기 시작했다. 잊고 지내다가도 관련된 단어, 냄새, 소리, 촉감, 입맛에 의해 우리는 깊이 파묻어 두었던 오래된 기억을 끄집어낼 수 있었다.

"우리 권사님 동생분이 많이 그리우시죠. 그때 생각이 많이 나시나 봐요. 세상이 바뀌었으니까 죄지은 놈은 꼭 벌을 받을 거예요. 우리 하나님께서 그렇게 해주실 거예요. 권사님 진정하세요." 정 권사가 그녀의 어깨를 어루만지며 테이블 위에 있는 티슈를 몇 장 꺼내 건넸다.

"죄송합니더, 저도 죄송합니더." 진국이 연신 죄송하다는 말을 했다.

"사장님이 죄송하실 일 아니에요. 죄송해하지 마세요. 사장님이 그때 그 자리에 계셨던 건 아닌 거잖아요. 그 당시에 군인이었다는 이유만으로 죄송해하실 필요는 없으세요. 그리고 못할 짓을 하라고 시킨 그 인간이 제일 악질 중에 악질인 거죠. 옛날에도 보면 왕들이 전쟁 나게 만들어 놓고 애먼 백성들이 죽었잖아요." 울고 있는 떡집 권사의 어깨를 두드리던 정 권사가 다른 한 손으로는 맞은편에 앉은 진국의 손을 잡으며 진국을 위로했다. 따듯한 국물을 떠 올리는 새벽 공기 때문에 설렁탕 한 그릇을 먹기 위해 식당으로 갔던 세 사람은 예상치 못했던 사건을 마주했다. 그들은 설렁탕은 떠먹어 보지도 못하고 식당 밖으로 나왔다.

"죄송합니더. 조심히 들어가이소." 진국은 떡집 권사에게 또 죄송하다고 말했다.

"아니에요. 사장님 괜찮아요. 사장님도 마음 잘 추스르시고 조심히 들어가세요." 진정된 떡집 권사가 진국에게 진심 어린 말을 건넸다.

"내일 같은 시간에 갈게요. 내일 만나요. 사장님." 정 권사가 말했다.

"감사합니더." 캐비닛에 반듯하게 정리된 서류철처럼 자신의 아픈 기억이나 슬픔을 하나, 하나 잘 정리해서 넣어두었던 진국이 한 평생 가슴에 담고 살았던 옛 기억 중 하나를 겨우 꺼내 놓았다.

'죽을 때까지 아무한테도 말 못 할 것 같았는데, 어떻게 그 얘기를 내가 했지, 윤 교수 말이 다시 생각나네.'

그는 일요일 아침이라 사람이 없는 조용한 거리를 걸었다. 해가 조금씩 높이 떠오르자 공기도 조금씩 따듯해져 가고 있었다.

정 권사가 올 시간이 다가오자 진국이 김소월 시집을 꺼내 시를 필사하기 시작했다.

"안녕하세요. 오늘은 인절미예요. 어제 권사님이 사장님도 오랜 시간동안 혼자 애 끓였을 거라고, 많이 위로해 드리라고 했어요."

"예. 어서 오이소. 감사합니대이. 이렇게 매일 떡을 안 갖다 주셔도 괜찮은데, 매일 주시네예." 진국이 고마운 마음을 에둘러 표현했다.

"별말씀을요. 저희가 좋아서 그러는 거니까 부담 갖지 마시고 맛있게 드셔 주기만 하면 되세요. 그나저나 이건 시집 아니에요? 뭐하고 계셨어요?" 정 권사가 계산대 위에 펼쳐진 시집과 노트를 보고 물었다.

"예. 별 건 아니고 딸내미가 제가 혹시 나중에 치매 올까 걱정이 되는지 시를 베껴 써보라 카데예. 이게 치매를 예방해 준다면서예, 그래서 매일 시 한 편씩 베껴서 쓰고 있습니다. 제가 다 쓰고 나면 딸내미가 와서 확인해 보고 '참 잘했어요.'라고 적어줍니더." 진국이 재롱잔치에서 재롱을 뽐내듯 말했다.

"따님이 아버지를 정말 아끼나 봐요. 참 보기 좋아요. 그나저나 사장님 마트는 할 만하세요?" 정 권사가 웃으며 진국이 보여주는 시를 구경하며 물었다.

"잘 모르겠습니더. 그냥 해야 해서 하고는 있는데 생각했던 것보다는 많이 힘든 것 같습니더."

"어떤 점이 제일 힘드세요?" 정 권사가 몸이 아파 온 환자에게 어디가 아파요. 하고 묻는 의사처럼 질문을 시작했다.

"아무래도 제가 손이 조금 불편하다 보니 물건 잡아서 바코드 찍고 계산하는 게 아직도 완전히 손에 익숙해지지는 않아서 사람들이 한 번에 몰리면 긴장합니다. 긴장하다 보니 돈을 더 내주거나, 더 받아서 문제가 생기기도 하고예. 제가 더 내준 잔돈만 해도 벌써 10만 원은 넘을 깁니다. 그리고 사람들이 외상을 하는데 참 쉽더라고예, 안 해준다고 할 수가 없어서 그냥 해주고는 있는데 해줄 때마다 물건은 나가서 비는데 들어오는 돈은 없으니까 뚫린 장독대에 물 붓는 거 같습니다. 사람들이 저한테 할아버지라고도 부르고 뭐 좀 모자란 것 같다는 소리도 한다고 하는 것 같던데, 그런 거야 그냥 담담하게 한 귀로 흘리면 되니까 괜찮은데 술 먹고 와서 싸우자는 것처럼 달려드는 사람들도 있어서 그것도 좀 힘들고예. 매일 와서 술 사가는 아가씨가 있는데 너무 말라서 어떻게 서 있나 싶은 아가씨가 매일 소주를 다섯 병씩 사갑니다. 근데 외상으로 가져가예. 외상이 쌓이는 것도 걱정이고, 아파 보이는 아가씨한테 술을 팔아도 되는지도 걱정입니다. 그리고 물건 값을 천오백만 원이나 냈는데 물건이 멀쩡한 게 없었으예. 저는 모르고 그냥 팔았는데 손님들이 날짜 지났다고 가져와서 보니까 물건 날짜 다 된 게 엄청 많더라고예. 저도 마트가 처음이라 물건마다 날짜를 확인한다는 그 당연한 사실도 몰랐고예, 집사람이 처음에 마트 고를 때 물건을 어떻게 계산할 건지 제대로 정하고 시작했으면 그 정도로 손해 보지는 않았을 기라예. 한 달 동안 진짜 고생 많이 했네예. 제가 말이 너무 많았지예." 진국이 정 권사의 물음을 기다렸다는 듯 힘든 점을 한없이 쏟아내고는 민망한지 머리를 긁적였다.

"저런, 제가 모르는 어려운 점들이 많으셨네요. 그러면 마음에 쌓이는 그런 부정적인 마음들은 어디에 풀 곳이 있으신가요?"

"아니요. 뭐 딱히 없습니다. 제가 지금 술을 마시면 안 되는 상태라서예,

술도 못 마시고예. 그렇다고 누구한테 이렇게 말을 하는 것도 아니고예. 딸이 와서 가게 봐주면 그냥 한 번씩 양서산에 올라갔다 옵니더. 그러면 조금이라도 마음이 편해지더라고예."

"그래도 산에라도 가신다니까 정말 다행이에요. 사장님, 이번 주는 예배에 꼭 오셔서 목사님 말씀을 들어보세요. 그리고 하나님께 간절히 기도 올리세요. 하나님은 사장님의 마음을 다 헤아려주시고 보듬어주실 거예요." 정 권사는 진국의 손을 두 손으로 잡고 말했다. 포개어진 정 권사의 손 덕분인지 아니면 따뜻한 정 권사의 위로 덕분인지 몰라도 진국은 처음으로 기도를 해야겠다는 생각이 들었다. 그녀의 말대로 하면 정말로 효험이 있을 것만 같았다.

"예. 한 번 가보겠습니더. 내일도 오십니꺼?"

"네. 내일도 당연히 올 거예요. 오늘은 이만 가볼게요. 사장님 힘내세요. 하나님이 있으시잖아요. 하나님이 사장님을 축복하실 거예요. 떡집 권사님이 그러셨어요. 사장님 정말 여린 사람인 것 같다고요. 어제 너무 갑작스럽긴 했어도 그런 얘기 나눌 수 있어서 다행이었대요. 자기는 억울하게 먼저 간 동생 생각밖에 못했는데 그 사건과 연관된 수많은 사람들을 생각해보게 되는 계기가 됐대요. 아무튼 사장님 기운 내세요. 그리고 꼭 교회에서 하나님 은혜받으시고 예수님께 구원받으세요." 정 권사가 진국을 향해 손을 흔들고 마트를 나갔다. 진국은 정 권사가 잡아줬던 양손을 맞잡고 기도하듯 고개를 숙여보았다.

"여보세요?" 선심에게서 온 전화였다.

"찬이 아빠. 오늘 저녁에 주변 공사장 인부들 회식이 있는데 30명이 넘는다고 하네. 오늘 너무 늦게 끝나면 그냥 찜질방 가서 자고 내일 바로 식당으로 나오려고 생각 중인데, 그래도 괜찮지?" 그녀는 진국에게 괜찮냐고 물었으나 이미 자신의 생각대로 하기 위해 통보하는 중이었고 진국도 그 사실을 알고 있었다.

"내가 안 괜찮으면 어쩔 건데? 알아서 해라." 진국이 유일하게 짜증을 낼 수 있는 상대인 선심에게 짜증을 내며 전화를 끊었다. 집에 들어오지도 않을 거면서 중요한 순간에 자신을 방해한 것에 기분이 불쾌해졌다.

"안녕하세요. 쓰레기봉투 왔습니다."

"어서 오이소." 진국이 반갑지 않은 내색을 하며 자리에서 일어섰다.

"오늘은 수량이 좀 적네요. 여기 사인 부탁드립니다."

"여기 있습니다. 아, 그리고 제가 그 정당 가입 신청서에 제 이름을 적지는 못할 것 같습니더." 진국이 쓰레기봉투 값을 치르며 어렵게 말을 꺼냈다.

"안 그래도 따님이 불 같이 화를 내긴 하셨잖아요. 실례지만 따님이 다른 정당 활동을 하거나, 정치계 쪽에 인연이 있으십니까?" 히프 색 일수 가방을 든 남자가 물었다.

"아니요. 그런 거 아닙니더. 그냥 공부하는 대학원생이라예." 진국이 손사래를 치며 말했다.

"근데 왜 그렇게 반대하는 거죠? 그냥 저한테 적어주시고 따님께는 안 했다고 하면 안 될까요? 어차피 사장님이 얘기 안 하면 모를 거 아닙니까?" 남자가 끈질기게 진국을 설득했다.

"이러시면 곤란합니다. 저는 안 됩니더. 딸한테 거짓말을 할 수가 없어서예." 진국이 다시 한번 확실하게 거절했다.

"그냥 해주면 될 걸, 뭐가 어렵다고 그거 하나 안 해주세요? 진짜 꽉 막힌 양반이네. 그래서 장사는 어떻게 하십니까? 아…… 죄송합니다. 제가 조금 다혈질이라서, 참 사장님도 답답하네요. 제가 오늘 와서 다시 부탁했다는 얘기는 따님한테 하지 말아 주세요. 그 정도는 해주실 거죠?" 남자는 로마 신화에 나오는 앞뒤가 다른 두 얼굴을 가진 야누스처럼 갑자기 화가 나 소리를 질렀다가 다시 공손하게 죄송하다고 말했다.

"얘기는 안 하겠습니다. 그럼 안녕히 가이소." 진국이 말한 얘기는 핑계였다. 그는 전날 얘기한 떡집 권사와 정 권사가 생각났다. 자신이 쓰레기봉투 담당자가 가입하라고 준 정당에 가입하는 일은 떡집 권사와 정 권사를 기만하는 것이나 다름없다고 생각했다. 비싼 쓰레기봉투를 그냥 준다는 얘기에 혹했었지만 돈 몇 푼에 그가 오랫동안 숨겨온 죄책감과 그에 따른 양심을 팔고 싶지는 않았다.

―

정 권사는 매일 정오가 되면 떡을 들고 진국을 찾아왔다. 어떤 날은 손님을 데리고 왔다며 정 권사가 친하게 지내는 다른 신도들을 마트에 데리고 와서 진국에게 소개해 주기도 했다. 진국은 정 권사와의 약속을 지키기 위해 매주 일요일 새벽이면 목욕을 하고 교회에 갔다. 그는 정 권사의 권유대로 목사님의 설교를 듣고 헌금을 냈다. 진국은 결혼 이후로 자신을 위해 돈을 쓰는 일이 거의 없었다. 친구들의 경조사에 내는 돈이나 친구들과의 계모임에 내는 회비가 진국이 쓰는 생활비의 전부였다. 그는 차비도 아깝다며 늘 자전거를 타고 다녔고, 자전거를 탈 수 없는 날이면 걸어 다녔다. 아무리 배가 고파도 자기 돈으로는 밖에서 밥을 사 먹지 않았다. 그랬던 그가 교회에 헌금을 한다는 사실은 그 스스로에게는 천지가 개벽되는 일이나 다름없었다. 그는 그렇게 변하고 있었다. 정 권사의 정성과 마음에 그는 그렇게 달라지고 있었다. 하지만 아무리 교회에 가서 설교를 듣고 예수님을 봐도 정 권사가 경험했다는 구원받는 느낌을 받을 수는 없었다.

"당신 요즘 일요일 아침마다 어디가?" 교회 예배가 끝나고 가게의 문을 연 진국에게 선심이 찾아와 물었다.

"어? 밑에 큰 길에 있는 교회 간다. 교회에 계신 분들이 내가 새로 왔다고 물건도 많이 팔아주시고 잘해주셔 갖고……" 선심의 갑작스러운 관심에 놀란 진국이 말했다.

"내가 교회는 가지 말라고 했지?" 선심이 화가 날 때 나오는 저음으로 물었.

"당신은 절에 다니는 사람이 마음이 너그러울 줄도 알아야지. 그런 걸로 속 좁게 그러면 되나."

"속이 좁긴 뭐가 좁아요. 교회 다니는 사람들은 온 집안사람들이 교회에 다니는데 가족 중에 한 명이라도 절에 가겠다고 하면 절대 안 된다고 반대하잖아. 그거랑 똑같은 것뿐이야."

"부처님도, 예수님도 서로 사랑하라고 하신 건 똑같다 아이가, 신경 쓰지 마라."

"도대체 무슨 바람이 분 건지 알 수가 없어. 당신 마음대로 해요." 선심은 진국에게 어떤 기대도 없었다는 듯 바로 체념했다. 진국은 선심의 말에 양심이 조금 찔렸다. 그렇다고는 해도 자신이 나쁜 짓을 하고 있는 것은 아니라고 합리화했다.

-

입하가 지나고 본격적인 여름이 다가오고 있었다. 진국은 매일 정 권사를 기다렸다. 정 권사는 진국이 교회에 정기적으로 다니기 시작한 뒤부터 매일 찾아오지 않았다.

"사장님, 저 왔어요. 오늘은 그냥 지나가다가 들린 거라 떡은 없어요." 정 권사는 오랜만에 마트로 찾아왔다.

"어서 오이소. 떡이야 뭐 늘 주셔야 하는 것도 아닌데요. 요즘 많이 바쁘신 가 봅니다." 진국이 이제 왜 매일 오지 않느냐는 말을 자신만의 언어로 표현했다.

"네. 요즘 옆 동네 상가에 새로 오픈하신 분들이 몇 분 계셔서 다른 곳을 도느라고 좀 바빴어요."

"다른 동네…… 예. 정 권사님 일이시니까 바쁘게 다니셔야지예." 이상한 질투심이 샘솟은 진국이 차마 다 표현하지 못하고 정 권사가 하는 일을 지지하는 척했다.

"오늘은 잠깐 들린 거라 바로 가 봐야 해요. 사장님 교회에서 만나요!" 어느 순간부터 정 권사는 처음에 왔을 때와 달리 계산대 앞에 있는 간이 의자에 앉지 않았다. 그녀는 바쁘게 가게를 떠났다. 진국은 갑자기 불안해졌다. 정 권사가 마트에 오지 않을 수도 있겠다는 생각이 들었다. 그리고 진국의 불안은 현실이 되어 그 뒤로 정 권사는 찾아오지 않았다.

-

"사장님, 이번 달 월세도 현금으로 준비해 줘. 알았지? 통장으로 들어오면 기록이 남으니까 세금 신고하기가 좀 귀찮거든, 전 사장도 늘 현금으로 준비해서 줬으니까 저번 달처럼 이번에도 현금으로 준비해주고 관리비를 좀 내야 할 것 같은데 화장실 쓰니까 5만 원 더 줘. 나 지금 외출해야 하니까 오후에 다시 올게." 멀리서 보면 점만 찍혀있는 것처럼 보이는 L가방을 든 건물 주인이 화장을 짙게 하고 와서 말했다.

"예. 알겠습니다." 전 씨 말처럼 손님은 적은 편이 아니었지만 물건 값이 생각했던 것보다 비싸서 남는 것이 없었다. 게다가 비싼 월세를 주고 나면 진국의 수중에 남는 건 진국이 이삿짐을 할 때 벌던 돈의 반도 안 되었다. 건물 주인이 다녀간 후 진국은 월세를 맞추기 위해 지폐를 세고 있었다.

"어서 오세요." 젊은 청년이 한 명 들어오자 진국이 인사했다. 아침 7시에 문을 연 이후 처음으로 들어온 손님이었다. 진국은 그날의 첫 손님이 왔다는 사실에 기분이 좋아졌다. 청년은 다른 말을 하지 않고 술 냉장고로 갔다. 마트를 두 달 넘게 해 오면서 한 번도 본 적 없는 낯선 젊은이였다.

"사장님. 여기 제가 찾는 술이 안 보이는 것 같은데, 이쪽으로 와서 한 번 봐주시겠어요?" 청년이 진국을 불렀다.

"네. 잠깐 만예, 금방 갑니더." 진국은 세고 있던 지폐를 계산대 위에 올려두고 청년이 있는 술 냉장고로 움직였다. 그때 문을 열면 나는 종소리가 들렸다.

"어서 오세요." 진국은 종소리를 듣고 습관처럼 인사를 했다. 그는 청년이 찾고 있다는 술을 창고에서 꺼내 주기 위해 술 냉장고 옆에 있는 실내 창고로 갔다. 술을 찾던 진국은 갑자기 눈 앞에서 새파란 불꽃이 튀는 것 같았다. 그가 찾아낸 술병을 들고 재빨리 창고 밖으로 나와 계산대로 달려가니 월세를 맞춰주기 위해 세고 있던 돈이 사라져 있었다. 진국은 술 냉장고가 있는 곳으로 뛰어갔다. 술을 찾던 청년이 보이지 않았다. 정신이 혼미해진 진국이 다시 계산대로 와보니 늘 닫아 놓는 가게 문이 바깥을 향해 열려 있었다. 진국은 밖으로 뛰쳐나가서 마트 주변을 살폈다. 길에는 젊은 청년은커녕 사람 한 명도 보이지 않았다. 다급해진 진국은 가게 안으로 들어가 선심에게 전화를 걸었다.

"여보, 여보. 큰일 났다. 큰일 났다. 주인이 가겟세 달라 그래서 돈 맞추려고 계산대 위에서 돈 세고 있었는데, 그때 갑자기 이 동네 사람이 아닌 것 같은 젊은 남자가 들어와서 자기가 찾는 술이 없다고 술 좀 찾아달라고 그러 길래 돈은 생각지도 못하고 바로 손님한테 갔는데 10초도 안 돼서 문 여는 소리가 들리는 것 같아서 바로 계산대로 달려가 보니까 돈은 벌써 사라지고 없더라. 환장하겠다." 진국이 흥분해서 빠르게 말했다.

"찬이 아빠. 진정해 봐, 진정해 봐. 돈 얼마 있었어? 없어진 돈이 총 얼마야?"

"내 주머니에 오만 원짜리 지폐가 10장 있으니까 한 50만 원 되는 거 같다." 진국이 바지 주머니를 뒤져서 돈을 세며 말했다.

"그나마 다 잊어버린 건 아니라서 다행이네. 일단 경찰에 신고해 봐. 그래도 CCTV가 있으니까 범인을 잡을 수도 있잖아." 선심이 진국을 달래며 말했다. 진국은 전화를 끊은 후 바로 112를 눌렀다. 진국이 신고하자 관할 파출소에 있는 경찰들이 빠르게 마트로 왔다.

"사장님 죄송합니다만, 저희 마음대로 CCTV를 돌릴 수가 없어서 이건 CCTV 담당자한테 전화를 거셔야 할 것 같습니다. 지금 당장으로는 저희가 해결해 드릴 수 있는 일이 없습니다." 진국의 상황을 들은 경찰들이 진국에게 말했다.

"예? 아무것도 할 수가 없다고예? 와예? 경찰인데 CCTV를 확인하실 수 없으십니꺼?" 진국이 따지듯 물었다.

"죄송합니다. 이 기계는 저희가 만질 수 있는 기계는 아닌 것 같습니다. 일단 신고를 하셔서 저희가 오기는 했는데 이런 사건 같은 경우에는 잡을 수도 없고 잡는다고 해도 잃어버리신 돈을 찾기가 어려울 수도 있습니다. 사실 큰돈은 아니지 않습니까."

"큰돈이 왜 아닙니꺼, 가겟세 내야 하는 큰돈입니더. 저한테는 남들한테 몇 천만 원되는 큰 돈이나 마찬가지입니더. 경찰이라 하시는 분들이 시민이 도움을 청하면 도와주실 줄도 알아야지 이거 너무 무책임하신 거 아입니꺼. 물론 더 큰 일도 많으실 거고 고생하는 것도 모르는 건 아닌데예, 민중의 지팡이니 뭐니 그런 건 다 어디갔습니꺼." 진국이 진국답지 않게 평소라면 밖으로 꺼내지 못했을 말을 모두 꺼내며 소리를 높였다.

"죄송합니다. 정말 죄송합니다만 저희는 일단 이만 가보겠습니다. 저희가 해드릴 수 있는 게 없습니다. 정말로요. CCTV 담당자한테 전화하셔서 영상 돌려보시고 범인처럼 보이는 사람 보이면 다시 전화는 줘 보십시오. 그래도 돈 찾기는 어려울 겁니다." 경찰들은 진국의 화를 다 받아줄 수 없다는 듯 가게에서 나와 파란색 경찰차에 올라탔다. 진국은 갑자기 이 모든 일이 너무 버겁게만 느껴졌다. 이 마트를 하면서 겪고 있는 일들을 그는 감당할 수 없었다. 이것과는 비교도 안 되는 더한 일을 겪어왔음에도 그에게는 이 일이 가장 힘들었다. 마트를 인수하게 한 선심이 원망스러웠다. 하지만 자신이 아팠던 것을 원망해야 할지, 아니면 자신을 그렇게 아프게 만든 가족들을 원망해야 하는 지도 알 수 없었다. 그는 고개를 숙이고 계산대에 얼굴을 파묻었다. 숨을 쉬기가 싫어 숨을 참았다.

"사장님, 안녕하세요." 그때 조막만 한 얼굴에 백설기처럼 하얀 피부를 뽐낸 정 권사가 웃으며 들어와 낭랑한 목소리로 인사했다. 중천에 떠 있는 해가 그녀를 비추었다. 햇살이 감싼 그녀의 모습은 영롱한 광채가 나고 눈이 부셨다. 진국은 진이 나가 축 처진 몸에 갑자기 어떤 거룩한 에너지가 퍼지고 있는 느낌을 받았다. 비로소 그는 자신이 구원받았다는 생각이 들었다. 그가 정 권사에게 들은 후 머릿속에서 한 번도 잊은 적 없던 구원 그, 구원이었다.

문이 열린 감옥

111년 사상 최고의 폭염이 이어지는 여름이었다. 이미 예고된 바 있는 지구의 뜨거움이 전 세계를 달구었다. 더 나은 세상을 바라는 인간의 욕구이자 본성이 멈출 줄 모르는 기술 개발과 산업화를 이끌었다. 지구온난화는 가속되었고 덕분에 진국 역시 폭염을 피해 가지 못했다. 연일 계속되는 폭염 뉴스에 진국은 자신이 끓는 물속에 개구리 같다고 생각했다. 자신만의 문제가 아니라 전 인류가 함께 고민하고 해결해야 할 문제였다. 그러나 세상은 지켜야 할 것보다는 가져야 하는 것들을 더 중요하게 여기는 듯 보였다.

"아빠, 재활용 모아 놓은 비닐봉지 줘." 찬미는 재활용 수거를 업으로 하는 사람들이 여름에 가장 힘들어한다며 손님들이 버리고 간 재활용 쓰레기를 매일 물에 헹구어 말렸다.

"근데 이렇게 하는 게 환경에 더 좋은 거 맞나? 물 낭비하는 건 아니가?" 진국이 생각하기에 물로 모두 씻어 버리는 것은 물을 낭비하는 것처럼 느껴졌다.

"그래서 물 아껴야 하니까 한 번에 바로 헹군다. 나름대로의 기술이 필요하다. 물이 아깝기는 해도 여름에는 특히 단 게 묻는 모든 거에는 초파리가 많이 꼬인다. 그거만 꼬이면 다행인데 참치 캔이나 골뱅이 캔 같은 거는 구더기까지 생기잖아. 아빠도 힘들게 일하는데 누가 힘든 거 알아주면 고마웠제? 그분들도 그러실 거다. 우리 같은 사람이라도 있어야지 그분들도 일하실 맛이 나겠지." 그녀는 자신이 세상에 태어나서 다른 생태계가 필요한 수많은 자원을 갉아먹고 있다고 말해왔다. 세상으로부터 얻은 것을 모두 돌려줄 수는 없더라도 최소한의 선한 행동이라도 해서 세상을 위하는 마음이 조금씩 퍼져나가기를 바란다는 신념으로 살고 있다고 했다.

"그래. 우리 딸 착하네." 그는 건성으로 대답했다. 진국에게는 그녀의 신념이 지나쳐 보였다. 그가 보기에 찬미의 선행이 누군가에게는 선행일 수 있으나, 누군가에게는 오지랖이고 가끔은 민폐가 될 수도 있음을 찬미만 모르는 듯 보였다. 그녀는 손님들에게 친절할 때는 과하게 친절해서 마트에 있는 물건을 다 줄 것 같이 굴었다. 그러다가도 손님이 자신을 무시하거나, 진국에 대해 안 좋은 얘기를 꺼내면 순식간에 돌변해서 손님들이 하는 말꼬투리를 하나하나 잡고 물어뜯었다. 그녀가 돌변하는 것을 보면 진국은 긴장할 수밖에 없었다. 찬미와 싸워 마트에 오지 않는 손님들이 계속 늘어났기 때문이다. 진국은 자신의 딸이 갈수록 극단적인 모습을 띠는 게 불안했다.

"아빠, 나 자랑할 거 있다." 재활용을 모두 헹궈 말린 찬미가 마트 안으로 들어와서 진국에게 말했다.

"뭔데?"

"나 며칠 전에 길에서 엄청 두툼해 보이는 지갑을 주웠어."

"그게 뭐 자랑이라고?" 진국이 대수롭지 않은 듯 말했다.

"아냐, 계속 들어봐. 당연히 내가 지갑 주운 건 자랑이 아니지. 그래서 바로 112에 신고했어. 지갑 주웠는데 두툼한 걸 보니 돈이 꽤 많이 든 것 같다고, 그러더니 내한테 위치 묻고 이동하지 말라고 하고서는 경찰이 10분도 안 돼서 금방 왔어. 그래서 내 이름이랑 전화번호 적어주고 지갑 드렸는데, 지갑 주인이 나한테 사례하고 싶다고 내 연락처를 알려달라고 하셨대. 그래서 경찰서에서 전화가 왔더라고. 경찰이 옆에 계신다고 바꿔줘서 통화했는데 내가 사례는 안 받는다고 거절했어. 경찰이랑 그분이 계속 정말 안 해도 되냐고 물어봤는데 내가 사례 받을 생각하고 지갑 주워서 신고한 거 아니라고 괜찮다고 그랬어. 그러니까 나한테 엄청 고맙다고, 나 정말 좋은 사람이라고 칭찬해주시더라. 잘했지?" 찬미가 자신의 선행에 신이 나는지 똥 마려운 어린아이처럼 몸을 배배 꼬면서 말했다.

"야, 니는 생각이 있나 없나. 사례금을 받아야지. 왜 안 받아? 하여튼 아가 참말로 이상하네. 니 돈도 못 버는 아가 왜 남이 준다는 돈을 안 받노. 그 사람 입장에서는 니가 찾아줬으니까 다른 사람이 주웠으면 완전히 다 잃어버렸을 수도 있는 돈이니까 사례해도 손해가 아니잖아. 어떻게 그렇게 생각이 짧노. 그래서 이 세상을 살아가겠나? 참말로 답답해 죽겠네." 진국이 무더위에 더 화가 났는지 진국답지 않게 딸을 몰아세웠다.

"왜? 아빠, 왜 그렇게 세속에 물들었어? 이놈의 마트가 그렇게 만들었어? 아빠 나보다 손님들한테 서비스 더 많이 주잖아, 아빠 좋은 사람이잖아. 근데 왜 그래?"

"손님한테 서비스 주는 거랑 사례금 안 받는 게 같나, 아부지는 니 등록금 벌려고 하루 종일 마트에서 일하는데, 니는 한다는 소리가 그걸 자랑이라고 하나." 진국이 딸의 말대답에 더 화가 나서 소리를 높였다.

"아, 정말 아빠 그러는 거 너무 싫다. 아빠는 모든 게 다 돈으로 시작해서 돈으로 끝나지. 돈이 아빠를 행복하게 해주는 것도 아닌데 왜 그렇게 평생을 돈에 집착하면서 살아? 지금까지 돈 벌어서 제대로 쓰지도 못 했으면서 그렇게 돈이 좋으면 벌어서 쓰기라도 해 보든가, 그 사례금 몇 푼 받는 거보다 내 신념대로 내가 행동하고 그래서 다른 사람이 조금이나마 기뻐하고 고마워해 주면 나는 그것만으로도 수천 배는 더 행복해지는 사람이다. 나는 내가 행복할 수 있는 방법을 찾아서 살 거다. 아빠처럼 평생 돈, 돈 거리면서 아까워서 밖에서 밥 한 그릇 못 사 먹고, 죽어라고 돈만 보고 살지는 않을 거다. 내 등록금 내가 공부 천천히 하더라도 일해서 벌면 된다. 나 이제 아빠 돈 필요 없으니까 그놈의 돈 실컷 모아서 죽을 때 가져가라. 당분간 안 올 거니까 그렇게 알아." 찬미는 진국의 마음을 송곳으로 후벼 팠다. 그녀는 가방을 챙겨 가게를 떠났다. 진국은 공부를 잘했음에도 돈이 없어 대학에 가지 못한 것에 한이 맺혀 있었다. 가난한 시골집에서 팔 남매의 막내로 사는 것은 서러운 일이었다. 베트남전에 참전했던 그의 큰형이 복귀하자마자 중동으로 가서 돈을 벌어 보내주었다. 덕분에 팔 남매가 모두 생활할 수 있었다. 그에게는 엄마 역할을 해주던 큰 형수가 있었는데, 진국만 대학에 보낼 수는 없다며 그의 대학 진학을 반대했다. 그래서 그는 자신이 하고 싶은 공부를 포기해야 했다. 돈 밖에 모른다는 딸의 비수가 가슴에 박힌 진국은 자신이 군에서 제대한 후 연탄 공장과, 타이어 공장 같은 곳에서 얼마나 힘들게 일 했는지를 떠올리며 옛 생각에 잠겨 있었다.

-

"어서 오세요." 젊은 여자 손님이 마트에 들어서자 진국이 자리에서 일어나 인사했다.

"윽, 이게 무슨 냄새야. 그리고 가게는 왜 이렇게 더워요? 냉방 중이라고 적혀 있는데 바깥 보다 더 덥네. 아, 죄송해요. 아저씨 그냥 나중에 올게요." 젊은 여자 손님이 짜증을 내며 밖으로 나갔다. 손님이 마트에 왔다가 그냥 나가는 일이 진국에게는 큰 스트레스였다. 찾는 물건이 없거나 가게가 더워서 나가는 손님이 늘어나자 그는 속이 타 들어가는 것 같았다. 한여름이 되자 제 기능을 하지 못하는 에어컨 때문에 마트에 들어오지 않는 단골손님들도 많아졌다. 찬이 자신의 돈을 들여 마트의 오래된 에어컨을 바꿔 주겠다고 했다. 그러나 진국은 찬의 결혼 비용에 보태야 한다며 아들이 돈 쓰는 일을 막았다. 선심과 찬미도 손님들을 위해서라도 에어컨을 교체하라고 얘기했다. 하지만 그는 무더위는 한 달도 되지 않을 뿐만 아니라 언제 재개발이 돼서 나가야 할지 알 수 없는 노릇이라며 가족들의 권유를 무시했다. 그는 깊게 한숨을 쉰 후, 습관적으로 자신의 티셔츠를 잡아 코에 대고 킁킁거렸다. 손님들이 말하던 쉰내가 티셔츠에서 풍겼다. 진국은 자신의 옷에서 나는 쓰레기 썩는 듯한 불쾌한 냄새에 대해 잘 알고 있었다. 선심이 식당 일로 바빠져 집에 들어오지 못하자 그는 스스로 빨래를 해야 했다. 하지만 마트 영업이 끝나는 시간은 밤 12시가 넘었다. 늦은 시간에는 세탁기를 돌릴 수 없어서 아침에 일어나 세탁기를 돌려놓고 밤에 들어가서 옷을 꺼내 널면 늘 그 냄새가 났다. 날씨가 더워 쉰내의 악취는 더 심했다. 선심이 떠난 대구 집에서 그가 혼자 지낼 때 사람들은 그에게 홀아비 냄새가 난다고 했다. 그는 쉰내가 그때의 홀아비 냄새와 같다는 것을 알고 있었다. 아내가 곁에 있음에도 홀아비 행색을 풍겨야 하는 자신이 비참하게 느껴졌다. 찬미도 그 냄새를 맡으면 인상을 찌푸리게 된다며 진국에게 잔소리를 했다. 하지만 그로서는 억울한 노릇이었다. 그에게는 쉬는 날이 없으니 따로 빨래를 할 수 있는 날이 있는 것도 아니었다.

"그놈의 가시나, 남 걱정은 오지게 하면서 지 아부지는 어떻게 살든 말든 신경도 안 쓰네. 이기적인 가시나. 내가 누구 때문에 돈 버는데……" 진국은 딸이 남들에게는 잘하면서 자신에게는 무관심한 일이 서러웠다. 10년 전 가족이 그의 곁을 떠났을 때처럼 지금도 그들은 그에게서 멀어져 가고 있었다.

—

"안녕하세요. 두부 왔습니다." 맛이 좋다고 소문난 두부 회사의 배송 담당자였다.

"안녕하세요. 날이 너무 더워서 두부가 너무 금방 상하네예. 죄송합니더."

"여기가 다른 마트보다 많이 더운 편이긴 하네요. 에어컨을 틀었는데 밖에 있는 온도랑 별 차이가 없어요. 그러니 냉장고 온도를 낮춰놔도 다른 곳보다 두부가 금방 상하지요." 늘 웃으며 말하던 배송 담당자가 심각한 얼굴로 얘기했다.

"죄송합니더. 그렇다고 상한 두부를 판매할 수는 없으니까예. 냉장고를 바꿔볼까 생각을 해봤는데 식품 냉장고를 교체하려면 한쪽 벽면을 뚫어서 냉장고를 빼고 다시 들여놔야 하는데 그 비용만 오백만 원이 넘더라고예, 사장님이 조금만 이해해 주이소. 죄송합니더." 진국이 어려운 사정을 얘기하며 연신 죄송하다는 말을 반복했다.

"제가 직접적으로 피해를 보는 건 아니니까 저한테 죄송하실 일은 없으세요. 겨울에는 교환이 거의 없는 대신 여름에는 많은 게 당연한 일이긴 한 거죠. 그나저나 사장님은 이렇게 더운 곳에서 어떻게 견디세요? 냉장고 열기가 있어서, 바깥이나 여기나 별 차이가 없는 것 같아요. 에어컨은 고쳐보셨어요?" 배송 담당자는 마음이 너그러운 사람이었다.

"예. 너무 덥기는 덥지예. 이게 고친 기라예. 수리 담당 기사님이 오셔서 보디만 너무 오래돼서 가스를 넣어도 바람이 시원찮다 카네예." 진국이 마트 문 위에 설치된 칠 평형의 작은 에어컨을 가리키며 말했다. 에어컨 하단에는 마트가 이 동네에서 제일 처음 문을 연 시기로 추정되는 2004라는 숫자가 모델명과 함께 적혀 있었다.

"아이고, 냉장고는 둘째 치더라도 에어컨이라도 바꾸세요. 이 가게에 저 작은 에어컨은 너무 한 거 아닙니까, 바람이 시원하게 잘 나와도 저 작은 걸로는 이 공간이 더울 수밖에 없지요. 사장님, 저도 예전에 마트 하다가 이 일로 바꾼 건데, 마트에서 하루 종일 갇혀 있는 것도 보통 일이 아닌데 이 폭염에 이렇게 더운 곳에서 계시면 병나세요. 말이 좋아 마트 사장이지. 완전히 문이 열린 감옥에 갇힌 거나 마찬가지 아닙니까. 나가지도 못하고 여기 갇혀서 스트레스받고, 여름 되면 물건 금방 상하고, 아무튼 고생이 많으십니다. 두부 교환이야 저희가 해야 하는 일이니까 걱정 마시고 에어컨이라도 좀 바꾸세요. 사장님, 여기 사인해 주시고요. 그럼 토요일에 다시 뵙겠습니다."

"예. 그래도 저를 걱정해주시니까 너무 감사하네예. 더운데 이거라도 드시면서 가이소." 진국이 냉장고에 있는 시원한 이온 음료를 건넸다.

"사장님, 늘 이렇게 주시면 뭐 팔아 남기려고 그러세요. 정말 오늘까지예요. 감사합니다." 진국은 거래처 사람들 중에서 자신에게 가장 친절한 두부 배송 담당자가 올 때마다 음료를 주었다.

"제가 더 감사하지예. 조심히 가이소." 진국이 그를 문 밖까지 배웅했다.

진국은 사람들이 자신을 보고 갇혀 있다고 표현하는 것이 반갑지 않았다. 진국이 매주 교회 예배에 참석하자 어느 순간부터 오지 않는 정 권사도 진국에게 계속 이렇게 갇혀 있어서 어떻게 하냐고 말하고는 했다. 배송 담당자는 아예 감옥이라는 표현을 써가며 갇혀 있다고 하니 그는 마음이 찝찝해지기 시작했다. 그가 알고 싶지 않은 사실을 사람들은 걱정이라는 표현으로 말했다. 몰라도 되는 일을 알게 되는 것은 삶을 도리어 불편하게 한다는 것을 그도 잘 알고 있었다. 인간의 인지능력은 오묘하고 미묘하여 무엇인가 인식된 후에는 모든 것이 그것과 연결되었다. 그런 과정은 더 긍정적이거나 더 부정적인 것들을 쉽게 만들어 내고는 했다. 사람들에게 그 얘기를 들은 후부터 그는 정말 그런 것 같이 느껴져 모든 것이 더 부정적으로 보였다.

"문이 열린 감옥⋯⋯ 문이 열린 감옥⋯⋯" 진국이 혼잣말로 중얼거렸다.

―

"58300원입니다." 진국이 기쁜 표정을 숨기지 못하고 모니터에 찍힌 가격을 말했다.

"여기요. 그냥 일시불로 해주시면 되세요." 한여름에도 신사복을 정석대로 차려입은 진국 또래의 남성이 카드를 건넸다.

"예. 오늘도 이렇게 많이 사가시네예."

"손자, 손녀들도 있고 며느리가 과일이랑 술을 좋아하기도 해서요. 어차피 어디서 사든 사야 하는데 이왕이면 동네에 와서 사장님 매출 올려 드리는 게 저도 좋죠." 매주 목요일 밤이면 찾아오는 단골손님이 말했다.

"아이고, 사장님. 그렇게 말씀해 주시니까 제가 진짜로 감사합니다. 이거는 여기 같이 담을 테니까 술안주 하이소. 이 쥐포가 가스레인지 불에 살짝만 구우면 진짜로 끝내 줍니더. 맥주 사는 손님들은 이거 꼭 같이 사갑니더. 한 번 드셔 보이소." 진국이 여러 개의 봉지에 물건을 나누어 담으면서 계산대 옆에 있는 건어물 구역에서 쥐포를 가져와 넣었다.

"매번 이렇게 서비스 주셔서 사장님 뭐 남으신다고요. 아이, 참 감사합니다. 사장님처럼 서비스 잘 주는 사람도 없을 겁니다. 요즘 같은 세상에 마트에서 서비스가 웬 말입니까. 늘 감사할 따름입니다."

"제 딸이랑 집사람이 단골손님들께는 아낌없이 드려야 한다고 신신당부를 했거든예, 이 정도는 많이 드리는 것도 아닌데예. 제가 더 감사하지예." 계산을 끝낸 진국이 총 네 개의 검정 봉지 중 두 봉지를 들고 마트 밖으로 나갔다. 그는 단골손님이 올 때마다 문 밖까지 나가 배웅하고는 했다. 배웅은 작은 동네 마트에 일부러 찾아와서 매상을 올려주는 단골손님들에 대한 최소한의 감사 표현이었다.

"오늘도 배웅해주셔서 감사합니다. 다음 주에 또 올게요. 그럼 안녕히 계세요!"

"예. 조심히 가이소. 감사합니대이." 진국은 손님이 가고 있는 내리막길을 한참 동안 바라보았다. 손님은 마트에 오기 위해 자신의 집을 지나 언덕이 있는 마트까지 올라와주는 마음 따뜻한 사람이었다. 나눔 마트처럼 작은 동네 마트에서는 계산 금액이 이만 원 만 넘어도 꽤 큰 금액으로 쳤다. 그 손님은 일부러 많이 샀다. 진국도 그 사실을 알고 있었다. 그는 세상에 저런 손님들만 있으면 장사를 하는 사람들 모두가 행복해할 거라는 생각이 들었다. 그는 손님이 보이지 않자 가게로 들어가기 위해 돌아섰다가 다시 몸을 돌렸다. 안개와 구름이 많이 낀 밤하늘이 새삼스럽지는 않앉으나 분명 밤하늘임에도 하늘은 불그무레한 빛을 띠었다. 해가 떠오를 때나 해가 질 때는 붉은빛이 하늘에 스며들어 다채로운 색을 띠는 장면을 그도 자주 봐왔다. 그러나 해가 저문 지 몇 시간이 지났음에도 불그무레한 하늘은 그의 삶에서 처음 보는 광경이었다. 그의 머리 위로는 안개와 구름의 경계가 불분명하게 나뉘어 있었다. 다만 구분하자면 검뿌연 것이 구름인 듯 보였다. 경계가 모호하던 검은 구름이 자신의 힘을 과시하기라도 하듯 안개를 밀어내며 하늘 전체를 장악하기 시작했다. 그 주변으로는 봉숭아 색 같은 진한 다홍빛이 하늘에 퍼져 구름 사이사이에서 색을 드러내고 있었다. 그 풍경은 검은색 한지에 커다란 붓으로 불그죽죽한 점을 찍어 흩뿌린 것처럼 보였다. 진국은 낯선 생소함이 두려웠다. 불긋불긋한 그 하늘은 그의 마음 언저리에 있던 어느 불안을 돌로 찍어 누르는 것처럼 그를 불편하게 했다.

"재수가 없으려고……"

-

"어서 오이소. 할매." 진국이 하늘에서 시선을 거두고 마트로 들어가기 위해 문을 열 때 매일 외상을 하는 할머니가 마트 안으로 들어왔다.

"굵은소금 있어?" 할머니는 퉁명스럽게 말했다.

"거 안 쪽으로 가면 있습니더. 저번에도 사가셨잖아예. 그 냉장고 따라 들어가 보이소." 진국도 퉁명스럽게 대답했다. 쌓여가는 할머니의 외상값이 그를 매정한 인간으로 만들었다. 그는 언짢은 마음을 가라앉히고 계산대에 앉아 정면으로 보이는 벽걸이 텔레비전의 채널을 돌렸다. 그가 가장 좋아하는 낚시 프로그램이 막 시작하려던 참이었다. 그는 광고를 보며 프로그램이 시작하기를 기다리다 텔레비전 밑에 설치되어 있는 CCTV 화면에 눈길을 고정했다. 화면 속에는 할머니가 조미료가 진열된 칸에서 다시다로 보이는 물건을 들어 자신이 메고 온 천가방 안에 넣는 모습이 그대로 촬영되고 있었다. 그리고 할머니는 아무렇지 않은 듯 조미료 밑 칸에 있는 굵은소금을 들고 다리를 절면서 계산대 쪽으로 몸을 돌렸다. 진국은 눈앞에서 펼쳐진 절도의 현장을 보고도 아무 말을 할 수가 없었다.

"이거, 이거 달아나. 알았지?" 할머니가 계산대까지 오지 않고 문 밖으로 나가기 위해 힘겹게 문을 밀었다.

"할매, 잠깐만예." 진국이 성난 목소리로 할머니를 불렀다.

"왜?" 할머니는 몸을 바들바들 떨었다.

"소금 줘 보이소. 그거는 할매가 평소에 사가던 소금이랑 가격이 달라서 가격을 찍어봐야 압니더." 진국이 할머니 앞으로 가서 할머니가 손에 쥔 소금을 뺏어 들고 바코드 기계를 갖다 대었다.

"2800원입니더. 이거는 구운 소금이라 조금 더 비쌉니대이. 조심히 가이소." 그는 소금을 다시 할머니에게 건네고 직접 문을 열어주었다. 할머니는 아무 말도 하지 않고 마트 문을 나섰다. 진국은 자리로 돌아온 후 '다리 저는 할머니 외상 장부' 수첩에 8월 4일 밤 10시 구운 소금 2800원이라고 적었다. 그는 한숨을 쉬며 할머니 외상 장부를 첫 장부터 다시 살펴보았다. 6월에 시작된 장부에 다시다는 없었다. 할머니가 사간 상품들은 계란이나 라면 혹은 소금이나 설탕이 전부였다. 할머니도 다시다가 비싼 것을 알고 훔쳐간 것이 분명했다. 그래도 진국은 그냥 모른 척하기로 했다. 할머니 역시 진국과 비슷하게 뇌졸중에 걸려 다리를 절었고 말을 어눌하게 했다. 진국은 이른 나이에 병에 걸렸다. 불편한 건 있어도 회복도 빨라서 약을 먹을수록 상태는 좋아졌다. 그와 달리 할머니는 연세가 여든은 넘은 듯 보였고 진국처럼 쉽게 회복되기에 몸이 너무 허약해져 있는 것 같았다. 할머니는 마트에서 3분 거리에 있는 원룸 건물 지하에 살았는데 계란 한 판을 살 때도 자신이 들고 갈 수 없다며 진국에게 배달을 명령하기도 했다. 찬미는 할머니의 외상값이 쌓여 가는 것과 할머니가 퉁명스러운 점을 싫어하여 진국에게 할머니를 가게에 오지 못하게 하라며 화를 냈으나 진국은 그러지 못했다. 자신의 어머니가 살아 계시다면 할머니 정도의 연세가 되었을 거라고 생각했다. 외상값의 총액은 29만 원이 넘어가고 있었다. 무더위 때문에 매출이 떨어지고 있는 상황에서 그가 할머니에게 계속 외상을 해줘도 되는지에 대한 고민이 깊어져 가고 있었다. 할머니는 단한 번도 외상값을 언제 갚겠다는 말을 한 적이 없었다.

진국이 보기 위해 기다렸던 낚시 프로그램이 한창 방영되고 있었다. 출연자들이 경상도의 어느 섬에서 배를 타고 바다 한가운데를 가로질러가고 있었다. 배의 전동 장치와 바람이 만나 일으키는 거대한 바다의 출렁임이 진국의 눈에 들어왔다. 출연자들은 낚시 배 안으로 튀는 물살을 맞으며 깔깔거렸다. 밤이 되어도 마트는 데워진 냄비처럼 뜨거웠다. 지칠 줄 모르는 더위는 밤까지 덮쳐 진국을 숨 막히게 했다. 그는 부러운 눈길로 텔레비전을 들여다볼 뿐이었다.

"형님! 내가 왔소." 가짜 중이었다. 그는 다른 사람의 시선에는 관심이 없는 사람처럼 옷차림이 남루했다. 깎지 않은 수염은 턱과 인중 주변에 듬성듬성 나 있었다. 꺼먼색의 긴 코털은 자신의 존재를 증명하고 싶다는 듯 몇 가닥이 밖으로 삐져나와 있었다. 민머리는 가리기 위해 누르끄름한 밀짚모자를 쓰고 다녔다. 그에게는 진국의 옷에서 나는 쉰내가 났는데 땀 냄새와 섞여 진국의 냄새보다 조금 더 역한 내를 풍겼다.

"예. 왔습니꺼." 진국이 무심하게 대답했다.

"형님, 내가 왔는데 반갑지도 않소. 우리 형님. 섭섭하게 구시네. 그러면 내가 나중에 청담동 못 데려간다. 오늘은 족발!" 가짜 중이 환대하지 않는 진국을 보며 서운함을 토로했다.

"맨날 오는데 맨날 제가 반갑습니더. 해줘야 됩니꺼, 저도 사람인데 기분이라는 게 있지 않겠습니꺼. 맨날 이렇게 음식 안 사다 주셔도 되는데예."

"어, 우리 형님. 오늘 좀 예민하네. 밥을 안 드셨나 봐. 얼른 상이나 차립시다. 막걸리도 하나 갖다 줘요. 형님 딸한테는 미안한 얘기지만 형님 딸이 안 오니까 여기가 곧 내 세상이네. 형님 딸은 성질머리가 너무 드러워. 사회생활을 하기는 해요? 그렇게 표정 관리도 못 해서는 세상을 어떻게 살아가려고 하는지 몰라. 책 많이 읽으면 뭐해 세상을 모르는데, 하하하하." 가짜 중이 계산대 맞은편에 있는 의자에 앉으며 찬미에 관한 험담을 시작했다.

"오늘은 조금만 드시고 가이소." 진국은 자신의 딸에 대해 안 좋게 떠들어대는 가짜 중에게 아무 말도 하지 못했다. 그가 할 수 있는 최선은 그저 못 들은 척 넘어가는 것뿐이었다.

"에이, 형님도 참. 그게 내 마음대로 되면 내가 술을 진즉부터 안 마셨지. 오늘은 더 마셔도 돼." 그가 종이컵에 막걸리를 따르면서 말했다.

"오늘은 기분이 좋아 보이시네."

"그럼, 그럼. 기분 좋지. 내가 투자하려고 알아본 파주 땅이 있는데 돈 몇 푼 더 있으면 시세보다 더 싸게 살 수 있을 것 같거든."

"맨날 땅 보러 다닌다고 그러더만 좋은 데 발견하셨나 봅니더. 축하드립니더."

"형님도 이 마트만 아니면 나랑 같이 땅도 보러 다니고 산에도 가고 낚시도 가고 다 갈 수 있을 거 아냐. 전 사장처럼 일주일에 한 번이라도 좀 쉬쇼. 맨날 여기 안에서 답답하게 그게 뭐요."

"허허. 그게 뭐 제 마음대로 됩니꺼, 사장님이라도 돈 많이 벌어서 많이 다니이소." 가짜 중은 진국이 마트를 인수한 이후로 매일 음식을 포장해서 찾아왔다. 그리고 음식에 맞는 술을 마트에서 사서 진국과 함께 먹고 마셨다. 진국은 술을 마셔서는 안 되는 병에 걸렸으나 가짜 중은 그가 병에 걸렸다는 것을 개의치 않았다. 그들이 마트에서 냄새나는 음식과 함께 술을 마시는 광경을 본 찬미가 술병을 들고나가 밖에 뿌리면서 난리를 쳤다. 덕분에 그들의 사이가 어색해졌었다. 하지만 그녀가 자주 오지 않는 것을 알게 된 가짜 중은 그런 사건이 언제 있기라도 했냐는 듯 다시 찾아오고는 했다. 늦은 밤에 찾아오는 여성 손님들이 가짜 중을 부담스러워했다. 사람들은 마트에 들어왔다가 술판을 보고 밖으로 나가기가 일쑤였으나 진국은 가짜 중에게 찾아오지 말라거나 이곳은 술을 마시는 장소가 아니라고 말하지 못했다.

"에이, 같이 부자 됩시다. 그래서 말인데 형님도 부동산 투자하는 셈 치고 나한테 돈 좀 꿔줘요. 형님도 알다시피 내가 가족이 있어, 친구가 있어, 형님밖에 없잖소. 내가 형님 얼마나 좋아하는지 알지? 내가 청담동도 데리고 가고 남한산성 앞에 있는 맛있는 닭백숙 집에도 데려갈게." 가짜 중의 9번째 요청이었다. 그가 말끝마다 내뱉는 청담동이 진국은 못마땅해 꼴사나운 말은 그만 거두라고 말하려다 참았다.

"얼마나 필요한데예?"

"응? 빌려주려고? 형님이 빌려만 주면 나는 지옥 불구덩이 속에서도 웃을 수 있어. 1장이면 돼. 큰 거 한 장." 가짜 중은 이미 자신이 원하는 것을 얻은 사람처럼 자리에서 일어나 덩싯덩싯 거렸다.

"너무 좋아하지는 마이소. 아직 결정한 건 아닙니더. 딸내미 결혼시키려고 저축해 놓은 돈이 좀 있는데 정말로 필요하신 거면 제가 생각해 볼게예. 저는 남들하고 돈거래는 안 하고 살았습니더. 사장님이 저한테 잘해주고, 매일 제가 여기서는 못 먹는 음식들 포장해서 갖다 주고, 세상 이야기도 해주니까 감사해서 생각이나 해 볼라고 하는 깁니더."

"그래, 역시 내가 사람을 잘 봤어. 형님 서당 개 3년에 풍월을 읊는다고, 나도 가짜 중 노릇을 오래 했는데 사람 보는 눈이 없으면 되겠어. 어쩐지 내가 오늘 좋은 일만 생긴다 했어. 조금 전에 양서산 공원에 올라갔는데 글쎄 하늘이 붉은 거야. 내가 살다 살다 이렇게 오묘하고 신비로운 하늘은 처음 봤어. 아니 그 깜깜한 밤에 해 질 때나 보이는 그 붉은 점은 도대체 어디서 나타난 건가 싶더라니까. 얼마나 고운지 내가 그 하늘 보고 이제 내 인생도 잘 풀릴 일만 남았구나 생각했지. 저 빛은 나의 행운의 상징이라고 말이야. 형님이 돈 빌려주면 나도 이제 이 가짜 중 노릇 때려치우고 부동산 투자로 얻은 정정당당한 돈으로 마음 편하게 청담동 다니면서 살 수 있을 것 같어. 고마워 형님."

"예. 저도 봤습니더. 가능한 빌려 드리는 방향으로 해보겠습니더." 진국은 가짜 중의 얘기를 듣고 자신이 본 하늘을 떠올렸다. 그는 살면서 한 번도 행운이라거나 복이 찾아온다고 생각해 본 적이 없었다. 처음 보는 하늘 풍경을 보면서도 가짜 중처럼 그 풍경이 자신에게 행운을 가져다 줄 거라는 생각으로 이어지지 않은 까닭이었다. 도리어 그는 불행을 예고하는 것 같아 찜찜해했다. 같은 하늘을 봐도 누구에게는 행운의 시작이 되고 누구에게는 불운의 시작이 될 거라는 사실을 그는 짐작조차 할 수 없었다. 현상을 받아들이는 마음가짐이 현실을 움직일 수도 있음을 그는 결코 알지 못했던 것이다.

"근데 사장님은 왜 결혼도 안 하고 혼자 사십니꺼."

"형님 꼬락서니를 보니 결혼 안 한 게 너무 잘한 일 같아." 가짜 중이 진국에게 삿대질을 하며 과장되게 웃었다.

"제 꼴이 좀 그렇지예. 에이, 모르겠다. 저도 술이나 먹겠습니더. 오늘은 안 마시려고 했는데 그럴 수가 없네예." 진국은 가짜 중의 얘기가 불쾌하지 않았다. 자신의 결점을 희화화하는 코미디언처럼 그는 그의 결점을 끄집어내 보였다. 사실이었고 현실이었다. 진국은 주제나 사태 파악이 빠른 사람이었다.

"형님, 장난이요. 장난. 내가 보니까 인간한테 다 사주팔자가 있어. 결혼을 할 팔자가 있고 결혼을 못하거나 안 할 팔자가 있는 거지. 형님은 결혼할 팔자였던 거고 나는 안 할 팔자인 거지. 그래도 형님은 형님 아플 때 옆에서 챙겨줄 보호자라도 있지. 나는 세상에 나 혼자 뿐 아니오. 나는 형님하고 다르게 내가 버는 돈 다 나를 위해 쓴다는 것만 빼면 아플 때는 정말로 보호자가 있으면 좋겠다고 생각해요. 근데 그것도 잠깐이야. 나는 청담동에 가면 되니까 외로움이나 뭐 그런 건 모르고 살지. 암. 그렇고 말구."

"그렇지예. 다 사람마다 사주팔자가 있지예. 저는 전생에 무슨 죄를 그렇게 지었는지 모르겠네예. 왜 이렇게 평생 외롭게 살아야 하나 모르겠습니더. 보호자 있으면 뭐합니꺼, 딸내미는 자기 아빠가 어떻게 살든지 신경도 안 쓰고 동물이나 생판 모르는 사람들 돕겠다고 밖에 나돌아 다니는 데예. 제가 버는 돈으로 그렇게 싸돌아 댕기고예, 집사람은 뭐 말할 것도 없습니더. 그래도 사장님이랑 권 실장님이 매일 같이 찾아와 주셔서 그나마 제가 말동무도 생기고 저한테도 친구가 생긴 것 같아서 좋네예. 까짓것 뭐 돈 빌려 드리겠습니더. 그냥 주는 건 아니니까 돈 생기면 몇 푼씩이라도 갚아주이소." 진국은 스스로가 정말 많이 변했다고 생각했다. 그는 선심이 남들의 부탁을 거절하지 못해 돈을 빌려줄 때마다 선심을 무시하고 나무랐다. 그의 가장 친한 친구인 홍길이 친척의 보증을 섰다가 몇 억의 빚을 떠안고 자신에게 같이 한강에서 뛰어내리자고 했을 때도 보증 선 사람이 잘못이라며 홍길을 나무랐다. 아무리 거절을 못하고 싫은 소리를 못하는 진국이었어도 돈거래는 절대 하지 않았다. 그랬던 그가 알게 된 지 몇 달도 되지 않은 가짜 중에게 선뜻 천만 원이나 되는 돈을 빌려주기로 결정했다는 것은 그의 생을 뒤집어엎는 일이었다. 한 평생 신을 불러본 적 없는 진국이 정 권사 때문에 교회에 가서 하느님을 찾는 일도 마찬가지였다. 사람이 큰 화를 겪고 나면 변한다는 말처럼 진국의 병이 진국을 변하게 만들었을지도 모를 일이었다.

"하하, 형님이 저를 믿어주셨는데 제가 형님의 믿음에 금이 가게 해서야 되겠습니까. 제가 구걸해서 돈 좀 모으면 형님한테 이자 갚듯 조금씩 갚을게. 오징어 6 마리하고 맥주 6개 한 팩 갖다 줘요. 기분도 좋은데 오늘 내가 형님이 팔면 제일 기뻐하는 오징어 많이 사갈게." 가짜 중은 항상 진국에게 물건을 가져오게 했다. 그는 진국을 좋아하고 존경한다면서 진국을 귀찮게 하거나 번거롭게 하기도 했다. 진국은 그런 일을 성가시다고 생각하지 않는 듯했다. 그는 다리를 꼬고 앉아 양념이 묻은 족발 한쪽을 손에 쥐고 종이컵에 막걸리를 가득 채워 마셨다. 진국은 눈동자가 보이지 않을 만큼 작은 가짜 중의 눈을 바라보았다. 가짜 중은 싱글벙글 웃고 있어서 그렇지 않아도 보이지 않는 눈동자를 눈에서 찾을 수가 없었다. 이상하게도 그는 가짜 중이 정말로 자신에게 가까운 사람인 것처럼 느껴졌다. 40년 넘게 연을 이어온 고향 친구들보다 더 소중하게 여겨졌다. 매일 같이 자신을 찾아와 주는 사람이 있다는 것이 그에게는 기쁜 일이었다. 10년 전의 사고 이후 그는 사람들에게 벽을 쌓았지만 어느새 그 벽이 무너져 있었다. 그는 사람을 두려워했던 것이 아니라, 그리워했던 것이라는 사실을 깨달았다.

—

진국은 마트 창을 통해 아스팔트의 아지랑이가 피어오르는 것을 보았다. 평소와 다를 바 없는 무더위였다. 그러나 하늘은 드높으면서 푸르렀고 구름은 깔끔했다. 아지랑이를 못 봤다면 가을이라고 생각할 수 있는 하늘 풍경이었다. 상아색 빛을 띠는 신비로운 색의 나비가 마트 문 앞에서 날고 있었다.

"어서 오세요." 진국은 문이 열리자 습관적으로 일어나 인사했다.

"진국아, 누나야! 잘 지냈어?" 자신을 가장 잘 챙겨주던 막내 누나였다. 그녀는 커다란 해바라기가 그려진 노란색의 긴 원피스를 입고 있었다. 원피스에 그려진 해바라기가 살아있는 것처럼 생생하게 보였다. 150이 조금 넘는 작은 키에 발목까지 오는 긴 옷을 입고 있으니 그녀 자체가 해바라기로 보이기도 했다. 60세가 넘어서도 긴 머리에 웨이브를 넣은 그녀는 이국적으로 보였다. 피부는 검었고 머리는 은색 빛깔과 검정 빛깔이 적당히 섞여 그녀만의 독특한 색채를 주변에 퍼뜨렸다.

"누나, 웬일이고."

"언니가 너 서울 가서 마트 한다고 해서 한국에 온 김에 들려봤어. 근데 너 내가 서글퍼지게 머리가 왜 다 하얘졌니? 여기서 얼마나 고생을 했으면 작년에 봤을 때보다 야위고 늙었어. 완전히 할아버지가 다 되었네. 그리고 냉방 중이라면서 왜 이렇게 더워?"

"고생은 무슨, 나이가 드니까 머리가 희지는 기지. 여 앉아라. 좁아서 앉을 때가 마땅치 않네." 진국이 머쓱해했다.

"그러게, 가게가 30평 정도는 된다고 하던데 막상 와서 보니까 생각보다 작네. 밥은 먹었어? 밥 안 먹었으면 같이 밥 먹으러 나가자." 그녀는 계산대에서 내부를 살짝 훑어보고는 계산대 앞 간이 의자에 앉았다. 진국을 찾아오는 손님들은 자석에 이끌리듯 당연하게 그곳에 앉았다.

"밖에는 무슨, 밖에 못 나간다. 여기서 시켜먹든가 하자."

"이 낮에 동네에 사람도 없는데 요즘 누가 이런 마트에 온다고 그걸 잠깐 못 나가. 내가 왔는데……" 은옥이 서운해하며 말했다.

"안 된다. 못 나간다. 누가 와도 못 나가니까 괜히 또 서운해 마라. 사람이 있든 없든 자리는 지키는 게 장사하는 사람 예의고 도리다." 마트를 인수한 이후 단 하루도 가게 문을 닫은 적 없는 진국이 단호하게 말했다.

"어쭈, 장사꾼 다 됐네. 너 얼마 하지도 않았다면서 뭐 벌써 그렇게 꽉 막혔어."

"막힌 게 아니고 예의는 지키고 살아야 된다 아이가, 잠깐 비우는 사이에 문이 닫혀 있으면 찾아온 손님은 얼마나 허탈하겠노. 뭐가 살라고 생각을 하고 왔는데."

"그래, 알았어. 알았어. 시켜 먹자. 먹을 만한 데는 있니? 나는 요즘 채식을 시작해서 고기도 싫고 밀가루가 들어간 것도 싫으니까 네가 알아서 잘 맞춰서 시켜."

"누나도 갈수록 별나지네. 그냥 다른 사람들 사는 것처럼 고기 먹고 밀가루도 먹고 그렇게 살면 될 걸, 까다롭네."

"별난 게 아냐. 요즘은 우리도 바뀌어야 돼. 내가 있는 곳은 거의 다 채식하면서 살아. 우리 동네 장수 마을로 유명해." 은옥이 자신을 이해하지 못하는 진국을 위해 설명을 덧붙였다.

"그래, 알았다. 내가 제일 돈 아깝게 생각하는 게 한식집에서 비빔밥이랑 된장찌개 시키는 긴데, 그거라도 먹자. 찬이 엄마가 식당 하는데 한정식 같은 거는 사 먹는 게 너무 돈 아깝다 말이라." 진국이 배달책자에서 한식집 메뉴를 찾아서 식사를 주문하고는 누나에게 투정을 부렸다.

"내가 낸다. 내가 내. 오랜만에 한식 먹어보자. 애들은 다 잘 있지? 찬이는 어떻게 지내? 결혼은 안 한 대?"

"다 잘 컸지. 누나가 애들은 한동안 못 봤겠구나. 집안 행사에는 애들이 잘 안 가니까, 그놈 자식은 연락도 안 하고 산다. 같이 살 때도 남보다 못했는데 떨어져 살면 오죽하겠나. 그래도 봄에 처음으로 같이 한라산에 올라갔다 왔는데 만나는 사람 있다고 말은 해 주대. 근데 무슨 결혼을 캐나다에서 하고 싶다고 하대. 만나는 사람 부모님이 거기 사신다고."

"결혼을 캐나다에서 하고 싶다구? 걔가 만나는 사람 너 소개해줬어?" 캐나다와 결혼 두 단어를 듣자마자 감이 온 은옥이 물었다.

"아니, 아직 보여줄 단계는 아니라고 하던데, 근데 곧 할 생각인 것 같다. 가가 내한테 그런 얘기를 잘 안 하는데 하는 거 보면 지도 생각이 있어서 그런 거 아니겠나."

"찬이 여자 친구 사귄 적 있어? 너는 찬이랑 계속 같이 지냈잖아."

"아니, 한 번도 못 본 거 같은데, 있어도 말을 안 했겠지."

"그래? 내가 찬이 좀 따로 만나봐야겠다." 은옥이 담담한 어조로 말했다.

"누나가 뭐하려고 만나노, 알아서 잘 산다. 걔는 아무 걱정 없다. 직장 안정적이라서 돈 잘 모으지, 지가 하고 싶던 전공으로 애들 가르치니까 재미도 있지, 학교 끝나면 무슨 댄스를 배우러 간다고 하지, 요가도 하지, 활도 쏘지, 책모임 같은 것도 하고 별 거 다 하면서 재밌게 산다. 걱정마라. 그나저나 매형은 잘 지내시나?"

"잘 지낸다니까 다행이긴 한데, 그래도 내가 만나서 물어볼 게 좀 있어서 그래. 찬이 바뀐 번호는 모르니까 네가 나 갈 때 알려줘. 매형 잘 있지. 우리가 이번에 이사 간 곳이 네덜란드 북부에 있는 레바르덴이라는 곳인데 공기도 좋고, 사람들도 좋아서 스트레스받을 일이 하나도 없어." 진국과 4살 터울인 은옥은 막내인 진국이 고등학교를 졸업하자마자 캠프 워커로 파병 온 미군과 결혼했다. 은옥은 조선시대 풍화에서 볼 법한 한국적인 미가 눈에 띄는 미녀였다. 대구의 백화점에서 일하고 있던 그녀를 보고 첫눈에 반한 그녀의 남편이 매일 그녀를 찾아갔다. 은옥은 영어를 못 했어도 그녀의 남편이 한국어를 배워가며 그녀에게 끈질기게 구혼했다. 그렇게 그들은 진국 집안에서는 생각할 수도 없었던 국제결혼을 했다. 남편이 퇴직한 후 세계여행을 다니다가 가장 좋았던 네덜란드 북부에 터를 잡은 그들은 남부러울 것 없이 살고 있었다.

"다행이네, 이 씨 집안에서 한 명이라도 잘 사는 사람이 있어야지." 진국이 비꼬듯 얘기했다.

"너는 무슨 말을 그렇게 하니, 큰 언니도 잘 살지, 둘째 언니도 잘 살지, 너랑 큰 오빠만 힘들었지 우리 집 식구들은 그래도 이 정도면 잘 사는 편이야. 큰 오빠가 노름에 빠져서 아버지가 물려주신 그 산들을 팔지만 않았어도 네가 이 마트 안 해도 먹고 살 텐데 큰 오빠 생각하면 한숨이 절로나. 알코올 중독에, 도박 중독에, 어쩌다 그렇게 됐는지도 모르겠어. 뭐가 그렇게 힘들었는지도 모르겠고."

"누나야 결혼하고 나서 집에 올 일이 별로 없었으니까 형님이 얼마나 힘들었는지 모르지. 형님도 힘드셨다. 누나도 알다시피 아버지가 다리 다치고 돈 벌러 못 가셔서 형님이 집안을 다 책임졌다 아이가, 자기 자식만 5명이지 책임질 동생들이 누나들 빼고도 4명 아이가, 베트남에서 돌아온 후에 많이 힘들어하셨는데, 중동에 갔다 와서는 견디기가 힘들었는지 그 뒤로 계속 술을 잡수시더라. 산 있는 것도 아버지 돌아가실 때까지 모르고 우리 다 가난하게 살았다 아이가, 큰 형님이 희생하셨는데 아버지가 남겨주신 건 큰 형님 마음대로 하는 게 맞지. 나는 큰 형수도 불쌍하고 큰 형님도 불쌍해서 나중에 돈 더 벌면 형수한테 좀 주고 싶다."

"아무리 힘들어도 술독에 빠지고 노름에 빠져서 재산이랄 것도 없는 우리 집 재산 다 팔아먹은 건 큰 오빠가 잘못한 거야. 그건 다른 변명 거리도 없어. 누구는 안 힘들게 살아? 큰 언니가 부산으로 시집가서 식당일 하면서 번 돈 형부 몰래 우리한테 보내준다고 얼마나 고생했는지 너는 모를 거야. 그리고 너는 새 언니가 너한테 그렇게 못되게 굴었는데 형수가 불쌍해? 돈을 벌면 네가 쓸 생각이나 해야지. 언니한테 주긴 왜 줘, 예전에 너희 와이프가 형제들 힘들어서 돈 빌려준다고 할 때 그렇게 야단법석을 떨더니 너도 똑같은 거야. 너도 네 형제는 챙기고 싶은 거잖아. 와이프한테 나 잘해. 대접받을 생각하지 말고 먼저 대접을 해." 진국에 대해 대부분 알고 있는 은옥이 진국을 질타했다.

"나는 내 돈으로 주고 싶은 거고 찬이 엄마는 우리가 같이 번 돈을 내한테 말도 없이 빌려준 거니까 다르지. 대접은 무슨, 그런 거 생각도 못한다. 찬이 엄마 식당이 요즘에 조금씩 유명해지고 있어서 집에는 일주일에 한 번 정도 겨우 들어오고 늦으면 찜질방 가서 잔다. 내가 밥을 먹든 말든 어디가 아프든 말든 신경도 안 쓰고 그냥 오면 국이랑 반찬 만들어 온 거 방에다가 툭 던져 놓고 간다. 머리 염색 좀 해달라고 했다가 얼마나 핀잔 먹었는지 모른다. 내 혼자 할 줄 아는 게 아무것도 없다고 하면서 혼자 하는 습관도 들여 보라고 해서 염색도 내가 거울보고 혼자 한다 아이가, 근데 희한하게 염색이 금방 빠지는지 해도 다시 하얘지더라. 대접은 무슨 대접을 바라겠노."

"올케 음식 솜씨가 좋으니까 식당이 잘 되어야지. 네 와이프가 돈 잘 벌면 좋은 거 아냐? 애들 키울 때 맞벌이하면서도 네 밥 다 챙겨줬는데 이제 애들 다 컸겠다. 너도 스스로 밥 정도는 차려 먹을 수 있잖아. 나중에 식당 더 바빠지면 마트 처분하고 네가 가서 주차 요원이라도 하면 되겠네." 은옥이 선심에게 빙의한 듯 선심이 해야 할 말을 모두 해주었다.

"식사 왔습니다. 어디로 놔드릴까요." 계산대가 좁아 식사 내릴 곳이 마땅치 않아 보이던 배달부가 말했다.

"죄송하지만 안에 방이 있는데 거기에 좀 놔주실 수 있을까예?" 진국이 방을 가리키며 정중하게 얘기했다. 진국이 말한 식사를 할 수 있는 방은 방이 아니었다. 그곳은 비좁았고 하수구 냄새가 많이 났다. 한쪽에는 싱크대와 가스레인지가 있어 조리가 가능한 공간이었고 한쪽은 밥솥과 냉장고가 있었다. 남은 공간은 마트에서 손님들에게 무상으로 제공하는 검정 비닐봉지들이 겹겹이 쌓여 있어 많은 공간을 차지하고 있었다. 물건들이 자리한 곳을 빼면 진국과 은옥이 식사를 할 수 있을 만한 공간은 얼마 되지 않았다.

"여기서 밥을 먹고 생활을 한다구? 어쩌다 네가 이 지경까지 왔니. 여기 식사비요. 감사합니다." 방을 둘러본 은옥이 배달부에게 밥값을 내면서 말했다.

"여기서 잠도 잔다. 살만 하다. 화장실이 조금 멀리 있어서 그렇지. 근데 제일 안 좋은 거는 밥 먹다가 손님 와서 나가면 국이 다 식어서 그게 좀 아쉽대. 그리고 라면 먹고 싶어서 한 번씩 라면 끓이면 꼭 라면 적당히 익어서 가스 꺼야 할 때 손님이 와. 그러면 라면 넘치거나 다 불어서 못 먹을 때도 많지 뭐. 그리고 화장실 옆이라 그런지 냄새가 많이 난다. 내가 웬만한 냄새에는 꿈쩍도 안 하는데 밥 먹을 때 하수구 냄새 올라오면 밥맛이 뚝 떨어진다. 여름에는 당연하게 더 심할 수밖에 없고." 진국이 자신에게는 별일이 아니라는 듯 얘기했다.

"에휴, 정말 꼴이 말이 아니다. 하긴 예전에 너 처음 방 얻었던 그 지하 신혼집에서는 바퀴벌레랑 같이 살았잖아. 작은 언니가 너네보고 하필이면 재수도 드럽게 없어서 바퀴벌레랑 동거한다고 엄청 놀렸잖아. 그때 생각하면 이 정도는 신분상승이다. 그지? 그나저나 너 그때 그 가스 사고 이후부터 계속 술 마셔서 병 걸린 거지? 언니 말이 너 그때 엄청 힘들어했다는데……" 그녀가 동생을 놀리면서 자신이 알고 있는 그의 옛 기억을 들추어냈다.

"변명의 여지가 없네. 아무래도 그게 제일 컸겠지. 그 사고 이후에는 술을 안 마시면 버틸 수가 없었으니까. 지나간 옛날 얘기하면 뭐하노. 밥이나 먹자."

"나는 그 사고 얘기를 들었을 때 네가 정말 지지리도 운이 없구나, 불쌍한 내 동생 어떻게 하나 싶었어. 그렇게 큰일을 겪었는데 가족들은 아무도 없지. 그렇다고 네가 친구들한테 말하면서 푸는 애도 아니지, 어떻게 견딜지 정말 걱정이 많이 됐었어. 근데 지금 생각해보면 진국아, 그것만으로도 천만다행이었던 거야. 아무도 안 다쳤잖아. 그냥 조금 재수가 없어서 네가 그랬던 거야. 그래도 너도 안 다치고 그 주변에 있던 사람들도 안 다쳤으니까 얼마나 다행이니. 너는 운이 없는 게 아니라 운이 좋았던 거였을 수도 있어. 누구나 겪는 인생의 고비를 그 정도에 마친 것에 감사해." 진국의 의사와 상관없이 은옥은 사고 얘기를 계속 이어갔다.

"그래, 누가 안 다쳤으니 다행이긴 한데, 내가 사고를 낸 당사자도 아니고 그냥 반장인 사람일 뿐인데, 내가 반장이라고 돈을 더 많이 받았으면 말도 안 해. 일당은 다 똑같이 나눴는데, 사고 낸 사람은 돈이 없고 나는 그 작은 집 한 채 있다고 내한테 보상금을 뜯어내려고 나를 고소하는 게 얼마나 기가 막힌 일이고. 내랑 맨날 사무실에서 화투 치고 놀던 사람들도 내 고소당하니까 다 내 탓하면서 알게 모르게 등 돌리더라." 진국이 아직도 분이 풀리지 않는지 목소리를 떨었다. 10년 전 가족들이 모두 떠난 그해는 진국에게 가혹하고 혹독한 해였다. 자신이 힘들게 마련한 차를 자기 손으로 부쉈고, 자신에게 가장 필요한 존재였던 선심은 그를 떠났다. 강아지 때문에 고등학생에게 목이 졸리는 수모를 당하는가 하면 가을에는 연세가 지긋하신 할머니의 집을 이사하다가 가스통이 터지는 사고가 발생했다. 가스 안전 관리 담당자가 없던 상태에서 급히 이사를 위해 가스 줄을 끊는 순간 세상이 뒤집어질 듯한 굉음과 함께 할머니 집이 순식간에 잿더미가 되어 버렸다. 그들은 할머니의 요청에 따라 작업을 했을 뿐이었다. 그러나 해서는 안 되는 일이었다. 할머니의 집은 대구의 중심인 중구였고 오래된 한옥 집이어서 시에서는 보존하기 위해 빈 집을 기다리고 있었다. 그 사건은 '대낮에 대도시 중심가에서 폭발 사건'이라는 자막으로 뉴스에도 보도되었다. 진국은 직원들이 가스 줄을 끊는지도 몰랐고, 그 자리에 있지도 않았다. 그럼에도 이삿짐센터의 반장이라는 이유로 경찰서에 불려 가 조사를 받았고 관리 소홀로 고소되었다. 다행히도 피해자인 할머니가 자신이 부탁했고 직원들은 부탁을 들어준 죄 밖에 없다고 증언하면서 실형은 면했다. 하지만 할머니의 아들이 진국에게 폭발로 형태가 사라진 집값과 할머니의 정신적 손해 보상으로 수천만 원을 요구했다. 당시 겨우 주택담보대출을 다 갚았던 진국은 순식간에 또 다른 빚이 생긴 셈이었다.

"그 사고가 너를 이렇게 만든 거야. 이렇게 누추한 곳에서 밥도 겨우 먹고사는 너를 보니까 누나가 참 마음이 아프다. 네가 그렇게 열심히 살았는데, 가족들 다 먹여 살리고 평생 일만 했는데 얻은 결과가 겨우 이거라면 정말 너무 마음이 아파. 너 술 먹지 말고 몸 관리 잘해. 너 이제 환갑 밖에 안 됐는데 유럽 한 번 안 와보고 죽을 거야? 네 막내 누나가 그 살기 좋다는 네덜란드에 있는데? 나중에 마트 처분하면 나한테 와. 가족들이랑 오든가 너 혼자 오든가 건강관리 잘해서 휴양하러 온다고 생각하고 와. 알았지?" 형제들 중에서 진국을 걱정해주는 사람은 은옥 밖에 없었다. 입이 짧은 그녀는 시켜놓은 식사를 입에 대지도 않고 자리에서 일어났다.

"왜 벌써 갈라고, 밥 먹자 해서 밥 시켰더만 먹지도 않고……" 표현을 하지 않는 진국이 오랜만에 본 누나가 떠나려고 하자 아쉬워했다.

"네 꼴 보고 있으니까 밥이 안 넘어간다. 하나밖에 없는 내 동생이 이렇게 살고 있는 건 못 봐주겠다. 찬이 연락처나 알려줘. 그리고 너 나중에 만약에라도 찬이가 어떤 말을 하게 되면 찬이한테 화내거나 욕하지는 마라. 욕먹는 건 사회에서 먹는 것만으로도 충분해. 도대체 욕하는 사람들은 자기가 무슨 권리로 찬이 같은 애들을 욕하는지 정말로 이해할 수가 없어. 적어도 가족만큼은 무조건 감싸줘야 돼. 알았지?"

"내가 찬이한테 왜 욕을 하고 사회는 찬이를 왜 욕하는데?" 이해할 수 없는 말을 남기는 누나에게 그는 의아한 표정으로 물으며 핸드폰에서 아들의 연락처를 찾아 그녀에게 건넸다.

"나중에 다 알게 될 거야. 찬이가 얘기할 거야. 그러면 이 누나의 깊은 뜻을 이해할 수 있을 거다. 아, 맞아. 찬미는 어떻게 지내니? 찬미가 서운해할 뻔했네. 고모가 자기 얘기는 안 물어봤다고 하면." 마트 문을 나서려던 은옥이 다시 들어와 물었다.

"요즘 공부하느라 정신없는 거 같더라. 그래도 시간 날 때마다 마트 와서 도와주고 간다. 내랑 싸우고 안 온 지 좀 되긴 했다만. 성질머리가 갈수록 더러워져서 손님들하고도 싸우고 거래처 사람들하고도 싸운다. 공부만 해서 그런가, 지 고집이 너무 세서 지 세상에만 갇혀 사는 아 같다. 뭐 사회에 살아가는 모든 사람들은 모두 다 자기의 삶과 투쟁하고 있으니까 모든 사람에게 잘해줘야 한다고 하면서 내한테도 신신당부를 하데. 친절하게 대하라고, 근데 지는 손님들한테는 안 그런다. 얼마나 모순됐는지 모른다. 따뜻한 마음이 사람들에게 전해지고 전해져서 지가 세상을 사람 사는 세상으로 만들고 싶다고 하면서 모금 운동이니 사회 활동이니 그런 거는 또 다 하고 다니더라. 돈이 없어서 지 사는 것도 제대로 못 살면서 세상을 따듯하게 만들기는 뭐를 만든다고 그러고 다니는지 알 수가 없다."

"걔는 어릴 때부터 유별났잖아, 너 기억 안 나? 네가 애들 어릴 때 우리 남편 부대에 데리고 왔을 때 말이야. 네가 햄버거 집에 있는 흑인 보고 연탄이라고 하니까 '아빠, 똑같은 사람인데 왜 색깔이 다르다고 다르게 불러요?' 그랬잖아, 그 어린 게, 뭘 안다고 그런 말을 했는지는 아직도 미스터리야. 아무튼 걔도 좀 특이해. 내가 볼 때는 아버지를 많이 닮았을 거야. 왜, 아버지도 남들이 정의롭지 못하다고 생각하면 어디든 다 끼어들어서 간섭하셨잖아. 인간으로 태어났으면 인간으로 살라고 말이야." 은옥이 특이한 조카를 떠올리며 한참 웃음을 보였다.

"누나 얘기 들으니까 생각나네, 나야 그때 뭘 아나, 그게 인종차별인지 뭔지도 몰랐는데 그냥 사람들이 다 그렇게 부르니까 불렀지. 아버지를 닮기야 많이 닮았지. 지나치게 극단적인 거를 보면 가끔씩은 진짜 세상을 어떻게 살아갈지가 걱정된다니까. 무슨 정의의 사도도 아닌 기, 지 일이나 잘하고 살면 될 긴데 아무튼 답답하다. 결혼도 해야 하는데 모아 놓은 돈은 하나도 없고 맨날 내한테 용돈 받아 써가면서 생활하는데 큰일이다. 얼마 전에는 지가 만나는 사람이라고 교수 한 명을 소개해줬는데 내랑 열 살도 차이 안 나더라. 기가 차대. 도대체 무슨 생각으로 사는지 알 수가 없다."

"너랑 차이가 얼마 안 나면 나이가 많긴 많은가 보네. 그래도 네 딸이 선택한 사람이니까 그냥 한 번 믿어봐. 너무 걱정 말고 이제라도 네가 좀 잘 해줘. 그래도 나는 기특하네. 잘 살 거야. 애들은, 네 생각만 하면서 네 건강만 챙겨. 동생아 부탁할게. 누나 갈게." 은옥이 자리에서 일어나 찜질방처럼 열기가 가득한 마트를 빠져나갔다.

-

'8월 10일 오픈 세일' 컬러풀한 전단지가 진국의 마트 문 사이에 끼여져 있었다.

"무슨 전단지 돌리는 사람이 이렇게 생각이 없나, 마트에다가 마트 오픈 세일 전단지를 넣고 가는 게 어딨노." 진국이 화가 나서 혼잣말로 말했다. 전단지에 나와 있는 지도를 보니 지하철역에서 진국의 마트까지 오는 길 한 중간에 있었다.

"사장님 이거 뭐예요?" 마트의 단골손님인 권 실장이 마트에 들어와 진국이 보고 있던 전단지를 보며 물었다.

"여 밑에 큰 마트가 생긴다고 오픈 세일한다고 전단지 넣고 갔네예."

"무슨 사람들이 상도덕이 그렇게 없나, 보니까 역 반대편으로도 큰 마트가 생겼던데 이렇게 밥그릇 싸움하면 결국 죽어나는 건 사장님 같은 영세 상인인데 큰일이네요." 권 실장이라고 부르는 손님은 진국에게 가짜 중과 더불어 친구 같은 존재였다. 그는 진국이 마트를 인수하고 적응하지 못해 힘든 시기를 보낼 때 마트에 자주 찾아와서 진국의 말 상대가 되어주었다. 가짜 중처럼 그에게 돈을 빌려달라고 요구하지도 않았고 돈을 빌린 후 잠적하지도 않았다.

"그러게예, 생각지도 못한 복병이 나타났네예. 큰일 입니더. 오픈 날짜도 얼마 안 남았고, 생기는지도 몰랐는데 어떻게 이렇게 빨리 문을 열 수 있는지 모르겠네예."

"아, 사장님이 밖으로 나가지를 못하시는구나. 역하고 여기 동네 중간에 있는 그 새로 지은 건물에 마트가 입점할 거라고 현수막을 걸어두기는 했었어요. 너무 걱정하지 마세요. 날 더운데 여기 동네 사람들이 거기까지 내려가겠어요. 처음에만 잠깐 몰리지 그 뒤로는 그냥 똑같을 거예요."

하지만 대형 마트의 영업 오픈 날이 되자 나눔 마트 매출은 처참했다. 카드와 현금 매출을 모두 합쳐도 15만 원이 되지 않았다. 평소 매출의 반도 안 되는 결과에 진국은 참담함에서 헤어나지 못했다.

"아부지다. 처참하다." 진국이 딸에게 전화를 걸었다.

"왜? 무슨 일이야?"

"며칠 전에 갑자기 여 밑에 큰 마트가 생긴다고 전단지가 동네 곳곳에다 꽂혀 있더라고, 권 실장이랑 같이 저 마트 오픈하면 우리 가게 직격탄 맞는 건 아닌가 싶어서 걱정을 많이 했는데, 아니나 다를까 오늘 오픈 날이라고 하던데 마트 매출이 15만 원도 안 되네."

"아…… 진짜 큰일이네……"

"사람들 말이 배달도 해 준다고 하더라고. 그래서 그런지 오늘 마트 앞으로 배달 차량이 수십 번은 더 왔다 갔다 하더라."

"아, 정말 너무 한다. 우리 같은 사람들은 어떻게 먹고살라고 마트가 있는 거 뻔히 알면서 거기다가 마트를 입점 시키노. 일단 방법을 생각해보자. 오늘 힘들었을 건데 얼른 들어가서 쉬면 좋겠다." 찬미가 회피하듯 전화를 끊었다.

진국은 눈앞이 캄캄했다. 그는 마트 일이 쉽지 않은 것과 영업시간이 총 16시간 가까이 되는 것을 인지한 이후로 자신의 노동 가치에 대한 최소한의 보상 심리가 커졌다. 더욱이 재개발 구역으로 지정되어 언제 쫓겨날지도 모르는 판국이라 매일 매출에 집착할 수밖에 없었다. 선심의 얘기처럼 몸이 아프니 용돈 벌이만 해도 된다는 말은 처음부터 말도 안 되는 말 뿐인 말이었다. 인간의 '조금만 더'라는 눈에 보이지 않는 거대한 욕심 덩어리는 결코 처음에 했던 다짐에 머물러있게 만들지 않았다. 지난 두 달은 날씨 덕분인지 마트 매출이 꽤 올라갔었다. 그러나 폭염이 시작된 이후로는 이미 매출이 뚝 떨어져 있었다. 진국은 하루의 매출이 적은 것보다 더 큰 걱정이 있었다. 앞으로 계속 이렇게 장사를 하다가는 인수한 금액 전액을 모두 다 까먹을 수 있을 거라는 생각이 들었다. 그는 손해가 커질 것 같아 초조해졌다. 진국은 어찌할 방도를 찾지 못하고 혼자 끙끙거렸다. 세 살 버릇 여든까지 간다는 속담 그대로 그는 한 평생 내내 실제로 일어나지 않은 일을 자신의 생각대로 만들어내고 그 생각에 매몰되어 불안에 떨었다.

"당신은 그 부정적인 생각만 하는 습관을 좀 버리면 좋겠어. 내가 당신한테 말은 못 했지만 뭐가 조금만 생각처럼 되지 않으면 다 실패했다. 다 망했다는 생각을 나한테도 주입시켰잖아. 부정적인 생각은 사람을 피폐하게 만드는 거 몰라? 막상 지나가서 보면 그렇게 다 실패한 것도 아니었고 그렇게 다 망한 것도 아니었잖아. 걱정 마. 오늘이 첫날이니까 사람들이 궁금하기도 하고 행사한다고 하니까 몰려 간 거지. 늘 오늘 같지 않을 거야." 집으로 돌아와 시름시름 앓고 있는 진국을 보고 선심이 다그치듯 말했다.

"당신은 되는 건 하나도 없는데 무조건 다 된다고만 말한다 아이가. 그 긍정적인 생각이 밥 먹여주나? 당신이 지금까지 성공할 거라고 했던 것 중에 성공한 거나 괜찮은 게 뭐가 있노? 그렇게 왜 애초부터 내하고는 맞지도 않을 마트를 하라고 시켜서 이 고생을 하게 만드노. 바보처럼 사기당하듯이 인수해서 매출에 집착하게 만들지 않나, 참말로 도움되는 게 없네. 며칠 전에 막내 누나가 와서 그러더라. 내가 그 가스 사고 겪고 그 뒤로 힘들어져서 술 마셔서 병에 걸린 거라고, 불쌍하다고. 누가 돈 벌러 가라 했나. 그냥 집에 있었으면 내가 그렇게 힘든 일을 겪었을 때 혼자 있으면서 더 고통스럽지는 않았을 거 아이가. 모든 게 당신 때문이다. 당신이랑 결혼한 것부터 잘못이다. 사람이 아파서 병원에 입원해 있는데도 자기 가게 밖에 몰라서 딸내미한테 보호자 시키고, 그냥 하루에 따뜻한 밥 먹고 싶다고 한 게 단데, 그거 하나 못 해주고. 집에는 들어오지도 않고, 이게 어째서 부부고?" 진국이 선심에게 쌓여있던 감정을 쏟아부었다.

"그렇다고 당신처럼 다 실패한 것처럼 받아들이기만 하면 아무 일도 못해. 성공하지 못했어도 실패하지 않았으면 되는 거고, 실패하더라도 그걸로 좋은 경험 얻어서 다음에 다른 일 할 때 발판 삼을 수 있으면 그것도 좋은 거야. 누가 술 그렇게 마시랬어? 나도 그때 얼마나 힘들었는지 알아요? 사람 믿었다는 이유 하나로 내가 그 빚 다 뒤집어써서 사채까지 빌려야 됐어. 그 사채 갚느라고 눈이 오든, 비가 오든 하루도 안 쉬고 트럭 몰고 나가서 과일 팔았어. 과일 장사로는 돈을 많이 못 벌어서 영등포에서 작은 가게 얻어서 시작할 때는 또 어땠고, 내 가게가 조금 잘 된다는 이유로 그 주변에 있던 다른 식당 주인들이 나를 얼마나 미워하고 시기했는데. 한 날은 옆 가게 주인이 술에 취해서 내 머리를 맥주병으로 쳤어요. 내가 와서 자기 가게를 망하게 했다구요. 나는 기절해서 병원에 입원해 있었는데 서울에 있던 찬미한테도 연락을 안 하고 혼자 그 아픔, 고통, 수치심 다 견뎠어요. 당신이 가스 사고로 힘들었을 거 알아요. 그런데 내가 겪은 아픔도 아픈 일이었는데 나는 술 마셔서 병을 얻지 않았잖아요. 나는 그럴수록 더 견디고 더 버텨서 지금 여기까지 왔잖아요. 예상치 못한 고통이나 시련은 누구에게나 닥쳐요. 하지만 이 시간이 멈추지 않는 한 모든 일은 지나가고 어떻게든 마음만 바로 먹으면 헤쳐 나올 수 있잖아. 내가 당신이랑 결혼했다는 이유로 당신의 모든 삶을 책임져야 하는 건 아니잖아. 나도 숨이 막혀 죽는 줄 알았어. 돈 벌면 물건 값 주고, 사채 갚고, 차미 학원비 주기 바빴어. 당신은 그래도 눈치 안 보고 사는 내 집이라도 있었지. 나는 방 칸 한 짜리 반지하 방에서 살았어. 나는 뭐 당신 같은 사람이랑 결혼해서 사는 게 행복했는지 알아요? 당신이 언제 나 챙겨준 적이나 있어요? 그리고 밥에 왜 그렇게 집착을 해요. 밥이 뭐가 그렇게 대단하다고, 당신은 하루 종일 앉아 있기만 하면 되지. 나는 허리 필 새도 없이 일해야 돼요. 내가 얼마나 힘든지는 생각도 안 해 봤어요?" 선심도 진국처럼 남에게 자기 얘기를 하는 사람이 아니었다. 그녀는 지난 세월 동안 자신이 사람을 믿은 죄로 얻게 된 대가를 치르느라 험난한 생의 무게를 견뎌야 했다. 하지만 아무에게도 힘들다는 내색을 하지 않고 살아왔다. 진국과 달리 그녀는 강하고 건강한 사람이었다. 초등학교 졸업을 마치자마자 타지로 나와 공장에서 일하며 번 돈을 시골집에 보내 동생들을 공부시킨 그녀였다. 그녀는 한 평생 누군가를 위해 희생하며 살았다. 그럼에도 한 번도 자신의 삶을 불평하지 않았다. 자신의 힘듦을 드러내지도 않았다. 그저 일하고 일할 뿐이었다. 외롭다거나 고독하다고 느낄 새도 없었다. 그녀의 딸이 부모의 사랑을 못 받고 자라서 자신에게 정신적 상처가 생겼다고 했을 때 그녀가 튼튼하게 쌓아 올린 그녀 마음의 성이 무너졌지만, 그녀는 내색하지 않았다. 그녀 역시 부모의 사랑을 받아본 적이 없었다. 그녀 또한 처음부터 엄마가 아니었음을 철없는 딸은 알지 못하고 그녀를 원망할 뿐이었다. 진국 역시 마찬가지였다. 진국은 늘 그녀에게 의지했고 그녀가 자신의 마음을 채워주지 못하면 그녀를 원망했다.

"마트 망하면 당신이 내 돈 다 갚아라. 나는 당신한테 돈 벌어오라고 한 적 없다. 그러게 누가 카드 빌려주고 배신당하라나, 등신같이 맨날 당하면서 그거에 또 속아서 당신 스스로 고생을 만들어서 한 거 아이가, 당신이랑은 대화가 안 된다. 이제 당신이 내 보다 돈 더 잘 버니까 당신이 가족 책임지고 먹여 살려라. 나는 고마 신경 끌란다." 부부 싸움은 칼로 물 베기라는 선조들의 지혜로움이 온전히 전해지는 속담마저도 그들에게는 적용되지 않았다. 진국도, 선심도 가진 것 없이 태어나 한 평생 육체를 고되게 해야 함이 똑같았으나 삶을 대하는 자세가 하늘과 땅 차이였다. 그들은 부부라는 이름이 만들어 낸 가장 가까워야 할 사회관계에서도 서로를 밀어내는 같은 극 자석처럼 서로의 거리를 좁히지 못하고 서로를 밀어내기만 할 뿐이었다. 여느 부부들이 그렇듯 그들도 지나치게 자기희생적이었다. 그 희생이 쌓이면 쌓일수록 서로에 대한 원망은 커질 따름이었다. 진국은 자신의 삶에 공생이 하나도 없음을 불현듯 깨달았다. 대형 마트가 생긴 후 자신이 맞이한 처참한 패배와 더불어 자신에게 가장 가까워야 할 아들이나 딸 심지어 부인조차 그와 공생하고 있지 않다는 허허로움에 그대로 깊은 바다의 심연으로 가라앉고 있는 듯했다.

-

대형 마트가 생긴 후로 줄어든 매출은 선심의 말처럼 조금씩 나아지기 시작했다.

"사장님, 이제 좀 나아졌어요?" 권 실장이 어김없이 찾아와서 물었다.

"어서 오이소. 단골손님들 말로는 광고만 화려하게 했지 막상 가보니까 세일 품목 아닌 거는 다 저희 마트랑 비슷하더라고 하면서 다시 저희 가게에 온다고 하더라고예. 그나마 다행이지예."

"그러게 잘 됐어. 나도 걱정 많이 했잖아요. 혹시라도 망해서 사장님이 이 가게 처분할까 봐. 사장님 없으면 내가 무슨 재미로 살아."

"예, 저도 처분해야 될까 봐 걱정했었는데 그나마 한시름 놨습니다."

"근데 사장님 그 외상값 안 갚겠다고 난리 치던 놈은 요즘 나타나요? 걔 이름이 뭐랬지? 완용인가 뭐시긴가 하는 동네 깡패 놈 있잖아." 권 실장이 하고 싶은 말이 있는지 말을 돌리며 물었다.

"아니예, 못 본 지 좀 됐습니다."

"그놈이 달아놓은 외상값이 얼마라고 했지?"

"삼십사만 원 좀 넘을 깁니더. 근데 저한테 또 백만 원 빌려 갔습니다."

"그 돈을 그냥 빌려 줬다구? 사장님 정신 나갔어요? 왜 그런 놈한테 돈을 빌려줘!" 권 실장이 앉아있던 간이 의자에서 일어났다.

"그냥 빌려준 건 아니고예, 약간 협박 같은 거를 해서 안 빌려줄 수가 없었습니다."

"무슨 협박을 했는데?"

"저희 딸이 좀 모진 구석이 있잖아예. 저희 딸 있을 때 그놈이 외상 하고 싶다고 왔는데 외상금액이 너무 많다고 외상을 안 해 줬거든예. 그러니까 딸한테 와서 욕을 했다고 하대예. 그래서 딸이 못 참고 왜 욕 하냐고 대들었더니 저희 집사람이랑 딸내미한테 밤길 조심하라고 하면서 주머니에 들고 다니는 커터 칼을 꺼내서 보여줬다 그러대예. 딸이 놀라서 울고불고 난리도 아니었습니다. 근데 그러고 며칠 있다가 그 놈이 제가 있을 때 와서 당장 처리해야 할 급전이 필요한데 돈 빌릴 때가 없다고 백만 원만 빌려 달라고 하더라고예. 제가 안 된다 그러니까 저한테도 딸이랑 집사람 얼굴 안다고 밤에 조심하라고 소리를 질렀습니다. 갑자기 저도 좀 무서워져서 그냥 그 돈 안 받아도 된다 생각하고 일단 줬는데 돈은 둘째치고 마트에만 오면 소리를 질러서 마트에 있는 다른 손님들이 물건도 못 사고 그냥 나갑니다. 그냥 다시는 안 나타나면 좋겠습니다."

"그놈 완전 미친놈이야. 여기 밑에 사는 막걸리 사장님한테 들어보니까 예전에 있던 전 사장한테는 찍소리도 못했대. 사장님이 너무 착하니까 사장님을 만만하게 봐서 그래. 그걸 그냥 뒀어? 경찰에라도 신고하지 그랬어."

"경찰들도 바쁜데 외상값 못 받는다고 신고할 수도 없고, 영업방해로 신고할 수도 없고, 증거가 없으니까예. 그렇다고 뭐 진짜 협박인지 아닌지도 모르는 걸로 신고할 수도 없는 노릇 아닙니꺼. 이게 참 애매한 기예, 분명히 사건이 일어나기 전에 예고 같은 게 있거든예. 근데 그런 불안감만 갖고 경찰에 신고하면 경찰도 참 답답할 거라예. 아무 일도 일어나지도 않았는데 일어날 수도 있는 가능성이 있다는 이유로 그놈을 감옥에 쳐 넣을 수도 없는 거 아닙니꺼. 근데 만약에 예고했던 사건이 터지면 그 피해자는 억울해서 우쩝니꺼. 참 세상 일이 하나도 쉬운 게 없습니더. 여러모로 저도 너무 힘드네예."

"아니면 내가 반 죽여줄까? 나도 왕년에 한 가닥 했어." 권 실장이 의중을 알 수 없는 말투로 말했다.

"아이고, 뭐할라고예. 그런 놈하고 그냥 안 엮이는 게 상책입니더. 혹시

라도 괜한 생각 마시고 놔두이소."

"그런 놈은 맞아서 정신을 차려야 돼. 내가 내 눈에 보이면 가만두지 않을 거야. 어? 마침 호랑이라고 하기도 아까운 놈이 제 말하니까 나타났네. 기다려 봐. 내가 가서 반 좀 죽여 놓고 올 테니까." 진국의 마트는 투명 창이라 안에서도 바깥에서도 서로가 서로를 다 훤히 볼 수 있었다. 마트 앞을 지나가는 완용을 보자 권 실장이 갑자기 뛰쳐나갔다.

"야, 이 새끼야. 사람이면 사람답게 살아." 말릴 새도 없이 권 실장이 완용이라는 사람을 주먹으로 가격했다. 지나가다 봉변을 당한 완용이라는 사람도 반격을 시작했다. 그들의 싸움이 시작되자 동네 사람들이 마트 앞으로 모여들어 싸움을 구경했다. 그들의 싸움은 무술 영화에서나 보던 절도 있는 주먹질이 아니었다. 서로 닿지 않는 발길질과 잡히는 대로 잡아당기기를 반복하는 어린아이들의 싸움처럼 뒤엉켜있었다. 구경하던 사람들은 둘의 모습이 장난치는 것처럼 보이기도 해서 말리기가 애매했고 몇몇 사람들은 재미난 개그 프로그램을 구경하듯 박장대소하며 웃고 있었. 입추가 지나자, 폭주하는 기관차처럼 멈출 줄 모르던 폭염이 해가 지고 나면 기승을 부리지 못했다. 선조들이 만들어 낸 24절기의 예고는 늘 정확했다. 선선한 밤바람이 불어오자 많은 사람들이 길거리에 나왔다. 길거리 쇼를 구경하듯 사람들은 싸움 중인 둘을 원으로 둘러쌌다. 사실 둘의 싸움이 시작됐을 때 진국은 바로 가서 뜯어말려야 한다고 생각했으나 그러고 싶지 않았다. 진국의 말동무를 해주겠다며 찾아오는 권 실장 역시 진국에게는 도움이 안 되는 사람이었다. 권 실장은 매일 밤 찾아와 마트 계산대 위에서 술을 마셨다. 자신의 집에서는 동거녀의 눈치를 보느라 마실 수가 없다며 천이백 원짜리 막걸리와 천 원짜리 멸치를 사다가 마트의 계산대를 자신의 전용 술자리처럼 이용했다. 가짜 중은 손님들에게 눈치가 보이는 것을 알고 밤늦은 시간에만 찾아왔다. 그와는 달리 권 실장은 초저녁부터 와서 술판을 벌였다. 딸인 찬미가 그 사실을 알고 다른 손님들이 불편해하니 마트 안에서의 음주를 금해 달라고 수도 없이 말했다. 그러나 권 실장은 들은 척도 하지 않았다. 진국은 난감하기만 했다. 권 실장이 계산대를 전용 술자리처럼 이용하기는 해도 자신의 고독함을 덜어주기도 했기 때문이다.

  그는 어린 시절부터 자신이 갇혀 살아온 자신의 단점을 결코 깨닫지 못하고 있었다. 천덕꾸러기 취급을 받으며 자라난 그는 늘 다른 사람들의 눈치를 살펴야 했다. 미움을 받거나 외면당하는 것이 두려워 자신이 상대로부터 느끼는 불편함이나 불쾌함을 밖으로 표현하지 못했다. 싫은 소리를 하지 않으니 함께 일하는 동료들이나 친구들 혹은 손님들이 그를 좋은 사람이라 불렀다. 그는 자기가 정말로 좋은 사람이 된 듯 한 착각 속에 빠져 살았다. 자신 안에 있는 건강한 세포를 스트레스라는 이름으로 하나, 하나 다 죽여가면서도 그는 좋은 사람이어야 한다는 생각에 갇혀 있었던 것이다. 왜 좋은 사람이 되어야 하는지, 좋은 사람이 어떤 사람인지는 그에게 중요한 요소가 아니었다. 그저 자신을 에워싼 사람들과 좋은 관계를 맺기만 하면 그만이었다. 하지만 이번에는 그의 마음속에서 작은 동요가 일어났다. 권 실장이 자신의 말동무이기는 해도 사실상 따지고 보면 딸인 찬미의 말이 하나도 틀린 것이 없었다. 심리학을 공부하는 딸의 말에 의하면 권 실장은 진국이 좋아서 진국에게 찾아오는 것이 아니라고 했다. 권 실장은 싫은 소리를 못하는 진국을 얕잡아 보고 마트에 와서 자신이 하고 싶은 대로 하기 위해 오는 것이라고 했다. 그는 말동무가 되어 주기 위해 오는 것이 아니라 자기 말을 하고 싶어서 오는 것이라고 했다. 인간의 본성에는 모름지기 자신보다 열등하거나 모자라다 여겨지면 그를 보호하거나 도와주는 것이 아니라 이용하거나 짓밟는 자연 그대로의 습성이 내재되어 있다고 했다. 권 실장이나 완용이나 진국에게는 오십 보 백보였다. 그는 그런 그들의 싸움을 말리느라 자신의 에너지를 낭비하고 싶지 않았다. 멀리서 지켜보기만 하던 막걸리 사장이 구경꾼들을 뚫고 지나가서 싸움을 말렸다. 우스꽝스러워 보이는 싸움으로 보였지만 중단하고 보니 둘 다 얼굴에 피를 흘리고 있었다.

"경찰에 신고하지 마십시오. 괜히 일만 커집니다. 이 둘이 해결할 수 있는 문제입니다." 막걸리 사장이 흩어지는 구경꾼들을 향해 소리쳤다.

"권 실장, 이게 무슨 짓이야?" 그가 둘을 마트 주차장으로 끌고 가서 따져 물었다.

"아니, 이놈이 우리 이 사장님한테 외상도 엄청하고 협박해서 돈도 빌려 갔다고 그러잖아요."

"니가 무슨 상관이야 이 새끼야, 그리고 사장님 그렇게 입이 싼 사람으로 보지는 않았는데 상당히 입이 싼 사람이구먼? 사내로 태어났으면 입이 무거워야 하는데 그걸 저 새끼한테 다 일러바쳤단 말이여?" 완용이 충청도 사투리를 쓰며 권 실장과 진국을 향해 소리를 질렀다.

"근데 둘이 아는 사입니꺼?" 본의 아니게 고자질쟁이가 된 진국이 물었다.

"원래 이놈들끼리 절친한 사이였어요. 근데 뭐 무슨 이유인지 서로 감정이 상해서 갑자기 척을 지더라고요." 막걸리 사장이 대답했다.

"예? 권 실장님 아까 저한테는 잘 모르는 사람이라고 그러지 않으셨으예?"

"아니, 내가 언제 모른다고 그랬어요. 모른다고는 안 했어요." 권 실장이 시치미를 떼며 말했다. 진국은 자신에게 벌어진 상황이 곤혹스럽기만 했다.

"그러면 저 때문에 싸우신 거는 아니고 원래 두 분이 알고 지냈는데 감정 상하는 일이 있어서 제 핑계 대고 싸운 기네예?" 진국이 자기 나름대로 정리한 상황을 다시 물었다.

"그렇다고 봐야지. 권 실장이 뭐라고 이 사장님 때문에 싸우겠어." 옆에 있던 막걸리 사장이 진국의 의구심을 사실로 만들었다. 진국은 큰 배신감에 휩싸였다. 권 실장은 물건을 저렴한 값에 사 올 수 있는 거래처를 소개해주겠다고 말했는데 두 달이 넘게 진국의 물음에 대꾸를 하지 않았다. 또한 마트의 오래된 냉장고를 바꿔준다고도 말했는데 바꿔줄 기미를 보이지 않는 등 말과 행동을 다르게 할 때가 많아 그에게 실망하고는 했다. 하지만 진국은 그를 좋아했다. 그래서 진국은 딸의 진심 어린 충고에도 불구하고 권 실장을 밀어내지 못했다. 어느 기업 사장의 운전기사라는 권 실장은 매일 막걸리에 취해 진국에게 자신의 삶을 떠들어댔다. 권 실장은 마트를 자신의 아지트처럼 여겼다. 가짜 중은 손님이 오면 술잔을 치우는 성의라도 보였다. 반면 권 실장은 손님이 와서 계산을 하든 말든 신경조차 쓰지 않았다. 완용이 외상을 해가거나 마트에서 난리를 칠 때 그도 그 자리에 있었으나, 권 실장은 텔레비전 채널을 돌릴 뿐이었다. 그가 자기를 위해 완용과 싸워주겠다고 했을 때 진국은 반신반의했다. 평소 그의 행동으로 보아 정의로움과는 거리가 멀어 보였기 때문이다. 하지만 이제와 알고 보니 그들은 원래 친구 사이였고, 서로 척을 지게 되어 싸운 것이었다. 몰라도 되는 진실을 알게 되자 진국은 세상에 믿을 사람 하나 없다는 세상에 떠도는 말을 다시금 절감할 수 있었다. 가짜 중의 배신에 이은 또 다른 배신이었다.

"권 실장님 말은 뱉어놓고 행동은 안 하실 때마다 그냥 그러려니 했습니더. 바라지도 않았고예, 저희 딸 성격 이상하다고 뭐라고 하실 때도 싫은 소리 하기 싫어서 그냥 참고 있었는데예, 이거는 너무 하신 거 아닙니꺼? 왜 저한테 저 손님 안다고 말을 안 하셨습니꺼, 평소에 저 손님이 가게 와서 난리 치는 거 보고도 그냥 가만히 계셔서 두 분이 아는 사이일 거라고는 생각도 못 했습니다. 저만 실없는 고자질쟁이 된 거네예." 진국이 자신도 모르게 하고 싶은 말을 모두 입 밖으로 내뱉고 있었다.

"사장님 그게 아니고 나는 쟤랑 알고 지낸다고 말하는 것 자체가 부끄러워서 그런 거야. 괜히 오해하지 마." 권 실장이 진국을 달랬다.

"나는 너 같은 놈이랑 알고 지냈던 게 자랑 거리여, 이 새끼야." 옆에 있던 완용이 다시 권 실장을 향해 달려들었다. 어느덧 해가 저물어 주차장은 어두워져 있었다.

"아……" 순식간에 벌어진 일이었다. 일단락됐다 싶었던 일이 진정될 기미를 보이지 않고 다시 시작되고 있었다.

"이게 뭐하는 짓이야?" 옆에서 보고 있던 막걸리 사장이 다시 완용을 뜯어말렸다.

"이 사장님 괜찮으세요? 일어나 보세요." 완용은 키가 크고 살집 있는 몸이었다. 그는 코끼리 허벅지 만 한 다리를 들고 권 실장을 향해 내밀었는데 민첩한 권 실장은 그 다리를 피했고 그의 옆에 비스듬히 서 있던 진국이 가격을 당했다.

"이 사장님 미안해. 나는 이 사장님이 맞을 줄은 몰랐어. 그냥 나 살려고 피한 건데 이 사장님한테 불똥이 튀어 버렸네. 미안해. 진짜 일부러 그런 게 아니야." 권 실장이 일어나지 못하는 진국을 일으키려 다가가 말했다. 진국은 울퉁불퉁한 아스팔트 바닥 위에 널브러져 있었다. 그때 마트에 들어간 손님이 사장님, 사장님 하자, 진국은 벌떡 일어나 주차장에 모여 있는 그들을 지나쳐 마트로 들어갔다.

"예. 어서 오이소."

"어디 다치셨어요?" 배를 움켜잡고 들어오는 진국을 보고 손님이 물었다.

"아닙니더. 그냥 살짝 넘어졌습니더."

"안 다치신 거면 다행이네요. 사장님 이거 계산해주세요." 매일 마트에 와서 맥주를 3병씩 사는 앞집 총각이었다. 그는 늘 같은 시간에 와서 같은 개수의 맥주를 사 갔다. 진국에게는 몇 안 되는 고마운 손님 중 한 명이었다. 친절했고 다정했다.

"이거 서비스로 드릴게예. 가져가서 드이소." 진국은 계산대 위에 올려 놓고 판매하는 미니 머핀 몇 개를 쥐어 술을 담은 봉지에 넣어주었다.

"네. 감사합니다. 그럼 안녕히 계세요." 총각이 밝게 인사하고 나갔다. 진국은 계산대에 앉아 방금 전에 있었던 일을 다시 상기해 보았다. 만약 권 실장이 아무렇지도 않게 다시 마트에 나타난다면 손님으로 와서 물건을 사갈 텐데 자신한테 거짓말을 하고 상처를 줬다는 이유만으로 권 실장을 못 오게 할 수 있을까, 그렇게 해도 되는 것인가, 그렇게 하는 것을 원하는가를 생각해 보았다. 찬미가 늘 진국에게 마음이 무거워지거나 우울해지는 순간이 오면 내가 지금 무엇을 원하는지, 그래서 원하는 것을 얻으면 무엇이 달라지는지, 달라진 이후에는 어떤 마음일지 생각해 보는 연습을 하라고 시켰다. 그는 매일 아침 시를 필사하는 노트에 그의 마음을 옮겨 적어보기 시작했다.

- 단골손님이 자신에게 거짓말을 했다는 이유만으로 마트 출입을 금지시키는 것이 합당한가? - 그렇지 않다.

- 그렇게 하는 것을 내가 원하는가? - 그렇지 않다.

- 지금 내가 원하는 것은 무엇인가? - 없다.

- 나는 마트를 하면서 무엇을 얻었고 무엇을 잃었는가? - 얻은 것은 없고 잃은 것은 많다.

- 나는 마트를 그만할 수 있는가? - 그만할 수 없다.

- 그렇다면 내가 살 수 있는 방법은 무엇인가? - 손님들에게 더 잘해서 어떻게든 마트를 잘 운영하는 것이다.

- 권 실장과의 관계는 어떻게 할 것인가? - 관계 회복에 대해 고민해봐야 알 것 같다. 지금 당장은 모르겠다.

권 실장이 마트에 와서 즐거웠던 일들을 그는 떠올렸다. 자주 보니 정이 들어 있었다. 그는 자신이 여자들을 꼬실 때 써먹던 유머라며 진국에게 실없는 농담을 자주 해주고는 했다. 유머와는 거리가 먼 진국에게 항상 자신을 웃게 해주는 권 실장이 의미 있는 존재가 되는 것은 당연한 일이었다. 자신의 생각보다 더 깊은 관계를 맺었다고 생각했던 그는 다시 주차장으로 나갔다. 권 실장에게 자기는 괜찮으니 마트에 오고 싶으면 언제든 편히 와도 된다고 말하기 위해서였다. 하지만 그들은 이미 사라진 이후였다. 그 뒤로 권 실장과 완용은 동네에서 보이지 않았다. 막걸리 사장에 의하면 둘 다 동네 사람들의 구경거리가 된 것이 부끄러워 새벽 일찍 나갔다가 늦은 밤이 돼서야 귀가한다고 했다. 진국은 매일 오던 권 실장의 빈자리가 크게 느껴졌는지 막걸리 사장의 말을 들은 후에도 혹시나 해서 권 실장이 오던 시간에 맞춰 마트 밖을 서성이고는 했다. 권 실장이 자신에게 거짓말을 해서 화가 난 건 사실이었으나 인간은 누구나 흠이 있다고 생각했다. 함께 어울리며 흠보다 좋은 마음을 더 크게 가지고 있다면 그걸로 덮을 수 있는 것 아닌가 하고 생각했다. 덕분에 그런 권 실장마저도 그에게는 지켜야 할 인연처럼 여겨졌다. 진국은 일부러 자신을 찾아와 주던 누군가가 사라졌다는 사실에 형언할 수 없는 고독함을 느꼈다. 누군가가 자신을 매일 찾아와 주는 일은 진국이 그의 닫힌 마음 안에서 유일하게 나올 수 있게 해주는 소중한 통로였다. 정 권사가 그에게 그랬던 것처럼 권 실장도 가짜 중도 그에게는 일종의 구원자였던 셈이다.

    -

    그해 팔월은 진국에게 유난히 길게 느껴졌다. 보통은 입추가 지나면 팔월도 함께 지나가는 것 같았으나 그해는 그렇지 않았다. 더위는 한풀 꺾인 것처럼 행세했어도 아직 물러설 수 없다는 듯 쉽사리 지나가지 않았다. 마트 문을 연지 7시간이 지나도 손님이 단 한 명도 오지 않았다. 마트는 손님이 와야 하는 곳이었다. 진국의 존재는 손님이 마트에 와서 물건을 살 때서야 확인되었다. 그는 마트 창밖으로 지나가는 사람들을 보며 자신이 환영 같다고 생각했다. 외부와 단절된 그의 그 진저리나는 고독함은 손님이 없을수록 더 짙어져 갔다. 마트는 고요했다. 마트 공간의 반을 차지하는 7대의 냉장고 소리가 더 요란하게 들렸다. 그는 계산대 앞에 가만히 앉아 있다가 파리의 날개 짓 소리인 '윙윙' 소리를 들었다. 갑자기 파리의 날개 짓 소리가 구슬프게 느껴지는 것 같았다. 그가 소리를 따라 천장을 바라보니 파리 한 마리가 거미줄에 걸려 빠져나오지 못하고 있었다.

"불쌍하네. 니 삶도……" 그는 혼잣말로 파리를 애도하며 시선을 바깥으로 돌렸다. 하지만 살기 위해 발버둥 치는 파리의 날개 짓 소리가 갈수록 격해졌고 진국은 계속 바라볼 수밖에 없었다. 다시 천장을 보니 거미가 먹잇감을 먹기 위해 거미줄을 타고 내려오고 있었다. 파리는 먹이가 되지 않기 위해 더욱더 강하게 몸부림치고 있었다. 거미가 단단하게 쳐 놓은 거미줄은 히말라야의 크레바스처럼 한 번 빠지면 살아 나올 수 없는 곳이었다. 파리가 몸부림칠수록 파리는 거미줄에 더 꼬여만 갔다. 가만히 보고만 있던 진국이 평소에는 파리를 잡기 위해 놔둔 파리채로 거미줄을 끊었다. 파리는 이미 목숨이 끊어진 상태였지만 진국은 파리의 몸을 형체 그대로 지켜주고 싶었다. 그는 떨어진 파리를 쓰레받기에 담아 밖에 있는 화분에 뿌리며 명복을 빌어주었다. 찬미가 죽은 곤충이나 벌레를 보면 흙에서 편히 쉬라며 해주던 방법이었다. 그는 죽은 파리를 보며 그래도 갇혀있는 자신보다 영원한 자유를 얻은 파리가 더 나은 것 같다고 생각했다.

"안녕하세요." 화장을 짙게 한 젊은 여성 세 명이 마트에 들어오며 인사했다.

"어서 오이소." 진국도 인사했다. 오후 2시가 넘은 시간이었다. 4개월이 넘는 시간 동안 마트를 운영하면서 그 시간까지 마트 문을 여는 사람이 단 한 명도 없다는 사실은 진국을 지치게 했다. 손님이 오지 않는 일은 그가 어찌할 수 있는 부분이 아니었다. 그는 그저 받아들일 뿐이었다. 그런 그에게 마트에 처음으로 들어와 준 젊은 여성 셋은 은인이나 다름없었다. 그들은 마트 안으로 들어가 이곳저곳을 열심히 살피고 다녔다.

"찾으시는 거 있으시면 말씀해 주이소. 제가 도와 드리겠습니다." 손님들이 한참 동안 마트를 돌아다니자 진국이 기쁜 마음을 감추지 못하고 오지랖을 부렸다.

"찾았어요." 그들은 술 냉장고에서 과일 맛이 나는 소주 5병과 복분자로 만든 술 그리고 병으로 된 맥주 2병을 가지고 왔다.

"모두 얼마예요? 검정 봉지에 넣어주세요." 그들 중 한 명이 말했다.

"19600원입니다. 나눠서 넣어 드릴게예." 마트에 들어온 순간부터 표정이 굳어있던 그들은 한층 밝은 표정을 띠었다. 그들은 불가능할 것 같았던 미션에 성공한 것처럼 계산을 마치자 신이 난다는 듯 강중강중 뛰면서 마트 밖으로 나갔다. 들어오고 나갈 때 표정이 다르다는 비유적 표현이 딱 맞아떨어지는 순간이었다. 진국은 이른 오후에 젊은 여성들이 술을 많이 사간 일이 의아쩍었다. 그러나 손님이 한 명도 없다가 이만 원에 가까운 매출을 올렸다는 사실이 좋아 크게 개의치 않았다. 손님들이 나가자 그는 텔레비전을 켜서 채널을 돌렸다. 공영 방송 채널에서 걸어서 세계를 여행하는 프로그램의 재방송을 하고 있었다. 이번에 나온 나라는 스칸디나비아의 보석 노르웨이었다. 그는 프레케스톨렌이라는 노르웨이 스타방게르 지역의 협곡에서 눈을 떼지 못했다. 세상의 끝일 것 같은 가파른 절벽 밑으로는 바이킹의 역사를 만들어낸 거대한 물줄기가 흐르고 있었다. 한 발자국이라도 잘못 디디면 보배롭고 귀한 인간의 목숨이 순식간에 사라질 만큼 위험한 곳이었다. 하지만 자신의 흔적을 남기고 싶어 하는 수많은 사람들은 위험을 무릅쓰고 절벽의 끝에 몰려 사진 찍기에 여념이 없었다. 자신은 살면서 절대로 가보지 못할 것처럼 보이는 그곳에 많은 사람들이 간다는 사실이 부러웠다. 이삿짐을 하며 전국을 다닌 그는 젊은 시절 언젠가 자신도 세계를 국내 여행하듯 다녀보고 싶다는 꿈을 키우고는 했다. IMF가 터졌을 때는 뉴질랜드나 캐나다로 이민을 가면 좋겠다고 생각하기도 했다. 남들에게 얘기한 적은 없지만 그는 세계 역사와 세계지리에 관심이 많았다. 고고학과 문학, 예술에도 관심이 많아 꼭 유적지가 살아 숨 쉬는 유럽이나 중동 지역을 여행해보고 싶어 했다. 찬이 임용 시험에 붙은 후 일을 시작하기 전에 유럽에 가고 싶다고 하자 그는 아들을 위해 오백만 원이 넘는 돈을 지원해 주었다. 그리고 정작 자신은 가지 못했다. 그는 텔레비전 프로그램으로 대리만족하는 것이면 충분하다 여겼다. 누나의 말처럼 마트를 정리하고 나면 유럽에 가게 될 수도 있다. 하나, 지금 당장으로서 그 대륙은 실제 거리로나 마음의 거리로나 자신이 닿을 수 없는 저 먼 곳일 뿐이었다.

"어서 오세요." 마트 문이 열리자 진국은 자리에서 일어나 손님을 맞이했다.

"방금 전에 여기 어떤 여자들이 와서 술 사갔죠?" 화가 잔뜩 나 보이는 50대 남성이 진국에게 따지듯 물었다.

"네, 그런데예." 이유를 알지 못하는 진국이 바로 대답했다.

"당신 내가 가게 문 닫게 하는 수가 있어!" 남자가 갑자기 진국에게 삿대질을 하며 소리를 높였다.

"무슨 일이십니꺼, 왜 그러시는지 얘기를 해주셔야 제가 알 거 아닙니꺼."

"무슨 일인지 모른다고? 이렇게 시치미 떼면 당신이 애들한테 술 판 게 없던 일이 될 줄 알아요?" 남자는 더 흥분했다.

"애들한테 술을 팔다니 무슨 말이십니꺼. 저는 모르는 일이니까 진정하시고 상황 설명을 좀 제대로 해주이소." 진국이 남자에게 조심스레 말했다.

"방금 전에 온 애들 다 17살이에요. 이런 동네 마트가 장사가 잘 될 리가 없으니까 미성년자한테 술을 팔아서 그런 푼돈이라도 챙기려고 했나 본데 당신 실수했어. 내가 경찰에 신고할 거야. 당신 돈 몇 푼 벌려다가 정말 큰 실수한 거야."

"미성년자라니요. 무슨 말씀이신지 아직도 잘 모르겠습니다." 그가 말을 다 마치기도 전에 남자는 밖으로 나갔다. 진국은 어안이 벙벙해졌다. 그는 어찌할 방도를 몰라 찝찝한 마음으로 텔레비전을 계속 응시하고 있었다.

마트 바깥에는 지난번 현금 도난 사건으로 마트에 왔던 경찰차가 마트 앞으로 주차를 하고 있었다.

"안녕하세요. 1시간 정도 전에 애들한테 주류 판매하셨죠?" 경찰 두 명이 마트에 들어왔다.

"술을 팔기는 팔았는데 애들이라고 그러시는 게 저는 무슨 말씀이신 지를 모르겠습니다. 제가 판매한 분들은 젊은 여성들이었거든예." 진국이 차근히 자신이 본 것에 대해 얘기했다.

"젊은 여성들이라면 몇 살 정도로 보이시던가요?"

"한 20대 중반은 되어 보였어예. 세 명이 들어왔는데 화장을 짙게 했고 높은 구두를 신고 있었거든예. 그래서 구두 소리는 계속 또각또각 울리고 손님들은 한동안 마트를 돌아다니기만 해서 제가 뭐 찾냐고 물어봤는데, 알아서 술을 가져오더라고예."

"신고하신 보호자에 의하면 그 친구들은 지금 17살이고 고등학생이라고 합니다. 그러면 주민등록증을 보여 달라고는 하지 않으셨던 건가요?"

"저는 당연히 어른이라고 생각했으니까 주민등록증을 봐야 한다고 생각하지 않았지예. 어른이 합법적으로 술을 사 가는데 누가 주민등록증을 보여 달라고 하겠습니꺼."

"사장님은 정말 모르셨던 것 같기는 한데, 안타깝게도 신고가 들어와서 저희는 출동을 했고, 사장님은 청소년 보호법을 위반하셨기 때문에 저희가 통보드리는 날짜에 경찰서에 방문을 해서 조서를 쓰셔야 합니다."

"청소년 보호법 위반이요? 저는 청소년인지 몰랐고예, 지금 당연히 학교에 있어야 할 학생들이 평일 오후 2시에 와서 술을 살 거라고 생각하는 사람이 누가 있습니꺼? 저는 너무 억울합니더."

"사장님 말씀이 틀린 얘기는 아니지만 일단 판매를 하셨고 저희는 신고를 받아서 다른 재고의 여지가 없습니다. 형사 처분 따로, 행정 처분 따로니까, 억울한 부분은 일단 경찰서에 오셔서 경위서 작성할 때 오늘 겪은 사정을 최대한 자세히 설명하시면 사장님께 조금 도움이 될 수도 있으니까 참고하세요."

"그러면 조사 내용에 따라 저희 마트가 영업 정지가 되거나 그럴 수도 있는 겁니꺼?" 진국이 떨리는 목소리로 물었다.

"네. 아마 사장님이 모르셨고 처음이니까 영업정지까지는 안 갈 겁니다. 그래도 벌금은 꽤 나올 수도 있습니다. 그럼 저희는 이만 가보겠습니다."
경찰이 진국에게 불어 닥칠 또 다른 불행을 예고하며 자리를 떠났다. 경찰이 떠나자 진국은 영업시간에는 한 번도 내린 적 없었던 마트 셔터를 내렸다.

"내다. 아부지 큰일 났다." 무슨 일이 생길 때마다 딸을 찾던 진국이 변함없이 찬미에게 전화를 걸었다.

"왜 또 무슨 일인데, 나 지금 수업 중이야." 사소한 일에도 큰일이라며 전화를 걸어대던 진국에게 찬미가 짜증스럽게 말했다.

"이제 마트 영업 못 할 수도 있다." 진국이 자신이 경찰에게 들었던 이야기보다 더 확대하여 찬미에게 말했다.

"그게 무슨 말이야, 천천히 하나씩 다 얘기해봐." 진국은 찬미에게 자초지종을 설명하며 이런 상태에서 손님을 받을 수 없어서 셔터도 내려놨다고 말했다.

"아빠, 일단 진정하고 당연히 여자 애들이 그렇게 짙게 화장하고 하이힐 신고 오면 청소년이라도 알아보기 어려운 게 맞아. 게다가 아빠는 뇌경색 질환이 있으니까 뇌 질환을 앓고 있어서 더 알아보기가 어렵다고 얘기하자. 마트 한 지 얼마 안 됐고 삼십 년 동안 이삿짐 일만 하고 살아서 사람들을 쉽게 구분할 수 있는 직업을 가졌던 것도 아니라고, 그리고 내가 알기로는 행정 처분에서 만약에 영업 정지가 나오면 내가 행정 처분 집행 정지 신청을 할 수도 있어. 어떤 방법이든 동원해서 마트 문 닫을 일 없게 만들 테니까 너무 걱정하지 말고 셔터 닫은 김에 방 안에 들어가서 조금 누워 있어. 마음을 조금만 안정시켜." 찬미가 침착하게 말했다. 진국은 딸의 말대로 평소 식사를 하던 마트의 방 안에 들어가 좁은 공간에 겨우 몸을 뉘었다. 다리를 펴고 누울 수 있는 것은 다행인 일이라고 생각하기가 무섭게 화장실 하수구의 역한 냄새가 싱크대를 통해 온 방에 퍼졌다. 후각에 민감한 찬미는 그 냄새가 올라오면 바로 방문을 닫고 오랫동안 방에 들어가지 않았다. 평소에는 아무렇지 않게 느껴지던 역한 냄새가 그날따라 오래전 군 생활 때 느꼈던 화생방 독가스 같았다. 진국은 헛구역질이 났다. 하루도 마음 편히 지나가는 일 없이 매 순간순간 신경 쓸 일을 겪어야 하는 자신의 삶이 너무 불쌍해 속이 다 상한 것인지, 숨 쉴 수 있는 틈 하나 없이 촘촘히 퍼져 있는 오물지린내 때문인지 알 수 없었다.

−

경찰서에서 전화가 왔다. 출석하라는 얘기였다. 며칠 동안 연락이 없자 가족들은 고의성이 없으니 취소가 됐을 수도 있다는 작은 희망을 가졌다. 그 희망의 불씨는 경찰의 전화와 동시에 꺼졌다. 진국은 마트의 셔터를 내리기 위해 밖으로 나왔다. 그는 그날 아침 가득 채워둔 아이스크림 냉장고를 바라보았다. 채우기가 무섭게 바닥을 보이는 아이스크림 냉장고는 진국이 가장 아끼는 물건 중 하나였다. 그는 혹여 라도 재수가 없어 영업정지 처분을 당할까 두려웠다. 그렇게 되면 공장에서 갓 만들어진 싱싱한 아이스크림을 판매할 수 없을 거라는 생각이 들어 또 서글퍼졌다. 진국은 겨우 선심의 차에 올라탔다. 진국을 면회하듯 찾아오던 이들이 아무리 나가자고 설득해도 한 번도 나가지 못했던 문 밖을 그는 경찰서에 가기 위해 가게 문을 닫고 나왔다.

"살면서 제일 가고 싶지 않은 곳이 병원이랑 경찰서인데 올해는 무슨 악운이 꼈나, 병원이랑 경찰서를 둘 다 가네."

"아빠, 이런 날도 있는 거지. 너무 걱정 마. 우리가 큰 죄지은 것도 아닌데 걱정할 거 없어." 진국은 서울에 올라와 거주한 지 몇 개월 만에 서울 구경을 할 수 있었다.

"서울만 봐도 세상이 이렇게 넓네." 진국이 덤덤한 어조로 말했다. 창밖으로 보이는 광대한 서울은 그를 한낱 미물 같은 존재로 만드는 것 같았다.

"아빠, 서울 처음 오는 것도 아니잖아. 일할 때 많이 와 봤을 거 아냐." 찬미가 진국의 눈치를 보며 말했다.

"많이 와봤지. 그럼 오래 일했잖아. 그동안 서울로 이사 간 사람들만 해도 셀 수가 없지." 운전하던 선심도 진국의 눈치를 보며 대화에 끼었다.

"많이 와 봤으면 뭐하노, 아무 의미도 없다."

"왜 아무 의미가 없어, 이 넓은 서울 이제라도 구경하고 여행해 보면 얼마나 좋아. 아빠랑 엄마 젊었을 때는 서울에 살고 싶어 했다며, 나 다음 학기 끝나면 내가 마트 볼 테니까 아빠도 여기저기 다녀봐. 서울이든 제주도든 어디든." 찬미는 진심으로 얘기했지만 진국에게는 딸의 말이 들리지 않았다. 그는 입을 굳게 다물고 새로 지어진 경찰서 안으로 들어섰다.

"아직도 페인트 냄새가 나네. 얼마나 급하게 옮겼으면. 경찰서는 들어설 때 괜히 기분이 무거워져." 선심이 뒤에서 한마디 던졌다.

"안녕하세요. 엄청나게 큰 사건도 아닌데 가족들이 다 오셨네요." 담당 경찰이 가족을 보자 일어나 인사했다.

"안녕하세요. 형사님 저희 아빠 뇌 질환을 앓고 계셔서 정상인들보다 생활하는 것도 불편하고 한 번씩 정신도 오락가락하세요. 제가 진단서 첨부할 수 있으니까 최대한 벌을 경감해 주시면 좋겠습니다." 찬미가 먼저 경찰에게 다가가 울먹이며 말했다.

"아이 참, 이거 뭐 큰일도 아니고 벌금 나와 봤자 오십만 원에서 백만 원이에요. 다행히 처음이라서 영업 정지가 될 가능성은 없으니까 너무 걱정 마시고 사장님이 여기 와서 직접 경위서 작성하세요."

"저희 남편이 그날 이후로 많이 힘들어하고 있어서요. 제발 경감해주세요. 부탁드립니다." 옆에 있던 선심도 경찰에게 두 손 모아 사정했다.

"저한테 부탁하신다고 제가 들어드릴 수 있는 건 아니고요. 여기 경위서 작성하는 거 보고 판사님이 사정 봐서 경감해주실 거니까 너무 걱정 마세요. 최대한 자세하게 적어 보세요." 진국은 경찰이 건넨 경위서 종이를 겨우 받았다. 그동안 좀 나아진 것 같았던 오른손이 또 말썽이었다. 그는 경찰서 한 구석에 앉아 경위서 작성을 시작했다. 손이 굳어 볼펜이 잘 쥐어지지 않았다. 마비를 풀기 위해 찬미가 매일 하라고 시켰던 손을 쥐고 오므리는 쥠쥠 운동을 몇 번 해보았다. 그러나 긴장한 탓인지 아무 소용없었다. 그는 그날을 떠올리며 최대한 상세히 여자 아이들의 옷과 짙게 화장한 모습을 적었다. 진국은 학교에 다닐 때 학교 수업에 빠진 적이 없었고, 그의 자녀들 역시 학교를 빼먹게 한 적이 없었다. 그의 세상에서 평일 낮에 학생이 학교에 가지 않는 일은 어불성설한 일이었다. 그의 세상은 그가 경험했던 것이 전부라고 말할 따름이었다. 알아볼 수 없는 그의 긴장한 글씨체는 나약하고 허약한 A4 용지를 가득 채웠다. 회색빛의 종이 한 장이 그에게는 살려 달라 호소하는 조선시대의 신문고 두드리기와 진배없었다. 진국은 마트를 인수한 뒤부터 예상치 못하게 일어났던 모든 사건들을 떠올렸다. 자신과 가족들의 무지가 크기도 했지만 진국의 입장에서는 억울한 일이 너무 많았다. 외상값을 받으려다 찬미가 손님에게 폭행을 당했던 일, 술에 만취한 동네 어른이 매일 밤 진국에게 자신이 타고 온 택시비를 내게 하는 일, 마트가 오래된 건물이라 하수구에서 물이 터져 마트를 물바다로 만들어 놓은 후 바닥에 있던 모든 물건들이 젖어 판매하지 못하고 손해만 봐야 했던 일 등이 그의 머릿속에서 터져 나왔다.

그는 갑자기 굵은 빗방울 같은 눈물을 쏟았다. 한 번 울음이 터지니 쉽사리 그쳐지지가 않았다. 새로 지은 경찰서는 천장이 높아 소리가 잘 울렸다. 이곳저곳에서 자신을 보호하기 위해 혹은 범인을 잡기 위해 소란스럽던 삶의 아우성들이 소리를 멈추었다. 진국의 울음소리가 1층 전체에 울려 퍼졌다. 그의 울음소리는 노루 울음처럼 애잔하기도 하고 소의 울음처럼 구슬프기도 했다.

"아빠, 괜찮아. 그만 울어. 괜찮아." 찬미가 진국의 곁으로 가서 아이 달래듯 등을 두드렸다. 진국은 살면서 눈물을 흘려본 적이 별로 없었다. 남자는 울면 안 된다는 대한민국 사회가 만든 이상한 통설 때문이었다. 그의 소중한 생명줄인 회색빛 종이에는 마르지 않은 그의 눈물이 군데군데 스며들어 있었다. 물에 가장 취약한 종이가 눈물에 젖어 조금만 힘을 주어도 찢어질 것 같았다.

"나한테 줘." 뒤에서 가만히 지켜보던 선심이 부녀에게 다가가 시세 높은 금덩이 다루듯 조심스레 진국의 경위서를 들어 올렸다.

"사장님, 이거 정말 별 일 아니에요. 장사하다 보면 그러실 수도 있죠. 사장님이 일부러 그런 거 아닌 건 저희도 정말 알 것 같습니다. 처음이고 병환 중인 게 경감 사유가 될 테니까 너무 걱정 마시고 조심히 돌아가십시오." 경찰이 울고 있는 진국을 달랬다.

"네. 그럼 저희는 이만 가보겠습니다. 감사합니다. 안녕히 계이소." 진국이 눈물을 멈추고 어떤 흠결도 남기지 않겠다는 마음으로 최대한 공손한 태도를 보였다. 그는 머리를 허리까지 구부리고 인사하고 또 인사했다. 경찰서에서 나온 세 사람은 경찰서에 들어갈 때와 달리 갑자기 싸늘해진 공기를 느꼈다. 분명 바람이 부는 것이 아님에도 그들은 어느 추운 나라에서 추위에 떨고 있는 것처럼 몸을 바들바들 떨었다.

"엄마, 갑자기 너무 추워. 아직 한여름인데 무슨 북극 어디에 와 있는 것 같네."

"그러게. 들어갈 때는 그렇게 덥고 습하더니 우리 기분이 그런가, 쌀쌀하네. 여보, 괜찮아?" 무뚝뚝한 선심답지 않게 진국에게 다정하게 물었다.

"어. 갑자기 이상하게 춥네. 나는 어디 들릴 때가 있으니까 당신이랑 찬미는 먼저 마트에 들어가라." 진국은 기분을 알아차릴 수 없는 무표정한 얼굴로 말했다.

"엄마, 아빠 좀 이상한데 왠지 느낌이 안 좋아." 찬미가 먼저 가라고 하던 아빠의 표정을 떠올리며 말했다.

"느낌이 안 좋기는 뭐가 안 좋아, 마음이 심란하니까 바람이라도 쐬고 싶어서 그렇겠지."

"아냐. 진짜 오늘 감이 안 좋아. 걱정된다 말이야……"

"하여튼 너도 부정적으로 생각하는 건 너희 아빠 닮아서 똑같아. 별 일 없을 거니까 신경 끄고 마트나 봐. 엄마 4시까지 조은 상사에 물건 주문해 놓은 거 받으러 가야 하니까 사거리에 세워줄게. 조금만 걸어가고, 저 주유소 들려서 기름 좀 넣어서 가자." 경찰서와 마트는 차로 20분 거리였다. 선심은 찬미를 태워 마트에 내려준 후 영등포 도매상에 들려 주문해 놓은 마트 물건을 받아올 생각이었다.

"안녕하세요. 가득 넣어주세요." 주유소에 도착한 선심이 창문으로 주유소 직원에게 말했다.

"네. 근데 사모님 잠깐 내려서 타이어 좀 보셔야 할 것 같네요." 주유소 직원이 주유 구에 기름을 넣기 위해 갔다가 앞좌석으로 돌아와 말했다.

"타이어에 문제라도 생겼나요?"

"직접 보시면 아실 겁니다." 선심과 찬미가 차에서 내려 직원이 알려준 곳으로 가서 타이어를 보았다.

"지금 보시는 것처럼 바람이 세고 있습니다. 이 타이어 어딘가에 뾰족한 무언가가 박힌 것 같은데 제가 한 번 봐 드릴 테니까 운전석에 가서 차를 앞으로 조금만 천천히 빼주시겠습니까?"

"바쁘실 텐데 감사합니다."

"별말씀을요. 지금은 손님이 없을 시간이라 괜찮습니다. - 여기 보세요. 못이 박혔네요. 언제 박혔는지 몰라도 이 정도 바람 빠졌을 때 발견해서 천만다행입니다. 이 상태로 계속 운전하셨으면 위험했을 수도 있어요." 직원은 진심으로 모녀를 걱정해줬다. 선심이 차에서 내려 바퀴에 박힌 은색 못을 확인하고는 직원에게 고개 숙여 인사했다. 기름 값을 지불한 모녀는 차를 주유소에서 가까운 공터에 세워두고 보험 회사에 전화를 걸어 도움을 요청했다.

"정말 불안하다 말이야."

"불안하긴 뭐가 불안해, 차가 달리다가 바퀴가 터진 것도 아닌데 아무 사고 없이, 그리고 빨리 발견했잖아." 선심이 딸을 진정시켰다.

"아냐, 그래도 불안해. 아빠가 전화를 안 받아. 엄마 너무 불안해." 핸드폰을 꺼내 아빠에게 전화를 걸던 찬미가 손톱을 깨물기 시작했다. 그녀는 불안해지거나 무서워질 때면 1mm도 채 안 되는 짧은 손톱을 물어뜯는 습관이 있었다.

"전화 오는지 모르거나, 못 받을 상황에 있겠지. 지금 그게 문제가 아니라 도매상은 4시에 문 닫는데 보험회사 올 때까지 기다리다 가면 오늘 물건 못 받겠네. 아빠가 어제 손님이 찾던 물건 없어서 오늘 저녁에 들어온 다고 했다고 저녁 전에는 물건 마트에 갖다 놓으라고 했는데……" 선심은 다른 걱정거리에 빠져 있었다. 진국은 손님이 마트에 와서 무엇인가를 찾을 때 없다고 대답하는 것을 가장 싫어했다. 그는 다시 오지 않는 손님들의 말에도 귀 기울여 손님들이 찾았으나 없는 물건은 바로 선심에게 부탁하고는 했다. 선심도 그런 진국에게 영향을 받아 손님들이 찾았으나 없어서 팔지 못하는 물건을 갖다 놓는 일을 가장 중요하게 여겼다. 찬미는 어차피 없어서 못 산 손님들은 다른 곳에서 그 물건을 살 것이라서 굳이 힘들게 모두 가져다 놓을 필요가 없다고 생각했다. 하지만 진국의 단호한 의견에 토를 달고 싶지는 않았다. 선심은 운전을 못하는 진국을 대신해 매일 영등포 도매상에 가서 물건을 사 오고는 했다.

"안녕하세요. 현성 자동차 보험입니다."

"안녕하세요. 그래도 빨리 와주셔서 정말 감사합니다." 출동한 보험회사 차를 보고 선심이 내려서 인사했다.

"최대한 빨리 와 드려야죠. 고객님의 시간은 소중하니까요." 보험 회사 직원이 광고에서나 들었을 법한 서비스 멘트로 대답했다. 그는 차 뒤쪽 타이어에 박혀 있는 못을 간단하게 뽑아내고 다시 바람을 넣었다. 시간은 십 분도 걸리지 않았다.

"다 됐습니다. 고객님. 혹시 출동 서비스 평가 전화가 오면 만점으로 부탁드리겠습니다." 대한민국 사회는 친절을 판매하는 사회로 바뀌는 중인 듯했다. 모든 서비스 기사나, 출동 기사와 같은 기술직 근로자들은 잘 고치기만 하면 되는 것이 아니었다. 그들은 자신의 마음과 상관없는 말을 내뱉으며 친절한 사람이 되어야만 했다. 그렇게 하지 않으면 그들이 챙겨갈 수 있는 수당이 줄어들었다. 더 많은 돈을 벌기 위해서는 가짜 친절을 판매해야 하는 직원이 모녀에게 공손하게 부탁했다.

"그럼요. 당연하죠. 고생 많으세요. 감사합니다." 찬미가 선심 대신 대답하고 다시 차에 올랐다.

"그나마 빨리 처리되어서 다행이다. 얼른 가자. 지금 가면 겨우 시간 맞추겠다."

"그래, 얼른 가자. 엄마 말처럼 나는 사거리에 내려주면 돼." 모녀는 서둘러 차를 운전해서 목적지로 이동했다.

"못 보던 번호인데…… 여보세요?" 찬미가 갑자기 울리는 핸드폰을 받으며 긴장한 어투로 말했다.

"안녕하세요. 고객님, 카드사입니다. 보유하고 계신 카드 포인트가 오만 점이 넘으셨는데 저희 제휴 업체에서 사용이 가능해서요. 카드 포인트 사용 안내 전화드렸습니다."

"아…… 안녕하세요. 수고 많으세요. 카드 포인트는 제가 나중에 필요한 곳에 사용하겠습니다. 제가 지금 전화받을 수 있는 상황이 아니라서 죄송하지만 통화가 어려울 것 같아요. 먼저 끊겠습니다." 그녀는 자신도 전화를 건 그녀와 같은 일을 했던 기억이 나서 상담원을 배려하며 말했다.

"거 봐, 별 일 없을 거라니까." 옆에서 듣고 있던 선심도 불안해지던 마음을 내려놓았다.

—

"배달 왔습니다. 국제 택배네요. 여기에 서명 부탁드립니다." 양서동을 담당하는 우편물 집배원이었다.

"국제 택배요? 국제 택배 올 게 없을 낀데예."

"보내신 분 성함이 윤 수철이네요. 아시는 분이세요?"

"아, 예. 아는 사람은 맞습니다."

"상자가 크긴 해도 무겁지는 않아요. 얼른 열어보세요. 그래도 미국에서 택배도 받고 좋으실 것 같아요." 진국을 몇 번 봤던 우편물 집배원이 이물 없이 말했다.

"그러게예. 열어 보겠습니더. 이거 하나 드시고 가이소." 진국은 그가 올 때마다 마지막이라 말하면서 비타민 음료를 건네주었다.

"사장님도 참, 이게 다 사람 안 좋은 습관 만드는 거예요. 그래도 사장님 마음이니까 감사히 받겠습니다. 잠깐 좀 쉬어갈게요." 우편물 집배원은 진국이 건넨 음료를 마시면서 계산대 앞 간이의자에 앉았다.

"하믄예. 앉아서 좀 쉬이소." 진국은 계산대 뒤 서랍장에서 커터 칼을 꺼내 조심스럽게 택배 상자를 열었다. T 브랜드의 남성 점퍼였다. 진국은 점퍼 위에 올려진 엽서를 들어 올렸다. 윤 교수의 필체로 보이는 글씨가 적힌 공간 반대편에는 시애틀의 상징인 스페이스 니들의 야경이 찍혀 있었다.

"아버님, 안녕하세요. 생신 축하드립니다. 제가 알기로 배송 기간이 평균 14일 정도인 걸로 알고 있는데 아버님 생신에 딱 맞춰 가기를 바라고 있습니다. 선물은 찬미랑 같이 골랐습니다. 다가오는 가을에 이 점퍼가 아버님의 체온을 따듯하게 해 줄 수 있기를 바랍니다. 한국에서 뵙겠습니다. 윤 수철 드림." 진국이 윤 교수의 엽서를 소리 내어 읽었다.

"사위 되는 분이에요?" 앞에서 쉬던 집배원이 물었다.

"아직은 아니고예, 그냥 딸이랑 만나는 사람입니다." 진국은 윤 교수와 딸의 결혼이 내키지 않았던 터라 떳떳하게 사위될 사람이라고 말하지 못

했다.

"먼 타국에서 생신도 챙겨 드리고 사장님께 잘하려는 게 눈에 보이네요."

"예. 좋은 사람입니더."

"그나저나 생신이 언제세요?"

"오늘이네예. 저도 모르고 있었는데 오늘이네예." 진국이 달력을 보며 씁쓸하게 말했다. 가족들은 늘 진국의 생일을 챙겼다. 진국과 선심이 떨어져 지낼 때도 진국의 생일에는 선심이 대구로 내려가서 미역국을 끓여주고 반찬을 챙겨주었다. 그러나 이번 생일에는 가족들이 가까이 있음에도 그의 생일을 챙겨주지 않았다. 그도 윤 교수가 보낸 선물을 받고서 알게 된 사실이었다.

"생신 축하드립니다. 그래도 사장님은 좋으시겠네요. 생신 챙겨주는 예비 사위도 있고, 이런 가게도 운영하시고요. 저도 어서 돈 모아서 제 가게 하나 차리는 게 소원인데 사장님은 이미 제 소원 안에서 살고 계십니다. 저도 노후는 사장님처럼 편하게 보내고 싶습니다. 하하. 이제 가보겠습니다. 잘 쉬고 갑니다." 윤 교수 또래로 보이는 우편물 집배원이 진국을 부러운 눈길로 바라보며 인사했다.

"아이고야, 그런 말씀 마이소. 저는 집배원님이 더 부럽습니더. 저는 밖에 나가서 일하고 싶습니더. 내 가게라고 해도 내 건물 아니면 월세 부담되는 건 똑같습니더. 아무쪼록 바쁘시더라도 건강 잘 챙기시고 오늘 날씨가 안 좋으니 오토바이 운전 조심하이소." 진국은 집배원이 말한 편하다는 단어에 기분이 언짢아졌으나 자신 역시 마트를 하기 전에는 쉽게 생각하던 것이 생각났다. 그는 남을 걱정하거나 남을 위로하는 말에 익숙한 사람이 아니었다. 하지만 자신의 마트가 누군가에게는 가장 바라는 일이 될 수도 있다는 것에 미묘한 감정을 느꼈다. 그는 찬미가 하던 대로 생활 인사를 쉬이 하고 있었다. 그는 윤 교수가 보낸 선물을 입어보지도 않은 채 그대로 상자에 넣어 마트 방 안에 넣었다.

"찬이 아빠, 형사 처분 결과 나왔어요." 선심이 전화로 말했다.

"뭐라고 나왔노. 영업 정지가?"

"찬미 말이 영업 정지에 관한 건 행정 처분이고 형사 처분은 벌금이래. 결과는 오십만 원 벌금인데 이제는 행정 처분 기다려야 해요."

"다행은 다행이다만 그 돈도 아까워 죽겠네. 하기야 십 년 전에 비하면 큰돈도 아니다." 진국이 어이없다는 듯 실소를 지으며 말했다.

"살다 보면 그럴 수도 있고 이럴 수도 있지. 아무튼 나 바빠서 이만 끊어."

"찬미는 언제 온다는데?"

"잘 모르겠네. 찬미 없다고 아무것도 안 하지 말고 물건 날짜 지난 거 있는지 봐." 선심은 진국의 생일을 깜빡한 듯했다. 그는 가족들이 자신의 생일 파티를 해 줄 때 그 찰나의 집합이 얼마나 행복한 일이었는지 깨닫게 되었다. 소원을 빌며 초를 끄기 전이면 찬미가 진국을 다그쳤고 그는 소원 같은 건 이루어질 수가 없다며 딸의 말을 무시하고는 했던 때가 떠올랐다. 서울에 올라오기만 하면 자신도 남들처럼 평범하게 가족들과 아웅다웅하며 함께 있을 수 있을 거라고 믿었다. 그러나 현실은 그에게 지독할 정도로 무자비했다. 그나마 형사 처분의 벌금이 최소 금액인 것은 최악을 피한 다행스러운 일이었다. 하지만 그것과는 별개로 영업 정지 처분을 기다리며 마음 졸여야 하는 그에게는 다가오는 앞날이 까마득했다. 미래는 희망과 꿈으로 가득한 나날이어야 하는데, 불안과 걱정이 득실득실한 인내의 나날이 될 것만 같았다. 다시 떠오르는 해는 사람들에게 내일을 만들고, 희망을 선사했지만 그에게는 다시 떠오르는 해가 두려워질 터였다. 그날은 운명이 그를 놀리듯 날씨마저 사나웠다. 검은 구름이 하늘을 뒤덮어 한낮임에도 한밤중처럼 껌껌했다. 위력 강한 태풍이 기세당당하게 찾아오는 듯 세찬 바람이 길거리를 위협했다. 비는 퍼부을 듯 말 듯 주춤거리며 때를 기다리는 것 같았다. 생일이었다. 그럼에도 그의 곁에는 아무도 없었고, 10년 전처럼 또 혼자 그 불안을 견뎌야한다는 생각이 스쳤다. 바깥의 강한 바람 소리는 마트 안까지 들려왔으나 정작 마트 안은 냉장고의 열기로 습해져 있었다. 그의 몸에는 날씨와 어울리지 않는 땀방울이 송골송골 맺혀있었다. 아이스크림 녹은 것이 손에 묻은 것처럼 그는 진득진득해져가고 있었다. 그는 밖으로 나가 빈 상자를 뜯어 테이프를 분리하고 상자는 상자대로 쌓은 후 상자가 비에 젖지 않게 주차장 천막 안에 넣어 두었다. 그리고 찬미가 말한 대로 겹겹이 쌓은 상자를 세워 재활용을 수거하는 사람들이 가져가기 편하게 해 두는 일도 잊지 않았다. 그는 대체로 어두운 생각과 친한 사람이었지만 그의 기분이 어떠하든 자신이 해야 하는 일은 묵묵히 했다. 그렇게 하는 것이 삶에 대한 도리라고 생각했고 그 당위가 그의 삶을 지탱해준 끈이기도 했다.

-

사나운 날씨에 땀을 식히고 마트로 들어온 진국은 계산대 앞에 있는 수입산 아동용 초콜릿의 날짜가 7월까지인 것을 보았다. 국산품은 날짜가 지나면 반품이나 교환이 가능했다. 그와 달리 수입해 들어오는 물건은 그대로 재고가 되었다. 처음 가게를 인수했을 당시 가장 큰 손해였던 이름이 모두 다른 각종 수입산 과자와 초콜릿 그리고 젤리는 오랫동안 가족들을 힘들게 했다. 전 사장은 욕심이 많은 사람이라고 손님들이나 거래처 사람들이 말했다. 사람들의 말처럼 그는 팔지도 못할 물건을 박스채로 수북하게 쌓아 두었고 그런 물건들을 물건 값에 포함시켜 선심에게 비싼 값에 넘겼다. 쌓인 물건이 모두 자신들의 자산이라고 생각했던 선심과 찬미는 그 상태와 날짜를 보고 좌절했다. 그들은 아까워 그냥 버리지 못하고 친척들끼리 나누어 먹었다. 첫 사업을 하는 진국이 물어야 하는 금전적 손해는 이만저만이 아니었다. 이왕 이렇게 된 거 좋은 일 한다고 생각하자며 나누는 것을 좋아하던 모녀와 달리 진국은 나눔과 손해 사이에서 갈등했다. 그의 머릿속에는 이미 자신이 손해 본 것들이 가득 쌓여 있었다. 재고의 악몽이 모두 지나갔다고 생각했던 그에게 다시 보이는 수입산 물건은 그를 빠져나갈 수 없는 재고 지옥에 가둬 놓은 것 같았다. 날짜 확인은 찬미가 오면 맡아하던 일이어서 상품의 판매 기한이 이미 지나버린 먼지 묻은 초콜릿에는 그가 큰 관심을 두지 않았다. 찬미가 없으니 물건의 날짜를 확인하라던 선심의 얘기가 생각났다. 그는 힘이 풀리고 기운이 빠져 서 있을 수가 없었다. 지친 것이었다.

"사장님, 사장님 계세요?" 동네 오르막 꼭대기에 사는 성민 엄마가 노기등등한 표정으로 마트로 들어왔다.

"어서 오이소." 진국이 계산대에서 겨우 일어나 손님을 맞이했다.

"아니, 무슨 그런 물건을 맛있다고 팔아요."

"왜 그러시는데예." 손님들의 불평은 진국을 긴장하게 만들었다.

"제가 어제 사간 수박이요. 끝물이어도 엄청 맛있다고 사장님이 자부한다고 그랬잖아요. 씨도 없다고 했잖아요. 드셔 보기는 하셨어요? 세상에 제가 살다 살다 그렇게 맛없는 수박은 처음 봤어요. 어쩜 그렇게 질 떨어지는 맹물 같은 수박을 오천 원이나 받으면서 팔 수가 있어요?" 그녀는 진국이 불평 중에서도 가장 두려워하는 과일의 맛에 대한 불평을 늘어놓고 있었다. 진국은 과일이나 채소를 마트 앞 가판대에 놓고 파는 일에 반대했다. 하지만 왕년에 과일을 오랫동안 팔아보았던 선심은 자신이 좋은 과일이나 채소를 알아볼 수 있다고 자부했다. 그녀는 진국의 의사와 상관없이 물건을 팔아 보라며 도매 시장에서 제철 과일과 채소를 갖다 놓았다. 선심은 질 좋고 맛 좋은 물건을 팔고 손님들이 맛있게 먹으면 그것만큼 뿌듯한 일이 없다고 했다. 과일과 채소를 엄격한 기준으로 선별하여 가져다 놓았으나 한 나무에서 열리는 과일도 같은 밭에서 자라는 채소도 제 각각 맛이 달랐다. 수박, 배, 사과, 고구마처럼 열어보지 않고는 알 수 없는 농산품들은 팔기가 여간 까다로운 일이 아니었다. 과일을 사간 손님 10명 중 한 명은 과일이나 채소가 맛이 없거나 상태가 좋지 않다고 진국에게 와서 따졌다. 그럴 때마다 진국은 죄지은 사람처럼 머리를 조아리고 사과했다. 그리고 선심의 말대로 돈을 돌려주거나 다른 물건으로 바꿔줬다.

"죄송합니다. 저도 수박을 좋아해서 집사람이 잘라준 거 먹어봤는데 저는 맛있게 먹어서 맛있다고 말씀드린 것뿐입니다. 환불해 드릴게예." 선심은 안절부절못하고 사과만 하는 진국에게 자주 말해왔다. 농사를 짓는 사람들도 질 좋고 맛 좋은 상품을 수확하기를 바랄 것이고, 그들의 땀과 노력으로 일궈낸 그 물건들을 받은 도매업자들도 그들이 판매하는 것에 자부심을 가지고 팔 거라고 말이다. 질 떨어진 상품을 팔거나, 팔고 싶어 하는 사람은 없을 거라고 말이다. 지금 자신은 물건을 파는 사람이면서 동시에 밖으로 나가면 그 역시 일반 소비자나 다름없고, 그래서 소비자든 상인이든 좋은 물건을 팔고 그에 상응하는 정당한 값을 받기를 바라는 마음은 같을 거라고 말이다. 그러니까 그런 마음을 잘 이야기하라고 그녀는 진국에게 타이르듯 가르쳤다. 하지만 진국은 그녀의 말대로 하지 못했다.

"사장님, 다음부터는 물건 좀 제대로 확인하고 파세요. 동네 장사하는 사람이 그러시면 안 되죠. 그런 푼돈에 양심마저 팔면 쓰겠어요? 아무튼 이번 일은 정말 여러모로 실망이었어요."

"예. 참말로 죄송합니다. 조심히 가이소." 진국은 목에 걸어 두었던 갈색 수건으로 식은땀을 닦았다. 손님이 나가자 진국은 서슬 퍼런 수치스러움을 느꼈다. 그의 생을 관통하던 징글징글한 고독감과 지리멸렬한 좌절감이 기다렸다는 듯 그를 주저앉혔다.

그가 태어나고 그의 엄마가 세상을 떠났다. 자신의 생명과 엄마의 생명을 맞바꾸고 태어난 아이는 건강한 삶을 향유하지 못했다. 그는 갓난아이 때조차 사랑이나 관심이라는 것을 받아본 적이 없었다. 이 진 국을 만들어낸 작은 사회는 그가 엄마를 죽인 거나 마찬가지라며 그를 알게 모르게 질타하고 원망했다. 사람들은 그에게 태어난 것부터 피해를 주었으니 살면서 남에게 피해를 주는 일은 하면 안 된다고 가르쳤다. 피해를 받으면 안 된다는 얘기는 단 한 번도 들은 적이 없었다. 그는 자신의 의사와 상관없이 태어나 평생 동안 죄송하다는 말을 입에 달고 살았다. 그가 잘못한 일이 아님에도 늘 죄송해야 했고, 대가를 치러야 했다. 잘못이 있다면 무지와 나약함이었다. 그도 한 때는 장래희망이나 꿈같은 것들이 있었고, 하고 싶은 것이나 좋아하는 것이 있었다. 하지만 세월은 무참히 그의 바람을 지려 밟았다. 그는 자신이 아무것도 아니라는 생각이 들었다. 듬직한 남편, 능력 있는 아빠가 되지 못했다. 그를 이루는 사회에서는 양심도 없는 인간이 되어 있었다. 그의 억겁에 쌓여있던 모든 설움이 그를 함몰시켰다. 수박 한 덩이를 잘못 판 일이 이미 짓눌리고 짓눌려 형체조차 남아있지 않은 진국의 영혼을 짓이겨버렸다. 오랜 시간 동안 곪고 곪은 고름 덩어리는 살짝만 닿아도 터졌다. 그는 손님이 다녀간 자리에서 문 밖을 보고 서 있었다. 문이 열리는 듯하면서 헛것이 보였다. 실체 없는 환멸감이었다. 그것은 사람의 형상으로 나타났다. 이제 회귀할 때가 되었다며 그를 데리러 온 것 같았다.

―

"여하튼 이 동네는 골목이 너무 좁아 빨리 재개발이 되어야지. 이렇게 차가 다니기 불편해서 지금까지 어떻게 살아왔나 모르겠어."

"여보, 잠깐만. 저기 저 앞에 쓰러져 있는 거 사람 아냐?"

"어디?" 운전자가 어슴푸레한 길에 불을 밝혔다.

"어? 이 사장님 아냐?"

"마트 사장님?"

"응. 나눔 마트 사장님." 운전자는 차를 마트 쪽에 붙여 주차한 뒤 차에서 내려 진국이 보이는 곳으로 달려갔다.

"사장님, 사장님, 정신 차리세요." 운전자가 진국을 흔들어 깨웠다.

"여보, 이리 와 봐. 119에 전화 좀 해 봐." 운전자가 차 안에 앉아 있는 아내에게 큰 소리로 말했다.

"아... 아... 안... 됨... 더." 진국이 힘겹게 말했다.

"예? 지금 여기 길에 쓰러져 계시잖아요. 사장님 정신이 드세요?" 운전자가 의식이 있는 진국을 보며 놀라 물었다.

"예. 제... 집... 집... 사람... 한테 저... 전화해주이소." 진국이 손에 쥐고 있던 핸드폰을 겨우 운전자에게 건넸다.

"안녕하세요. 저 여기 동네 사람인데요. 나눔 마트 사장님 사모님 되시죠?" 진국의 오래된 폴더 폰을 넘겨받은 운전자가 말했다.

"네. 무슨 일이세요? 제가 지금 너무 바빠서 정신이 없는데……"

"아, 사장님이 마트 앞에 길 위에 쓰러져 계신데 몸이 많이 안 좋아 보이네요. 머리에서 피를 조금 흘리고 계신 것 같아요. 119에 신고하겠다고 했더니 안 된다고 사모님한테 전화하라고 하셔서요."

"네?"

"지금 와보셔야 할 것 같은데요."

"제가 지금 중요한 단체손님들이 오셔서 갈 수가 없는데……" 선심이 말끝을 흐리며 말했다.

"그럼, 따님은 어디 계세요? 지금 올 수 있는 분이 없으신가요?"

"아, 딸은 지금 미국에 있는데 당장 올 수가 없는 상황일 거예요. 저 정말 염치없고 죄송하지만 저희 아저씨 마트 안으로만 들어갈 수 있게 해 주시겠어요? 신고하지 말라는 말 했을 정도면 의식이 있는 상태일 거예요. 힘쓰지 마시고 그냥 깨워 보세요. 죄송합니다."

"아…… 예. 일단 그렇게 해 보겠습니다." 운전자는 황당했다.

"아니, 이 집은 무슨 가족들이 이렇게 무책임해. 당장 가족이 아픈 것보다 중요한 게 뭐가 있다고, 일이 바쁘다고 못 온다는 말을 할 수가 있지? 당신도 나 아프면 남한테 부탁할 거야?" 운전자가 애먼 아내에게 따져 물었다.

"무슨 소리에요. 당신이 아프면 내가 돌봐야지. 왜 남한테 부탁을 해요."

"그지? 그게 당연한 거지? 이 사장님도 참 불쌍하네. 마트 안에서 하루 종일 갇혀서 일만 하던데 끝이 이 모양이라니, 안됐어. 글쎄 나한테 힘써서 들지 말고 그냥 깨워서 안에 들어가게 하래." 운전자가 그들의 이면에 어떤 사정이 있는지 생각하지 못하고 그들에 대해 떠들었다. 진국은 중환자라 병원에 가게 되면 보호자가 필수였다. 하지만 선심은 집안의 생활을 책임지고 있어서 식당을 비울 수가 없었다. 손님을 받아내지 못하면 병원비를 낼 수 없었다. 찬미는 미국에 있어 당장 올 수 없는 상태였고 찬도 대구에서 바로 올라와 진국의 보호자로 자리를 지키기가 어려운 상황이었다. 모든 사실을 알고 있는 진국은 구급차에 탈 수가 없었다. 가족이 있어도 생계를 유지하기 위해서는 가족들이 보호자가 될 수 없는 슬픈 현실을 진국은 받아들인 것뿐이었다.

"내가 같이 들어 볼게요. 사장님 못 일어날 것 같은데, 그죠?" 운전자의 아내가 진국의 두 다리를 들었다.

"이게 도대체 무슨 짓인가 모르겠네." 운전자가 자신이 하고 있는 일이 사람을 살리는 일인지 죽이는 일인지 알지 못해 구시렁거렸다.

"사장님도 그렇고 사모님도 그렇고 이렇게 하라고 했다면서요. 우리는 이 분들 도와드리는 거예요." 운전자의 아내가 운전자를 달랬다. 부부는 진국을 들어 마트 계산대 옆에 내려놓았다. 마트 안에 방이 있는 것을 알았지만 그들도 힘이 부쳤다.

"적어도 길에서 차에 깔려 죽지는 않으실 거니까 우리는 이만 가자." 운전자가 말했다.

"그럼요. 우리가 할 도리는 다 한 거예요. 부부는 찝찝한 기분을 애써 감추려는 듯 자신들의 행동을 합리화하며 밖으로 나갔다. 계산대 옆에 눕혀진 진국은 눈을 떴다. 누군가가 자신을 밖에서 안으로 옮겨 놓았다는 느낌을 받았다. 마트의 문이 열리는 종소리가 들리자 그는 일어나 손님을 맞이해야 한다고 생각했지만 일어날 수 없었다.

"안녕하세..... 꺅" 마트에 물건을 사기 위해 들어온 젊은 여자 손님이 쓰러져 있는 진국을 보고 비명을 질렀다. 그녀는 진국이 죽었다고 생각해 바로 마트 밖으로 빠져나갔다. 그녀는 자신의 하루 운세가 나쁜 날일 지도 모른다고 생각했다. 굳이 겪지 않아도 될 일을 마트에 왔다가 겪은 것이 불쾌했다. 누군가가 죽은 것처럼 쓰러져 있는 것을 목격하는 일은 생소한 일일 터였다. 119에 신고해야 할지 112에 신고해야 할지 그녀는 알 수 없었다. 한 번도 경험해 본 적이 없었다. 밖에서 고민하던 그녀는 죽은 게 아닐 수도 있다는 생각이 들자 그냥 모른 척 지나가는 것이 낫겠다고 생각했다. 괜히 신고를 해서 목격자라거나, 신고자로 엮이는 것은 싫었다. 자세히는 몰라도 사람들이 인터넷에 올리는 글을 보면 이런 일이 있을 때는 그냥 모른 척 지나가는 게 삶을 피곤하지 않게 하는 일이라고 했던 것이 떠올랐다. 마트 사장에게는 조금 미안하긴 해도 자신의 인생이 더 소중하기에 그녀는 그대로 자신의 집으로 빠르게 발걸음을 옮겼다. 자신이 본 장면을 잊기 위한 코미디 프로그램이나 로맨틱 영화가 필요하다고 그녀는 생각했다.

진국은 손님의 비명 소리를 들었다. 그는 힘겹게 몸을 돌려 포복하듯 기어 방으로 들어갔다. 어떤 일이 있어도 남들에게 피해는 주면 안 된다는 선심과의 약속을 지키기 위해서였다. 그는 운전자가 손에 쥐어 준 핸드폰을 열어 찬미에게 전화를 걸었다. 딸은 전화를 받지 않았다.

그는 모든 힘을 짜내어 선심에게도 전화를 걸었다. 그녀 역시 전화를 받지 않았다. 진국은 자신이 살아온 궤적을 떠올리다 의식을 잃었다. 그의 머리맡에는 심하게 구겨진 편지지가 놓여 있었다.

-

'사랑하는 아빠, 감옥이나 다름없는 마트에 갇혀서 쉬는 날도 없이 일하느라 고생이 많지, 아빠가 우리 위해서 열심히 일하는 거 알아. 아빠, 나는 아빠가 마트에 갇혀 있는 거라고 생각하지 않아. 아빠는 아빠가 만들어낸 스스로의 감옥 안에 갇힌 거야. 마트 영업시간 줄이고 한 달에 두 번은 쉬면서 아빠가 하고 싶은 거 하고, 아빠의 소중한 삶을 즐기면 좋겠어. 말동무를 잃을 거라는 두려움은 떨쳐버리고 사람들의 터무니없는 요구에 순응하지 말아 줘. 아빠가 말은 안 해도 외로워하고 있는 것도 알아. 그래서 내가 종종 아빠한테 아빠는 뭘 좋아하는지, 아빠가 원하는 건 뭔지 묻잖아. 아빠의 10년 전이랑 지금은 달라. 제발 이번에도 그때처럼 우리 없다고 술 마시고 병나면 안 돼. 학회 일정은 3일인데 가는 김에 교수님이랑 거기서 조금 더 있을 수도 있어. 엄마도 나도 당분간 아빠 곁에 없더라도 너무 외로워하지 마. 아빠 삶의 주인은 아빠야. 아빠는 누구의 부모라서 혹은 자식이라서 혹은 형제여서가 아니라 그냥 아빠 그 자체로 존귀해. 아빠가 그걸 알았으면 좋겠어. 아빠가 꼭 아빠만의 감옥에서 문을 열고 나오기를 기도할게. 아빠 스스로에게 애착을 가져줘. 내가 다시 마트에 올 때까지 밥 잘 챙겨 먹고 건강하게 잘 지내. 내가 돌아오면 우리 가족들 다 같이 옛날처럼 돼지갈비 먹으러 가자. 교수님도 같이. 아빠 딸 찬미가.'

에필로그

진리에 의지하고 사람에게 의지하지 말라.
뜻에 의지하고 말에 의지하지 말라.
지혜에 의지하고 지식에 의지하지 말라.

법정 스님

문 밖의 세상

 진국이 살던 빌라 건물에는 총 여섯 가구가 살고 있었다. 세 개의 계단을 내려가야 하는 같은 반지하인 102호는 집 전체가 수리되어 외관에서부터 고급스러운 느낌이 났다. 102호의 위치는 계단 옆이었고 진국의 집인 101호는 계단 앞이었다. 불행하게도 비가 오면 101호 앞에만 물이 고였다. 길고양이들의 생명을 소중히 다루는 마음 고운 사람들이 빌라에 살았던 터라 101호 앞에는 고양이 오줌 지린내가 진동했다. 길고양이들의 안식처는 101호 앞에 있는 화단과 창문 밑 그리고 현관 앞이었기 때문이다. 날씨가 맑아도 101호 앞은 늘 물이 조금씩 고여 있었다. 산 중턱에 있어야 할 마르지 않는 샘물이 오염된 상태로 진국의 집 앞에 옮겨진 듯했다. 고인 물은 빗자루로 쓸어내려 보내야 했는데 집이 비어 있는 동안 아무도 그 물 고인 곳 근처에 가지 않아 고인 물의 깊이는 더 깊어져 있었고 악취는 더 심해져 있었다.

 신기하게도 바로 옆집인 102호 앞에서는 그 악취가 느껴지지 않았다. 불과 50센티미터도 되지 않는 거리였다. 그러나 누군가 일부러 보이지 않는 선을 그어둔 것 같았다. 세월의 풍파를 다 겪어낸 주름 많은 노인처럼 건물은 나이 들어 있었으나 101호가 아닌 집들은 모두 수리를 해서 괜찮아 보였다. 한 때는 새파란 하늘처럼 환했을 101호의 시커먼 하늘색 현관문은 정교하게 짜인 조각품들과는 어울리지 않는 불량품처럼 유난히도 튀었다. 찬미는 숨을 크게 들이마시고 내뱉으며 그 문 앞에 비스듬히 서 있었다. 고인 물을 밟지 않으려는 그녀의 애잔한 발악이었다. 남겨진 가족 중 누군가는 며칠 동안 인적이 없었을 그 집으로 들어가야 했다. 그리고 그 누군가는 찬미 자신임을 그녀도 알고 있었다. 그녀는 현관의 비밀번호가 자신의 집 전화번호 뒷자리였던 네 자리 숫자임을 기억했다. 하지만 손가락이 쉬이 움직여지지 않았다. 문 앞에서 느끼고 있는 지독한 냄새와 고인 물을 밟지 않으려는 엉벌린 까치발은 빙산의 일각이라는 것을 그녀는 본능적으로 직감하고 있었다. 그녀는 집 안으로 들어갈 엄두가 나지 않아 현관문에서 몸을 돌려 화단이 있는 빌라 입구로 이동했다. 빌라 벽을 감싸고 있는 넝쿨과 그 위로 피어난 붉은색 장미는 처서가 지난 푸르디푸른 가을 하늘의 풍경을 한층 더 예술 같게 해 주었다. 작은 텃밭이기도 한 화단에는 방울토마토와 고추 같은 작물들이 심어져 있었다. 누군가의 정성으로 잘 가꾸어진 화단에는 사람의 애정이 가득 담겨 있었다. 찬미는 현관문 앞과 상반되는 풍경을 보며 자신의 아빠가 화단의 작물보다 못한 삶을 산 것 같아 마음이 저려왔다.

그녀는 다시 숨을 크게 내쉬고 뱉으며 도살장에 끌려가는 소처럼 한 발한 발 겨우 몸을 움직여 현관문을 열었다. 문을 열자 자신의 아빠에게서 나던 쉰내와 잿물을 떠올리는 곰팡이 누린내가 오랜만에 찾아온 손님을 환대했다. 장마철을 겪은 반지하는 눅눅하고 꿉꿉한 공기를 내뿜었다. 그녀는 입만 뻥긋뻥긋하며 숨을 참았다. 코를 내쉬는 순간 바깥으로 빠져나가지 못하고 집 안을 맴돌던 썩은 공기가 자신의 몸속에 들어올 것을 알고 있었다. 자신의 아빠가 지내온 집이라는 사실은 중요치 않다는 듯 그녀는 준비해온 위생 장갑을 끼고 필요한 물건들을 챙기기 위해 방을 뒤지기 시작했다.

  진국이 잠을 자던 방은 은회색 꽃봉오리 벽지를 바른 것처럼 벽 구석구석에 곧 피어날 곰팡이가 영역을 넓히고 있었다. 선심이 진국의 환갑 선물로 사준 청록색 티셔츠와 찬의 대학 졸업식 때 입기 위해 비싼 돈을 주고 샀던 브랜드 양복은 곰팡이에게 잠식당해 소생 불가능해 보였다. 엄마가 양복 안주머니에는 아빠의 지갑이 있으니 그것을 챙겨 오라고 했던 말이 기억난 찬미가 양복 안주머니를 뒤적거렸다. 겨우 꺼낸 오래된 지갑 역시 곰팡이 차지였다. 그녀는 미간을 찌푸리며 지갑을 열어보았다. 한 평생 처음 보는 아빠의 지갑이었다. 갈색 반지갑을 펼치자 지폐를 넣는 공간의 싸구려 천이 찢어진 것이 보였다. 언제 제조되었는지 가늠할 수도 없을 만큼 낡은 진국의 지갑에는 진국의 신분증과 비상금인 듯 보이는 오만 원 권 몇 장, 그리고 체크카드가 들어 있었다. 지갑 안에 있는 돈과 카드 그리고 신분증이라도 살려보고자 그녀는 재빠르게 내용물을 꺼냈다. 그러나 내용물에도 이미 곰팡이 썩은 냄새가 풍겨 나왔다. 그녀는 낡고 추레한 자기 아빠의 지갑을 보고 눈물이 터졌다. 그녀는 문 밖으로 나와 엄마가 자던 방으로 자리를 옮겼다.

  선심이 자던 방은 그 집에서 해가 들어오는 유일한 공간으로 곰팡이의 공격에서 살아남은 곳이었다. 그녀는 참았던 숨을 내쉬며 빨래 건조대에 걸려 있는 진국의 옷들을 개었다. 그리고 선심이 모아둔 종이가방을 꺼내기 위해 서랍장 문을 열다가 자지러지게 놀랐다. 서랍장 옆 바닥에는 껍데기만 남은 공 벌레의 시체들이 가득했다. 그 집에서 유일하게 햇빛을 담아내는 커다란 창문을 통해 초가을의 뜨거운 햇살이 바닥에 쌓인 시체들을 더 적나라하게 공개했다. 차마 그 광경을 눈뜨고 볼 수 없었던 그녀는 다른 쪽으로 시선을 돌렸는데, 그곳에는 곤충의 다리로 보이는 가늘고 얇은 것들이 사방에 퍼져 있었다. 갑자기 머리 뒤쪽에서부터 섬뜩함을 느낀 그녀가 천장 쪽을 쳐다보았다. 천장에는 아무것도 없었다. 선심의 방은 인간의 공간이 아닌 것 같았다. 찬미는 바닥에 널린 사체들을 보고 자신이 곤충 세상의 침입자가 된 듯 한 느낌을 받았다. 반년 전 부모님이 처음 이사 오던 날 싱크대 밑바닥에 쌓여 있던 수많은 시체들이 떠올랐다. 일반 가정집이라고 할 수 없을 만큼 수북하게 쌓인 그것들이 그들을 놀라게 했지만 산 밑이라 그렇다며 부모는 대수롭지 않게 여겼다. 만약 부모님이 집 안에 오래 있었다면 벽마다 숨어 있는 생명들이 그들의 피와 살을 쪽쪽 빨아먹고 바닥에 쌓인 공 벌레처럼 껍데기만 남겨 놓았을지도 모른다는 상상을 한 찬미가 고개를 절레절레 흔들었다. 그녀는 바닥에 널린 시체를 밟지 않으려고 안주인 몰래 집안을 빠져나오는 도둑처럼 살금살금 발을 디뎌 방을 빠져나왔다.

그녀 팔에 박힌 실처럼 가느다란 털은 성이 난 채로 곤두서 있었다. 그녀는 챙겨야 할 것을 다 챙겼으니 나가도 된다고 생각했다. 하지만 엄마가 끓여놓고 나왔다는 소고깃국이 생각나 문 밖으로 나가지 못했다. 음식을 실온에 오랫동안 두게 되면 참혹한 광경을 맞이하게 된다는 사실을 그녀도 알고 있는 듯했다. 집을 비워둔 지 일주일 가까이 되었고 9월이라고는 해도 여전히 날씨가 더웠다.

그녀가 예상한 대로 가스레인지 주변에는 하얀색 빛을 띠는 셀 수 없이 많은 생명체들이 꾸물거리고 있었다. 그들도 생명이었다. 그들은 살겠다는 의지를 보이며 인간의 손길을 느끼자 여기저기로 도망쳤다. 그녀는 준비해 간 고무장갑을 끼고 가스레인지 주변을 손으로 훑어 검정 봉지에 넣었다. 냄비에 있던 내용물과 마구잡이로 움직이는 하얀색 생명체들은 음식물 쓰레기 봉지에 넣은 후 냄비를 씻어 싱크대 위에 올려두었다. 싱크대 주변에는 아직 세상을 보지 못한 하얀색 생명체의 알들이 여기저기 흩어져 있었다. 얼핏 보면 참깨 같아 보이는 제각각 크기가 다른 알들은 시냇가 바위에 붙은 다슬기처럼 개수대 벽면에 달라붙어 물로 씻어도 떠내려가지 않았다. 그녀는 다시 한번 숨을 들이마시고 장갑을 낀 손으로 참깨 같아 보이는 알들을 떼어냈다. 그리고 주방 청소용 세제로 싱크대 주변을 청소했다. 그녀도 반지하나 고시원에 살면서 온갖 생태계의 삼라만상을 지켜봐 왔지만, 게임 레벨 올라가듯 껑충 뛰어버린 현재의 장면은 그녀가 쉽게 면역될 수 있는 수준이 아니었다. 만약 생태계의 잔혹함과 끔찍함을 보는 일을 잘 견뎌야 다음 단계로 넘어가는 게임이 있다면, 그 게임은 끝판이 없을지도 모른다는 생각이 들었다. 그녀는 끝이 보이지 않는 알 떼어내기에 질려 비명이라도 지르고 싶었으나 비명을 질러봤자 아무도 자신을 도와줄 사람이 없음을 알고 정신을 차렸다.

 혐오스럽고 역겨운 광경이 그녀의 비어있는 위를 자극하여 목구멍으로 무엇인가 쏟아내겠다고 신호를 보냈다. 그녀는 그것마저 견뎌내기 위해 입을 더 굳게 다물었다.

 인생에는 그렇게 혼자서만 겪어내고 혼자서만 감당해야 할 일들이 불쑥불쑥 찾아온다는 것을 그녀도 알고 있었다. 울고 싶다고 울거나, 화가 나서 화를 낸다고 해도 혼자서 감당해야 할 몫은 혼자의 것이었다. 자신의 아빠도 그랬을 터였다. 알고 싶지 않아도 알게 되었던 인간사의 또 하나의 진리였다. 집 청소를 끝낸 후 밖으로 나온 그녀는 자신의 아빠가 한번씩 집에 들러 빨래라도 널어달라며 사정하던 때가 생각났다. 그때마다 그녀는 바쁘다며 아빠의 부탁을 외면했다. 이사를 들어올 때부터 그 집이 마음에 안 들었던 그녀는 이삿짐을 옮긴 후 한 번도 그 집에 가지 않았다.

그녀는 진국에게 곰팡이가 방 온 천지에 퍼져 잘 때마다 헛기침이 나고 숨이 막힌다는 얘기를 들었다. 그러나 아빠의 삶이니 어쩔 수 없다고 모른 척했다. 찬미는 아빠가 스스로 할 줄 아는 집안일이 없고 하려고도 하지 않는다고 생각했다. 환경이 변하면 그에 따라 인간도 변해야 하는데, 그녀의 아빠는 게으르고 나약하여 불우한 환경을 자초한 것이라 생각했다.

그런데 생각해보니 자신의 아빠는 집에 있는 시간이 거의 없었다. 반지하 방에 곰팡이가 핀 것은 그의 잘못이 아니었고 벌레가 가득한 것도 그의 잘못이 아니었다. 국을 제 때 치우지 못한 것도 그의 잘못 만은 아니었다. 그제 서야 그녀는 자신이 누리고 있는 것들이 모두 아빠의 피와 혼으로 이루어져 있었다는 사실을 깨닫고 대성통곡했다. 그녀의 양 손에는 쓰레기를 처리한 봉지와 아빠의 소지품이 들려 있었으므로 그녀는 흐르는 눈물을 닦을 수도 없었다. 그 순간 그녀가 느낀 혐오스러운 고통은 그동안 자신의 아빠를 외면해온 죗값이라는 것을 알았다. 그리고 그녀는 가족 중 누군가가 떠나게 되면 슬퍼할 겨를도 없이, 그 뒤에 따라오는 떠난 이의 현실을 그대로 옮겨 받아 처리해야 한다는 사실을 깨달았다. 먼저 떠난 이가 삶을 잘 정리하며 살아오지 않았다면 남겨진 이가 떠맡아야 할 몫은 고통이라는 이름으로도 표현할 수 없을 만큼 버거워진다는 사실도 깨달았다.

-

겨우 그 집에서 나온 그녀는 마트로 내려와 며칠 내내 굳게 닫혀 있었던 마트의 셔터를 들어 올렸다. 마트 안은 누군가가 다 헤집어 놓은 듯 어질러져 있었다. 가까이 다가가서 보니 선반은 뒤틀려 있었고 물건은 밖으로 튕겨져 나와 있었다. 부딪힌 흔적 같았다. 그녀는 아빠가 몸을 지탱하지 못해 여기저기 부딪혔다는 사실을 현장만 보고도 알 수 있었다. 엉망이 된 마트를 정리하는 것도 그녀의 몫이었다. 그녀가 윤 교수와 미국에 가 있는 동안 마트를 혼자 지키며 고생했을 아빠를 생각하면 그건 아무것도 아니었다. 그녀는 자신이 잘못한 일에 대한 후회스러움에 눈물이 멈추지 않았다. 그녀가 눈물을 닦을 새도 없이 문이 열린 마트를 보고 동네 사람들이 한두 명씩 마트에 들어왔다.

"아, 사장님이 아니네. 사장님은 괜찮으세요? 동네 사람들 말이 사장님이 죽었을 수도 있다고 그러던데……" 외상값이 많이 남아있는 정환 할머니였다. 찬미는 정환 할머니의 눈빛을 보았다. 걱정이 아니라 호기심으로 가득한 눈이었다.

"걱정해주셔서 감사합니다." 찬미는 정환 할머니가 원하는 대답을 해주지 않았다. 정환 할머니는 안도하지 못하고 마트를 빠져나갔다.

"사장님 살아 있어요?" 사람들은 서로 작전이라도 짠 듯 짧은 간격으로 찾아와 같은 질문을 반복해댔다. 마트에 한 번도 물건을 사러 오지 않았던 손님들도 있었다. 진심으로 진국을 걱정하는 사람은 한 명도 없었다. 자신의 아빠가 어리숙하고 행동이 빠르지 못해 답답한 구석은 있었지만, 친절하다면 친절한 주인이었음에도 진심으로 그를 걱정하는 사람이 단 한 명도 없다는 사실은 그녀를 질색하게 만들었다. 진국은 사람들이 무거운 것을 사면 집까지 무료로 배달을 해주기도 하고, 돈이 없으면 없는 대로 사정을 봐줘 물건 값을 덜 받거나 안 받고 넘어가고는 했기 때문이다. 찬미는 조금 전에 보고 온 잔인한 장면보다 사람들이 더 징그럽게 느껴졌다.

그녀가 진국을 대신하여 마트 문을 연지 사흘이 넘어가고 있었다. 물건을 사러 오는 손님은 하루에 한두 명에 불과했다. 평소 방문자가 일흔 명은 족히 넘던 때와 비교조차 되지 않았다. 그녀는 마트 안에 갇혀 지나가는 사람들을 바라보았다. 사람들은 마트 가까운 길로 걸어 다니지도 않았다. 불행은 특유의 쾌쾌한 냄새를 풍겼다. 사람들은 걱정이라는 가면을 쓰고 괜찮은지 기웃거리다가 불행의 신호인 쾌쾌한 냄새를 맡으면 전염이라도 되는 양 급히 도망쳤다. 동네 사람들은 마트 사장 이 씨의 행방을 궁금해했으나 죽음의 기운을 풍기는 마트에서 물건을 사고 싶어 하지는 않는 듯 보였다. 그녀는 자신의 아빠가 마트에서 매일 쓴 일기장을 읽으며 자신 또한 그 세계에 존재하지 않는 환영이 된 느낌을 받았다. 문 바깥의 사람들은 자신의 삶에 충실하기 위해 그 길을 바쁘게 지나가고, 돌아오고를 반복하지만 그녀는 그곳에서 나오지 못하고, 오지 않는 손님을 기다렸다. 그녀도 어딘가에 급히 가던 때가 생각났다. 그녀의 아빠도 바깥에서 일을 할 때는 그랬을 터였다. 마트 밖에서 들어오는 따사로운 햇살이 마트 안의 물건들을 빛나게 했다. 세상과 단절된 것 같은 작은 공간에서 그녀는 외로웠을 아빠를 생각하며 하염없이 눈물을 흘렸다.

-

"안녕하세요. 조라고 합니다. 저는 영국에서 태어나서 20살까지 영국에서 살다가 지난 10년 동안 전 세계를 떠돌았습니다. 한국에 여행 왔다가 한국인 여자 친구를 만나서 이곳에서 2년 정도 살았습니다. 저는 스페인어, 러시아어, 프랑스어, 영어, 독일어, 중국어, 한국어까지 7개 국어를 할 수 있어서 여행을 하면서 제가 일할 수 있는 곳에서 조금씩 일을 했고 그 돈으로 여행을 했습니다. 어머님은 우울증이 있었고 아버지는 알코올 중독이어서 어린 시절을 힘들게 보냈습니다. 영국 사람들은 정이 없고 차가워서 인간관계를 맺으면 늘 상처 받았습니다. 그래서 제 나라를 떠났는데 다른 나라도 사람이 사는 건 모두 마찬가지처럼 보였습니다. 모두들 삶을 힘들어했고, 행복하지 않다고 했습니다. 우연히 한국에 와서 여자 친구를 만나 처음으로 사랑이라는 따뜻한 감정을 나누게 되면서 삶을 다시 생각하게 되었습니다. 그녀와 함께 하는 시간 동안 저는 제가 얼마나 소중하고 감사한 사람인지를 알게 되었습니다. 그럼에도 불구하고 정착을 싫어했던 저는 그녀와 조금씩 부딪치게 됐습니다. 그녀는 결혼을 하고 싶어 했고 저는 결혼할 자신이 없었습니다. 2년 동안 그녀가 저를 위해 준 마음이 고맙고 미안했습니다. 저는 그녀를 떠났습니다. 막상 그녀를 떠나고 나니 더 이상은 살아갈 이유를 찾지 못했습니다. 그리고 세상에 오로지 저 혼자만 존재한다는 무서운 외로움을 느끼게 되었습니다. 제가 너무 힘들어하자 친구가 이곳을 소개해주었습니다. 제가 평생 안고 살아온 마음의 병을 이곳에서 치유하게 되면 건강한 마음으로 다시 그녀와 좋은 관계를 이어 나가고 싶습니다."

"안녕하세요. 저는 최 은정이라고 합니다. 저는 무명 배우입니다. 12살 때 6명에게 집단 성폭행을 당한 후 극심한 트라우마를 안고 살면서 몇 번이나 죽음을 생각했습니다. 그러나 현실로 이루어내지는 못하였습니다. 부모님에게 그 사고를 얘기할 수 없어서 저는 혼자서 많이 앓았습니다. 저는 스스로 쓸모없는 사람이라 여겼습니다. 삶의 이유를 찾기 위해 노력하는 일이 저에게는 필요했습니다. 그래서 겨우 찾아낸 것이 배우가 되고자 하는 꿈을 가지는 것이었습니다. 운이 좋아 가고 싶은 학교의 연극 영화

과에 입학했고 7년 전 오랜 좌절 끝에 겨우 대학로 무대에 설 수 있었지만 크게 빛을 보지는 못했습니다. 하지만 괜찮았습니다. 제가 하고 싶은 연기를 하고 책을 읽으면서 과거의 기억을 잊고 살아가기 위해 노력해 보았기 때문입니다. 사회 활동도 많이 하고 봉사활동도 많이 하다 보니 저도 꽤 쓸모 있는 사람처럼 느껴져서 사는 게 재밌기도 했습니다. 어느 날부터 저는 용기를 내어 제가 겪었던 사고에 대해 당당하게 말하기 시작했습니다. 저는 피해자이지, 가해자가 아니기 때문에 숨기거나 부끄러워할 필요가 없다고 생각했습니다. 하지만 그렇게 하자 제 주변에 있는 많은 사람들이 저를 멀리했고, 저와 결혼하려던 남자는 제가 그 사실을 얘기한 후 제 상처를 함께 안고 살아갈 자신이 없다며 저와의 결혼을 취소하였습니다. 결혼이 취소되자 저는 제가 가진 모든 것을 잃은 느낌이었습니다. 그 사고 이후 한 번도 평범한 삶을 살아본 적이 없었던 제게 결혼이라는 제도는 저도 평범한 삶을 살 수 있다고 말해주는 하나의 증명서였기 때문입니다. 그 후로 제 삶은 늘 고통스럽게 느껴졌습니다. 다른 사람들은 겪지 않는 일을 저 혼자 겪고 있는 것 같았고 그래서 늘 사람들을 부러워하며 살았습니다. 저도 평범하게 살고 싶었습니다. 하지만 제가 궤도 안으로 들어가려 할수록 궤도는 저를 밖으로 밀어내기만 했고, 저는 어디에서도 설 자리가 없었습니다. 배우라고 하지만 제 이름 석 자를 어디서도 검색할 수 없다는 사실과 제가 공연하는 곳이 소극장이라는 것이 저를 초라하게 만들었습니다. 제 또래 친구들에 비해 제가 돈을 못 버는 사람이라는 것 또한 저를 고통스럽게 했습니다. 생활고에 시달리다 보니 친구들과 만나기가 부담스러워졌고 그렇게 조금씩 인간관계는 끊어져 갔습니다. 부모님도 사는 게 힘드셔서 부모님께 제 삶까지 얹어드릴 수는 없었습니다. 저는 제가 태어난 것이 잘못이라는 생각이 들었습니다. 다시 나가게 되면 올곧게 바로 서서 건강한 삶을 살아보고 싶습니다."

"안녕하세요. 심 영현이라고 합니다. 경기도에 있는 한 신도시에서 시의원으로 일했습니다. 저는 초등학교 때부터 정치인이 되고 싶었습니다. 브라질 룰라 대통령이 브라질 국민들의 삶을 바꾼 다큐멘터리를 보고 정치에 관심을 가지게 되었습니다. 저는 운이 좋게도 부유한 가정에서 태어나 큰 어려움 없이 살아왔습니다. 외동아들이었기 때문에 제가 원하는 것은 늘 부모님이 쥐어주셨습니다. 부모님 모두 좋은 대학을 나오셔서 저도 어렵지 않게 좋은 대학 정치외교학과에 입학하였습니다. 학교에 입학한 후에는 동아리 활동도 많이 하였고 정당에 있는 청년위원회에서 많은 활동을 하였습니다. 열심히 활동한 덕분에 어느 국회의원을 알게 되어 보좌관으로 일할 수 있었습니다. 보좌관 일은 제가 생각했던 것과 많이 달랐습니다. 출퇴근 시간이 거의 정해져 있지 않은 불규칙한 일이었고 제가 해야 하는 일이 끝없이 쌓여 갔습니다. 그래도 제가 하고 싶었던 일이니 재밌게 일했습니다. 8년 동안 보좌관 직을 견디다가 저에게도 드디어 기회가 와서 시의원으로 출마하게 되었고 시류를 타고 쉽게 당선되었습니다. 하지만 막상 당선되어보니 제가 있는 도시를 위해 제가 할 수 있는 일은 생각보다 많지 않았습니다. 작은 것부터 하나하나 하면 될 거라고 생각했지만 작은 것 하나 바꾸기가 하늘에 별 따기와 마찬가지라는 것을 알았습니다. 저를 도와주던 사람들은 모든 것을 쉽게 포기했습니다. 그래서 사람들과 늘 부딪쳐야 했고 사람들은 저를 비난하기 시작했습니다. 왕자처럼 자라서 어려움 한 번 겪어보지 못한 사람이 겉으로만 어려운 사람들을 위하는 척한다고 제가 진행하고자 하는 정책은 모두 보여주기 위한 것이며 실속

없는 것이라고 했습니다. 처음에는 그냥 한 귀로 듣고 한 귀로 흘리려고 노력했습니다. 하지만 갈수록 사람들의 비난은 심해졌습니다. 사무실에서 일하던 실장이라는 분은 저를 무시하기 시작했고 다른 직원 분들도 제가 내는 의견에 모두 반대해서 제가 하는 활동을 곤란하게 만들고는 했습니다. 그리고 시민들은 아무도 저를 몰랐습니다. 저는 꽤 높은 득표율로 당선되었으나 길거리에서 저를 알아보는 사람은 한 명도 없었습니다. 저는 일에만 몰두해 왔기에 이제는 제가 부양해야 할 저희 부모님 말고는 가족도 없었습니다. 어느 순간부터 저에게는 말로 표현할 수 없는 외로움이 몰려왔습니다. 세상에 저를 이해하는 사람이 아무도 없다는 생각이 들었습니다. 저는 정말 모두가 잘 살 수 있는 세상을 만들고 싶었고 그래서 잘 살 수 있는 세상을 만들 수 있는 방법들을 여러 가지 생각해 보았으나, 제가 시의원이 되었음에도 모두 생각에 그친다는 사실이 저를 부정적인 감정에 잠기게 했습니다. 제가 부유하게 자라서 어려움을 겪어보지 못한 것이 제 탓도 아닌데 사람들은 저를 무능하고 생각 없는 어린 왕자 취급하였습니다. 사람들이 생각 없이 제게 던지는 비난도 더 이상 견디기가 싫었습니다. 더 나은 세상을 만들고자 하는 노력 이전에 제 삶을 더 나은 모습으로 바꾸어 보기 위해 이곳에 오게 되었습니다."

"안녕하세요. 저는 김 경숙입니다. 가정주부로 평생을 살았습니다. 아이는 셋인데 모두 다 결혼했습니다. 남편은 퇴직을 앞둔 공무원이었는데 최근에 이혼하였습니다. 같은 팀에서 10년 이상을 함께 일해 온 40대 후반의 여자와 눈이 맞았습니다. 남편이 새벽 늦은 시간에 들어올 때마다 이상하다는 낌새를 눈치챘지만 모른 척했습니다. 그러던 어느 날 남편이 제게 이혼을 요구하게 되면서 모든 사실을 알게 되었습니다. 남편은 자신이 느끼는 감정이 사랑이라고 했습니다. 그녀를 정말로 사랑하기 때문에 자신이 그녀를 지켜줘야 한다고 했습니다. 평생 한 사람만 보고 살 수는 없는 거라면서 저에게도 다른 사람을 만나보라고 했습니다. 그는 제게 울면서 빌었습니다. 저는 한 번도 그 사람을 잡고 산다고 생각해 본 적이 없는데 그는 제게 놓아 달라고 했습니다. 처음에 저는 올 것이 왔다는 생각이 들어 슬프거나 화가 나지 않았습니다. 이혼을 하고 법원에서 나올 때 제 삶을 돌아보니 제가 너무 불쌍했습니다. 7남매 중 장남인 남편을 만나 시어머니에게 갖은 시집살이를 다 겪었고 어린 동생들을 학교에 보내고 보살피느라 신혼생활은 꿈도 꿀 수 없었습니다. 저는 이제 60살이나 됐는데 설거지와 청소, 빨래 말고는 할 줄 아는 일이 별로 없습니다. 중학교만 겨우 졸업하고 도시로 나와 공장에서 일하다가 남편을 만나게 된 거라 아는 것도 별로 없습니다. 친구들은 모두 노후를 즐긴다며 남편과 함께 여행을 가거나, 혼자서 다른 취미 활동들을 하면서 즐겁게 사는데 저는 그럴 수가 없었습니다. 형편이 어려운 것은 아니었지만 갑자기 아무것도 할 게 없어지니 답답했습니다. 일이라도 해보고 싶어 인력센터에 가서 설거지가 주된 업무인 주방 담당으로 며칠 나가보았습니다. 하지만 식당은 모두 빨리빨리 움직여야 했고, 저는 한 번도 밖에서 일을 해본 적이 없었기 때문에 식당에서 원하는 만큼의 일을 소화해내지 못했습니다. 식당 주인들은 저에게 아줌마, 아줌마 소리 지르며 저를 무시하기도 했습니다. 아이들을 키우면서 많은 일을 겪어봤다고 생각했지만 세상은 제 생각보다 훨씬 더 각박하고 무서웠습니다. 저는 눈이 어두워 책을 읽거나 신문을 볼 수 있는 것도 아니어서 매일 텔레비전만 보며 지냈습니다. 그러던 어느 날 아침에 제가 눈을 뜨는 일이 지겨워졌습니다. 저는 평생 제 스스로가 누구인지 모르고 살아왔는데 이제라도 이곳에서 제가 왜 태어났고 왜 지금까지 그런 삶을 살았는지 알고 싶습니다. 그리고 이곳에서 나가면 가족들이 아닌 저를 위해 살아보고 싶습니다."

"안녕하세요. 유 바다라고 합니다. 저는 17살입니다. 부모님한테 떠밀려서 외국어 고등학교에 진학하였으나, 학교 아이들과 어울리는 것이 힘들었고 중학교 때까지는 재밌던 공부가 갈수록 힘들게 느껴졌습니다. 부모님은 제가 우리나라에서 가장 좋은 학교에 가야 한다고 제가 5살 때부터 얘기하셨습니다. 지금도 부모님의 바람은 변함이 없습니다. 부모님은 저를 정말 사랑하시지만 저를 자신들의 대리만족으로 이용하는 건지 정말 저를 사랑하시는 건지 모르겠습니다. 저는 지금까지 엄마가 하라는 대로만 하고 살았습니다. 어린 시절 엄마가 하라고 준 것을 거부한 적이 있었는데 엄마가 자기를 무시하는 거냐며 저에게 불같이 화를 냈습니다. 그 뒤로 저는 엄마가 하라는 모든 것을 해왔습니다. 그러다 최근에 제가 등교 거부를 하자 아버지가 저를 때리기 시작했습니다. 제게는 대화를 나누지 않는 형이 한 명 있는데 형은 제가 태어난 이후로 저를 때리고 괴롭혔습니다. 자기 밥은 먹지 않고 늘 제 밥을 뺏어먹었고, 자기 장난감은 가지고 놀지 않고 늘 제 장난감을 가지고 놀았습니다. 형은 제가 태어나서 자신이 부모님에게 받을 관심을 받지 못했다면서 제가 태어난 것부터가 잘못이라고 늘 말했습니다. 등교 거부를 이유로 아버지가 저를 때리신 이후로는 꼬시다며 제가 맞는 것을 보고 웃기도 했습니다. 저는 정말 제가 태어난 것부터가 잘못이라고 생각하게 되었습니다. 학교에서는 늘 겉돌았습니다. 그룹을 모아 여기저기서 함께 웃고 장난치는 아이들을 보면서 그들의 세상과 저의 세상에 넘을 수 없는 선이 있는 것처럼 느껴졌습니다. 집에 오면 부모님의 공부하라는 잔소리와 폭행 그리고 형의 비난과 폭행 때문에 제가 마음 편하게 쉴 수 있는 곳이 한 곳도 없었습니다. 차라리 길에서 사는 게 나을 것 같아 집을 나왔지만 막상 집을 나오니 갈 곳이 없어서 시에서 운영하는 청소년 보호센터에 들어가게 되었습니다. 하지만 그곳은 수용시설이 작고 생활하는 아이들이 너무 많이 있어서 늦게 들어간 제가 발 뻗고 누울 수 있는 곳이 없었습니다. 저는 제가 왔던 곳으로 돌아가야겠다고 생각했는데 보호센터 소장님이 이곳을 추천해주셔서 오게 되었습니다. 제게 어떤 문제가 있는지 아직 저도 알 수 없기 때문에 하라고 하시는 대로 저도 한 번 해보겠습니다."

싯다르타 마음 치유 & 정신 건강 센터는 전라북도 부안 근처의 섬에 자리 잡은 센터이다. 하나의 섬 전체가 마음 치유 & 정신 건강 센터로 이루어져 있다. 마을이 바다로 둘러싸여 있다는 것을 빼면 그냥 어느 시골 마을 같다. 중앙에 있는 3층짜리 원형 모양 건물은 식당이다. 건강에 좋은 음식을 잘 챙겨 먹어야 몸이 건강해지고 몸이 건강해져야 마음이 건강해진다는 센터의 정신을 담고 있는 곳이다. 식당 왼편에는 길게 뻗은 빨간색의 단층 건물이 있는데 그곳은 체육관이다. 체육관 안에는 배드민턴을 할 수 있는 배드민턴 시설과 농구 시설 그리고 탁구시설이 마련되어 있다. 한쪽으로는 헬스기구들이 있다. 그 옆 작은 공간에는 요가원이 있어 신체 단련도 중요하게 여기는 곳 있음 알 수 있다. 식당 오른편에는 학교처럼 생긴 구조에 하늘색 지붕을 가진 3층짜리 건물이 있는데 그곳은 사람들이 대화를 나누는 상담 치료 센터다.

상담 치료 센터 1층에는 집단 상담을 위한 커다란 방이 있다. 그 옆으로는 소수가 모여 상담을 나누는 그룹 상담을 위한 방이 있다. 또 그 옆으로는 1인과 1인이 상담을 나누는 개인 상담을 위한 방이 있다. 2층에는 집단 상담실과 그룹 상담실의 방 크기를 합쳐놓은 정도의 도서관이 있는데 심리학과 관련된 다양한 서적과 불교를 비롯한 기독교, 천주교, 이슬람교, 힌두교 등의 종교 책이 많이 꽂혀 있다. 또한 역사와 철학, 문학, 경제, 사회, 예술 분야 책들이 잘 정리되어 있다. 다른 방에는 그림 치료를 위한 그림 치료실이 있고 또 다른 방에는 뜨개질이나 십자수를 할 수 있는 자수 교실이 있다. 3층은 명상 센터로 층 공간 전체가 명상을 위한 자리로 마련되어 있다. 식당 뒤편으로는 네모난 하얀색의 단층 건물이 있는데 그곳은 긴급 진료를 위한 응급실이다. 중앙에 있는 건물들을 조금만 걸어 나오면 초가집처럼 생긴 집이 100미터 간격으로 떨어져 있는데 센터에 있는 사람들을 위한 숙소다. 초가집은 온 섬 전체에 퍼져 있고 중앙과 떨어져 있는 초가집 사람들에게는 자전거가 제공된다. 초가집 사이사이에 작은 동물 농장이 있다. 소가 여기저기서 풀을 뜯어먹고 있다. 염소와 양도 푸른 초원 위의 울타리 안에서 뛸 수 있다. 개들은 집집마다 돌아다니며 원하는 대로 산다. 개의 식사는 센터 봉사자들이 챙겨준다. 사람들은 한 번 들어오면 100일 동안 섬 밖으로 나갈 수가 없어서 갇힌 것이나 마찬가지이나 필요나 의지에 따라 나갈 수 있도록 허락한다.

 내원자들이 치료에만 집중하게 하기 위해 섬 밖의 사람들과 연락을 할 수 있는 어떤 기기도 허용되지 않는다. 센터 내에는 로테이션으로 찾아오는 정신과 의사 3명과 심리 상담사 5명 그리고 간호사들이 10명 있다. 사람들에게 도움이 필요할 때 그들을 돕는 역할로 있는 조무사 15명과 자원봉사자 15명도 함께 있다.

 "안녕하세요. 모두들 소개해주셔서 감사합니다. 여러분과 함께 1박 2일을 보낼 박 옥진 센터장입니다. 서로들 인사 나누셨으면 밖으로 나가셔서 함께 할 일이 있습니다. 자원 봉사자 선생님들께서 아마 편한 바지랑 티셔츠 그리고 창 모자를 준비해 드릴 겁니다. 옷 갈아입으시면 함께 밖으로 나가실까요?" 그는 전국에서 가장 유명한 정신 의학 박사이자 승려로 사람들에게 살아있는 부처로 불리는 사람이다. 생긴 모습이 선운사 약사여래불과 닮은 것도 한몫했다. 그는 전국을 다니며 강연을 하거나 그가 몸담고 있는 공공 의료원에서 교수로 일하고는 한다.

"가을이라 날씨는 쌀쌀해도 햇볕은 아직 뜨거우니까 볕을 싫어하시는 분들은 창 모자를 꼭 쓰십시오." 센터장은 자원 봉사자 2명과 함께 사람들을 데리고 건물 밖으로 나와 산과 바다의 중간에 있는 밭으로 향한다.

"여러분, 우리는 여기 있는 이 배추를 뽑아서 김장을 할 겁니다. 자원 봉사자 선생님들이 빠르게 배추를 수확하면 여러분은 한 포기씩 수레에 옮겨주시면 됩니다." 초록색과 노란색으로 뒤덮인 배추의 수는 어림잡아 보아도 500포기는 넘어 보인다. 배추밭에서 시작된 푸른 바다와 하늘의 경계는 경이로울 만큼 아름답다. 사람들은 모두 생각지도 못한 일에 신이 나는 듯 보인다.

"김치 먹어 봤어요?" 경숙이 배추를 옮기다가 흔히 볼 수 없었던 초록색 눈의 청년에게 말을 건다.

"예. 먹어 봤어요. 김치 좋아해요." 청년이 밝게 대답한다.

"와, 그래도 형은 매운 음식을 잘 먹나 봐요. 저는 한국 사람인데도 매운 음식은 못 먹어요." 키가 너무 커서 한참을 올려다봐야 하는 고등학생 바다가 말한다.

"저도 처음에는 못 먹었어요. 근데 먹다 보니까 맛있어요." 조가 말한다.

"선생님들 죄송하지만 배추 옮기기도 마음 치유 프로그램 중 일부라서 수행이라고 생각해주셔야 합니다. 수행 중에는 대화 나누시면 안 되세요." 자원 봉사자 중 한 명이 말한다.

연탄을 나를 때 쓰는 철 수레에는 배추 30포기 정도가 채워진다. 배추가 넘어지지 않게 하기 위해 조와 영현이 배추 모양을 연신 바꿔가며 차곡차곡 쌓아 올린다. 힘이 좋은 영현이 앞에서 수레를 끌고 뒤에서 다른 사람들이 밀어주면 영현은 수레를 운전해 배추를 절이기 위해 열어둔 식당 창고에 두고 다시 밭으로 이동하기를 반복한다. 끝날 줄 모르고 쌓여 있던 배추도 여럿이서 하다 보니 2시간이 채 안되어 일이 끝난다. 5명은 모두 처음 보는 사람들이지만 협동심이 좋다.

"모두 다 고생 많으셨습니다. 이제 배추 절이기를 위해 식당으로 이동하겠습니다." 자원 봉사자들과 함께 배추를 수확하던 센터장이 웃으며 말한다. 해는 이미 짙게 깔린 안개 밑으로 숨을 준비를 하고 있다. 식당으로 가니 센터에 있는 다른 사람들도 삼삼오오 모여 있다. 사람들끼리는 그룹을 나누어 역할을 분담하였는데 이 그룹이 맡은 역할은 잘라진 배추를 소금에 절이는 것이다.

"처음 해보시는 분들이 계실 것 같아 여기 자원봉사 선생님이 시범을 보여주실 겁니다. 오늘은 절이기만 하면 되기 때문에 어렵지 않을 겁니다." 센터장이 자원봉사자를 가리키며 말한다.

"제가 하는 걸 먼저 보시면 금방 따라 하실 거예요." 자원 봉사자는 그룹 사람들 앞에서 배추와 통 그리고 물과 소금을 들어 하나, 하나 보여준다.

"김치 만드는 게 이렇게 손이 많이 가고 시간이 많이 걸리는 일인 줄 몰랐어요. 그동안 저는 엄마가 해주는 걸 너무 당연하게만 먹었네요." 바다가 당연하게 여겼던 것에 놀라워한다.

"오늘 이렇게 배추를 절여 놓으면 내일 저희가 다시 와서 다른 분들과 함께 김장을 할 겁니다. 양념은 미리 해두었으니 아마 내일도 수월하게 김장에 참여하실 수 있을 것 같습니다. 그럼 다시 처음 인사 나누었던 곳으로 돌아가겠습니다." 센터장은 자원 봉사자들과 함께 배추 절이는 일을 마치고 사람들에게 말한다.

"여러분 바깥에서 일하시면서 추위를 느끼셨습니까? 여러분 지금 배고프십니까? 여러분 지금 졸리지 않으십니까?" 그룹 사람들이 조금씩 웅성거린다.

"아마 당연히 밖에서 추위를 느끼셨을 거고, 이곳에 처음 오신 이후로 아직 아무것도 드시지 않은 상태이시기 때문에 배가 고프실 거고, 저희가 일부러 새벽 4시에 이곳으로 출발할 수 있게 했기 때문에 아마 많이 피곤하실 겁니다. 모두 생김새가 다르고 삶이 다른데 지금 여러분들이 느끼는 감정은 비슷하다는 게 신기하지 않습니까? 고대의 어떤 철학자가 말했습니다. 인간은 태어나면서 감옥에 갇히고 죽는 순간 그곳에서 나올 수 있다고요. 또 어떤 철학자는 인간의 삶이 덫이라고 했습니다. 감옥과 덫, 모두 비슷한 느낌이죠. 여러분들의 삶을 괴롭히던 그 외로움이라는 감정은 지금 여러분들 모두가 느끼는 추위, 피곤함, 배고픔과 같은 인간의 당연한 감정입니다. 저는 여러분들이 그 외로움이라는 감정에 갇혔던 것이라고 생각합니다. 대부분의 인간은 그들만의 감옥에 갇혀서 살아갑니다. 저 역시 저를 가둬둔 저의 감옥이 있었습니다. 인간은 본디 불행과 고통에서 벗어나고자 하고, 평화로움을 추구하려 하지만 인간이 살아가는 세상은 인간을 가만히 내버려 두지 않습니다. 인류는 태초부터 늘 생존하기 위해 투쟁해 왔습니다. 그 투쟁의 과정 안에는 반복되는 생의 희로애락들이 담겨 있고 그 감정들은 인간의 삶을 규정합니다. 우리가 살아가고 있는 이 사회는 사회가 원하는 것을 마치 그 개인이 가장 원하는 것처럼 만들어 개인이 일을 하게끔 유도합니다. 그리고 그런 일들의 연속과 반복적 시행착오를 통해 자신에게 중요하다 여겨지는 어떤 가치나 신념을 만들게 합니다. 그 가치와 신념은 개인의 삶에서 필요한 절대적임이 되어 그 안에 갇히게 하고 어느 순간 내가 생존하기 위해 믿었던 절대적임들이 절대적임이 아니었음을 깨닫게 되면서 개인은 자신의 믿음으로부터 배신당합니다. 보통의 사람들은 자신이 문이 열린 감옥에 갇혀 있다는 것을 인지하지 못하다가 자신에게 엄습한 엄청난 고통을 겪고 난 후에야 자신이 그곳에 갇혀 있는 것은 아닌가 하고 생각할 수 있게 됩니다. 한두 번의 고통은 문이 열린 감옥에 갇히게 되었음을 인식하게 할 뿐이고, 자신이 세상에서 버려진 것 같고 쓸모없는 존재로 남아 있다는 불안감에 휩싸일 때, 그래서 스스로 삶의 마지막 장면을 떠올리게 될 때서야 스스로 나오는 방법을 찾게 됩니다. 스스로 문을 열고 나오고자 하는 시도가 곧 불교에서의 해탈이기도 합니다. 그곳에서 나오면 어떤 경험, 감각, 물질, 재능 같은 것들에서 남들보다 낫거나, 덜하다며 비교하는 일이 없게 됩니다. 남들과 비교하지 않는 것만으로도 자신의 삶이 평화로워짐을 느낄 수 있게 되실 겁니다. 나라는 인간은 사회와 다른 인간들 속에서 존재할 수밖에 없는 존재론적 인간이기 때문입니다. 하지만 나는 타자에 의해 존재하기 이전에 나 스스로를 먼저 인식하기도 합니다. 그래서 저는 인식하는 인간이라고도 말합니다. 인식하는 인간의 형태와 존재론적 인간의 형태를 모두 받아들이고 내가 내 안에 갇혀 있음을 받아들이고 나면 문 밖으로 나가는 것은 생각보다 어렵지 않습니다. 인간의 삶이 감옥 같고 덫 같아도 어떤 마음으로 어떻게 사느냐에 따라 사는 방식은 달라질 수 있습니다. 인간은 사회에 지배당하지 않고도 나 스스로 척도의 중심이 되어 행복을 추구하고 안정과 평화를 추구하며 온전히 자기 스스로 바로 서서 살아갈 수 있다고 저는 믿고 있습니다. 그래서 저는 고대 철학자의 말과 달리 인간의 삶은 문이 열린 감옥이라고 말합니다. 죽지 않아도 감옥에서 나올 수 있기 때문입니다. 문을 여는 방법과 형태는 다양하게 있어 무엇만이 옳다고 할 수는 없습니다. 또한 문을 열고 나와도 또 다른 문이 열린 감옥에 갇히게 될 수도 있으므로 문 밖으로 나와서는 깨어 있음을 지향해야 합니다. 문밖에서 산다는 것 그리고 깨어 있는 것은 고통의 길 위에 서 있는 많은 사람들에게 도움이 되었습니다. 저는 여러분들이 이곳에서 100일 동안 생활하면서 스스로의 감옥에서 문을 열고 나올 수 있는 방법들을 알려드릴 겁니다. 우리는 스스로 그 문을 열 수 있을 것입니다. 그리고 문 밖의 세상에서 살아가는 방법을 다양한 형태를 통해 전해드릴 겁니다. 이미 차안의 끝으로 다가가려고 하셨던 분들이기 때문에 이곳에서 보내는 배움과 생활이 여러분들에게 새로운 삶을 제시해 줄 것이라고 자신합니다. 그럼 모두 배고프실 텐데 일단 식사하시죠. 오늘 프로그램은 여기까지입니다. 내원 안내서를 보셔서 아시겠지만 내담자 분들끼리의 친목은 지양하고 있으니 가능하다면 지켜주시면 좋겠습니다. 그럼 내일 뵙겠습니다." 센터장의 말이 끝나자 자원 봉사자들이 사람들을 식당으로 안내한다. 식당은 모두 셀프 배식 코너다. 음식을 남기는 것은 금지되어 있다.

"오늘 저녁은 조금 늦어졌지만 원래는 오후 6시부터가 식사 시간이니까 참고해주세요. 식사를 다 드신 후에는 자기 그릇은 자기가 씻습니다. 그럼 맛있게 드세요." 커다란 홀처럼 생긴 식당은 동그라미 세상 같다. 식당 안에 있는 모든 식탁과 의자가 동그란 모양이었고 음식을 준비해 둔 반찬통도 동그랗게 만들어져 있다. 반찬은 모두 5가지다. 콩으로 만들어진 불고기와, 연근 조림, 그리고 무채 무침, 모닝 글로리 튀김, 물김치가 준비되어 있다. 된장찌개와 김치찌개도 준비되어 있어 두 가지 모두 먹고 싶어 하는 사람들은 두 가지 모두 먹을 수 있게 놓여 있다.

"친목을 나누지 말라고 했지. 대화를 나누지 말라고는 하지 않았으니까 그래도 말은 해도 되겠죠?" 경숙이 먼저 말을 꺼냈다.

"그럼요. 법을 어기는 것도 아니고 사람 사는 곳에서 말도 못 하면 되겠어요." 영현이 맞장구친다.

"근데 어떻게 그렇게 한국말을 잘하세요? 2년밖에 안 사셨다면서요." 영현이 묻는다.

"아, 제가 원래 언어에는 조금 특별한 능력이 있는지 어떤 언어든 쉽게 익혀졌어요. 그 덕분에 길에서 8년 동안이나 먹고살았죠." 조가 말한다.

"근데 아까 센터장님이 말씀하신 감옥이니 덫이니 하는 얘기에 다들 공감하세요?" 막내인 고등학생 바다가 묻는다.

"감옥 맞아요, 저는 공감해요. 내가 이렇게 하면 안 된다는 걸 알면서도 계속 반복하고 있는 저를 볼 때 저는 제가 정말 갇혀 있다고 생각하긴 했었어요." 은정이 말한다.

"저는 그런 생각은 한 번도 해 본 적이 없이 살았는데 제가 하기에 너무 어려운 방법들만 알려 주실까 봐 좀 걱정도 돼요. 저는 할 줄 아는 게 없는데 이 나이에 뭘 할 수 있을까 생각하면 그냥 여기서 숨만 쉬고 산다고 해도 그게 더 나을지도 몰라요." 경숙이 말한다.

"에이, 그런 말씀 마세요. 요즘에는 배울 수 있는 것도 엄청나게 많고 마음만 먹으면 하실 수 있는 게 많아요. 걱정 마셔요." 옆에 있는 은정이 경숙을 위로한다.

"근데 시의원으로 당선되셨을 정도면 그래도 꿈은 이루신 거나 마찬가지잖아요. 생각이랑 많이 다르셨나 봐요?" 바다가 묻는다.

"네. 제 꿈이 정치인이긴 했으니까 꿈을 이룬 거죠. 근데 그건 그냥 제가 만들어 놓은 꿈이었던 건지도 모르겠어요. 막상 저는 지금 제가 왜 정치인이 되고 싶었던 건지, 정말 내가 원했던 건 맞는지 조차 모르겠어요. 제 마음에 굳은 심지가 있었다면 사람들이 모두들 비난해도 제가 이겨낼 수 있었을 텐데 굳건한 무언가가 없었던 것 같아요. 그러니 그렇게 쉽게 사람들 말 한마디, 한마디에 휩쓸렸겠죠." 영현이 담담하게 말한다.

"조는 집에 안 돌아가고 싶으세요?" 은정이 묻는다.

"아뇨. 집에는 절대로 돌아가지 않을 거예요. 제 동생은 벨기에 남자와 결혼해서 그곳에서 살고 있는데 그녀도 집으로는 돌아가지 않는다고 했어요. 저에게는 부모님이 없는 거나 다름없어요."

"저도 잘 모르지만요, 아마 아버님도 분명 아버님만의 아픈 사정이 있었을 거예요. 사람이 처음부터 부모가 되는 건 아니니까요. 아버님도 아버님의 부모님께 상처 받으면서 살았을 수도 있잖아요. 너무 원망하지 마세요." 경숙이 말한다.

"근데 배우님은 연극 무대 하시면서 영화나 드라마 쪽으로 나가보고 싶다는 생각은 안 드셨어요?" 영현이 묻는다.

"아니요. 저도 인정받고 싶은 욕심은 있었으니까 영화배우가 되거나 드라마에 출연하고 싶다는 바람은 늘 품고 있었어요. 하지만 엔터테인먼트 쪽은 약간 천운이 따라야 한다는 생각이 들 정도로 들어가기가 어려워요." 은정이 대답한다.

"식사 시간 끝나가니까 식사 마치셨으면 개수대 옆에서 그릇 씻으셔서 여기 건조대 위에 올려놓아 주시면 됩니다." 자원 봉사자가 말한다.

"조, 설거지가 능숙하네요." 영현이 말한다.

"그럼요. 어릴 때부터 제가 동생을 돌보면서 집안일을 했거든요."

"각자 배정받은 가옥으로 돌아가시면 됩니다. 저희가 나눠 드리는 일기장에 오늘 이곳에 오셔서 겪으셨던 것과 느끼셨던 감정들을 일기 적듯 적어주세요. 바닥은 각 방에서 온도 조절이 가능하니까 따뜻하게 주무시고 내일 다시 뵙겠습니다." 자원 봉사자의 말이 끝나자 그들은 첫 오리엔테이션 때 받은 종이를 보고 자신의 가옥 번호를 확인한 후 흩어진다. 영현의 가옥은 24번이다. 그의 숙소는 작은 초가집이다. 방은 한 칸이지만 방 옆으로 작은 부엌도 딸려 있다. 방 안에는 뾰족한 물건이나 끈이 긴 것은 아무것도 없다. 부엌에도 불을 필 수 있는 도구가 없다.

다음 날이 밝았다.

"안녕하세요. 모두들 잘 주무셨나요? 오늘 아침 첫 순서는 그룹 명상입니다." 사람들은 6시에 맞춰 모두 일어났다. 센터장이 그들을 식당 오른편에 있는 상담 센터 3층의 명상 센터로 부른다.

"매일 아침은 명상으로 시작됩니다. 명상이라고 해서 특별한 것이 없습니다. 명상을 전문적으로 하는 곳에서는 호흡부터 자세까지 모두 바로 잡으려고 하지만 이곳에서는 그렇지 않습니다. 그저 가부좌 자세로 앉아 주시고 허리를 바로 펴십시오. 오늘의 주제는 내가 살면서 잘못한 일들을 떠올리는 것입니다. 대부분의 사람들은 자신이 피해를 당하거나 상처 입었다고 말하지만 사실은 나 역시 피해를 주는 사람이며, 상처를 주는 사람입니다. 모든 것은 상대적이기 때문입니다. 과거의 삶으로 돌아가 자신의 잘못들을 떠올려 보십시오. 매일 다른 주제를 알려 드릴 겁니다. 조금 불편하실 수도 있겠지만 편한 마음으로 해보십시오. 심호흡 한 번 크게 하시고 시작하시면 됩니다." 센터장이 주제를 알려주고 자신도 자리에 앉아 가부좌 자세로 앉아 명상을 시작한다. 사람들은 센터장의 말에 따라 앉아 심호흡으로 명상을 시작한다.

"자, 심호흡 한 번 하시고 손바닥을 크게 펼치신 후에 가슴에 대고 문질러 주세요. 스스로 잘하셨다고 다독여 주십시오. 아침 식사 후에 조금 쉬다가 다음 프로그램 진행하도록 하겠습니다." 센터장이 명상이 끝났음을 알리며 말한다. 아침 식사가 끝나자 센터장은 사람들과 함께 어제 절여 놓은 김치를 담근다. 양념장을 미리 만들어 놓은 덕분에 여러 사람들이 모여 김장을 쉽게 끝낸다. 센터에서도 김장은 1년에 한 번만 하는 연례행사이기 때문에 김장에 참여한 그룹 사람들은 진귀한 경험을 하고 있다. 김장이 끝난 후 사람들은 자신들이 손수 만든 김치와 함께 점심 식사를 한다.

"식사는 맛있게 하셨습니까? 오후 시간부터는 집단 상담을 시작할 겁니다. 어제 모였던 방으로 2시까지 와주시면 됩니다." 센터장이 사람들에게 말한다.

"어제 보다 오늘 시간이 훨씬 더 빨리 가는 것 같아요." 그릇을 씻으면서 바다가 말한다.

"그러게 시간이 잘 가는 것 같네요. 김치를 직접 담가보는 일이 정말 너무 새로웠어요. 저에게는요." 조가 말한다.

"저는 오늘 아침에 명상이라고 부르는 것을 처음 해봤는데 제가 제대로 한 게 맞는지도 모르겠지만 왠지 여기서 하는 것들이 조금씩 좋아질 것 같다는 생각이 들었어요." 경숙이 말한다.

"저는 다른 곳에서도 해봤었는데 그래도 여기에서 하는 건 조금 다른 느낌이에요." 은정이 경숙의 얘기에 맞장구치며 말한다.

"저는 생각해보지도 못했던 주제를 선생님이 던져 주셔서 조금 당황스럽긴 했습니다. 내가 잘못한 일을 떠올리기가 쉬운 일은 아니니까요. 가만히 눈을 감고 하니까 다르긴 한 것 같아요." 영현도 자신의 첫 명상 소감을 얘기한다.

"다들 모이신 것 같으니 시작하겠습니다. 집단 상담 프로그램은 원래 어떤 주제를 던져 드리고 그 주제와 관련해서 마음속에 담아 두었던 얘기를 함께 나눠보는 건데, 오늘의 주제는 무엇이 내 삶을 지금까지 이끌어 왔는가 하는 것입니다. 원래 상담에서 리더의 역할은 내담자분들의 얘기를 함께 경청하는 것이지만 오늘은 제 얘기로 먼저 시작해 보겠습니다. 저는 8살 때 아버지가 목을 매어 죽은 모습을 보았습니다. 아버지와 어머니는 순천 사람으로 여순사건의 현장에 계셨습니다. 두 분은 운이 좋게 살아남으셨습니다. 하지만 마을에서 함께 지내던 동네 분들과, 친지들이 모두 사살되어 있는 모습을 목격하셔야 했습니다. 어머님은 악몽에 시달리다가 저를 낳은 후 스스로 목숨을 끊었습니다. 아버지도 저를 친척집에 맡겨 두고 먼저 세상을 떠나셨습니다. 저는 그분들이 보신 현장이 얼마나 잔인했는지 알 수 없습니다. 다만 생존자분들의 얘기만 듣고 짐작할 뿐이었습니다. 아버지는 제게 마지막 모습을 보여주고 싶어 하지 않으셨지만 저는 보게 되었습니다. 나무에 매달려 있었습니다. 어린 나이였음에도 그 냄새가 몸에 배여 자라는 내내 그 모습을 떠올리게 하였습니다. 큰아버지댁에서 양자처럼 자라 끼니는 채웠으나 제 기억은 나이가 들수록 짙어졌습니다. 대학에 들어간 이후 더는 견딜 수 없어 저도 부모님을 따라가야겠다고 생각하고 고향에 있는 저수지에 들어가고 있었습니다. 그런데 갑자기 학창 시절에 배웠던 원효 스님 말씀이 저를 스쳤습니다. 제 눈 앞이 번개처럼 반짝였고 세상이 무너지는 것 같은 요란한 소리가 들렸습니다. 그때 저는 부모님이 저를 잡아주셨다는 느낌을 받았습니다. 그리고 제가 살아서 해야 할 일들이 있다는 것을 깨닫게 되었습니다. 그 뒤로 저는 학문에 집중했습니다. 정신과라는 분야가 이 나라에 자리 잡은 지 얼마 되지 않았던 때였습니다. 공부를 하면 할수록 모든 것을 좌지우지하는 것은 마음이라는 사실을 알게 되었습니다. 지금까지 저를 움직인 것은 마음입니다. 이 마음을 어떻게 먹고 어떻게 다루느냐에 따라 삶이 달라지는 것을 배웠습니다. 그 배움을 세상에 알려야 한다는 의지가 생겼습니다. 마음, 그 마음이라는 것이 저를 여기까지 이끌어 왔습니다. 자, 다음은 조가 얘기해볼까요? 왼쪽 방향으로 순서대로 돌아가면 좋을 것 같습니다." 센터장의 말이 끝난다.

"오늘 집단 상담 프로그램을 통해 이렇게 자신의 속마음을 털어놓아 주셔서 감사합니다. 이 프로그램은 일주일에 두 번 이 시간에 시작될 예정입니다. 매일 아침 지속적인 명상으로 자신을 돌아보고 여러 형태의 상담 프로그램과 다양한 활동을 통해 자신의 마음속에 무엇이 있는지 꺼내보는 시간을 계속 갖게 될 것입니다. 인간은 사회적 동물로서 사람과 사람이 공감하고 공감받는 교류가 필요합니다. 제가 말하고 싶은 것 하나는 인간은 어떤 껍데기를 쓰고 있든 모두 인간일 뿐이라는 것입니다. 모든 인간은 고통을 느끼는 존재로서 동등합니다. 아무리 돈이 많아도 고통을 느끼고 아무리 똑똑해도 고통을 느낍니다. 아무리 대단한 권력을 가졌다 하더라도 고통을 느끼고 아무리 출중한 외모를 가졌다고 하더라도 고통을 느낍니다. 우리는 모두 한낱 인간이라는 사실을 직시해야 합니다. 사회는 끊임없이 인간들이 서로를 짓밟고 올라가게 만듭니다. 다른 사람보다 더 많이 가지게 만들어서 그런 것들을 뽐내게 하지만 스스로의 뽐냄과 스스로를 지키기 위해 가져온 그러한 신념들은 어느 순간 화살이 되어 그들의 삶에 그대로 돌아갑니다. 그래서 우리는 사회가 만들어 놓은 잘 살기 덫에서 벗어나야 합니다. 말씀하신 부분들을 들어보니 그래도 지금까지 삶을 이끌어 왔다고 하신 것들이 여러분 모습처럼 모두 다르지만 또 그 속내는 모두 비슷한 것 같아 프로그램을 잘 따라와 주신다면 제가 얘기하는 문 밖의 세상에서 보다 자유롭게 살아가시게 될 것 같습니다. 오늘 집단 상담 후에는 2층에 있는 그림 치료실에서 그림 치료를 받을 예정입니다. 내일 저는 강의가 잡혀 있어 오늘 밤에 떠나야 하지만 제가 떠나기 전까지는 여러분들과 계속 함께 하면서 여러분들 한분, 한분에게 도움이 될 수 있게 할 것입니다. 저를 따라 한 층 내려가서 그림 치유라고 적힌 곳으로 이동하겠습니다." 센터장의 얘기가 끝나고 자원 봉사자가 사람들을 안내하기 위해 찾아와 기다리고 있다. 사람들은 다소 밝은 표정으로 자원 봉사자를 따라 내려간다. 그림 치료실은 방 전체가 통 유리로 되어 있어 실내가 햇살로 가득 차 있다. 투명한 빛의 파도가 일렁이듯 햇살이 방 안에서 일렁인다. 창 밖에는 모질고 잔인한 바다의 풍파를 견디고 꿋꿋이 자리를 지켜온 거무스름한 곰솔이 당당하게 서 있다. 자신의 몸통만큼이나 길고 두꺼운 가지들을 품은 곰솔은 자신보다 더 커버린 자식들의 삶을 어깨에 이고 있는 책임감 강한 어느 아버지 같아 보인다. 방 가운데 벽에는 사람이 두 팔을 뻗은 듯한 길이의 정사각형 만다라 꽃 액자가 걸려 있다. 액자 안의 만다라는 붉은색 바탕에 노란색, 초록색, 주황색, 보라색과 같은 다양한 색으로 칠해져 있어 화려한 색깔이 사람들의 눈길을 쉽게 끈다. 방 안에는 하얀색 레이스로 덮인 테이블 10개가 좁은 간격으로 퍼져있다. 테이블 위에는 커다란 스케치북과 초등학교 입학 선물로 적절해 보이는 미술 도구 세트가 놓여 있다.

"안녕하세요. 앞으로 그림 치료를 맡게 될 상담사입니다. 센터장님께 들으셨겠지만 그림 치료 역시 일주일에 두 번 예정되어 있습니다. 치료 혹은 치유라고 하지만 이곳에 오실 때는 그냥 놀러 온다고 생각하고 와주시면 좋겠습니다. 테이블에 한 분씩 떨어져서 앉아주세요." 가지런한 단발머리를 한 은발의 상담사가 온화한 미소로 사람들에게 자신을 소개하며 자리를 안내한다. 센터장도 자리를 떠나지 않고 다른 테이블에 앉는다.

"오늘 첫 수업은 내가 되고 싶은 것입니다. 세상에 존재하는 어떤 만물이건, 사람이건 관계없으니 앞에 있는 스케치북에 지금 내가 되고 싶은 것을 그려주세요. 못 그리셔도 괜찮으니 자유롭고 편안하게만 그려주시면 됩니다." 상담사가 프로그램 시작을 알리고 있다.

\-

"이 진국님 프로그램 보신 소감을 말씀해주시겠어요?" 진국의 담당의사인 조 의현 선생이 물었다.

"그냥 사는 게 다 비슷하구나 싶네예. 다들 아프고 다들 고통스럽구나 싶습니더."

"저곳에서 있는 게 나을 거 같으세요? 아니면 여기가 더 나으세요?"

"저기나, 여기나 갇혀서 밖으로 못 나가는 건 마찬가지인 거 같은데예. 차이라고 하면 저기는 공기 좋은 섬에서 자연을 그대로 느낄 수 있는데 여기서는 그냥 창문으로만 저 멀리 보이는 북한산을 바라보고 있어야 한다는 거 같네예. 바깥공기를 좀 쐬면 좋겠습니다."

"박 옥진 교수님이 아직 바깥으로 나가는 건 안 된다고 하셨어요. 몸속에 있는 알코올이 다 빠지면 그때 링거 빼고 나갈 수 있게 해 드릴게요. 보호자님은 잠시 나가주시겠어요?"

"네. 내일 그럼 같은 시간에 여기서 저 특별 다큐멘터리 2부 시청하면 되는 거죠?"

"네. 그리고 저나 교수님이 개인 상담하는 시간 제외하고는 72시간 내내 환자분 옆에 계셔야 해요."

"네. 선생님 정말 감사합니다. 선생님께는 감사하다는 말씀을 백 번을 해도 모자랄 것 같아요. 저희 신랑 살려주신 거나 마찬가지세요. 정말 감사합니다." 선심이 옆에서 고개 숙여 인사했다.

"감사는요. 제가 해야 할 일을 한 것뿐인데요." 담당의는 겸손하게 말했다.

"네. 내일 뵙겠습니다." 선심이 일어서서 고개를 숙이면서 말했다.

"지금 상태 어떠신지 다시 한번 확인할게요. 지금 여기가 어디인가요?"

"공공 의료원 정신 건강 의학 병동입니다."

"여기 어떻게 오셨죠?"

"제가 몸을 못 가눠서 딸이 집사람 차에 태워서 응급실에 데려갔는데 응급실에서 알코올 중독자는 치료해줄 수 없다고 쫓아내려고 할 때 선생님이 저를 보고 여기에 입원할 수 있게 해 주셨잖아예."

"다 기억하시네요. 팔 뻗어보세요." 진국이 힘겹게 두 팔을 뻗었다.

"아직 흔들리네요. 지금 기분이 어떠세요?"

"좋지도 싫지도 않습니다."

"여기 오셨을 때 알코올 농도가 350이 넘었다는 얘기도 기억나시죠?"

"네. 기억납니더."

"술은 언제부터 그렇게 많이 드시기 시작하셨어요?"

"여름 들어서부터 딸이 제가 운영하는 마트에 잘 안 오더라고예. 집사람은 가게가 바빠졌다고 집에 들어온 날이 거의 없고예. 제가 쓸쓸해 보였는지 마트 손님 몇 명이 마트에 와서 같이 술 마시자고 매일 같이 찾아와서 그때부터 마시기 시작했습니다."

"술을 드시고 나면 어떤 기분이 드셨어요?"

"피가 끓는 것 같아서 좋았습니다."

"술을 드시면 앓고 계신 질환이 더 심해져서 위험할 수도 있다는 생각은 안 드셨어요?"

"제가 걸린 병이 더 심해져서 죽으면 좋겠다는 생각으로 마시기도 했습니더. 딸이나 집사람한테는 이제 제가 필요 없는 것 같았고, 제가 살 이유가 없다고 느껴져서예."

"따님이나 배우자분이 아니면 환자분의 삶은 의미가 없다고 느끼셨다는 건가요?"

"네. 집사람 만나서 지금까지 살아온 이유가 가족들 먹여 살리려고 그랬던 것뿐인데 가족들은 알아서 다 잘 살고 있더라고예."

"가족 분들과 환자분을 분리해서 생각해 보신 적은 한 번도 없으시구요?"

"네. 없습니다."

"지금 뭐가 제일 하고 싶으세요?"

"없습니다."

"지금 뭐가 제일 필요하세요?"

"없습니다."

"지금 뭐가 제일 불안하세요?"

"제가 마트 하면서 모은 돈이 여기 병원비로 다 나가서 딸 등록금을 다 못 내줄 것 같아 걱정됩니다."

"지금 어떤 생각이 드세요?"

"제가 죽고 나면 가족들한테 남겨줄 돈이 얼마 안 돼서 가족들이 챙길 수 있는 게 많지 않을 것 같아서 미안한 생각만 드네예."

"환자분 안 죽으세요. 걱정 마시고 일단 오늘은 여기까지 하는 게 좋을 것 같습니다. 지금 맞고 계신 링거랑 추가로 영양제 같이 넣어 드릴게요. 밤에 금단 현상이 찾아와서 헛것이 보이거나 환청이 들릴 수도 있으니까 그런 증상이 시작되는 것 같으면 바로 의료진 호출해주세요. 간호사 선생님 보호자 분 불러주세요." 담당의가 침착한 어조로 간호사를 불렀다.

-

공공 의료원 정신 건강 의학과 격리 병동은 19층으로 다른 병동보다 높은 곳에 위치해 있었다. 병동은 병원 건물의 한 층을 전부 다 사용했다. 병원의 규모는 병동 창문에서 보이는 앞쪽 오피스텔 건물보다 커 보였다. 찬은 웬만한 학교 운동장 크기는 되어 보이는 드넓은 휴게 공간과 전면이 통유리로 되어 있어 한쪽에서는 북한산 경치를, 한쪽에서는 한강 경치를 구경할 수 있는 장관에 입이 다물어지지 않았다. 그가 휴가 때 가본 동남아 특급 호텔에서도 이런 경치를 구경해 본 적이 없었다. 그는 그곳이 병원인지 호텔인지 구분할 수 없을 정도였다.

"서울 시내에서 이 정도 높은 층에 이 정도 경치 볼 수 있는 방 얻으려면 하루에 몇 십만 원은 내야 할 건데 건강 보험료 적용 확대돼서 일박에 몇 만 원이라면서요? 아버지가 생각하는 것보다 아버지는 운이 따르는 편이에요. 2인실인데 입원 내내 혼자 쓰잖아요. 눈만 뜨면 보이는 곳이 푸른 하늘에 초록이 가득한 산이라니 얼마나 좋아요?" 찬이 병실로 들어서며 말했다.

"어, 니가 여기까지 어쩐 일이고, 학교는?" 진국이 침대에서 일어났다.

"오늘 토요일이잖아요. 찬미 말처럼 아직 정신이 왔다 갔다 하시나 보네."

"몇 날 며칠 병원에만 있어봐라. 무슨 요일인지 알 필요가 없다." 그는 아들을 보자 기분이 좋아진 듯했다.

"제가 병원을 많이 다녀본 건 아니어도 여기는 진짜 좋네요. 저거 봐요. 저기 서울 타워까지 보이잖아요."

"그래. 경치 하나는 끝내준다. 생전 못 누려보던 호사를 정신병원에 입원해서 누린다고 찬미가 놀리더라."

"찬미가 맞는 말 했네요. 여기가 마트에 있는 것보다 훨씬 나을 거 같은데요. 아침, 점심, 저녁 영양가 있는 밥 제 때에 나오지. 마트는 더운데 여기는 아버지 마음대로 에어컨 온도 조절해서 시원하게 있을 수 있지. 환자복 더러워지면 새 옷으로 교체해주지. 병동 안에 보니까 그림 그리는 곳도 있고 노래 부르는 곳도 있고 운동하는 곳도 있고 뭐 좋은 건 다 모여 있던데요."

"맞다. 처음 입원했을 때는 아무 생각이 없었는데 링거 빼고 병동 안에서 여기저기 다녀보니까 할 게 많더라."

"뭐가 그렇게 힘들어서 술을 그렇게나 드셨어요?" 찬이 보호자용 간이침대에 앉으며 말했다.

"몰라. 그냥 다 힘들었다."

"경찰서에서 엄청 우셨다면서요."

"몰라. 그냥 눈물이 났다."

"법원 판결 앞두고 또 혼자 있는 게 무서우셨던 거죠?" 찬이 취조하듯 물었다.

"몰라, 그런 것도 같고……"

"아버지 계속 이렇게 얘기 안 하실 거면 저 그냥 가요. 저 여기 KTX 타고 왔어요. 아버지가 제일 싫어하는 돈 낭비하는 꼴 보고 싶지 않으면 저랑 얘기라도 해요." 찬이 물러서지 않겠다는 듯 말했다.

"그래. 내가 큰 죄지은 것도 아닌데 경찰서에 가서 사정하는 것도 자존심 상했고 저번처럼 또 법원 판결 기다리면서 혼자 속 끓이는 게 너무 힘들었다. 엄마랑 니 동생은 그때나 지금이나 아부지 옆에 있어줄 생각은 안 하고 내가 어떻게 되든 말든 신경도 안 쓰는 게 그렇게 속이 상했다."

"그렇다고 병 있는 사람이 그렇게 술을 먹는 게 어딨어요. 막말로 아빠 뇌경색 재발했으면 지금 침대에서 일어나지도 못하셨을 거 아니에요."

"그때는 그런 거 하나도 안 무서웠다. 그리고 니, 니 얘기 막내 고모한테 들었다. 아부지한테 말할 생각은 있었나?" 찬이 가장 두려워하는 순간을 마주하고 있었다.

"저번에 한라산 갔을 때 얘기하려고 했어요. 아버지가 어떻게 생각하시든 저는 이렇게 살고 있고 제 자신을 원망하거나 제가 왜 다른지 탓해 본 적 없어요. 저는."

"니 결혼식은 보고 가려고 지금까지 버텼는데 고모한테 니 얘기까지 들으니까 세상이 무너진 것 같더라. 기가 차서 눈물도 안 나오고……"

"저도 결혼하려고 하면 할 수 있어요. 제가 만나는 친구 캐나다 시민권자예요."

"나는 손자도 못 본다 아이가." 진국이 감정에 북받치는지 입술을 깨물면서 말했다.

"손자 볼 수 있어요. 그만큼 세상이 좋아졌어요." 찬이 담담하게 말했다.

"결혼한다 해도 캐나다 가서 하면 내가 지금까지 결혼식장 다니면서 부조금 낸 거는 다 어떻게 거두겠노."

"찬미 있잖아요."

"나는 찬미가 만나는 사람이랑 결혼하는 꼴은 못 보겠다."

"아빠, 나이가 무슨 상관이에요. 교수님 우리나라에서 꽤 저명한 사람이고 찬미한테 잘해요. 아빠한테도 잘하는 거 아빠가 봤잖아요. 그분 직업을 떠나서 사람 됨됨이부터 달라요. 좋은 사람 만나서 잘 살면 되지. 나이, 성별 그런 게 뭐가 그렇게 중요해요. 아빠가 받아들이세요. 아니면 방법 없어요."

"그게 말처럼 쉽나. 내가 살아온 내 인생이 있는데, 나는 평범한 거에도 못 미치는 그런 사람인데 내가 어떻게 세상 밖에 사는 니들을 오냐, 하고 쉽게 받아들일 수 있겠노. 친구들이나 친척들한테는 뭐라 할 거고."

"남들은 신경 쓸 필요 없어요. 사람들 말 하나하나에 휩쓸려 살면 이 세상 못 살아내요. 처음에만 수군거리고 말 거예요. 저나 찬미가 죄를 지은 건 아니잖아요. 저는 세금도 잘 내고 법도 잘 지키고 살았어요. 남한테 피해 준 거 없어요. 아빠도 아시잖아요. 제가 조금 다르다고 해서 그걸로 아빠한테 뭐라고 하는 사람들이면 그 사람들이 잘못된 거 아니에요?"

"니는 참 말은 잘한다. 아부지는 살면서 나이 들어서 정신병원에 입원할 거라고는 상상도 해본 적 없는데, 내 아들이 사회 구성원으로 인정 못 받고 살 거라고는 더 상상해본 적이 없다. 니 한 번 입장 바꿔서 생각해봐라. 아부지 불쌍하지도 않나?"

"아버지가 가장으로서 고생하신 거 잘 알아요. 근데 저는 어쩔 수 없어요. 그냥 받아들이셔야 돼요. 정작 그렇게 살고 있는 저는 어떨 거 같으세요?" 진국은 말문이 막혀 아무 말도 할 수 없었다.

"제가 할 말은 다 했으니까 이제 가볼게요. 여기 들어올 때 시간 많이 걸리던데 나갈 때도 시간 많이 걸리는 거죠? 찬미랑 엄마가 본의 아니게 고생하겠네요. 아버지가 마음을 여시면 저랑 같이 캐나다 가서 살아도 돼요. 제가 모시고 갈게요. 그동안 마음 편하게 쉰 적이 없으실 테니까 여기 입원해 있는 동안이라도 마음 편하게 쉬면서 아버지 삶을 잘 돌아보고 들여다보세요. 전화할게요." 찬은 진국이 가장 좋아하는 검정콩 두유 한 상자를 진국의 침대 맡에 두고 병실 문을 열고 나왔다.

"저희 병동이 정신 건강 의학과여도 환자분 상태가 나빠서 다른 과랑 협진을 했어요. 현재 간 기능이 많이 저하돼서 이 상태에서 술 더 드시면 간 이식하셔야 할 수도 있어요. 아직 암모니아라는 독소가 완전히 다 빠진

게 아니어서 저희가 챙겨 드리는 약 거르지 마시고 잘 챙겨 드셔야 하고요. 췌장도 제 기능을 못해서 병원 외래에 정기적으로 오셔야 되세요. 내분비 내과, 소화기 내과, 신경과 그리고 저희 정신 건강 의학과까지 총 네 군데니까 시기마다 잘 모시고 와주세요. 알콜성 치매가 진행될 수도 있으니까 절대로, 절대로 술 드시면 안 되세요. 혹시 생활하다가 손이나 팔다리에 마비가 오는 것 같거나 말이 어눌해지는 것 같으면 바로 119 불러서 응급차 타야 됩니다. 퇴원 후 안내 사항은 이 종이 드릴 테니까 한 번 더 챙겨보세요." 담당 의사가 말했다.

"사람 생명이라는 게 핸드폰 전원 꺼지듯이 그렇게 쉽게 꺼지는 게 아니야. 내가 그렇게 신신당부를 했는데 어떻게 그걸 못 이겨내고 몸을 이 지경을 만들어?"

선심이 퇴원 안내서에 사인을 하며 짜증스럽게 말했다.

"그래도 여기 계시는 한 달 동안 계속 개인 상담하고, 집중 치료하면서 많이 밝아지셨어요. 처음에 들어오셨을 때 눈에 초점이 없어서 치료를 못 받아들이진 않을까 저희도 걱정이 많았는데 생각 외로 잘 따라오시더라고요. 조금 다르게 얘기하면 병원 치료 때문에 좋아졌다는 것 보다는 스스로가 완전히 자신의 밑바닥까지 갔기 때문에 죽을힘을 다해서 삶의 의지를 피워내신 것일 수도 있어요. 환자분도 그렇지만 다른 사람들도 다 고통은 겪고 살잖아요. 정도의 차이인 거죠. 그럼에도 사람들은 그 생을 견뎌내고 살아내잖아요. 저는 그런 인간의 의지가 인간을 존엄하게 만든다고 생각합니다. 이제 병원 나가면 그동안 못해 본 것도 많이 해 보시고, 가족이 아니라 자신 먼저 챙기면서 살면 좋겠습니다." 담당 의사가 얘기했다.

"선생님 정말 감사합니다. 저희 아빠 살려주셔서 정말 감사합니다."

"제 일인 걸요. 환자분 마지막으로 한 번만 더 여쭤볼게요. 지금 가장 하고 싶은 일이 뭐예요?" 의사가 웃으며 물었다.

"마트 문 열고, 손님 받고 싶습니다."

"확고하신 거죠?"

"예. 돌아갈 깁니더."

"식사랑 약 잘 챙겨 드시고 다음 외래 진료 때 꼭 오셔서 저나 선생님 뵙고 가세요. 안녕히 가세요." 선심과 찬미는 진국의 짐을 나눠 들었다. 담당 의사는 특수 출입 카드로 3개의 문을 하나하나 열어주었다. 선심은 먼저 나간 자신의 남편을 바라보았다. 자신을 지켜주겠다던 젊은 날의 진국은 지난 세월 내내 선심보다 앞서 걸으며 호위무사처럼 그녀를 지켰다. 듬직하던 그의 뒷모습이 왜소해져 있었다. 그녀는 진국을 처음 만났을 때부터 지금까지 한 번도 먼저 안아준 적이 없었다. 하지만 쪼그라든 그의 등짝을 보니 처음으로 그를 안아주고 싶다는 생각이 들었다.

-

"어서 오이소." 진국이 자리에서 일어나 인사했다.

"나 우유 하나." 보라색 패딩을 입은 할머니가 마트 문 앞에 서서 진국에게 얘기했다.

"예. 우유 값이 올라서 2700원입니다." 그가 우유를 가져오며 말했다.

"그놈의 물가 맨날 오르기만 하고, 먹고 살기는 갈수록 힘들어져." 할머니가 100원 오른 우유 값에 성냈다.

"뭐 지금만 그렇겠습니꺼, 늘 그래 왔지예. 이미 오른 건데 화내신다고 뭐가 달라지겠습니꺼, 그냥 그러려니 하이소. 100원밖에 안 올랐으니 다행인 거 아닙니꺼." 진국이 할머니를 달래며 말했다.

"그래. 내가 화내서 뭐하겠어. 여기 2700원. 봉지는 됐어." 할머니가 등 뒤로 메는 작은 가방에 우유를 집어넣으며 마트를 나섰다.

"저 할머니는 몸도 건강하신데 왜 항상 아빠한테 물건 가져오라고 시켜? 그리고 우리 우유 팔아서 200원 남는 건 모르시나? 왜 우리한테 화를 내." 찬미가 또 손님에 대한 불평을 시작했다.

"니는 손님 올 때마다 불평하는 것 좀 고마해라. 니도 아부지 병원에서 보던 특수 제작 다큐멘터리 계속 봐라. 니는 심리상담사 될 거라고 하는 아가 성격이 그래서 나중에 일은 어떻게 하려고 하노. 선생님 말씀 봐라. 다 마음이 만드는 거라고 안 그러나, 니가 마음을 곱게 먹으면 손님이 어떤 행동을 하든 간에 불평할 필요가 없을 거 아니가."

"내가 아무리 마음을 곱게 먹어도 손님이 진상 부리면 화나는 건 인간이기 때문에 어쩔 수 없거든."

"진짜 니는 큰일이다. 나이는 계속 먹고 갈수록 니 고집만 세져서는……"

"누구 닮아서 이럴라고?" 찬미가 웃으며 말했다.

"네. 나눔 마트입니다." 진국이 컴퓨터 옆에 있는 네모난 황금색 전화기의 수화기를 들었다.

"예. 물 큰 거 6개 팩이랑, 사과 한 바구니, 냉동 만두 하나 지금 바로 갖다 드리겠습니더."

"이번에는 어디야?" 찬미가 짜증스러운 말투로 물었다.

"산 입구 앞에 빌라."

"엄청 가파르게 올라가야 하잖아. 아빠도 무거운데 다른 때는 우리 마트에서 물건 사는 사람도 아니면서 그 아줌마는 사람이 왜 그럴까 정말, 평소처럼 큰 마트에서 배달을 시키든가 아빠도 그런 거는 좀 안 된다고 말하거나, 아니면 다른 마트처럼 삼만 원 이상 되어야 배달해준다고 해. 아빠는 걸어가야 하잖아."

"운동하는 셈 치면 되지 동네 사람들인데 그 정도는 해 줘도 된다."

"아빠가 좋게 생각하는 건 좋은데 내가 볼 때는 여전히 답답하단 말이야 이용당하지 말란 말이야. 사람들한테 좀!"

"이용당하는 게 어딨노. 내가 좋아서 하는 긴데, 내가 좋아서 해주는 거면 선행이다. 선행. 니가 말하던 선행!" 진국은 마트 안에 있는 창고 방에 들어가 1.5리터 물 6개가 든 팩을 왼손에 들고 나왔다. 그리고 마트 앞 가판대에 있는 짙은 다홍빛을 띠는 부사를 챙겨 봉지에 담았다. 그는 다시 밖으로 나가 냉동식품 냉장고에서 한창 인기가 좋은 냉동 만두 하나를 들고 마트로 들어왔다. 그는 가격을 찍고 영수증을 챙겼다. 잦은 배달 덕분에 물건 가격을 뺀 잔돈을 챙기는 것도 잊지 않았다. 진국이 찬미에게 말한 후 문을 나섰다. 10월 하순이 되니 오후 여섯 시가 넘기도 전에 해는 이미 넘어가고 없었다. 진국은 자신의 돈으로 자신이 처음으로 구입한 청록색 점퍼를 입고 있었다. 그는 청록색을 가장 좋아했는데 그의 옷을 사던 선심과 찬미는 늘 그 사실을 까먹고 회색이나 남색 옷을 사주고는 했다.

"배달 왔습니더."

"네. 여기까지 올라와 주셔서 감사드려요. 이 가격 맞죠?"

"예. 맞습니더. 감사합니더."

밖으로 나오자 진노랑으로 옷을 갈아입은 은행나무들이 가로등 불빛에 반짝이고 있었다. 선심이 그에게 마트를 찾았다며 통보하던 때가 춘분이었는데 어느덧 농사를 마무리하는 때인 상강이 다가오고 있었다. 그는 무거운 물건들을 이고 오르막을 오르던 것과 달리 한결 가벼운 상태로 내리막을 내려갔다. 올라갈 땐 15분이 걸리던 시간이 내려올 땐 5분밖에 걸리지 않았다. 그는 담당 의사가 하던 말들을 머릿속에 계속 떠올렸다. 인생살이는 생각보다 공평해서 어렵고 힘든 길을 지나고 나면 수월한 길도 찾아온다는 말이었다.

—

"오늘은 뭐 먹을 거야?" 찬미가 물었다.

"된장찌개나 끓여 먹자." 진국이 마트 식품 구역에서 판매하는 재래식 된장을 집어 주방 겸 방으로 들어왔다.

"내가 채소 꺼낼게." 진국은 찬미가 가져온 채소들을 씻은 뒤 껍질을 깎고 선심에게 배운 대로 깍두기 모양으로 네모반듯하게 썰었다.

"오, 이제 제법 폼 좀 나는데." 진국은 병원에서 나온 후로 스스로 음식을 해 먹기 시작했다. 선심이 반찬을 가져다 줄 때도 있었지만 간단한 국과 반찬은 선심에게 배워 스스로 해 먹었다. 막상 음식을 하고 보니 요리라고 하는 것이 생각보다 재밌는 일이라는 것도 배우게 되었다.

"아빠, 오늘은 우리 교수님이랑 같이 가는 거야?" 옆에서 된장을 풀던 찬미가 물었다.

"어. 오늘은 윤 교수랑 가는 날."

"운동해보니까 어때? 땀 흘리고 움직이니까 좋지?"

"생전 안 하던 거를 하니까 어렵기는 하다만, 할수록 조금씩 느는 것 같아서 그 재미가 있는 것 같네."

"교수님이 잘 맞춰 주시지?"

"그래. 윤 교수가 있으니까 그나마 더 편하게 가는 것도 있지."

"이따 몇 시에 가?"

"오늘 화요일이니까 9시에." 진국은 자신이 썰어둔 채소를 냄비에 가득 넣었다.

"아빠, 두부. 두부."

"어서 오이소."

"안녕하세요. 사장님 오늘은 그 과자 들어왔어요?" 며칠 전부터 신제품 과자를 찾던 젊은 남자 손님이었다.

"예. 안 그래도 기다렸습니다. 오늘 저녁에 다시 온다고 하셔서 낮에 들어온 거 보고 계산대 옆에 바로 빼놨습니다." "하하. 역시 사장님 센스가 좋으시네요. 아니 얼마나 맛있으면 과자 대란이 일어나서 내 돈 주고 사 먹을 수도 없었는지, 제가 먹어봐야겠어요." 손님은 기분이 좋은지 맥주 6팩을 가져와 계산대에 올려놓았다.

"오늘 평일인데 팩 드시네예. 과자 들어와서 진짜로 기분이 좋으신가 봅니다. 좋아하시는 거 보니까 저도 기분 좋네예." 진국은 왼손으로 팩을 잡아 든 후 팩 밑에 있는 바코드를 찍었다. 오른손으로는 튼튼한 검정 봉지를 꺼내 열어둔 후 맥주를 넣고 과자를 넣었다.

"여기 카드로 할게요." 진국은 컴퓨터 화면에서 카드라고 적힌 단어를 손가락으로 눌렀다. 연동되어 있는 카드기에서 연두색 불이 켜지고 띠 하는 소리가 나자 카드기에 카드를 꽂아 넣었다. 포스기 사용이나 카드기 사용이 익숙하지 않아 손님들이 카드를 내밀 때마다 식은땀을 흘리던 진국이 이제는 손쉽게 기계를 다루었다.

"사장님 근데 저거 스쿼시 라켓 아니에요?" 손님이 계산대 옆 공간에 세워져 있는 스쿼시 라켓을 보고 물었다.

"예. 맞습니다. 바로 아는 거 보니까 손님도 스쿼시 치는가 보네예."

"여기 역 뒤에 있는 스포츠센터 10층에 가서 배우고 있어요."

"저도 거기서 배웁니다."

"근데 한 번도 못 뵈었네요. 배운 지 얼마나 되셨어요?"

"이제 한 달 조금 넘었습니다. 아직 백핸드 배웁니다."

"백핸드면 게임하시겠네요. 다음에 센터에서 뵈면 한 게임 같이 해요." 젊은 손님은 과자에 더불어 게임 얘기에 기분이 더 들뜬 듯 보였다.

"예. 제가 연습을 조금 더 해보겠습니다." 진국이 멋쩍게 웃으며 대답했다.

"안녕히 계세요."

손님 응대 시간이 길어지자 찬미가 이미 밥을 준비해 놓고 있었다.

"아빠 운동 가야 되니까 오늘은 내가 차렸다. 두부 없이 그냥 먹고 어서 운동 가."

"오냐, 고맙다."

"근데 아빠 왼손 쓰는 거 좀 익숙해진 거 같지 않아?"

"어. 라켓도 왼손으로 잡아서 쓰고 글씨도 일부러 왼손으로 써보고 있다."

"진작부터 왼손 쓰는 거 연습 좀 할 걸, 오른손 불편하다고 그걸 불편한 상태로 놔두고 살았으니 그동안 아빠는 아빠대로 얼마나 답답했을까 싶다. 그래도 아빠가 애면글면했던 게 감사하게 여겨져." 부녀는 좁은 방 안에 작은 상을 펴 놓고 그들이 함께 끓인 된장찌개와 진국이 쌀을 안쳐 만든 흑미 밥을 먹었다. 식사를 마친 진국은 그릇을 싱크대로 가져 가 바로 씻어 놓았다.

"우리 아빠가 이렇게 변한 게 신기하면서도 무섭고, 감사하면서도 웃기고 그렇네."

"니는 맨날 아부지 놀리는 맛에 살제." 진국이 웃음을 띤 어조로 딸의 장난을 받아주었다.

"이제 운동복 챙겨서 나가. 시간 남으면 오빠야가 말한 대로 준비운동 먼저 많이 해놓고 코트 안에서 연습 좀 더 해." 윤 교수와 함께 스쿼시를 쳤던 찬미가 운동 선배로서 조언했다.

"오냐. 아부지 나간다. 마트 잘 보고 있어라." 진국은 집에서 가져다 놓은 스쿼시 복과 운동화를 챙겨 뒤로 메는 가방에 넣어 넣었다. 그리고 방에서 나와 계산대 옆에 놓아둔 라켓을 챙겼다.

"이 사장, 이 사장, 나랑 술 한 잔만 하자. 나 왔어. 나."

"최 전무님 오셨습니꺼." 진국이 마지못해 인사했다. 부녀가 좋아하지 않는 은퇴한 대기업 중역이었다. 자신은 여전히 전무라며 스스로를 전무님이라고 부르게 했다.

"최 전무님이시네. 죄송하지만 저희 아빠 지금 운동 가셔야 해서 같이 술 못 드세요. 그리고 술 드시고 싶으면 혼자 드세요. 저희 아빠 아직 환자여서 술 마시면 안 돼요." 마트 방 안에서 그릇을 씻던 찬미가 소리를 듣고 나와 말했다.

"싹수없는 계집년이 오늘도 나를 무시하네." 최 전무는 찬미에게 삿대질을 하며 욕설을 지저귀기 시작했다.

"제가 어떻게 감히 최 전무님을 무시하겠어요. 진정하시고 여기 의자에 잠시 앉으세요. 제가 물 좀 드릴게요." 찬미가 최 전무를 달래며 진국에게는 가라는 손짓을 했다.

"이 사장, 어디 가아. 여기 내 옆에 잠깐만 있어 봐. 이 사장은 내가 얼마나 서러운지 알 거 아냐. 내가 회사에 있을 때는 찍소리도 못하고 설설 기던 것들이 지금은 나를 무시하고 나한테 막 대해. 서러워도 이렇게 서러울 수가 없어." 최 전무는 관심이 필요한 아이처럼 소리 내어 서러운 울음을 터트렸다.

"최 전무님. 진정하세요. 물 좀 드세요." 찬미가 유치원 선생님이 된 듯 그를 달랬다.

"전무님. 원래 세상이 그렇다 아닙니꺼. 감투 쓰고 있을 때는 감투만 보고 와서 간도 쓸개도 다 줄 것처럼 굴다가 그거 벗으면 다들 본모습을 보이는 겁니더. 모든 사람들이 다 그럴 긴데 너무 서러워하지 마이소. 제 친구도 대기업 다니다가 은퇴하고 지금 관리소장 하는데 대접받는 게 다르니까 많이 힘들어하긴 하더라고예."

"사는 게 뭐야, 이 사장. 정말로 나는 열심히 일만 하고 살았는데 내가 나이 들었다고 자리에서 쫓겨나고 이제는 대접도 못 받고 마누라도 나를 안 챙겨줘. 이 사장 말고는 나한테 잘해주는 사람이 아무도 없어."

"전무님은 그래도 오랫동안 일을 하셨죠. 저 같은 젊은 여자는 나이 서른만 넘어도 나이 많다고 자리에서 쫓겨나요. 뭐, 저는 비정규직이었으니까 비할 바도 못 되겠지만 그동안 많이 벌고 잘 사셨으면 물러나서 양보할 줄도 알아야죠. 그거 다 가지고 계시면 다른 사람들한테는 기회가 안 가잖아요. 그리고 지금 대접 못 받는 거 때문에 너무 억울해하지도 마세요. 전무님이 자리에 계실 때는 전무님 밑에 사람들 무시 안 하셨어요? 원래 모든 만물은 시간의 흐름에 따라 변하게 되어 있잖아요. 저희 아빠 말처럼 다들 감투 보고 따라가는 거죠. 근데 그 감투가 뭐 영원해요? 늘 상황과 상태는 바뀌기 마련인데 왜 그 변화를 못 받아들이시고 그렇게 혼자 세상의 모든 고통 다 짊어진 사람마냥 아파하고 억울해하는지 모르겠어요. 원래 인간 세상이 그런 거 아시잖아요. 그냥 현재를 받아들이세요. 과거랑 계속 비교하지 말구요. 그리고 저희 아빠 지금 늦어서 나가야 하니까 죄송하지만 좀 보내 주세요." 찬미가 참아왔던 말들을 오장육부 깊숙한 곳에서부터 끄집어내 가래 뱉듯 뱉었다. 진국이 병원에서 돌아오고 나니 그전에 진국을 괴롭히던 가짜 중도, 완용도, 권 실장도 흔적을 감춘 상태였다. 진국이 힘들게 번 큰돈이 그냥 날아갔으나 찬미는 그들이 안 나타나는 것만으로도 기쁘다며 좋아했다. 하지만 그녀의 기쁨도 잠시 지난달부터 최 전무라는 사람이 매일 마트에 들렸고 진국이 그를 받아주자 최 전무는 진국에게 의지하고 집착하기 시작했다.

"싹수없는 계집년, 내가 다시 여기에 오나 봐라. 건방진 년, 아빠를 반이라도 닮아 봐. 퉤." 찬미의 말에 기분이 상한 최 전무가 마트에 침을 뱉었다.

"제 딸이 틀린 말 한 것도 아닌데 욕은 왜 하십니꺼, 그동안 계속 제 딸한테 년년 거리는 게 너무 불쾌했는데예. 이제는 저도 못 참겠네예. 다시는 오지 마이소." 진국이 처음으로 자신의 딸 편에 서서 손님에게 대들었다.

"천한 것들 불쌍해서 잘해줬더니 은혜도 모르고 사람을 우습게 봐." 최 전무는 눈물범벅이 된 상태로 부녀를 째려보며 상스러운 말을 해댔다. 그는 자기가 베푼 선행이 자신의 뒤통수를 치는 부메랑이 되어 돌아왔다는 듯 억울해하며 어깨를 축 늘어뜨렸다. 그가 마신 술이 그의 뇌기능을 더디게 하여 중심을 잡지 못하고 비틀비틀거리자 그는 자신의 몸 덩어리마저 자신을 무시한다며 소리를 질렀다. 진국은 아무 말 없이 그에게 다가가 그의 팔을 자신의 허리에 대고 마트 문 밖으로 데리고 나갔다.

"아빠, 조심히 잘 데려다 드려."

"오냐, 데려다 드리고 바로 운동 간다." 진국이 가방과 라켓을 챙기며 말했다. 진국은 마트 바로 옆에 있는 최 전무의 집 대문에서 벨을 눌렀다. 그의 아내가 익숙하다는 듯 문을 열고 나왔다.

"아유, 감사드려요. 이 사장님. 매번 이렇게 부축해서 데려다주느라 힘드실 텐데 정말 감사합니다. 조심히 가세요."

"괜찮습니더, 바로 옆인데예. 안녕히 계시소." 진국은 최 전무의 집에서 나와 마트 쪽으로 방향을 틀었다. 마트는 길 입구에 위치해 있어 동네 사람 모두가 마트를 지나가야 했다. 그는 마트 쪽으로 몇 걸음 움직이다가 그 자리에 멈춰 섰다. 그의 앞에는 대기 중인 차가 있어 움직일 수가 없었다. 마트가 있는 동네 길은 오래된 동네라 길이 좁았다. 두 대의 차가 지나갈 수 없는 좁은 길은 차 한 대가 밑에서 오고 있으면 위에서 오던 차는 옆으로 바싹 붙어야 했다. 그러면 먼저 온 차가 지나갈 수 있었다. 지하철을 타고 내릴 때 사람들이 먼저 내린 후에 타는 것처럼 차가 지나가는 것에도 순서가 있었다. 차가 기다려야 하는 상황에서는 사람도 기다려야 했다. 진국은 그 순간을 기다리다 무심결에 고개를 젖혀 하늘을 올려다보았다. 그가 기대하지 않았던 황홀한 별바다가 그를 경이로움으로 이끌었다. 그는 살면서 한 번도 이렇게 많은 별을 본 적이 없다고 생각했다. 그러나 다시 생각해보니 사실은 별을 보기 위해 고개를 젖혀본 적이 한 번도 없었다는 것을 깨달았다. 아름다운 자연 풍경을 보는 일과 좋은 날씨를 만끽하는 일은 공짜로 누리는 것이 아니라, 고통스러운 삶을 인내하는 대가로 선사받는 하늘의 축복이라 말하던 윤 교수가 생각났다. 진국은 어서 그를 보러 가고 싶어 졌다. 차가 지나가자 진국이 몸을 움직였다. 세 걸음을 걸은 후 그는 마트의 대각선에서 닫혀 있는 마트 문을 보았다.

'외상은 절대로 안 됩니다.'

'미성년자에게는 절대로 술을 팔지 않습니다.'는 문구가 투명한 유리문에 차례대로 붙어 있었다.

글을 마치며

 사람들은 모두들 저마다의 삶과 투쟁하고 있으니 사람들에게 따듯하게 대하라는 노르웨이 드라마의 인용구가 머릿속을 채웠습니다. 나만 고통스럽고, 나만 힘들다는 건강하지 못한 마음이 부끄러워졌습니다. 생각을 바꾸고 마음을 바꾸니 제게 가장 가까운 가족들이 보였고, 가족이기 때문에 무관심하고 무신경했던 제 잘못들이 제 삶을 되돌아보게 하였습니다. 내가 아픈 만큼 그들도 아팠고, 내가 외로웠던 것만큼 그들도 외로웠습니다. 그들 또한 인간이기 때문입니다. 가족뿐만 아니라 많은 사람들이 그럴 것이라고 감히 생각하고 있습니다. 세상에는 이해와 사랑이라는 온기가 필요하다고 생각합니다. 그 이해와 사랑이 닳아 없어지는 것이 아니라는 사실은 더할 나위 없는 환희이자 축복입니다. 만물이 무한하게 나눌 수 있는 그 삶의 축복을 나누며 살아가는 것이 생명이 탄생하는 이유이고, 생명이 살아가는 이유라는 것을 저는 깨달았습니다. 미국 천문학자의 말처럼 인간은 우주먼지만큼 미미한 존재일지도 모르겠습니다. 하지만 저는 살아가는 동안 이 생을 에워싸고 있는 사회에 미약하게나마 이해와 사랑이라는 온기를 전하고 싶습니다.

 하여 이 책이 누군가에게 조금이나마 위안과 위로가 되길 소망해 봅니다.

고통스러운 시간을 견뎌내며 묵묵히 부모로서의 역할에 최선을 다하고 계신,
이 땅 위의 부모님들께 제일 먼저 감사 인사를 전하고 싶습니다.

글쓰기를 정식으로 배운 것이 아니라서 많이 어설프고 많이 부족함을 압니다. 갖추어진 문법을 따르지 못했고 일반 소설 유형에서 보이는 단어들을 많이 사용하지 못했습니다. 그래서 평생 꿈꾸던 생에 첫 책에 미련과 아쉬움이 많이 남습니다.

책을 읽어주신 분들께 온 마음을 다해 감사의 뜻을 전합니다.
따스한 햇살 아래에서 우리는 모두 환하고 아름다우며 눈이 부실 만큼 빛이 납니다. 늘 우리 곁에 있는 해와 함께 찬란한 하루, 하루를 보내시기를 희망합니다.

2019년 가을의 끝자락에서 이 선 비 드림.

책을 내는 것이 평생의 소원이었던 필자는 부끄러움을 무릅쓰고, 제가 이 세상에 남아 있을 수 있게 제 손을 잡아주셨던 분들을 적어보고 싶었습니다. 제가 건강하게 살아갈 수 있게 다독여주시고 위로해주신 시절인연 분들이 아니었다면 이 책은 세상에 나오지 못했을 것입니다. 진심으로 감사드립니다.

김국환님, 김규식님, 김기숙님, 김미연님, 김미혜님, 김봉은님, 김아란님, 김영권님, 김용순님, 김웅님, 김예영님, 김준기님, 김지영님, 나지은님, 마준영님, 박기영님, 박명준님, 박미리님, 박이슬님, 박정우님, 박정윤님, 박정금님, 박지애님, 박현정님, 박휘린님, 배영선님, 배진영님, 배형준님, 성지나님, 송영숙님, 송치용님, 신우용님, 신주수님, 양승호님, 양정화님, 연명흠님, 유경근님, 유니나님, 유혜리님, 윤홍인님, 오령희님, 이건영님, 이수연님, 이송아님, 이요한님, 이원준님, 이혜련님, 이혜영님, 임채호님, 장정란님, 장현선님, 정기련님, 정동욱님, 정애경님, 정은경님, 정의순님, 정주리님, 정휘원님, 조민호님, 조은별님, 주진우님, 최소영님, 최선혜님, 한주섭님. 함주광님. 홍미경님. 문광 식구분들과 마두 식구분들 모두 감사합니다.

Booking books에 참여해주신 모든 분들께도 진심으로 감사드립니다.

Aaron, Anton, Dale, Gavin, Sander, Tyler.

AND WILL.

I met a person in this process of publishing this book.
I would like to thank this person for his innocence, passion, and intelligence, all of which brought out my own beautiful madness.

마지막으로 평생 아낌없이 지원해주시고, 믿어주시고, 지지해주신 부모님과 형제에게 말로 다 표현할 수 없는 깊은 감사를 전합니다.

나는 그녀에게 이 책을 전해 받았다. 내게 책을 선물해 준 그녀는 시애틀에 살고 있는 한국인 유학생이었다. 우리는 요가 수업에서 만났.

그녀는 책에 적힌 내 이름과 국적을 보고 나에게 그 프로그램에 참여한 적이 있는지 물었다. 나는 우리들의 이야기가 다큐멘터리로 촬영되고 있다는 사실을 알았지만 책 속에 담길 것이라고는 예상하지 못했다.

나는 한국어를 할 수 있기 때문에 책을 읽는 것은 어렵지 않았다. 하지만 나는 아버지를 원망하며 살아와서 처음에는 책에 공감할 수 없었다. 심지어 아버지가 죽었다는 소식을 들었을 때도 내 감정은 그리 동요하지 않았다. 나 역시 중독이라는 것에 대해 알지만 아버지의 중독은 내가 아는 중독보다 훨씬 더 심한 것 같았다. 그래서 나는 아버지를 이해하려고 하지 않았고, 이해하기도 싫었다. 그러나 시간이 남아 다시 책을 읽어보니 그때서야 중독자로 살았던 아버지에 대해 궁금해지기 시작했다. 사실 나는 아버지에 대해 아는 것이 거의 없다. 아버지가 얘기해준 적도 내가 물어본 적도 없다. 아버지에 대해 조금 더 알았어야 하는 건 아닌가 하는 후회도 조금은 든다.

이곳 시애틀에서도 각종 중독으로 자신들의 문이 열린 감옥에 살고 있는 사람을 많이 본다. 나는 감히 그들의 삶을 판단하지 않는다. 어느 누가 더 나은 삶이라고 아무도 얘기할 수 없다. 그러나 그들이 중독에서 벗어나기를 바라고는 있다. 중독은 인간을 갉아먹으니까 말이다.

100일간의 합숙 프로그램 이후 나는 건강한 몸과 마음이 되었다고 자부했다. 그러나 조금 지나자 내 본모습으로 돌아왔다. 내 우울은 나를 괴롭혔다. 애초부터 문이 열린 감옥이라는 것이 존재한 적 없던 것은 아닐까 생각해 본 적도 있었다. 철학자의 말대로 인간은 태어나는 순간 감옥에 갇히고 죽는 순간 감옥에서 나오는 것은 아닌가 하고 말이다. 나는 아직 해답을 찾지 못했다. 하지만 분명한 것은 적어도 내 우울이 이제 죽음을 향하고 있지는 않다는 것이다.

나는 그 프로그램 덕분에 내가 나아진 것이 아니다. 밑바닥을 보고 프로그램에 임하려던 내 마음이 나를 나아지게 이끈 것이다. 선생님께서 프로그램은 그저 하나의 수단일 뿐이라고 하셨다. 인간이 밑바닥에서 끝을 보고 다시 살고자 하는 의지가 문 밖으로 나가게 하는 것이라고 하셨다. 선생님의 말씀처럼 내가 무엇을 가졌건 내가 마음을 먹기에 따라 세상을 보는 눈이 달라진다는 것을 나는 조금씩 배워가고 있다. 나는 한 번씩 내 삶이 만족스럽다고 여겨질 때가 있다. 호스텔에서 불규칙적으로 일하고 있지만 말이다.

11월이 되니 시애틀에서 해를 보기가 어려워졌다. 시애틀과 아주 가까이에 있는 밴쿠버는 겨울이 되면 자살률이 높아진다고 한다. 시애틀도 날씨의 영향으로 자살률이 증가한다는 얘기를 들었다. 그만큼 날씨는 우리의 삶에 큰 영향을 끼치는 것 같다. 그러나 세상이 멸망하지 않는 한 해는 매일매일 뜬다. 요즘처럼 해를 볼 수 없다가 우연히 해를 보게 된다면 그것으로도 행복해질 수 있을 것 같다는 생각이 든다.

내가 문이 열린 감옥에서 나올 수 있느냐 하는 일은 내 인생이 끝날 때까지 노력해야 하는 평생의 과제일 것이다. 그러나 나는 지금 그 과제를 알게 되었다는 것만으로도 감사함을 느낀다.

joe, 바깥에서.